De vreugde- en gelukclub

Vertaald door Heleen ten Holt

Amy Tan

De vreugde- en gelukclub

1999 Ooievaar Amsterdam

Eerste druk 1989
Twintigste druk 1999

Oorspronkelijke titel *The Joy Luck Club*

Omslagontwerp Erik Prinsen, Zaandam
ISBN 90 5713 379 2

Uitgeverij Ooievaar is een onderdeel van Uitgeverij Prometheus

De schrijfster is veel dank verschuldigd aan de leden van haar wekelijkse schrijversgroep voor hun steun en kritiek tijdens het schrijven van dit boek. In het bijzonder gaat mijn dank uit naar Louis de Mattei, Robert Foothorap, Gretchen Schields, Amy Hempel, Jennifer Barth en mijn familie in China en de Verenigde Staten. En duizend bloemen elk voor drie mensen die ik de vreugde en het geluk heb gehad te leren kennen: mijn uitgeefster, Faith Sale, omdat ze in mijn boek geloofde, mijn agente, Sandra Dijkstra, omdat ze mijn leven heeft gered en mijn docente, Molly Giles, die me raad gaf opnieuw te beginnen en me daarna met veel geduld tot het einde toe heeft bijgestaan.

Aan mijn moeder
en de nagedachtenis van haar moeder

Je hebt me eens gevraagd
wat ik me zou herinneren

Dit, en nog veel meer.

DE VREUGDE- EN GELUKCLUB

DE MOEDERS	DE DOCHTERS
Suyuan Woo	Jing-mei 'June' Woo
An-mei Hsu	Rose Hsu Jordan
Lindo Jong	Waverly Jong
Ying-ying St. Clair	Lena St. Clair

VEREN VAN DUIZEND *LI* VER

De oude vrouw herinnerde zich een zwaan die ze vele jaren geleden voor een dwaas bedrag in Shanghai had gekocht. De vogel, pochte de marktkoopman, was oorspronkelijk een eend geweest die zijn hals had gerekt in de hoop een gans te worden en kijk nu eens! hij is te mooi geworden om op te eten.

Toen voeren de vrouw en de zwaan op een schip over een oceaan van vele duizenden li breed en strekten hun hals uit naar Amerika. Onderweg kirde ze tegen de zwaan: 'In Amerika zal ik een dochter krijgen die net zo is als ik. Maar daar zal niemand zeggen dat haar waarde wordt bepaald door de luidheid van de boeren van haar man. Daar zal niemand op haar neerkijken want ik zal haar alleen volmaakt Amerikaans Engels laten spreken. En ze zal daar altijd te vol zijn om verdriet te kunnen opdrinken. Ze zal begrijpen wat ik bedoel, want ik zal haar deze zwaan geven, een dier dat meer is geworden dan was verwacht.'

Maar toen ze in het nieuwe land aankwam, pakten de immigratieambtenaren haar de zwaan af en bleef de vrouw zenuwachtig met haar armen zwaaiend en met alleen een zwaneveertje als herinnering achter. Daarna moest ze zoveel formulieren invullen dat ze vergat waarom ze was gekomen en wat ze had achtergelaten.

Nu was de vrouw oud. En ze had een dochter die toen ze opgroeide uitsluitend Engels sprak en die meer coca cola had gedronken dan verdriet. Al een hele tijd had de vrouw het veertje aan haar dochter willen geven en tegen haar zeggen: 'Dit veertje lijkt misschien van weinig waarde, maar het komt van ver en het vertegenwoordigt alles wat ik hier hoopte te bereiken.' Ze wachtte al jaren en jaren op de dag dat ze dit in volmaakt Amerikaans Engels tegen haar dochter zou kunnen zeggen.

JING-MEI WOO

De vreugde- en gelukclub

Mijn vader heeft me gevraagd vierde hoek te zijn op de bijeenkomsten van de vreugde- en gelukclub. Mijn moeders plaats aan de mahjongtafel is sinds haar dood, twee maanden geleden, leeg en ik moet haar vervangen. Mijn vader denkt dat ze is gestorven aan haar eigen gedachten.

'Ze had een nieuw idee in haar hoofd,' zei mijn vader. 'Maar voordat hij uit haar mond kon komen, is de gedachte te groot geworden en gebarsten. Het moet een heel slecht idee zijn geweest.'

De dokter zei dat ze aan een adergezwel in de hersenen was gestorven. En haar vriendinnen van de vreugde- en gelukclub zeiden dat ze was gestorven als een konijn: snel, zodat allerlei zaken onafgemaakt achterbleven. Mijn moeder had de volgende bijeenkomst van de club gastvrouw zullen zijn. De week voor haar dood belde ze me, vol trots, vol leven: 'Tante Lin heeft rodebonensoep gemaakt voor de club, ik ga zwarte sesamzaadsoep maken.'

'U moet niet zo snoeven,' zei ik.

'Het is geen snoeven.' Ze zei dat de twee soepen bijna hetzelfde waren, *chabuduo*. Of misschien zei ze *bu-tong*, helemaal niet hetzelfde. Het was een typisch Chinese uitdrukking die het beste deel van gemengde bedoelingen betekent. Ik kan dingen die ik toch al niet begrijp nooit onthouden.

Mijn moeder had de Amerikaanse versie van de vreugde- en gelukclub twee jaar voor mijn geboorte, in 1949, opgericht. Het was het jaar waarin mijn vader en moeder met een stijve, leren koffer waar alleen maar dure zijden japonnen in zaten, uit China waren weggegaan. Er was geen tijd om iets anders in te pakken, legde mijn moeder mijn vader uit toen ze aan boord van het schip waren. Desondanks gleden zijn handen koortsachtig door de glibberige zij, op zoek naar zijn katoenen hemden en wollen broek.

Toen ze in San Francisco aankwamen, liet mijn vader haar die glimmende kleren verstoppen. Ze droeg dezelfde bruine geruite Chinese japon, tot de Vereniging voor de Ontvangst van Refugiés haar twee afdankertjes gaf, veel te groot, omdat ze op Amerikaanse maten waren berekend. De vereniging bestond uit een groepje grijze dames, zendelingen van de Eerste Chinese Baptistengemeente. Vanwege de geschenken konden mijn ouders hun uitnodiging om lid te worden van hun Kerk niet weigeren. Evenmin konden ze de praktische goede raad van de dames negeren om hun Engels te verbeteren door op woensdagavond een bijbelklas en later koorrepetities op zaterdagochtend bij te wonen. Hier leerden mijn ouders de Hsu's, de Jongs en de St. Clairs kennen. Mijn moeder voelde meteen aan dat de vrouwen van deze families ook onbeschrijfelijke tragedies achter de rug hadden en verwachtingen koesterden die ze in hun broze Engels met geen mogelijkheid onder woorden konden brengen. In elk geval herkende mijn moeder de verdoofde uitdrukking op hun gezicht. En ze zag hoe snel hun ogen bewogen toen ze hun haar idee voor de vreugde- en gelukclub uitlegde.

'Vreugde en geluk' was een idee dat mijn moeder zich herinnerde uit de dagen van haar eerste huwelijk in Kweilin, voordat de Japanners kwamen. Daarom beschouw ik 'vreugde en geluk' als haar Kweilin-verhaal. Het was het verhaal dat ze me altijd vertelde als ze zich verveelde, als er niets te doen was, als alle rijstkommen waren afgewassen en de formicatafel twee keer was schoongeveegd, als mijn vader de krant zat te lezen en de ene Pall Mall na de andere rookte, een waarschuwing hem niet te storen. Op zulke ogenblikken haalde mijn moeder alijd een doos vol oude skitruien te voorschijn, die nooit geziene familieleden in Vancouver ons hadden gestuurd. Ze knipte in de boord van een van de truien en trok er een gekrinkelde draad uit, die ze vastzette op een kartonnetje. En terwijl ze de wol met brede, ritmische bewegingen begon op te winden, vertelde ze haar verhaal. In de loop van de jaren vertelde ze me steeds hetzelfde verhaal, op het slot na: dat werd duisterder en wierp lange schaduwen vooruit in haar leven en ten slotte ook in het mijne.

'Ik droomde al van Kweilin voordat ik het ooit had gezien,' begon mijn moeder in het Chinees. 'Ik droomde van puntige bergtoppen langs een bochtige rivier met oevers die bedekt waren met groen tovermos. Om de toppen van die pieken hingen witte nevels en als je de rivier kon afzakken en je voeden met het mos, dan werd je zo sterk dat je de piek kon beklimmen. Als je uitgleed, zou je alleen maar op een bed van zacht mos vallen en lachen. En als je de top bereikte, zou je alles kunnen zien en zo gelukkig zijn dat het genoeg was om nooit in je leven meer zorgen te hebben.

Iedereen in China droomde van Kweilin. En toen ik er was aangekomen, besefte ik hoe armzalig mijn dromen, hoe pover mijn gedachten waren geweest. Toen ik de bergen zag, lachte en huiverde ik tegelijk. De pieken leken op de reusachtige gebakkenvissekoppen die probeerden uit een vat met olie te springen. Achter elke piek zag ik de schaduwen van nog een andere vis, en nog een en nog een. En dan verschoven de wolken een eindje en veranderden de heuvels ineens in reusachtige olifanten die langzaam op me af kwamen marcheren! Zie je het voor je? En in de wortels van de heuvels waren geheime grotten. In die grotten waren tuinen van hangende rotsen, die de vormen en kleuren hadden van kolen, wintermeloenen, rapen en uien. Het was zo vreemd en mooi, je kunt je er geen voorstelling van maken.

Maar ik was niet naar Kweilin gekomen om te zien hoe mooi het er was. De man met wie ik getrouwd was had mij en onze twee baby's naar Kweilin gebracht omdat hij dacht dat we daar veilig zouden zijn. Hij was officier bij de Kuomintang en toen hij ons in een klein kamertje in een huis van twee verdiepingen had geïnstalleerd, vertrok hij naar het noordwesten, naar Chungking

We wisten dat de Japanners aan het winnen waren, ook al zeiden de kranten van niet. Iedere dag, ieder uur, kwamen duizenden mensen de stad binnenstromen en verdrongen zich op de trottoirs op zoek naar onderdak. Ze kwamen uit oost, west, noord en zuid. Het waren rijken en armen, mensen uit Shanghai, uit

Kanton, uit het noorden. En niet alleen Chinezen, maar ook buitenlanders en zendelingen van alle godsdiensten. En dan was er natuurlijk ook nog de Kuomintang en de legerofficieren, die dachten dat ze belangrijker waren dan alle anderen.

De stad was een hutspot van alles door elkaar. Als de Japanners er niet waren geweest, zouden er meer dan genoeg redenen zijn geweest voor het uitbreken van gevechten tussen al die verschillende mensen. Zie je het voor je? Mensen uit Shanghai en landarbeiders uit het noorden, bankiers en kappers, riksjamannen en vluchtelingen uit Birma. Iedereen keek neer op iemand anders. Het maakte niet uit dat iedereen hetzelfde trottoir gebruikte om op te spuwen, dat iedereen dezelfde hevige diarree had. We verspreidden allemaal dezelfde stank maar iedereen klaagde dat iemand anders erger stonk. Ik? O, ik had een hekel aan de Amerikaanse luchtmachtofficieren, die habba-habba geluiden maakten om me te laten blozen. Maar het ergst waren de boeren uit het noorden die hun neus in hun handen snoten en mensen opzij duwden en hun smerige ziektes op iedereen overbrachten.

Je begrijpt dus hoe snel Kweilin zijn charme voor me verloor. Ik beklom geen pieken meer om te kunnen zeggen: "Wat prachtig zijn die bergen." Ik vroeg me alleen maar af welke bergen de Japanners nu hadden bereikt. Ik zat met een kind onder elke arm in donkere hoekjes van mijn huis en wachtte met schrikachtige voeten. Als de sirenes loeiden om ons te waarschuwen dat er bommenwerpers aankwamen, sprongen mijn buren en ik op en haastten ons naar de diepe grotten om ons als wilde dieren te verstoppen. Maar je kunt niet zo lang in het donker blijven. Je begint van binnen te vervagen en je wordt als iemand die aan het verhongeren is, gek van verlangen naar licht. Buiten kon ik het bombardement horen. Boem! Boem! En dan het geluid van vallende rotsblokken. En binnen kreeg ik geen honger meer van de kolen en rapen van de hangende rotstuinen. Ik zag alleen maar het druipende ingewand van een oude berg die boven op me zou kunnen instorten. Kun je je voorstellen hoe dat is, als je niet binnen en niet buiten wilt zijn, als je nergens wilt zijn en alleen maar weg wilt?

Als het geluid van de bommen verder weg klonk, kwamen we

weer naar buiten, als pasgeboren katjes die krabbelend hun weg naar de stad zochten. En elke keer was ik verbaasd dat de tegen de vlammende lucht afstekende bergen niet waren verwoest.

Ik kwam op het vreugde- en gelukidee op een zomeravond, toen het zo heet was dat zelfs de motten bezwijmd op de grond vielen, zo zwaar waren hun vleugels van de vochtige hitte. Het was overal zo vol dat er geen plaats was voor frisse lucht. Uit de riolen steeg een ondraaglijke stank op naar mijn raam op de eerste verdieping en die stank kon nergens anders heen dan mijn neusgaten in. Op elk uur van de nacht en de dag hoorde ik geschreeuw. Ik wist niet of het een boer was die de keel van een weggelopen varken doorsneed of een officier die een halfdode boer afranselde omdat die hem in de weg lag op het trottoir. Ik ging niet naar het raam om te kijken. Wat zou dat voor nut hebben gehad? En toen kwam ik op het idee dat ik iets nodig had om me te helpen me te bewegen.

Ik kwam op het idee een groepje te vormen van vier vrouwen, een voor elke hoek van mijn mahjongtafel. Ik wist welke vrouwen ik wilde vragen. Ze waren allemaal jong, net als ik en ze hadden verlangende gezichten. Een van hen was net als ik met een officier getrouwd. Een tweede was een meisje met bijzonder verfijnde manieren uit een rijke familie in Shanghai. Ze was met maar een klein beetje geld ontsnapt. En er was ook een meisje uit Nanking, met het zwartste haar dat ik ooit heb gezien. Het was een meisje van lage afkomst maar ze was mooi en vriendelijk en had een goed huwelijk gedaan, met een oude man, die was doodgegaan, zodat ze nu een beter leven had. We zouden iedere week bij elkaar komen om geld bij elkaar te brengen en elkaar op te vrolijken. En iedere week zou een van ons gastvrouw zijn. De gastvrouw moest speciale *dim-sam* serveren, allemaal gerechten die geluk symboliseren: knoedels in de vorm van zilveren geldstaven, lange slierten mie voor een lang leven, gekookte pinda's om zoons te krijgen en natuurlijk een heleboel gelukssinaasappels voor een rijk en zoet leven.

Op wat een heerlijk eten trakteerden we onszelf met onze geringe middelen! Het viel ons niet op dat de knoedels voor het grootste deel met draderige pompoen waren gevuld en dat de sinaasappels vol rotte plekken zaten. We aten met mate, niet omdat we niet genoeg hadden, maar om duidelijk te laten merken dat we geen hap meer naar binnen konden krijgen, omdat we ons eerder op de dag al hadden volgegeten. We wisten dat we een luxe genoten die maar weinig mensen zich konden veroorloven. Wij hadden geluk.

Als we onze buik hadden volgegeten, vulden we een kom met geld en zetten hem op een plaats waar iedereen hem kon zien. Dan gingen we aan de mahjongtafel zitten. Mijn tafel was een familiestuk en was gemaakt van een sterk geurende rode houtsoort, niet wat jullie rozehout noemen maar *hong mu*, een houtsoort die zo fijn is dat er in het Engels geen woord voor bestaat. Het tafelblad was dik gecapitonneerd en als de mahjong *pai* op tafel werden gestrooid hoorde je alleen het geritsel van de over elkaar glijdende stenen.

Als het spel was begonnen, mocht niemand meer praten, behalve om *peng* of *chi* te zeggen als we een steen namen. We moesten het spel ernstig opvatten en aan niets anders denken dan ons geluk te vergroten door te winnen. Maar na zestien ronden gingen we weer feesten, deze keer om het geluk dat we hadden gehad te vieren. En dan praatten we de hele nacht door, tot het ochtend werd, en we zeiden verhalen over prettige dingen die we in het verleden hadden meegemaakt en over prettige dingen die nog zouden komen.

O, wat een mooie verhalen! De verhalen vlogen in het rond! We lachten ons bijna dood. Over een haan die het huis binnen kwam rennen en luid kraaiend op de dekschalen zat: dezelfde schalen waar hij de volgende dag stil en in stukjes gesneden in zou liggen! En over een meisje dat liefdesbrieven schreef voor twee vriendinnen die allebei van dezelfde man hielden. En over een domme buitenlandse vrouw die flauwviel op de wc toen er vlak naast haar rotjes afgingen.

De mensen vonden het verkeerd van ons dat we elke week een feestmaal opdienden, terwijl veel mensen in de stad honger leden en ratten aten en later zelfs het afval waar de armste ratten zich mee voedden. Anderen dachten dat we door duivels waren bezeten omdat we feestvierden terwijl we zelfs binnen onze eigen families hele generaties hadden verloren, ons huis en ons geld waren kwijtgeraakt en van elkaar gescheiden waren, mannen van hun vrouwen, zusters van hun broers, dochters van hun moeders. Hnnnf! Hoe konden we dan lachen, vroegen de mensen.

Het was niet dat we geen hart of oog voor het verdriet hadden. We waren allemaal bang. We hadden allemaal onze misère. Maar wanhopen betekende terugverlangen naar iets wat al verloren was. Hoe groot kan je verlangen zijn naar een warme lievelingsjas die in de kast hangt van een huis dat met je moeder en je vader erin is afgebrand? Hoe lang kun je het beeld blijven zien van telefoondraden waar armen en benen in hangen en honden die met uit hun bek bungelende, half opgekloven handen door de straten rennen? Wat was erger, vroegen we ons af: met een gepast somber gezicht zitten wachten op onze eigen dood of voor ons eigen geluk kiezen?

Daarom besloten we feest te vieren en net te doen of het iedere week nieuwjaar was. Iedere week konden we onrecht dat ons in het verleden was aangedaan vergeten. Denken aan nare dingen was verboden. We aten ons feestmaal, we lachten, we deden spelletjes, we verloren en we wonnen, we zeiden de mooiste verhalen. En iedere week konden we hopen dat we geluk zouden hebben. Die hoop was onze enige vreugde. En daarom gaven we onze kleine bijeenkomsten de naam Vreugde en Geluk.'

Mijn moeder eindigde het verhaal altijd met een vrolijke noot en snoefde over haar vaardigheid in het spel. 'Ik won heel vaak en had zoveel geluk dat de anderen plagend zeiden dat ik de truc van een slimme dief had geleerd,' zei ze. 'Ik heb tienduizenden *yuan* gewonnen. Maar ik was niet rijk. Nee. Papiergeld was in die tijd niets meer waard. Zelfs wc-papier was meer waard. En daar moesten we nog harder om lachen, het idee dat een biljet van duizend *yuan* zelfs niet goed genoeg was om onze billen mee af te vegen.'

Ik had nooit gedacht dat mijn moeders Kweilin-verhaal iets anders was dan een Chinees sprookje. Het einde was altijd anders. Soms zei ze dat ze het waardeloze briefje van duizend *yuan* gebruikte om een halve kop rijst te kopen. Van die rijst maakte ze een pan pap, de pap ruilde ze voor twee varkenspoten. Die twee poten werden zes eieren, de eieren zes kippen. Het verhaal werd al langer en langer.

Maar op een avond, toen ik haar had gevraagd een transistor radio voor me te kopen en zij had geweigerd en ik een uur lang zwijgend had zitten mokken, zei ze tegen me: 'Waarom verbeeld je je dat je iets mist wat je nooit hebt gehad?' En toen vertelde ze me een heel ander eind van het verhaal.

'Vroeg op een ochtend kwam er een legerofficier naar mijn huis,' vertelde ze, 'en hij zei tegen me dat ik snel naar mijn man in Chungking moest gaan. Ik wist dat hij bedoelde dat ik weg moest vluchten uit Kweilin. Ik wist wat er met officieren en hun gezinnen gebeurde als de Japanners kwamen. Hoe moest ik gaan? Er vertrokken geen treinen meer uit Kweilin. Mijn vriendin uit Nanking was zo aardig voor me! Ze gaf een man geld om een kruiwagen te stelen die gebruikt werd om kolen te sjouwen. Ze beloofde dat ze onze andere vriendinnen zou waarschuwen.

Ik pakte mijn bezittingen en mijn twee baby's in de kruiwagen en ging vier dagen voordat de Japanners in Kweilin aankwamen op weg naar Chungking. Onderweg hoorde ik van mensen die me voorbij kwamen rennen het nieuws over de slachting. Het was verschrikkelijk. De Kuomintang hield tot het laatst toe vol dat Kweilin veilig was en werd beschermd door het Chinese leger. Maar later die dag lagen de straten van Kweilin bezaaid met kranten die grote overwinningen van de Kuomintang rapporteerden en boven op die kranten lagen, als verse vis bij de slager, rijen mensen, mannen, vrouwen en kinderen, die nooit de hoop hadden verloren maar wel hun leven. Toen ik dit nieuws hoorde, begon ik al vlugger en vlugger te lopen en bij iedere stap vroeg ik mezelf: Waren ze dom? Waren ze dapper?

Ik duwde de kruiwagen in de richting van Chungking totdat het wiel brak. Ik liet mijn mooie mahjongtafel van *hong mu* achter. Ik had tegen die tijd niet genoeg gevoel meer in mijn lijf om te huilen. Ik maakte draagdoeken van sjaals en hing die over mijn schouder met aan elke kant een kind. Ik droeg in elke hand een tas, een met eten en een met kleren. Ik droeg ze mee totdat er diepe striemen in mijn handen kwamen. En ten slotte, toen mijn handen begonnen te bloeden en te glibberig werden om nog iets te kunnen vasthouden, liet ik eerst de ene en toen de andere tas vallen.

Onderweg zag ik dat anderen hetzelfde hadden gedaan, langzaam de hoop hadden opgegeven. Het was alsof de weg was geplaveid met schatten, die hoe verder je kwam steeds waardevoller werden. Rollen prachtige stof en boeken. Schilderijen van voorouders en timmergereedschap. Op het laatst zag je kooien met jonge eenden staan, die nu stil waren van de dorst. En nog verder lagen er zilveren urnen op de weg, op de plaats waar mensen te moe waren geworden om ze nog verder mee te dragen voor wat voor soort hoop op de toekomst ook. Toen ik in Chungking aankwam, was ik alles kwijt, op drie mooie zijden japonnen na, die ik over elkaar heen aanhad.'

'Hoe bedoelt u, alles?' hijgde ik. Het besef dat het verhaal al die tijd echt waar was geweest, verbijsterde me. 'Waar waren de baby's?'

Ze hoefde er zelfs niet over na te denken. Ze zei eenvoudig, op een manier die duidelijk maakte dat het verhaal uit was: 'Je vader is niet mijn eerste man. Jij bent niet die baby's.'

Als ik bij het huis van de familie Hsu aankom waar de vreugde- en gelukclub vanavond bij elkaar komt, is de eerste die ik zie mijn vader. 'Daar is ze. Altijd te laat,' kondigt hij me aan. En hij heeft gelijk. Iedereen is er al, zeven mensen van over de zestig en zeventig jaar, allemaal vrienden van de familie. Ze kijken op en lachen: altijd te laat, al vijfendertig en nog steeds een kind.

Ik beef en probeer me in te houden. De laatste keer dat ik ze zag, tijdens de begrafenis, had ik me niet goed kunnen houden en was in hevige snikken uitgebarsten. Ze zouden zich wel afvragen hoe iemand als ik de plaats van mijn moeder zou kunnen innemen.

Een vriendin heeft eens tegen me gezegd dat mijn moeder en ik op elkaar leken, we maakten dezelfde fladderende handgebaren, hadden dezelfde meisjesachtige lach en zijdelingse manier van kijken. Toen ik dit verlegen aan mijn moeder vertelde, leek ze beledigd en zei: 'Je weet nog niet het kleinste procentje van me af. Hoe kun je dan mij zijn?' En ze had gelijk. Hoe kan ik mijn moeder zijn voor de vreugde- en gelukclub.

'Tante, oom,' zeg ik vele malen, met een knikje naar elk van de aanwezigen. Ik heb deze oude vrienden van mijn ouders altijd tante en oom genoemd. Dan loop ik naar mijn vader en ga bij hem staan.

Hij is de foto's aan het bekijken die de Jongs van hun recente reis naar China hebben meegebracht. 'Kijk eens,' zegt hij beleefd, en hij wijst naar een foto van het reisgezelschap van de Jongs op een brede stenen stoep. Er staat niets op de foto waaraan je kunt zien dat hij in China is genomen in plaats van in San Francisco, of welke andere stad ook. Het lijkt trouwens wel of mijn vader helemaal niet naar de foto's kijkt. Het is alsof alles hetzelfde voor hem is, alsof er niets is dat hem opvalt. Hij is altijd op een hoffelijke manier onverschillig geweest. Maar wat is ook weer dat Chinese woord dat betekent: onverschillig omdat je geen verschillen kunt *zien*? Zo erg is hij volgens mij van streek door de dood van mijn moeder.

'Kijk toch eens, zie je dat?' zegt hij, terwijl hij naar een andere oninteressante foto wijst.

De lucht in het huis van de Hsu's is zwaar van de vettigheid: te veel Chinese maaltijden, klaargemaakt in een te kleine keuken, te veel ooit heerlijke aroma's, samengeperst tot een dun laagje onzichtbaar vet. Ik herinner me hoe mijn moeder altijd haar neus optrok als ze het huis van andere mensen of een restaurant binnen ging en luid fluisterde: 'Ik zie en voel de vettigheid met mijn neus.'

Ik ben in geen jaren in het huis van de familie Hsu geweest maar de zitkamer is nog precies zoals ik hem me herinner. Toen tante An-mei en oom George vijfentwintig jaar geleden van China town naar de Sunset Boulevard verhuisden, hebben ze nieuwe meubels gekocht. Ze staan er nog allemaal en zien er voor het grootste deel nog nieuw uit onder hun vergeelde plastic hoezen. Dezelfde turquoise bank in de vorm van een halve cirkel van bobbeltjestweed. De zwaar essehouten bijzettafeltjes in koloniale stijl. Een lamp van namaak gecraqueleerd porselein. Alleen de kalender met het formaat van een Chinese rolschildering, die ze altijd gratis van de Bank van Kanton krijgen, verandert elk jaar.

Ik herinner me al die dingen omdat we als kinderen tante Anmeis nieuwe meubels alleen door de doorzichtige plastic hoezen heen mochten aanraken. Mijn ouders namen mij en mijn zusjes op vreugde- en gelukavonden altijd mee naar het huis van de Hsu's. Omdat ik een gast was, moest ik altijd op alle kinderen letten, zoveel kinderen dat het leek alsof er altijd wel een van de kleintjes huilde omdat hij zijn hoofd had gestoten aan een tafelpoot.

'Jij bent verantwoordelijk,' zei mijn moeder dan, wat betekende dat er wat zwaaide als er iets gemorst, geschroeid, weggeraakt, gebroken of vuil was. Wie het ook had gedaan, ik was verantwoordelijk. Zij en tante An-mei hadden rare Chinese kleren aan met stijve, opstaande boordjes en met zij geborduurde bloeiende takken op de borst. Zulke kleren waren te mooi voor echte Chinese vrouwen en te vreemd voor Amerikaanse bijeenkomsten, vond ik. In die dagen, voordat mijn moeder me haar Kweilinverhaal had verteld, dacht ik dat vreugde- en gelukbijeenkomsten een gênante Chinese gewoonte waren, zoiets als de geheime bijeenkomsten van de Ku Klux Klan of de tam-tamdansen van televisie-indianen die zich voorbereiden op een oorlog.

Maar vanavond is er geen mysterie. De vreugde- en geluktantes dragen allemaal een lange broek en een kleurige bedrukte blouse en uiteenlopende modellen stevige wandelschoenen. We zitten allemaal om de eettafel onder een lamp die eruitziet als een Spaanse kroonluchter. Oom George zet zijn dubbelfocus op en opent de bijeenkomst door de notulen voor te lezen: 'Ons kapitaal bedraagt $24.825 of ongeveer $6.206 per paar, $3.103 per persoon. We hebben Subaru met verlies verkocht voor zes driekwart dollar. We hebben honderd aandelen Smith International gekocht a zeven dollar. We danken Lindo en Tin Jong voor het lekkers. Vooral de rode-bonensoep was heerlijk. De bijeenkomst van maart moest voor onbepaalde tijd worden uitgesteld. Tot onze spijt hebben we afscheid moeten nemen van onze dierbare vriendin Suyuan en hebben ons medeleven betuigd aan de familie Canning Woo. Met verschuldigd respect aan u voorgelegd door George Hsu, voorzitter en secretaris.'

Dat is alles. Ik denk aldoor dat de anderen dadelijk over mijn moeder zullen beginnen, over de prachtige vriendschap die ze met haar hadden en de reden waarom ik hier in haar geest aanwezig ben om vierde hoek te zijn en om het idee dat mijn moeder eens, op een hete dag in Kweilin, had bedacht, voort te zetten.

Maar iedereen knikt alleen maar om de notulen goed te keuren. Zelfs het hoofd van mijn vader beweegt routineus op en neer. En het schijnt me toe dat het leven van mijn moeder opzij is geschoven om plaats te maken voor nieuwe zaken.

Tante An-mei hijst zich overeind van de tafel en loopt langzaam naar de keuken om het eten klaar te maken. Tante Lin, mijn moeders beste vriendin, gaat op de turquoise bank zitten, kruist haar armen en kijkt naar de mannen die nog aan de tafel zitten. Tante Ying, die elke keer dat ik haar zie meer lijkt te zijn gekrompen, steekt haar hand in haar breitas en haalt er het begin van een klein blauw truitje uit.

De vreugde- en gelukooms beginnen over aandelen te praten die ze willen kopen. Oom Jack, de jongere broer van tante Ying, is een groot voorstander van een bedrijf dat goud wint in Canada.

'Het biedt een goede bescherming tegen inflatie,' zegt hij vol gezag. Hij spreekt het beste Engels, bijna zonder accent. Ik denk dat het Engels van mijn moeder het slechtste was, maar zij zelf vond altijd dat zij het beste Chinees sprak. Ze sprak Mandarijns met een licht wollig accent van het Shanghaise dialect.

'Zouden we niet mahjong spelen vanavond?' fluister ik luid tegen tante Ying, die een beetje doof is.

'Later,' zegt ze. 'Na twaalven.'

'Dames, nemen jullie deel aan deze vergadering of niet?' zegt oom George.

Nadat iedereen unaniem voor de Canadese goudaandelen heeft gestemd, ga ik naar de keuken om aan tante An-mei te vragen waarom de vreugde- en gelukclub aandelen is gaan kopen.

'Vroeger speelden we mahjong en de winnaar kreeg alles. Maar het waren altijd dezelfde mensen die wonnen en verloren,' zegt ze. Ze is *won ton* aan het vullen, en duwt met twee eetstokjes een dotje met gember gemengd vlees in een dun velletje deeg, waarna ze met een soepele handbeweging het velletje dichtvouwt in de vorm van een verpleegsterskapje. 'Je kunt geen geluk hebben als iemand anders erg goed speelt. Daarom hebben we lang geleden besloten in de aandelenmarkt te investeren. Daar hoef je niet goed voor te spelen. Zelfs je moeder was het ermee eens.'

Tante An-mei telt de *won ton* op het blad dat voor haar staat na. Ze heeft er al vijf rijen van acht op liggen. 'Veertig *won ton*, acht mensen, tien voor elk, nog vijf rijen,' zegt ze hardop tegen zichzelf en gaat door met vullen. 'Dat was slim van ons. Nu kan iedereen winnen en verliezen. We kunnen geluk hebben op de aandelenmarkt. En we kunnen mahjong spelen voor ons plezier, voor niet meer dan een paar dollar en de winnaar krijgt alles. De verliezers krijgen de rest van het eten mee naar huis! Zo heeft iedereen een beetje vreugde. Slim he?'

Ik kijk toe terwijl tante An-mei meer *won ton* maakt. Ze heeft vlugge, vaardige vingers. Ze hoeft niet na te denken bij wat ze doet. Daar klaagde mijn moeder altijd over, dat tante An-mei nooit nadacht bij wat ze deed.

'Ze is niet dom,' zei mijn moeder een keer, 'maar ze heeft geen ruggegraat. Verleden week had ik een goed idee voor haar. Laten we naar het consulaat gaan en papieren aanvragen voor je broer, zei ik tegen haar. Het scheelde niet veel of ze had alles waar ze mee bezig was laten liggen om meteen te gaan. Maar later had ze er met iemand over gepraat. Wie zal zeggen wie het was? En die persoon had tegen haar gezegd dat ze haar broer grote moeilijkheden kon bezorgen in China. Die persoon had gezegd dat de FBI haar op een lijst zou zetten en haar moeilijkheden zou bezorgen in de Verenigde Staten. Je vraagt een lening voor een huis, had die persoon gezegd, en ze zeggen nee, geen lening want je broer is communist. "Maar je hebt al een huis!" zei ik. Maar ze bleef bang.'

'Tante An-mei rent nu deze dan weer die kant uit,' zei mijn moeder, 'en ze weet niet waarom.'

Ik kijk naar naar tante An-mei en ik zie een kleine gebogen vrouw van over de zeventig met een zware boezem en magere vormeloze benen. Ze heeft de afgeplatte, zachte vingertoppen van een oude vrouw. Ik vraag me af wat tante An-mei gedaan heeft om mijn moeder tot een levenslange stroom van kritiek te inspireren.

Overigens scheen mijn moeder nu eenmaal altijd aanmerkingen

te hebben op haar kennissen en op mij en zelfs op mijn vader. Er ontbrak altijd iets aan. Er was altijd iets wat beter kon. Er was altijd iets niet in evenwicht. Deze of gene persoon had te veel van het ene element in zich, te weinig van het andere.

Die elementen waren afkomstig uit mijn moeders eigen versie van de organische scheikunde. 'Elke persoon bestaat uit vijf elementen,' vertelde ze me.

Te veel vuur en je was opvliegend. Dat was mijn vader, op wie mijn moeder altijd aanmerkingen maakte omdat hij rookte. En hij schreeuwde dan terug dat ze haar gedachten voor zich moest houden. Ik denk dat hij zich nu schuldig voelt omdat hij mijn moeder niet heeft laten zeggen wat ze dacht.

Te weinig hout en je boog te snel om en luisterde naar de ideeën van andere mensen, niet in staat om op jezelf te staan. Dat was tante An-mei.

Te veel water en je stroomde in alle richtingen, zoals ikzelf, want ik had eerst een tijdje biologie gestudeerd en toen een tijdje kunst en had geen van beide afgemaakt omdat ik als secretaresse was gaan werken voor een klein reclamebureau, waar ik later copywriter werd.

Ik deed haar kritiek altijd af als het zoveelste staaltje van haar Chinese bijgeloof dat voor alle omstandigheden een pasklare verklaring had. Toen ik een jaar of twintig was en een college 'Inleiding in de Psychologie' volgde, probeerde ik haar uit te leggen waarom ze niet zo veel kritiek moest hebben, waarom kritiek niet tot een gezond klimaat leidde om in te leren.

'Er is een stroming die zegt dat ouders hun kinderen niet moeten bekritiseren,' zei ik. 'Ze moeten ze juist aanmoedigen. Hoe meer je van ze verwacht, hoe meer ze zullen presteren. Als je ze bekritiseert betekent dat alleen dat je verwacht dat ze zullen mislukken.'

'Dat is juist het probleem,' antwoordde mijn moeder. 'Ik verwacht maar jij presteert niet.'

'Het eten is klaar,' kondigt tante An-mei vergenoegd aan, terwijl ze de dampende pan met de *won ton* die ze daarnet heeft staan inpakken binnen brengt. De tafel is beladen met eten, iedereen moet zichzelf bedienen, net als bij de feestmaaltijden in Kweilin.

Mijn vader bedient zich van de *chow mein*, die nog in een grote aluminium pan zit, omringd door kleine pakjes met sojasaus. Die heeft tante An-mei zeker in Clement Street gekocht.

De *won-ton*soep ruikt heerlijk, met de fijne takjes cilantro die er bovenop drijven. Ik voel me het eerst aangetrokken tot een grote schaal met *chaswei*, zoet gegrild varkensvlees, dat in ronde schijfjes in de vorm van munten is gesneden, daarna door een heel assortiment van wat ik altijd vingertjes noem, dunne rolletjes deeg, gevuld met varkensgehakt, rundvlees, garnalen en onbekende vulsels, die mijn moeder altijd omschreef als 'voedzame dingen'.

Eten is hier geen verfijnde aangelegenheid. Het is alsof iedereen half verhongerd is. Ze stoppen grote happen in hun mond, prikken snel na elkaar telkens nieuwe stukjes varkensvlees op hun vork. Ze zijn niet zoals de dames van Kweilin. Die savoureerden het voedsel met een zekere afstandelijke elegance, heb ik me altijd voorgesteld.

Dan, bijna even snel als ze zijn begonnen, staan de mannen van tafel op. Alsof ze een teken hebben gekregen, snoepen de vrouwen nog een paar laatste lekkere hapjes, brengen de borden en schalen naar de keuken en zetten ze in de gootsteen. De vrouwen schrobben om de beurt hun handen schoon. Wie is er met dat ritueel begonnen? Ik zet ook mijn bord in de gootsteen. De vrouwen praten over de recente reis naar China van de familie Jong, dan gaan ze naar een kamer aan de achterkant van de flat. We komen langs een andere kamer, de vroegere slaapkamer van de vier zoons van de Hsu's. De stapelbedden met hun kaalgesleten, splinterende laddertjes staan er nog. De vreugde- en gelukooms zitten al aan de kaarttafel. Oom George is aan het geven, snel, alsof hij de techniek in een casino heeft geleerd. Mijn vader deelt Pall Malls rond. Zelf heeft hij er al een aan zijn lip bungelen.

En dan komen we in de achterkamer, die vroeger door de drie dochters van de Hsu's werd gedeeld. We waren allemaal vriendinnen toen we klein waren. En nu zijn ze allemaal volwassen en getrouwd en kom ik weer hier in hun kamer spelen. Behalve dat er een geur van kamfer hangt, lijkt alles hetzelfde gebleven alsof Rose, Ruth en Janice, met hun haar in grote sinasblikken gerold, elk ogenblik zouden kunnen binnenkomen en neerploffen op hun identieke, smalle bedden. De witte chenille spreien zijn zo versleten dat ze bijna doorzichtig zijn. Rose en ik zaten altijd aan de ribbels te peuteren, terwijl we over onze problemen met jongens praatten. Alles is hetzelfde, behalve dat er nu een mahoniekleurige mahjongtafel in het midden staat met een staande lamp ernaast, een lange, zwarte stok met drie ovalen spotjes eraan, als de brede bladeren van een ficus.

Niemand zegt tegen me: 'Ga hier zitten, hier zat je moeder altijd.' Maar ik zie het al voordat iedereen gaat zitten. De stoel die het dichtst bij de deur staat straalt leegte uit. Maar dat gevoel heeft eigenlijk niets met de stoel te maken. Het is haar plaats aan de tafel. Zonder dat iemand het me hoeft te vertellen, weet ik dat haar plaats aan de oostelijke kant van de tafel was.

In het oosten begint alles, heeft mijn moeder eens tegen me gezegd, het is de kant waar de zon opgaat en waar de wind vandaan komt.

Tante An-mei, die links van mij zit, strooit de stenen op het groene vilt van het tafelblad en zegt tegen me: 'Nu wassen we de stenen.' We roeren ze met cirkelvormige bewegingen van onze handen door elkaar. Ze maken een koel, ruisend geluid, als ze tegen elkaar aan komen.

'Win je altijd, net als je moeder?' vraagt tante Lin aan de overkant van de tafel. Ze glimlacht niet.

'Ik heb alleen in mijn studententijd wel eens gespeeld, met een paar joodse vriendinnen.'

'Annh! Joods mahjong,' zegt ze minachtend. 'Is niet hetzelfde.' Dat zei mijn moeder ook altijd, hoewel ze nooit precies kon uitleggen waarom.

'Misschien kan ik vanavond beter niet meespelen. Ik blijf wel kijken,' bied ik aan.

Tante Lin kijkt boos, alsof ik een dom kind ben: 'Hoe kunnen we spelen met maar drie mensen? Is als een tafel met drie poten, geen evenwicht. Toen de man van tante Ying is gestorven, heeft ze haar broer gevraagd om mee te doen. Je vader heeft jou gevraagd. Zo is het besloten.'

'Wat is het verschil tussen joods en Chinees mahjong,' heb ik mijn moeder een keer gevraagd. Ik kon uit haar antwoord niet opmaken of het spel anders was of alleen maar haar houding tegenover joden en Chinezen.

'Heel andere manier van spelen,' zei ze belerend in het Engels. 'Bij joods mahjong mensen letten alleen op hun eigen steen, spelen alleen met hun ogen.'

Ze vervolgde in het Chinees: 'Met Chinees mahjong, moet je je hoofd gebruiken, erg moeilijk. Je moet opletten wat alle anderen wegleggen en dat ook in je hoofd houden. Als er niemand goed speelt, wordt het als joods mahjong. Waarom zou je dan spelen? Er is geen strategie. Je ziet alleen maar de anderen fouten maken.'

Een dergelijke uitleg gaf me het gevoel dat mijn moeder en ik twee verschillende talen spraken en dat was ook zo. Ik sprak Engels tegen haar en zij antwoordde in het Chinees.

'Wat is dan het verschil tussen Chinees en joods mahjong?' vraag ik aan tante Lin.

'Aiya!' roept ze op humoristisch verwijtende toon. 'Heeft jouw moeder je dan niks geleerd?'

Tante Ying klopt me op mijn hand: 'Je bent een intelligent meisje. Kijk naar ons, doe hetzelfde. Help ons de stenen opstapelen en vier muren maken.'

Ik volg tante Ying maar kijk vooral naar tante Lin. Zij werkt het snelst, zodat ik door te kijken wat zij doet, de anderen bijna kan bijhouden. Tante Ying werpt de dobbelstenen en ze zeggen dat tante Lin de oostenwind is geworden. Ik ben noordenwind, degene die het laatst aan de beurt is. Tante Ying is zuidenwind en tante An-mei westenwind. Dan beginnen we stenen te nemen en de dobbelstenen te gooien en langs de muur af te tellen naar de plaatsen waar onze gekozen stenen liggen. Ik orden mijn stenen, reeksen bamboestenen en kringstenen, dubbele van stenen met gekleurde cijfers, losse stenen die nergens bijpassen.

'Je moeder was de beste, bijna professioneel,' zegt tante An-mei, terwijl ze langzaam haar stenen sorteert en ze allemaal zorgvuldig bekijkt.

Nu beginnen we te spelen, we kijken naar onze stenen, leggen stenen weg en pakken andere, in een rustig, plezierig tempo. De tantes beginnen over koetjes en kalfjes te praten, zonder echt naar elkaar te luisteren. Ze spreken hun speciale taal, half gebroken Engels, half hun eigen Chinese dialect. Tante Ying vertelt dat ze ergens in de avenues garen heeft gekocht voor de halve prijs. Tante An-mei schept op over een truitje dat ze voor de baby van haar dochter Ruth heeft gebreid. 'Ze dacht dat het in de winkel was gekocht,' zegt ze vol trots.

Tante Lin vertelt hoe boos ze was op een winkelbediende die weigerde een rok met een kapotte rits terug te nemen. 'Ik was *qisile*,' zegt ze, nog steeds kwaad, 'dood van woede.'

'Maar Lindo, je bent nog bij ons. Je bent niet dood,' plaagt tante Ying en, terwijl ze nog lacht, zegt tante Lin '*peng!*' en '*mah jong!*' Ze spreidt haar stenen uit en kijkt lachend naar tante Ying, terwijl ze haar punten telt. We wassen de stenen weer en het wordt stil. Ik begin me te vervelen en krijg slaap.

'O, ik heb een verhaal,' zegt tante Ying luid en iedereen schrikt op. Tante Ying is altijd de eigenaardige tante geweest, iemand die in een eigen wereld leeft. Mijn moeder zei altijd: 'Tante Ying is niet hardhorend, ze is hardluisterend.'

'Politie heeft zoon van mevrouw Emerson gearresteerd dit weekend,' zegt tante Ying en haar stem klinkt alsof ze er trots op is dat zij als eerste met dit grote nieuws komt. 'Mevrouw Chan heeft mij verteld in de kerk. Heleboel tv-toestellen gevonden in zijn auto.'

'Aiya!' zegt tante Lin haastig, 'mevrouw Emerson is goede vrouw,' waarmee ze bedoelde dat mevrouw Emerson het niet verdiende zo'n verschrikkelijke zoon te hebben. Maar ik begrijp nu dat ze het ook zegt voor tante An-mei. De zoon van tante An-mei is twee jaar geleden gearresteerd omdat hij gestolen autoradio's had verkocht. Tante An-mei wrijft zorgvuldig over haar steen voordat ze hem weglegt. Ze kijkt verdrietig.

Tante Lin brengt het gesprek op een ander onderwerp: 'Iedereen in China heeft tegenwoordig tv,' zegt ze. 'Al onze familie daar heeft tv niet zwart-wit, hoor, maar kleuren en afstandbediening! Ze hebben alles. Toen ik vroeg wat we voor ze moesten kopen, zeiden ze: niets, het was genoeg dat wij ze kwamen bezoeken. Maar we hebben toch van alles voor ze gekocht: videorecorders en Sony walkmans voor de kinderen. Ze zeiden: Nee, niet doen, maar ik denk dat ze het mooi vonden.'

De arme tante An-mei wrijft nog harder over haar stenen. Ik herinner me wat mijn moeder me verteld heeft over de Chinareis van de Hsu's, drie jaar geleden. Tante An-mei had tweeduizend dollar gespaard, allemaal voor het gezin van haar broer. Ze had mijn moeder de inhoud van haar zware koffers laten zien. De ene was volgepakt met allerlei soorten snoep: kauwgom, M&M's, gesuikerde cashewnoten, instantcacao en miniatuur marshmallows. In de andere koffer, vertelde mijn moeder me, zaten de belachelijkste kleren, allemaal nieuw: kleurige Californische strandkleding, baseballpetjes, katoenen broeken met elastiek in de taille, vliegeniersjekkers, Stanford-sweaters, sportkousen.

'Wat hebben ze aan die nutteloze dingen?' had mijn moeder gezegd. 'Ze willen alleen maar geld.' Maar haar broer was zo arm, zei tante An-mei, en zijzelf in vergelijking daarmee zo rijk. En ze had de raad van mijn moeder genegeerd en de zware koffers en de tweeduizend dollar mee naar China genomen. En toen hun groepsreis eindelijk in Hangzhou aankwam, was de hele familie uit Ningpo aanwezig om hen te begroeten. Niet alleen tante Anmeis jongere broer maar ook de stiefbroers en stiefzusters van zijn vrouw en een verre nicht en de man van die nicht en de oom van de man van die nicht. En ze hadden allemaal hun schoonmoeder en hun kinderen meegebracht en zelfs vrienden uit hun dorp die niet het geluk hadden met Chinese familie van overzee te kunnen geuren.

Mijn moeder vertelde: 'Voordat ze naar China vertrok, huilde tante An-mei, omdat ze dacht dat ze haar broer heel rijk en gelukkig zou maken, naar communistische maatstaven. Maar toen ze terug was, vertelde ze me huilend dat iedereen even hebberig was geweest en dat zij de enige was die met lege handen was vertrokken.'

Het vermoeden van mijn moeder werd bewaarheid. Niemand had de sweaters en die nutteloze kleren willen hebben. De snoepjes werden in de lucht gegooid, weg. En toen de koffers leeg waren, vroegen de familieleden aan de Hsu's wat ze nog meer hadden meegebracht.

Tante An-mei en oom George werden uitgeschud: ze betaalden niet alleen tweeduizend dollar aan tv's en koelkasten, maar ook nog een overnachting voor zesentwintig mensen in het Meerzicht Hotel, een feestmaal voor drie tafels in een restaurant met hoge buitenlandse prijzen, drie speciale cadeaus voor elk familielid en ten slotte een lening van vijfduizend *yuan* in buitenlands geld voor de zogenaamde oom van een nicht, die beweerde dat hij een motorfiets wilde kopen maar die later voorgoed met het geld bleek te zijn verdwenen. Toen de trein de volgende dag uit Hangzhou vertrok, hadden de Hsu's negenduizend dollar aan *goodwill* betaald. Maanden later, na een inspirerende kerstdienst van de Eerste Chinese Baptistengemeente, probeerde tante An-mei haar verlies te compenseren door te verkondigen dat het gezegender was te geven dan te nemen. Mijn moeder stemde ermee in en zei dat haar oude vriendin voldoende zegeningen had verdiend voor meerdere levens.

Ik hoor hoe tante Lin zit op te snijden over de deugden van haar familie in China en ik zie dat ze er niets van merkt dat ze tante An-mei pijn doet. Is tante Lin gemeen of heeft mijn moeder het beschamende verhaal over de hebzucht van tante An-meis familie buiten mij aan niemand verteld?

'En jij gaat weer naar school, heb ik gehoord, Jing-mei?' vraagt tante Lin.

'Ze heet June. Ze gebruiken allemaal hun Amerikaanse naam,' zegt tante Ying.

'Het geeft niet,' zeg ik en ik meen het. Het is tegenwoordig zelfs in de mode onder in Amerika geboren Chinezen om hun Chinese naam te gebruiken.

'Maar ik ga niet meer naar school,' zeg ik. 'Dat is meer dan tien jaar geleden.'

Tante Lin trekt haar wenkbrauwen op. 'Misschien denk ik aan de dochter van iemand anders,' zegt ze. Maar ik weet meteen dat ze jokt. Ik weet dat mijn moeder haar waarschijnlijk heeft verteld dat ik weer naar de universiteit zou gaan om mijn studie af te maken. Ze had me een tijdje terug, misschien nog geen halfjaar geleden, weer eens verwijten zitten maken dat ik een mislukkeling was en mijn studie niet had afgemaakt en dat ik weer moest gaan studeren om mijn graad te halen.

En ik had mijn moeder voor de zoveelste keer het antwoord gegeven dat ze wilde horen: 'U hebt gelijk. Ik zal er over nadenken.' Ik had altijd verondersteld dat we een stilzwijgende afspraak hadden over deze dingen: dat zij het niet echt meende dat ik een mislukkeling was en dat ik het echt meende dat ik zou proberen meer respect te hebben voor haar opinies. Maar tante Lins woorden van vanavond herinneren me er weer aan dat mijn moeder en ik elkaar nooit echt hebben begrepen. Elk gaf haar eigen uitleg aan wat de ander zei en ik scheen altijd minder te horen dan wat er werd gezegd en mijn moeder meer. Ze had vast tegen tante Lin gezegd dat ik weer naar de universiteit zou gaan om af te studeren.

Tante Lin en mijn moeder waren zowel boezemvriendinnen als aartsvijanden geweest en hadden hun hele leven doorgebracht met hun kinderen met elkaar te vergelijken. Ik was een halfjaar ouder dan Waverly Jong, de veelgeprezen dochter van tante Lin. Al vanaf de tijd dat we nog heel klein waren, hadden onze moeders tegen elkaar opgeboden: over de vorm van onze navel, hoe mooi onze oorlelletjes waren, hoe dik en donker ons haar, hoeveel schoenen we per jaar versleten en later hoe goed Waverly kon schaken, hoeveel trofeeën ze de afgelopen maand had gewonnen, hoeveel kranten haar naam hadden vermeld, hoeveel steden ze had bezocht.

Ik weet dat mijn moeder er een hekel aan had om aan te horen wat tante Lin over Waverly zei, terwijl zij er niets tegenover kon stellen. Eerst probeerde mijn moeder een of ander verborgen talent in me aan te kweken. Ze deed huishoudelijk werk voor een oude gepensioneerde pianoleraar in ons flatgebouw, die me in ruil daarvoor les gaf en het vrije gebruik van een piano om op te studeren. Toen het me niet lukte concertpianist of zelfs maar begeleidster van het jeugdkoor van de kerk te worden, verklaarde ze ten slotte dat ik een laatbloeier was, net als Einstein. Van hem had ook iedereen gedacht dat hij achterlijk was tot hij een bom uitvond.

Deze keer is het tante Ying die het spel wint, dus tellen we onze punten en beginnen opnieuw.

'Wist je dat Lena verhuist naar Woodside?' vraagt tante Ying trots glimlachend aan niemand in het bijzonder, terwijl ze haar stenen bekijkt. Ze trekt haastig haar gezicht in de plooi en probeert bescheiden te doen: 'Is natuurlijk niet mooiste huis daar, niet huis van miljoen dollar, nog niet. Maar is goede investering. Beter dan huur betalen. Beter dan worden weggeveegd onder duim van eigenaar.' Ik weet nu dat tante Yings dochter Lena haar heeft verteld dat ik uit mijn flat onder aan Russian Hill word gezet. Hoewel Lena en ik nog steeds vriendinnen zijn, passen we natuurlijk wel op dat we elkaar niet te veel vertellen. Desondanks komt het weinige dat we elkaar vertellen soms in een andere vorm bij ons terug. Het is hetzelfde oude spelletje. Iedereen praat in een kringetje.

'Het wordt laat,' zeg ik als we de ronde hebben uitgespeeld. Ik wil opstaan maar tante Lin duwt me terug op mijn stoel.

'Blijf, blijf. Wij praten een beetje, leren jou weer kennen. Is lang geleden,' zegt ze.

Ik weet dat dit alleen maar een beleefd gebaar van de vreugde- en geluktantes is dat ze in werkelijkheid even verlangend zijn me te zien gaan als ik om te vertrekken. 'Nee, ik moet echt weg, dank u, dank u,' zeg ik, blij dat ik nog weet hoe die beleefdheden werken.

'Maar je moet blijven! We hebben je iets belangrijks te vertellen, over je moeder,' flapt tante Ying eruit met haar te luide stem. De anderen kijken beschaamd, alsof ze me een of ander onaangenaam bericht liever op een andere manier hadden willen meedelen.

Ik ga zitten. Tante An-mei loopt snel de kamer uit. Ze komt terug met een schaal pinda's en doet zachtjes de deur achter zich dicht. Iedereen zwijgt, alsof niemand weet hoe te beginnen.

Tante Ying is degene die ten slotte het woord neemt: 'Ik denk jouw moeder gestorven met belangrijke gedachte in haar hoofd,' zegt ze in hortend Engels. Dan gaat ze rustig en zachtjes pratend verder in het Chinees.

'Je moeder was een heel sterke vrouw, een goede moeder. Ze hield heel veel van je, meer dan van haar eigen leven. En daarom kun je begrijpen dat een moeder als zij ook nooit haar andere dochters heeft kunnen vergeten. Ze wist dat ze nog leefden en ze wilde voordat ze zou sterven haar dochters in China terugvinden.'

De baby's in Kweilin, denk ik. Ik was niet die baby's. De baby's in een draagdoek over haar schouder. Haar andere dochters. En ik voel me alsof ik in Kweilin ben, te midden van de bombardementen. Ik zie de baby's aan de kant van de weg liggen. Ze hebben hun rode duimen uit hun mond getrokken en brullen om hun moeder. Iemand heeft ze meegenomen. Ze zijn gered. En nu heeft mijn moeder me voor altijd verlaten. Ze is teruggegaan naar China om de baby's te halen. Ik hoor de stem van tante Ying nauwelijks meer.

'Ze had jaren gezocht, aan iedereen brieven geschreven,' zegt tante Ying. 'En verleden jaar kreeg ze een adres. Ze wilde het binnenkort aan je vader vertellen. Aiya! Wat jammer. Haar hele leven heeft ze gewacht.'

Tante An-mei valt haar opgewonden in de rede: 'Daarom hebben je tantes en ik naar dat adres geschreven,' zegt ze. 'Wij schrijven dat een zekere persoon, je moeder, zekere andere personen wil ontmoeten. En die personen zij schrijven ons terug. Jouw zusters, Jing-mei.'

Mijn zusters, herhaal ik bij mezelf. Het is voor het eerst dat ik die twee woorden samen uitspreek.

Tante An-mei heeft een vel papier dat zo dun is als vloeipapier in haar hand. Ik zie keurige, rechte, vertikale rijen met blauwe vulpeninkt geschreven Chinese karakters. Een woord is gevlekt. Een traan? Ik neem de brief met trillende handen aan en denk vol bewondering hoe knap mijn zusters moeten zijn dat ze Chinees kunnen lezen en schrijven.

De tantes zitten allemaal glimlachend naar me te kijken, als naar iemand die op het randje van de dood heeft gelegen maar door een wonder is genezen. Tante Ying geeft me nu een envelop. Er zit een cheque in voor twaalfhonderd dollar, op naam van June Woo. Ik kan mijn ogen niet geloven.

'Hebben mijn zusters *mij* geld gestuurd?' vraag ik.

'Nee, nee,' zegt tante Lin op geveinsd ongeduldige toon: 'We sparen ieder jaar het geld dat we met mahjong hebben gewonnen. Houden groot feestmaal in duur restaurant. Meestal wint je moeder, dus meeste geld is van haar. Wij leggen klein beetje bij, zodat jij naar Hongkong kan gaan en trein nemen naar Shanghai om je zusters te bezoeken. Wij toch allemaal te rijk en te dik.' Ze klopt op haar buik om het te bewijzen.

'Mijn zusters bezoeken,' herhaal ik verbijsterd. Het vooruitzicht vervult me met ontzag en ik probeer me voor te stellen wat ik dan zal zien. Ik voel me gegeneerd door de leugen over het jaarlijkse feestmaal die mijn tantes hebben verteld om hun edelmoedigheid te maskeren. Ik huil nu, ik moet tegelijk huilen en lachen om hun loyaliteit jegens mijn moeder, die ik zie maar niet begrijp.

'Je moet je zusters opzoeken en over de dood van je moeder vertellen,' zegt tante Ying. 'Maar nog belangrijker dat jij hun vertelt over haar leven. Over de moeder die ze niet hebben gekend, die ze nu moeten leren kennen.'

'Mijn zusters bezoeken, hun over mijn moeder vertellen,' herhaal ik knikkend. 'Wat moet ik zeggen? Wat kan ik ze over mijn moeder vertellen? Ik weet niets. Ze was mijn moeder.'

De tantes kijken me aan alsof ik voor hun ogen gek ben geworden.

'Weet niets over je eigen moeder?' roept tante An-mei ongelovig. 'Hoe kun je dat zeggen? Je moeder is in je botten!'

'Vertel ze verhalen over je familie hier. Hoe goed het haar ging,' oppert tante Lin.

'Vertel ze verhalen die zij jou heeft verteld, lessen die ze je heeft geleerd, wat je weet over haar gedachten, die jouw gedachten zijn geworden,' zegt tante Ying. 'Jouw moeder was een heel intelligente vrouw.'

'Vertel, vertel,' hoor ik in koor, terwijl elk van de tantes koortsachtig probeert te bedenken wat ik moet doorgeven.

'Hoe goed ze was.'

'Hoe intelligent ze was.'

'Hoe ze haar plicht deed voor haar gezin.'

'Haar verwachtingen, dingen die ze belangrijk vond.'

'De heerlijke gerechten die ze klaarmaakte.'

'Stel je voor, een dochter die haar eigen moeder niet kent!'

En dan begrijp ik het. Ze zijn bang. In mij zien ze hun eigen dochters, net zo onwetend, net zo onverschillig voor alle waarheden en verwachtingen waarmee hun moeders naar Amerika zijn gekomen als ik. Ze zien dochters die ongeduldig worden als hun moeder Chinees spreekt, die denken dat hun moeder dom is als ze iets in gebroken Engels probeert uit te leggen. Ze zien dat vreugde en geluk voor hun dochters iets anders betekenen, dat 'vreugde-en-geluk' in hun in Amerika geboren denkwereld geen woord is, niet bestaat. Ze zien dochters die het leven zullen schenken aan kleinkinderen, die geboren zullen worden zonder de verbindende hoop die van generatie op generatie wordt doorgegeven.

'Ik zal ze alles vertellen,' zeg ik eenvoudig en de tantes kijken me weifelend aan.

'Ik zal me alles over haar herinneren en het ze vertellen,' zeg ik op beslistere toon. En geleidelijk, de een na de ander, glimlachen ze en kloppen op mijn hand. Ze kijken nog verontrust, alsof er iets niet in evenwicht is. Maar ze kijken ook hoopvol, alsof ze denken dat wat ik zeg misschien zal gebeuren. Wat kunnen ze nog meer verwachten? Wat kan ik nog meer beloven?

Ze beginnen weer van hun zachte, gekookte pinda's te eten en 'verhalen te zeggen'. Ze zijn weer jonge meisjes, die dromen van goede dingen die in het verleden zijn gebeurd en goede dingen die nog zullen komen. Een broer uit Ningpo die zijn zuster doet huilen van vreugde als hij haar negenduizend dollar met rente terugbetaalt. Een jongste zoon wiens reparatiebedrijfje van stereo- en tv-apparaten zo goed gaat dat hij toestellen die hij over heeft naar China stuurt. Een dochter met kinderen die zwemmen als otters in een mooi zwembad in Woodside.

Zulke goede verhalen. De beste. Wat hebben ze veel geluk. En ik zit op de plaats van mijn moeder aan de mahjongtafel, de oostkant, waar alles begint.

AN-MEI HSU

Litteken

Toen ik een klein meisje was in China, zei mijn grootmoeder tegen me dat mijn moeder een geest was. Dit betekende niet dat mijn moeder dood was. In die dagen was een geest iets waar we niet over mochten praten. Ik wist dus dat Popo wilde dat ik mijn moeder expres zou vergeten en zo kwam het dat ik me niets van haar herinnerde. Het leven dat ik kende begon in het grote huis met de koude gangen en hoge trappen in Ningpo. Het was het familiehuis van mijn oom en tante, waar ik met Popo en mijn kleine broertje woonde.

Ik hoorde vaak verhalen over een geest die kinderen meenam, vooral eigenzinnige kleine meisjes die ongehoorzaam waren. Popo zei heel vaak hardop tegen iedereen die het kon horen, dat mijn broertje en ik uit de buik van een domme gans waren gevallen, twee eieren die niemand wilde hebben, zelfs niet goed genoeg om in de rijstpap te breken. Dat zei ze opdat de geesten ons niet zouden stelen. Dus je begrijpt wel dat we Popo ook erg dierbaar waren.

Ik was mijn hele leven altijd bang van Popo geweest. Ik werd nog banger toen ze ziek werd. Dat gebeurde in 1923, toen ik negen was. Popo was opgezwollen als een overrijpe pompoen, zo vol dat haar vlees zacht was geworden en was gaan rotten en een vieze lucht verspreidde. Ze riep me vaak haar kamer binnen, waar die verschrikkelijke stank was, en vertelde me verhalen. 'An-mei,' zei ze dan, want ze noemde me bij mijn schoolnaam, 'luister goed.' Ze vertelde me verhalen die ik niet begreep.

Een ervan ging over een gulzig meisje dat een steeds dikkere buik kreeg. Het meisje nam vergif in nadat ze had geweigerd te zeggen wiens kind ze droeg. Toen de monniken haar lichaam opensneden, vonden ze er een grote witte wintermeloen in.

'Als je gulzig bent, maakt wat je binnen in je hebt dat je altijd honger hebt,' zei Popo.

Een andere keer vertelde Popo me over een meisje dat weigerde naar oudere en wijzere mensen te luisteren. Op een dag, weigerde het meisje aan een eenvoudig verzoek van haar tante te voldoen. Ze schudde zo hard met haar hoofd dat er een klein wit balletje uit haar oor rolde en toen kwamen al haar hersens naar buiten stromen, zo helder als kippebouillon.

'Je eigen gedachten zijn zo druk aan het rondzwemmen daarbinnen, dat ze al het andere eruit duwen,' zei Popo.

Vlak voordat Popo zo ziek werd dat ze niet meer kon praten, trok ze me dicht naar zich toe en praatte tegen me over mijn moeder. 'Spreek nooit haar naam uit,' waarschuwde ze me. 'Als je haar naam zegt, spuug je op het graf van je vader.'

De enige vader die ik kende was een groot schilderij dat in de grote hal hing. Hij was een grote, ernstig kijkende man, die ongelukkig was omdat hij zo stil aan de muur moest hangen. Zijn rusteloze ogen volgden me door het huis. Zelfs vanuit mijn kamer aan het eind van de hal zag ik de ogen van mijn vader naar me kijken. Popo zei dat hij naar me keek om te zien of ik me wel respectvol gedroeg. Dus soms, bijvoorbeeld als ik steentjes had gegooid naar andere kinderen op school of door slordigheid een boek was kwijtgeraakt, liep ik mijn vader haastig met een ik-weet-van-niets-gezicht voorbij en verstopte me in een hoekje van mijn kamer, waar hij mijn gezicht niet kon zien.

Ik had het gevoel dat ons huis verschrikkelijk ongelukkig was, maar mijn broertje scheen er anders over te denken. Hij reed op zijn fietsje over de binnenplaats en jaagde kippen en andere kinderen na en lachte om wie het meeste misbaar maakte. Als onze oom en tante naar het dorp waren om vrienden te bezoeken, sprong hij in het stille huis op en neer op hun mooie sofa's.

Maar zelfs mijn broertje bleef niet gelukkig. Op een hete zomerdag, toen Popo al erg ziek was, stonden we buiten naar een begrafenis te kijken die langs ons voorplein kwam. Net toen de stoet onze poort passeerde, wankelde het zware, ingelijste portret van de gestorven man op zijn standaard en viel op de stoffige weg.

Een oude dame gilde en viel flauw. Mijn broertje lachte en tante gaf hem een klap.

Mijn tante, die geen geduld had met kinderen, zei dat hij geen *xiao* had, geen respect voor voorouders en familie, net als onze moeder. Tante had een tong als een hongerige schaar die zijde eet. Toen mijn broertje haar kwaad aankeek, zei ze dat onze moeder zo zelfzuchtig had gehandeld dat ze haastig naar het noorden was gevlucht, zonder de meubels die bij de bruidsschat van haar huwelijk met mijn vader hoorden mee te nemen en zonder haar tien stel zilveren eetstokjes te brengen, zonder eer te bewijzen aan het graf van mijn vader en de graven van onze voorouders. Toen mijn broertje tante ervan beschuldigde dat ze onze moeder bang had gemaakt en dat ze daarom was weggegaan, schreeuwde ze dat onze moeder getrouwd was met een man die Wu Tsing heette en die al een vrouw en twee bijvrouwen en ook een stel ongehoorzame kinderen had.

En toen mijn broertje riep dat tante praatte als een kip zonder kop, duwde ze hem tegen het hek en spuwde in zijn gezicht.

'Je roept scheldwoorden naar me maar je bent niets,' zei mijn tante. 'Je bent de zoon van een moeder die zo weinig respect heeft dat ze *ni* is geworden, een verraadster van onze voorouders. Ze is zo diep gezonken dat zelfs de duivel omlaag moet kijken om haar te kunnen zien.'

Op dat ogenblik begon ik de verhalen die Popo me verteld had, de lessen die ik moest leren vanwege mijn moeder, te begrijpen. 'Als je je gezicht verliest, An-mei,' zei Popo vaak, 'dan is het alsof je je ketting in een put laat vallen. De enige manier om hem terug te krijgen is door er zelf achteraan te vallen.'

Nu kon ik me een voorstelling maken van mijn moeder, een zelfzuchtige vrouw die lachte en haar hoofd schudde, die aldoor haar eetstokjes in de schaal doopte om nog een stukje zoet fruit te eten, blij dat ze verlost was van Popo, haar ongelukkige man aan de muur en haar twee ongehoorzame kinderen. Ik vond het akelig dat ze mijn moeder was en ook dat ze was weggegaan. Dat waren de gedachten die door mijn hoofd speelden, terwijl ik me in het hoekje van mijn kamer verstopte, waar mijn vader me niet kon zien.

Ik zat boven aan de trap toen ze kwam. Ik wist dat het mijn moeder was, hoewel ik haar zolang ik me kon herinneren niet meer had gezien. Ze stond net in de deuropening, zodat haar gezicht een donkere schaduw werd. Ze was veel langer dan mijn tante, bijna even lang als mijn oom. Ze zag er ook vreemd uit. Ze leek op de dames van de zending op onze school, die onbeleefd en bazig waren met hun te hoge schoenen en vreemde kleren en korte haar.

Mijn tante keek snel de andere kant uit en noemde haar niet bij haar naam en bood haar geen thee aan. Een oude bediende haastte zich met een ontstemde blik weg. Ik probeerde me niet te bewegen, maar mijn hart voelde als krabbelende krekels die uit een kooitje proberen te ontsnappen. Mijn moeder moet het hebben gehoord want ze keek op. En toen ze dat deed, keek ik in mijn eigen gezicht. Ogen die wijd open bleven en te veel zagen.

Mijn tante riep : 'Te laat, te laat,' toen mijn moeder in Popo's kamer naar het bed liep. Maar dat hield mijn moeder niet tegen.

'Kom terug, blijf hier,' fluisterde mijn moeder tegen Popo. '*Nüer* is er, uw dochter is teruggekomen.' Popo's ogen waren open maar haar geest dwaalde nu in alle richtingen en bleef nergens lang genoeg om iets te zien. Als Popo's geest helder was geweest, zou ze haar twee armen hebben opgeheven en mijn moeder de kamer uit hebben gegooid.

Ik sloeg mijn moeder gade, ik zag haar voor het eerst, die mooie vrouw met haar blanke huid en ovale gezicht, niet te rond, zoals dat van tante, of te scherp, zoals dat van Popo.

Ik zag dat ze een lange, witte hals had, net als de gans die mij had gelegd. Dat ze heen en weer leek te zweven als een geest, terwijl ze koele doeken in het water doopte om op Popo's gezwollen gezicht te leggen. Terwijl ze in Popo's ogen keek, maakte ze zachte, bezorgde, klokkende geluidjes. Ik sloeg haar nauwkeurig gade, maar wat me in verwarring bracht, was haar stem, een bekend geluid uit een vergeten droom.

Toen ik later die middag terugkwam in mijn kamer, stond ze daar in haar volle lengte. En omdat ik me herinnerde dat Popo had gezegd dat ik haar naam niet mocht uitspreken, bleef ik zwijgend staan. Ze nam mijn hand en leidde me naar de zitbank.

Toen ging ze naast me zitten, alsof we dit elke dag hadden gedaan.

Mijn moeder maakte mijn vlechten los en begon met lange slagen mijn haar te borstelen.

'An-mei, ben je een goede dochter geweest?' vroeg ze glimlachend, met een vertrouwelijke blik.

Ik keek haar aan met mijn ik-weet-van-niets-gezicht maar inwendig beefde ik. Ik was het meisje dat een kleurloze wintermeloen in haar buik had.

'An-mei, je weet best wie ik ben,' zei ze met een licht verwijt in haar stem. Deze keer keek ik niet op, uit angst dat mijn hoofd zou barsten en mijn hersens uit mijn oren zouden wegsijpelen.

Ze hield op met borstelen. En toen voelde ik hoe haar lange, gladde vingers me onder mijn kin wreven en voelden tot ze de plaats vonden waar het gladde litteken in mijn hals zat. Terwijl ze over die plek wreef, werd ik heel stil. Het was alsof ze de herinnering in mijn huid terugwreef. Toen liet ze haar hand vallen en begon te huilen, terwijl ze haar handen om haar eigen hals sloeg. Ze huilde met een jammerende stem, het klonk zo droevig! En toen herinnerde ik me de droom met de stem van mijn moeder erin.

Ik was vier. Mijn kin kwam net boven de eettafel uit en ik zag mijn kleine broertje dat huilend en met een boos gezicht bij Popo op schoot zat. Iedereen prees de dampende donkere soep die op tafel was gezet. Iedereen mompelde beleefd '*Qing! Qing!*' Eet alstublieft! tegen degenen die naast hem zaten.

En toen hield het praten op. Mijn oom stond op. Iedereen draaide zich naar de deur, waar een lange vrouw stond. Ik was de enige die iets zei.

'Ma!' riep ik, van mijn stoel springend. Maar mijn tante gaf me een klap in mijn gezicht en duwde me terug op mijn stoel. Nu stond iedereen overeind en schreeuwde en ik hoorde de stem van mijn moeder roepen: 'An-mei! An-mei!' Boven het lawaai uit sprak de schrille stem van Popo: 'Wie is die geest? Geen geëerde weduwe. Niet meer dan een bijvrouw nummer drie. Als je je dochter meeneemt, wordt ze net als jij. Geen gezicht. Nooit in staat haar hoofd op te heffen.'

Mijn moeder riep nog steeds dat ik bij haar moest komen. Ik herinner me haar stem nu zo duidelijk. 'An-mei! An-mei!' Ik zag mijn moeders gezicht aan de andere kant van de tafel. Tussen ons in stond de soepterrine op zijn zware standaard, hij schommelde zachtjes heen en weer. En toen klonk er een luide schreeuw en viel hij om en de hele pan donkere, dampende soep stroomde in mijn hals. Het was alsof de woede van al die mensen over mij werd uitgestort.

Het was een soort pijn die zo verschrikkelijk is, dat een klein kind zich die nooit mag herinneren. Maar hij is nog aanwezig in de herinnering van mijn huid. Ik schreeuwde maar even, want al gauw begon mijn vlees van binnen en van buiten te barsten en sneed me de adem af.

Ik kon niet meer praten door dat verschrikkelijke verstikkende gevoel. Ik kon niets zien vanwege alle tranen die uit mijn ogen stroomden om de pijn weg te wassen. Maar ik hoorde de huilende stem van mijn moeder. Popo en tante schreeuwden. En toen ging de stem van mijn moeder weg.

Later die avond kwam de stem van Popo bij me.

'An-mei, luister goed.' Ze praatte met dezelfde boze stem waarmee ze me een standje gaf als ik heen en weer rende door de gang. 'An-Mei, we hebben je doodskleren en schoenen voor je gemaakt. Ze zijn allemaal van witte katoen.'

Ik luisterde angstig.

'An-mei,' zei ze nu vriendelijker en zachter, 'je doodskleren zijn heel eenvoudig. Ze zijn niet extra mooi, want je bent nog een kind. Als je dood gaat, zul je een kort leven hebben gehad en zul je je familie nog iets schuldig zijn. Je begrafenis zal heel onaanzienlijk zijn. Onze rouwtijd voor je zal heel kort zijn.'

En toen zei Popo iets dat erger was dan de brandende pijn in mijn hals.

'Zelfs je moeder heeft haar tranen opgebruikt en is weggegaan. Als je niet gauw beter wordt, zal ze je vergeten.'

Popo was slim. Ik kwam haastig uit de andere wereld terug om mijn moeder te zoeken.

Ik huilde iedere avond, zodat zowel mijn ogen als mijn hals pijn deden. Popo zat naast mijn bed. Ze schonk koel water op mijn hals uit de holle schil van een grote grapefuit. Ze schonk en ze schonk totdat mijn ademhaling rustig werd en ik in slaap viel. 's Morgens gebruikte Popo haar scherpe nagels als een pincet en pelde de dode velletjes van mijn hals.

In twee jaar werd mijn litteken wit en glanzend en herinnerde ik me niets meer van mijn moeder. Zo gaat dat met een wond. De wond groeit dicht om de plaats die zo'n pijn doet te beschermen. En als hij is dichtgegroeid, zie je niet meer wat eronder zit en de pijn heeft veroorzaakt.

Ik aanbad de moeder uit mijn droom. Maar de vrouw die bij Popo's bed stond, was niet de moeder uit mijn herinnering. Toch ben ik ook van deze moeder gaan houden. Niet omdat ze naar me toe kwam en me vroeg haar te vergeven. Dat deed ze niet. Ze hoefde me niet uit te leggen dat Popo haar het huis uit had gejaagd toen ik bijna dood was gegaan. Dat wist ik. Ze hoefde me niet te vertellen dat ze met Wu Tsing was getrouwd om het ene ongelukkige leven voor een ander te verwisselen. Dat wist ik ook.

Ik zal je vertellen hoe ik van mijn moeder ben gaan houden. Hoe ik in haar mijn eigen ware aard zag. Wat onder mijn huid zat. In mijn botten.

Het was laat in de avond toen ik naar de kamer van Popo ging. Mijn tante zei dat Popo stervende was en dat ik eer moest bewijzen. Ik trok een schone jurk aan en ging tussen mijn oom en tante aan de voet van Popo's bed staan. Ik huilde een beetje maar niet te luid.

Ik zag mijn moeder aan de andere kant van de kamer. Stil en bedroefd. Ze kookte een soep en strooide kruiden en medicijn in de dampende pan. En toen zag ik dat ze haar mouw optrok en een scherp mes te voorschijn haalde. Ze zette het mes op het zachtste deel van haar arm. Ik probeerde mijn ogen dicht te doen maar kon het niet.

En toen sneed mijn moeder een stuk vlees uit haar arm. De tranen stroomden over haar gezicht, het bloed druppelde op de vloer.

Mijn moeder nam het vlees en deed het in de soep. Ze kookte een toverrecept, volgens de oude traditie, om te proberen haar moeder deze laatste keer nog te genezen. Ze maakte Popo's mond open, die al te stijf dicht was van haar pogingen haar geest binnen te houden. Ze voerde haar de soep, maar die nacht vloog Popo weg met haar ziekte.

Hoewel ik nog jong was, kon ik de pijn van het vlees en de waarde van die pijn zien.

Zo eert een dochter haar moeder. Het is *xiao*, zo diep zit het in je botten. De pijn van het vlees is niets. Je moet de pijn vergeten. Want soms is dat de enige manier om je te herinneren wat er in je botten zit. Je moet je huid afpellen en die van je moeder en die van haar moeder voor haar. Totdat er niets over is. Geen litteken, geen huid, geen vlees.

LINDO JONG

De rode kaars

Ik heb eens mijn leven opgeofferd om de belofte van mijn ouders na te komen. Dat zegt jou niets, omdat beloften voor jou niets betekenen. Een dochter kan beloven te komen eten, maar als ze hoofdpijn heeft, als er een verkeersopstopping is, als ze een mooie film op de tv wil zien, heeft ze geen belofte meer.

Ik heb ook naar die film gekeken toen jij niet kwam. De Amerikaanse soldaat belooft dat hij terug zal komen en met het meisje trouwen. Zij huilt met oprecht verdriet en hij zegt: 'Ik beloof het! Ik beloof het! Liefste, mijn belofte is zuiver als goud.' Dan duwt hij haar op het bed. Maar hij komt niet terug. Zijn goud is net als dat van jou, het is maar veertien karaats.

Voor Chinezen is veertien karaats geen echt goud. Voel mijn armbanden maar. Ze moeten vierentwintig karaats zijn, door en door zuiver.

Het is te laat om je te veranderen, maar ik vertel je dit omdat ik me ongerust maak over je baby. Ik ben bang dat ze op een dag zal zeggen: 'Dank u wel, grootmoeder, voor de gouden armband. Ik zal u nooit vergeten.' Maar later zal ze haar belofte vergeten. Ze zal vergeten dat ze ooit een grootmoeder heeft gehad.

In diezelfde oorlogsfilm gaat de Amerikaanse soldaat naar huis en valt op zijn knieën en vraagt een ander meisje met hem te trouwen. En de ogen van het meisje vliegen heen en weer, zo verlegen, alsof ze hier nog nooit aan had gedacht. En plotseling! ... kijken haar ogen hem recht aan en ze weet nu dat ze van hem houdt, zoveel dat ze moet huilen. 'Ja,' zegt ze ten slotte en dan trouwen ze voor altijd.

Met mij is het niet zo gegaan. In plaats daarvan kwam de

koppelaarster van het dorp naar ons huis toen ik nog maar net twee jaar oud was. Nee, niemand heeft me dat verteld, ik herinner het me nog allemaal. Het was zomer en heel heet en stoffig buiten, ik hoorde het gesjirp van de cicaden in de tuin. We zaten onder een paar bomen in onze boomgaard. De bedienden en mijn broers waren hoog boven mijn hoofd aan het peren plukken. En ik zat in mijn moeders warme, plakkerige armen. Ik zwaaide mijn hand heen en weer want er fladderde een vogeltje voor mijn ogen, met hoorntjes en kleurige, papierdunne vleugels. Toen vloog het papieren vogeltje weg en er stonden twee dames voor me. Ik herinner me ze omdat een van de dames waterige 'sjrr, sjrr' geluiden maakte. Toen ik ouder was, leerde ik dit te herkennen als het accent van Peking, dat mensen uit Taiyuan heel vreemd in de oren klinkt.

De twee dames keken zonder iets te zeggen naar mijn gezicht. De dame met de waterige stem had een geschminkt gezicht dat aan het smelten was. De andere dame had een gezicht dat zo droog was als een oude boomstronk. Ze keek eerst naar mij, toen naar de geschminkte dame.

Natuurlijk weet ik nu dat de boomstronk-dame de oude koppelaarster van ons dorp was en de andere Huang Taitai, de moeder van de jongen met wie ik gedwongen zou worden te trouwen. Nee, het is niet waar wat sommige Chinezen zeggen, dat meisjesbaby's waardeloos zijn. Het hangt ervan af wat voor soort meisjesbaby je bent. In mijn geval konden de mensen mijn waarde zien. Ik rook en zag eruit als een heerlijk cakeje, zoet en met een mooie zuivere kleur.

De koppelaarster snoefde over me: 'Een aardpaard voor een aardschaap. Dat is de beste combinatie voor een huwelijk.' Ze klopte op mijn arm en ik duwde haar hand weg. Huang Taitai fluisterde met haar sjrr-sjrr stem dat ik misschien een ongewoon slecht *piqi*, een onvriendelijke aard had. Maar de koppelaarster lachte en zei: 'Helemaal niet, helemaal niet. Ze is een sterk paard. Ze zal opgroeien tot een harde werkster die goed voor u zal zorgen als u oud bent.'

En toen keek Huang Taitai met een bewolkt gezicht op me neer, alsof ze in mijn gedachten kon doordringen en zien wat ik van plan was later te doen. Ik zal haar blik nooit vergeten. Haar ogen gingen wijd open, ze onderzocht mijn gezicht nauwkeurig en toen glimlachte ze. Ik zag een grote gouden tand die me toeglinsterde als een verblindende zon en toen gingen al haar tanden wijd uit elkaar, alsof ze me met huid en haar wilde inslikken.

Zo werd ik de verloofde van de zoon van Huang Taitai die, zoals ik later ontdekte, nog een baby was, net een jaar jonger dan ik. Hij heette Tian-yu, *tian* voor hemel, omdat hij zo belangrijk was, en *yu* voor 'wat overblijft' omdat zijn vader erg ziek was toen hij geboren werd en de familie dacht dat hij zou sterven. Tian-yu zou het overblijfsel zijn van de geest van zijn vader. Maar zijn vader was blijven leven en zijn grootmoeder was bang dat de geesten hun aandacht op de jongen zouden richten en hem meenemen in plaats van zijn vader. Daarom waakten ze zorgvuldig over hem en namen al zijn beslissingen voor hem en werd hij erg verwend.

Maar zelfs al had ik geweten dat ik zo'n slechte man zou krijgen, dan had ik toch geen keus gehad, toen niet en later niet. Zo achterlijk waren families in de provincie. Wij waren altijd de laatsten die domme ouderwetse gewoontes opgaven. In andere steden kon een man al zelf zijn vrouw kiezen met de toestemming van zijn ouders natuurlijk. Maar wij waren afgesneden van dit soort nieuwe ideeën. Je hoorde het nooit als ideeën in een andere stad beter waren, alleen als ze slechter waren. We hoorden verhalen over zoons die zich zo door een slechte echtgenote lieten beïnvloeden dat ze hun oude, jammerende ouders op straat zetten. Daarom bleven de moeders in Taiyuan zelf hun schoondochters uitkiezen, schoondochters die goede zonen zouden grootbrengen, voor hen zouden zorgen als ze oud waren en trouw de familiegraven zouden blijven schoonvegen, lang nadat de oude dames waren begraven.

Omdat ik aan de zoon van de Huangs zou worden uitgehuwelijkt, behandelde mijn familie me alsof ik het bezit van iemand anders was. Als ik de rijstkom te vaak naar mijn gezicht bracht, zei mijn moeder: 'Kijk eens wat de dochter van Huang Taitai veel kan eten.'

Mijn moeder behandelde me niet zo omdat ze niet van me hield. Als ze het zei slikte ze andere woorden in, opdat ze niet iets zou willen houden dat niet meer van haar was.

Ik was eigenlijk een heel gehoorzaam kind, maar soms keek ik ontevreden alleen omdat ik warm of moe of heel ziek was. Dan zei mijn moeder altijd: 'Wat een lelijk gezicht. De Huangs zullen je niet willen hebben en je zult je hele familie te schande maken.' En dan huilde ik nog meer om mijn gezicht lelijker te maken.

'Dat helpt niets,' zei mijn moeder dan. 'We hebben een contract gesloten. Het kan niet worden gebroken.' En dan huilde ik nog harder.

Ik kreeg mijn toekomstige man pas te zien toen ik acht of negen was. De wereld die ik kende, was het huis van onze familie in het dorp buiten Taiyuan. Mijn familie woonde in een bescheiden huis van twee verdiepingen. Op het erf stond nog een kleiner huis dat eigenlijk alleen uit twee kamers naast elkaar bestond, waar onze kok en een huisbediende met hun gezinnen woonden. Ons huis stond op een lage heuvel. We noemden die heuvel Drie Treden naar de Hemel, maar in werkelijkheid bestond hij alleen uit lagen modder die waren aangeslibd door de rivier de Fen en die in de loop van de eeuwen hard waren geworden. Langs de oostelijke muur van ons terrein liep de rivier, die volgens mijn vader graag kleine kinderen at. Hij zei dat hij eens de hele stad Taiyuan had opgeslokt. De rivier was 's zomers een bruine stroom. In de winter was hij blauwgroen op de plaatsen waar hij smal was en snel stroomde. Op bredere plaatsen was hij stijf bevroren, wit van de kou.

O, ik herinner me het nieuwe jaar toen mijn familie naar de rivier ging en een heleboel vis ving, reusachtige, glibberige beesten, gevangen terwijl ze nog sliepen op hun bevroren bed op de bodem van de rivier, zo vers dat ze zelfs nadat ze al waren schoongemaakt, op hun staart stonden te dansen toen ze in de hete pan werden gegooid.

Dat was ook het jaar dat ik mijn man voor het eerst zag, als kleine jongen. Toen het vuurwerk afging, huilde hij heel hard wah! met een grote wijdopen mond, hoewel hij toch geen baby meer was.

Later zag ik hem wel eens bij een rode-eierenceremonie, waarbij kleine jongetjes hun echte naam krijgen als ze een maand oud zijn. Hij zat altijd bij zijn grootmoeder op schoot, haar oude knieën braken bijna onder zijn gewicht. En hij weigerde al het eten dat hem werd aangeboden en draaide zijn neus de andere kant uit, alsof iemand hem stinkende pickles aanbood in plaats van lekkere cake.

Er was dus geen liefde op het eerste gezicht tussen mij en mijn toekomstige man, zoals je het tegenwoordig op de televisie ziet. Ik beschouwde de jongen eerder als een vervelend neefje. Ik leerde beleefd te zijn tegen de Huangs en vooral tegen Huang Taitai. Mijn moeder duwde me naar Huang Taitai toe en zei: 'Wat zeg je tegen je moeder?' En dat maakte me in de war, omdat ik niet wist welke moeder ze bedoelde. Dus dan draaide ik me naar mijn echte moeder en zei: 'Neem me niet kwalijk, ma,' en daarna draaide ik me naar Huang Taitai en presenteerde haar iets lekkers en zei: 'Voor u, moeder.' Een keer, herinner ik me, was het een stukje *siaomai*, een kleine knoedel, waar ik zelf dol op was. Mijn moeder zei dat ik die knoedel speciaal voor haar had gemaakt, hoewel ik alleen met mijn vinger in de dampende zijkant had geprikt toen de kok hem op de schaal liet glijden.

Mijn leven veranderde volledig toen ik twaalf was, de zomer van de zware regens. De Fen, die dwars over het land van mijn familie liep, overstroomde het laagland. Hij verwoestte alle tarwe die mijn familie dat jaar had geplant en maakte het land voor jaren ongeschikt om te verbouwen. Zelfs ons huis boven op de kleine heuvel werd onbewoonbaar. Toen we van de tweede verdieping naar beneden kwamen, zagen we dat de vloeren en de meubels met kleverige modder waren bedekt. De binnenplaatsen lagen bezaaid met ontwortelde bomen, stukken ingestorte muur en dode kippen. We waren verschrikkelijk arm, tussen al die rommel.

In die tijd kon je niet naar een verzekeringsmaatschappij gaan en zeggen iemand heeft me die schade berokkend, betaal me een miljoen dollar, alsjeblieft. In die dagen had je pech gehad, als je je eigen mogelijkheden had uitgeput. Mijn vader zei dat we geen andere keus hadden dan met het hele gezin naar Wuxi te verhuizen, in het zuiden, in de buurt van Shanghai, waar de broer van mijn moeder een kleine graanmolen bezat. Mijn vader legde uit dat de hele familie, behalve ik, onmiddellijk zou vertrekken. Ik was twaalf jaar, oud genoeg om van mijn familie te worden gescheiden en bij de Huangs te gaan wonen.

De wegen waren modderig en zaten vol reusachtige kuilen, zodat er geen vrachtwagen naar het huis kon komen. Alle zware meubels en het beddegoed moesten worden achtergelaten. Die werden aan de Huangs beloofd, als mijn bruidsschat. In die zin was mijn familie heel praktisch. De bruidsschat was genoeg, meer dan genoeg, zei mijn vader. Maar hij kon niet verhinderen dat mijn moeder mij haar *zhang* gaf, een hanger die van een plak rode jade was gemaakt. Ze deed heel streng toen ze hem om mijn hals hing en daarom wist ik dat ze heel bedroefd was. 'Gehoorzaam je familie. Maak ons niet te schande,' zei ze. 'Doe vrolijk als je daar aankomt. Eigenlijk heb je veel geluk.'

Het huis van de Huangs stond ook aan de rivier. Ons huis was overstroomd, maar dat van hen was onbeschadigd gebleven. Dat kwam doordat hun huis hoger in het dal lag. Dit was de eerste keer dat ik besefte dat de Huangs een veel betere positie hadden dan onze familie. De Huangs keken op ons neer en ik begreep nu waarom Huang Taitai en Tian-yu zo'n lange neus hadden.

Toen ik onder de van steen en hout gebouwde poort van de Huangs door kwam, zag ik een grote binnenplaats met drie of vier rijen kleine lage gebouwtjes. Sommige daarvan waren voorraadkamers, in andere woonden bedienden met hun gezinnen. Achter die bescheiden gebouwen stond het grote huis.

Ik liep ernaar toe en staarde naar het huis waar ik de rest van mijn leven zou wonen. Het huis was al vele generaties in de familie. Het was niet echt erg oud of opmerkelijk, maar ik zag wel dat het met de familie was meegegroeid. Er waren vier verdiepingen, een voor elke generatie: overgrootouders, grootouders, ouders en kinderen. Het huis zag er rommelig uit. Het was haastig gebouwd en later waren er in het wilde weg verdiepingen en kamers en versieringen aan toegevoegd, die de weerspiegeling waren van te veel meningen. De benedenverdieping was gebouwd van rotsblokken uit de rivier, bij elkaar gehouden door met stro versterkte leem. De tweede en derde verdieping waren van gladde baksteen, en er was een open galerij omheen, om het huis op een toren van een paleis te laten lijken. De bovenste verdieping was van platen grijze steen met een rood pannendak erop. Om het huis er belangrijk uit te laten zien, was er een luifel voor de voordeur die steunde op twee grote, ronde pilaren. De pilaren waren rood geschilderd, net als de houten raamkozijnen. Iemand, waarschijnlijk Huang Taitai, had keizerlijke drakekoppen laten aanbrengen op de vier hoeken van het dak.

Binnen had het huis een ander soort pretentie. De enige mooie kamer was een salon op de eerste verdieping, waar de Huangs gasten ontvingen. In deze kamer stonden gebeeldhouwde tafels en stoelen van rode lak, met mooie kussens met de familienaam van de Huangs erop geborduurd, in de traditionele stijl, en een heleboel kostbaarheden, die een indruk wekten van rijkdom en langdurig prestige. De rest van het huis was lelijk en oncomfortabel en gevuld met het lawaai van de klachten van twintig mensen. Ik denk dat het huis met iedere generatie kleiner en voller was geworden. Elke kamer was doormidden gedeeld om er twee van te maken.

Er werd geen groot feest gevierd toen ik aankwam. Huang Taitai had geen rode banieren in de mooie kamer op de eerste verdieping gehangen om me welkom te heten. Tian-yu was er niet om me te begroeten. In plaats daarvan bracht Huang Taitai me vlug naar boven, naar de tweede verdieping, naar de keuken, een plaats waar de kinderen van de familie gewoonlijk niet kwamen. Het was een plaats voor koks en bedienden. Ik wist dus waar ik thuishoorde.

Die eerste dag stond ik in mijn beste gewatteerde kleren aan de lage, houten tafel en begon groenten te snijden. Ik kon niet verhinderen dat mijn handen trilden. Ik miste mijn familie en ik had een naar gevoel in mijn maag, want ik wist dat ik eindelijk was aangekomen op de plaats waarvoor mijn leven me had voorbestemd. Maar ik was ook vastbesloten de belofte van mijn ouders na te komen, zodat Huang Taitai mijn moeder nooit van gezichtsverlies zou kunnen beschuldigen. Dat zou ze niet van onze familie kunnen afnemen.

Terwijl ik dit dacht, zag ik dat een oude dienstmeid die over dezelfde tafel gebogen stond om een vis schoon te maken uit haar ooghoek naar me keek. Ik huilde en ik was bang dat ze het tegen Huang Taitai zou zeggen. Daarom riep ik met een brede glimlach: 'Wat ben ik gelukkig! Ik krijg een heerlijk leven.' En toen ik dit zo gevat zei, moest ik mijn mes te dicht langs haar neus hebben gezwaaid, want ze riep boos: '*Shenmo ben de ren!* Wat ben jij voor dom kind?' en ik wist meteen dat dit een waarschuwing was. Want toen ik zo luid verklaarde dat ik zo veel geluk had, had ik mezelf bijna geloofd en gedacht dat het zou kunnen uitkomen.

Ik zag Tian-yu bij het avondeten. Ik was nog steeds een paar centimeter langer dan hij maar hij gedroeg zich als een belangrijke veldheer. Ik wist wat voor soort echtgenoot hij zou zijn want hij deed extra zijn best om me aan het huilen te maken. Hij klaagde dat de soep niet heet genoeg was en gooide toen zijn kom om alsof het per ongeluk ging. Hij wachtte tot ik was gaan zitten om te eten en zei toen dat hij nog een kom rijst wilde. Hij vroeg waarom ik zo'n naar gezicht had als ik naar hem keek.

De jaren die volgden gaf Huang Taitai de andere bedienden de opdracht me te leren hoe ik scherpe hoeken aan kussenovertrekken moest naaien en de naam van mijn toekomstige familie borduren. Hoe kan een vrouw de huishouding van haar man op orde houden als ze nooit haar eigen handen heeft vuil gemaakt, placht Huang Taitai te zeggen als ze me weer een nieuwe taak liet leren. Ik geloof niet dat Huang Taitai ooit haar handen vuil maakte maar ze was erg goed in het bevelen geven en kritiek leveren.

'Leer haar de rijst behoorlijk te wassen, totdat het water helder is. Haar man kan geen modderige rijst eten,' zei ze tegen een kokkin.

Een andere keer gaf ze een bediende opdracht me te laten zien hoe je een stilletje moet schoonmaken. 'Laat ze haar neus bij de ton houden, om er zeker van te zijn dat hij schoon is.' Zo leerde ik een gehoorzame echtgenote te zijn. Ik leerde zo goed koken dat ik kon ruiken of het vlees te zout was, voordat ik het had geproefd. Ik kon zulke kleine steekjes maken dat het leek of het borduursel op de stof was geschilderd. En zelfs Huang Taitai klaagde soms voor de grap dat ze geen vuile blouse op de grond kon gooien of hij was al gewassen en hing weer om haar rug, zodat ze elke dag dezelfde kleren aanhad.

Na een tijdje vond ik het niet zo'n verschrikkelijk leven, nee, niet echt. Na een tijdje was de pijn zo groot dat ik geen verschil meer voelde. Welk groter geluk was er dan iedereen de glanzende paddestoelen en bamboespruiten die ik die dag had helpen klaarmaken naar binnen te zien schrokken? Welke grotere voldoening dan dat Huang Taitai me een klopje op mijn hoofd gaf wanneer ik haar haar honderd keer had geborsteld? Wat kon heerlijker zijn dan dat Tian-yu een hele kom knoedels had opgegeten zonder over de smaak of mijn uiterlijk te klagen? Het was net zoiets als die dames die je tegenwoordig op de Amerikaanse tv ziet, die zo gelukkig zijn dat ze een vlek hebben weggewassen en dat de kleren er weer als nieuw uitzien.

Kun je begrijpen hoe de Huangs hun manier van denken bijna in mijn huid wasten? Ik leerde Tian-yu te beschouwen als een god, iemand wiens opinies veel meer waard waren dan mijn eigen leven. Ik ging Huang Taitai als mijn eigen moeder zien, iemand die ik wilde behagen, iemand die ik zonder aarzelen zou volgen en gehoorzamen.

Toen ik zestien werd, op de dag van het nieuwe maanjaar, gaf Huang Taitai me te verstaan dat ze gereed was de komende lente een kleinzoon te verwelkomen. Zelfs al had ik niet willen trouwen, waar had ik dan moeten gaan wonen? Al was ik zo sterk als een paard, hoe had ik kunnen weglopen? In elke uithoek van China zaten de Japanners.

'De Japanners zijn als ongenode gasten gekomen,' zei Tian-yu's grootmoeder. 'Dat is de reden waarom er niemand anders is gekomen.' Huang Taitai had grote plannen gemaakt, maar ons huwelijksfeest was maar klein.

Ze had het hele dorp uitgenodigd en ook vrienden en familie uit andere plaatsen. In die dagen zei je niet RSVP. Het was onbeleefd om niet te komen. Huang Taitai verwachtte niet dat de oorlog de goede manieren van de mensen zou veranderen. Daarom hadden de kokkin en haar helpsters honderden schotels klaargemaakt. De oude meubels van mijn familie waren glanzend geboend en als indrukwekkende bruidsschat in de salon gezet. Huang Taitai had zorgvuldig alle vlekken van het water en de modder verwijderd. Ze had zelfs iemand opdracht gegeven om gelukwensen op rode banieren te schrijven, alsof mijn ouders die versieringen zelf hadden opgehangen om mij te feliciteren met mijn geluk. En ze had een rode draagstoel gehuurd, die me uit het huis van de buren naar de huwelijksceremonie zou brengen.

Onze huwelijksdag bracht een heleboel ongeluk, hoewel de koppelaarster een gunstige dag had uitgekozen, de vijftiende dag van de achtste maan, als de maan volmaakt rond is en groter dan op enige andere tijd van het jaar. Maar de week voordat de maan kwam, arriveerden de Japanners. Ze vielen zowel de provincie Shansi als de aangrenzende provincies binnen. De mensen waren nerveus. En op de ochtend van de vijftiende, op onze huwelijksdag, begon het te regenen, een heel slecht teken. Toen het begon te donderen en bliksemen, dachten de mensen dat het Japanse bombardementen waren en weigerden hun huis uit te gaan.

Later hoorde ik dat de arme Huang Taitai uren had gewacht tot er meer mensen zouden komen en eindelijk, toen ze geen enkele gast meer uit haar handen kon wringen, besloot ze de plechtigheid te laten beginnen. Wat kon ze anders doen? Ze kon de oorlog niet veranderen.

Ik was in het huis van de buren. Toen ze riepen dat ik beneden moest komen en in de draagstoel stappen, zat ik aan een kleine kaptafel voor een open raam. Ik begon te huilen en dacht vol bitterheid aan de belofte van mijn ouders. Ik vroeg me af waarom mijn lot zo was beslist, waarom ik een ongelukkig leven moest leiden opdat iemand anders een gelukkig leven zou hebben. Vanaf mijn plaats bij het raam zag ik de rivier met zijn modderige bruine water. Ik dacht eraan mijn lichaam in de rivier te werpen, die het geluk van mijn familie had verwoest. Een mens heeft heel vreemde gedachten wanneer het lijkt of er dadelijk een eind aan zijn leven zal komen.

Het begon weer te regenen, een lichte regen. De mensen beneden riepen weer dat ik me moest haasten. En mijn gedachten werden ontstuimiger, vreemder.

Wat is er echt aan een mens, vroeg ik me af. Zou ik veranderen, zoals de rivier van kleur veranderde en toch dezelfde persoon blijven? En toen zag ik dat het gordijn wild begon te wapperen. Buiten was het weer harder gaan regenen, iedereen liep te rennen en te schreeuwen. Ik glimlachte. En toen besefte ik dat dit de eerste keer was dat ik de macht van de wind zag. De wind zelf kon ik niet zien, maar ik zag hoe hij het water dat de rivieren vulde meedroeg en het land zijn vormen gaf. Hoe hij maakte dat mensen begonnen te rennen en te schreeuwen.

Ik veegde mijn ogen af en keek in de spiegel. Ik was verbaasd over wat ik zag. Ik had een mooie, rode jurk aan maar wat ik zag was nog waardevoller. Ik was sterk. Ik was zuiver. Ik had echte gedachten binnen in me die niemand kon zien, die niemand ooit van me zou kunnen afnemen. Ik was als de wind.

Ik wierp mijn hoofd in mijn nek en glimlachte trots naar mezelf. Toen drapeerde ik de grote geborduurde sjaal over mijn gezicht en verborg die gedachten erachter. Maar onder de sjaal wist ik nog wie ik was. Ik deed mezelf een belofte: Ik zou nooit de wensen van mijn ouders vergeten maar ik zou ook nooit mezelf vergeten.

Toen ik aankwam op de huwelijksceremonie, hing de rode sluier voor mijn gezicht zodat ik voor me uit niets kon zien. Maar als ik mijn hoofd naar voren boog, kon ik naar opzij kijken. Er waren weinig mensen gekomen. Ik zag de Huangs, dezelfde oude, klagende familieleden, die zich nu schaamden over deze armzalige vertoning, de muzikanten met hun fluiten en violen. Er waren een paar mensen uit het dorp, die dapper genoeg waren geweest om hun huis uit te gaan voor een gratis maaltijd. Ik zag zelfs bedienden en hun kinderen die erbij moesten zijn gehaald om het gezelschap groter te laten lijken.

Iemand nam mijn handen en leidde me over een pad. Ik voelde me alsof ik een blinde was die naar zijn noodlot liep. Maar ik was niet bang meer. Ik wist wat ik in me had.

Een hoge ambtenaar leidde de ceremonie en praatte te lang over filosofen en voorbeelden van deugdzaamheid. Toen hoorde ik de koppelaarster over onze geboortedatum en harmonie en vruchtbaarheid praten. Ik boog mijn hoofd naar voren en kon haar handen zien die een rode zijden sjaal loswikkelden en een rode kaars omhooghielden, zodat iedereen hem kon zien.

De kaars had twee uiteinden die konden worden aangestoken. Op het ene was met gouden letters de naam Tian-yu geschreven, op het andere de mijne. De koppelaarster stak beide uiteinden aan en verklaarde: 'Het huwelijk is begonnen.' Tian-yu rukte de sluier van mijn gezicht en glimlachte naar zijn vrienden en familie. Mij keek hij zelfs niet aan. Hij deed me denken aan een jonge pauw die ik eens had gezien, die deed alsof de hele binnenplaats van hem was omdat hij zijn staart, die nog maar heel kort was, had gespreid.

Ik zag dat de koppelaarster de rode kaars in een gouden houder stak en hem toen aan een angstig kijkend dienstmeisje gaf. Het dienstmeisje moest de kaars gedurende het banket en de hele nacht bewaken om te zorgen dat geen van beide uiteinden uitging. 's Morgens zou de koppelaarster het resultaat, een klein hoopje zwarte as, laten zien en verklaren: 'Deze kaars heeft zonder uit te gaan aan een stuk door aan beide kanten gebrand. Dit is een huwelijk dat nooit kan worden verbroken.'

Ik herinner het me nog goed. Die kaars was een huwelijksband die nog meer waard was dan de belofte van een katholiek om nooit te scheiden. Hij betekende dat ik nooit zou kunnen scheiden en nooit zou kunnen hertrouwen, zelfs als Tian-yu zou overlijden. Die rode kaars werd geacht me voor altijd aan mijn man en zijn familie te binden, excuses achteraf waren niet mogelijk.

En de volgende dag legde de koppelaarster inderdaad haar verklaring af en liet zien dat ze haar werk goed had gedaan. Maar ik weet wat er in werkelijkheid was gebeurd, want ik had de hele nacht zitten huilen over mijn huwelijk.

Na het feestmaal droegen en duwden de weinige bruiloftsgasten ons naar onze kleine slaapkamer op de derde verdieping. Mensen riepen grapjes en trokken jongens onder het bed vandaan. De koppelaarster hielp kleine kinderen rode eieren te voorschijn te halen die tussen de dekens waren verstopt. De jongens, die ongeveer even oud waren als Tian-yu, dwongen ons naast elkaar op het bed te gaan zitten en we moesten elkaar kussen opdat onze gezichten rood zouden worden van de hartstocht. Op het tuinpad buiten ons open raam gingen rotjes af en iemand zei dat dat een goed excuus voor mij was om me in de armen van mijn man te werpen.

Toen iedereen weg was, bleven we nog een hele tijd zonder iets te zeggen naast elkaar zitten luisteren naar het gejoel buiten. Toen het stil werd, zei Tian-yu: 'Dit is mijn bed. Slaap jij maar op de sofa.' Hij wierp me een kussen en een dunne deken toe. Wat was ik blij! Ik wachtte tot hij sliep en toen stond ik stilletjes op en ging de kamer uit en de trap af naar de donkere binnenplaats.

Buiten rook het alsof het binnenkort weer zou gaan regenen. Ik huilde. Ik liep op mijn blote voeten en voelde de warme hitte nog in de stenen. Aan de andere kant van de binnenplaats zag ik door een geel-verlicht raam het dienstmeisje van de koppelaarster. Ze zat met een verschrikkelijk slaperig gezicht aan een tafel, terwijl de rode kaars in zijn speciale gouden kandelaar opbrandde. Ik ging onder een boom zitten kijken hoe mijn lot voor me werd beslist.

Ik moet in slaap zijn gevallen want ik herinner me dat ik wakker schrok van het geluid van een donderslag. Toen zag ik het dienstmeisje van de koppelaarster bang als een kip die op het punt staat zijn kop te verliezen de kamer uitrennen. O, zij was ook in slaap gevallen, dacht ik en nu denkt ze dat de Japanners eraan komen. Ik lachte. De hele lucht werd licht en er volgde nog een donderslag en ze rende de binnenplaats af en de weg op. Ze rende zo hard dat ik de steentjes achter haar omhoog zag vliegen. Waarheen denkt ze te vluchten, vroeg ik me nog steeds lachend af. En toen zag ik de rode kaars heel even flakkeren in de wind.

Ik had geen enkele gedachte toen mijn benen me optilden en mijn voeten over de binnenplaats naar de geel-verlichte kamer renden. Maar ik hoopte, ik bad tot de Boeddha, tot de godin van de genade en de volle maan dat de kaars zou uitgaan. Hij flakkerde een beetje en de vlam boog ver omlaag maar de beide uiteinden brandden nog steeds. Mijn keel vulde zich met zoveel hoop dat die eindelijk naar buiten barstte en de kaars aan de kant van mijn man uitblies.

Onmiddellijk huiverde ik van angst. Ik dacht dat er een mes

zou verschijnen en me doodsteken. Of dat de hemel zich zou openen en me wegblazen. Maar er gebeurde niets en toen ik tot mezelf kwam, liep ik met haastige, schuldige schreden naar mijn kamer.

De volgende ochtend legde de koppelaarster in aanwezigheid van Tian-yu en zijn ouders en mij trots haar verklaring af. 'Mijn taak is volbracht,' verklaarde ze, terwijl ze het restje zwarte as op de rode doek strooide. Ik zag de treurige en beschaamde blik van het dienstmeisje.

Ik leerde van Tian-yu te houden, maar het was niet zoals je denkt. Van het begin af aan werd ik al misselijk bij de gedachte dat hij op een keer boven op me zou klimmen en doen wat hij te doen had. Elke keer dat ik onze slaapkamer binnenging, stond mijn haar overeind. Maar gedurende de eerste maanden raakte hij me nooit aan. Hij sliep in zijn bed, ik sliep op mijn sofa.

Voor zijn ouders speelde ik de gehoorzame echtgenote, precies zoals het me was geleerd. Ik gaf de kokkin opdracht iedere ochtend een jonge kip te slachten en te koken tot het pure sap eruit kwam. Ik zeefde die bouillon eigenhandig in een kom en voegde er geen druppel water aan toe. Dit gaf ik hem voor zijn ontbijt onder het mompelen van goede wensen voor zijn gezondheid. En iedere avond kookte ik een speciale versterkende soep die *doufunaor* heette en die niet alleen erg lekker was maar ook acht ingrediënten bevatte die moeders een lang leven garanderen. Dat beviel mijn schoonmoeder bijzonder goed.

Maar het was niet genoeg om haar blijvend tevreden te stellen. Op een ochtend zaten Huang Taitai en ik in dezelfde kamer te borduren. Ik zat te dromen over mijn kindertijd, over een kikker die ik eens als huisdier had gehad, die Grote Wind heette. Huang Taitai leek rusteloos, alsof ze kriebel onder in haar schoen had. Ik hoorde haar snuiven en plotseling stond ze op van haar stoel, liep naar me toe en gaf me een klap in mijn gezicht.

'Slechte echtgenote,' riep ze. 'Als je weigert met mijn zoon te slapen, dan weiger ik je te voeden en te kleden.' Zo wist ik dus wat mijn man had gezegd om de woede van zijn moeder te ontgaan. Ik kookte ook van woede maar ik zei niets, want ik dacht aan mijn belofte aan mijn ouders dat ik een goede echtgenote zou zijn.

Die avond ging ik op Tian-yu's bed zitten en wachtte tot hij me zou aanraken. Maar hij deed het niet. Ik voelde me opgelucht. De volgende nacht ging ik gewoon naast hem op het bed liggen en hij raakte me nog steeds niet aan. Dus trok ik de nacht daarna mijn nachtgoed uit.

Toen zag ik pas wat er achter Tian-yu stak. Hij was bang en wendde zijn hoofd af. Hij begeerde me niet, maar door zijn angst begreep ik dat hij geen enkele vrouw begeerde. Hij was als een klein jongetje dat nooit volwassen is geworden. Na een tijdje was ik niet bang meer. Ik begon zelfs anders over Tian-yu te denken. Het was geen liefde van een vrouw voor haar man, maar meer het gevoel van een zuster die haar jongere broertje beschermt. Ik deed mijn nachtgoed weer aan en ging naast hem liggen en wreef zijn rug. Ik wist dat ik niet bang meer hoefde te zijn. Ik sliep bij Tian-yu. Hij zou me nooit aanraken en ik had een lekker bed om in te slapen.

Toen er nog meer maanden voorbij waren gegaan en mijn buik en borsten klein bleven, ontstak Huang Taitai in een ander soort woede. 'Mijn zoon zegt dat hij genoeg zaad heeft geplant voor duizend kleinkinderen. Waar zijn ze? Je doet vast iets verkeerd.' En daarna moest ik in bed blijven, zodat het zaad van haar kleinkinderen er niet zo makkelijk uit zou kunnen vallen.

O, jij denkt dat het zo prettig is om de hele dag in bed te liggen en nooit op te staan. Maar ik zeg je dat het erger was dan een gevangenis. Ik denk dat Huang Taitai een beetje gek was geworden.

Ze zei tegen de bedienden dat ze alle scherpe dingen uit de kamer moesten weghalen, omdat ze dacht dat scharen en messen de volgende generatie afsneden. Ze verbood me te naaien. Ze zei dat ik me moest concentreren en aan niets anders denken dan aan baby's krijgen. En vier keer per dag kwam er een allerliefst dienstmeisje mijn kamer binnen dat aan een stuk door haar verontschuldigingen maakte terwijl ze een afschuwelijk smakend drankje voor me klaarmaakte.

Ik benijdde het meisje. Zij kon de deur uit lopen. Soms keek ik haar na door mijn raam en verbeeldde me dat ik het meisje was en op de binnenplaats over de prijs stond te onderhandelen met de reizende schoenmaker of stond te praten met andere dienstmeisjes of met haar hoge, plagende stem een knappe leverancier een standje gaf.

Op een dag, toen er twee maanden voorbij waren gegaan zonder dat er iets gebeurde, ontbood Huang Taitai de oude koppelaarster naar het huis. De koppelaarster onderzocht me grondig, zocht de datum en het uur van mijn geboorte op en vroeg toen aan Huang Taitai naar mijn karakter. Ten slotte deelde ze haar conclusie mee. 'Het is duidelijk wat er is gebeurd. Een vrouw kan alleen zoons krijgen als ze een tekort heeft aan een van de elementen. Uw schoondochter is geboren met voldoende water, vuur en aarde en ze had een tekort aan metaal, maar dat was een goed teken. Maar toen ze trouwde, hebt u haar overladen met gouden armbanden en sieraden en nu heeft ze alle elementen, waaronder ook metaal. Ze is te evenwichtig om kinderen te krijgen.'

Dit bleek heuglijk nieuws te zijn voor Huang Taitai want niets was prettiger voor haar dan me al haar goud en sieraden weer af te pakken om me te helpen vruchtbaar te worden. En voor mij was het ook goed nieuws. Want toen het goud van mijn lichaam was verwijderd, voelde ik me lichter, vrijer. Ze zeggen dat dat gebeurt als je een tekort aan metaal hebt. Dan begin je te denken als een onafhankelijk mens. Die dag begon ik erover te denken hoe ik aan dit huwelijk zou kunnen ontsnappen zonder de belofte aan mijn ouders te breken.

Het was eigenlijk heel eenvoudig. Ik zorgde ervoor dat de Huangs dachten dat het hun idee was dat ze van me af wilden, dat zij degenen zouden zijn die zeiden dat het huwelijkscontract ongeldig was.

Ik dacht dagenlang over mijn plan na. Ik sloeg iedereen om me heen gade, elke gedachte die op hun gezicht te lezen stond, en toen was ik klaar. Ik koos een gunstige dag, de derde dag van de derde maand. Dat is de dag van het feest van het Zuivere Licht. Op die dag moeten je gedachten helder zijn, terwijl je je klaarmaakt om aan je voorouders te denken. Het is de dag waarop iedereen de familiegraven bezoekt. De mensen brengen schoffels mee om het onkruid te wieden en bezems om de grafstenen te vegen en ze offeren knoedels en sinaasappels als geestelijk voedsel. O, het is geen treurige dag, meer een soort picknick, maar voor iemand die naar een kleinzoon verlangt, heeft hij een bijzondere betekenis.

Op de ochtend van die dag maakte ik Tian-yu en de hele familie wakker met mijn gejammer. Het duurde een hele tijd voor Huang Taitai de kamer binnenkwam. 'Wat heeft ze?' riep ze vanuit haar kamer. 'Ga haar kalmeren.' Maar eindelijk, toen ik niet ophield met jammeren, kwam ze luid mopperend mijn kamer binnen.

Ik hield mijn ene hand voor mijn mond geklemd en de andere voor mijn ogen. Mijn lichaam kronkelde alsof ik verschrikkelijke pijn leed. Ik was heel overtuigend want Huang Taitai stapte achteruit en maakte zich klein als een angstig dier.

'Wat is er met je, kleine dochter. Zeg het me, vlug,' riep ze.

'O, het is te verschrikkelijk om aan te denken, te verschrikkelijk om te vertellen,' zei ik steunend en begon nog harder te jammeren.

Nadat ik genoeg had gejammerd, vertelde ik wat er zo verschrikkelijk was. 'Ik heb gedroomd,' verklaarde ik. 'Onze voorouders kwamen naar me toe en zeiden dat ze ons huwelijk wilden zien. Tian-yu en ik voerden daarom de ceremonie nog een keer uit voor onze voorouders. We zagen hoe de koppelaarster de kaars aanstak en aan het dienstmeisje gaf om te bewaken. Onze voorouders waren zo blij, zo blij...'

Huang Taitai keek ongeduldig, toen ik weer zachtjes begon te huilen. 'Maar toen ging het dienstmeisje de kamer uit met onze kaars en er kwam een harde windvlaag die onze kaars uitblies. En onze voorouders werden verschrikkelijk boos. Ze riepen dat het een ongelukshuwelijk was. Ze zeiden dat Tian-yu's kant van de kaars was uitgeblazen! Onze voorouders zeiden dat Tian-yu zou sterven als hij in dit huwelijk bleef!'

Tian-yu's gezicht werd wit. Maar Huang Taitai fronste alleen haar wenkbrauwen. 'Wat een dom kind om zo'n droom te hebben.' En toen jaagde ze mopperend iedereen weer naar bed.

'Moeder,' riep ik haar hees fluisterend na. 'Ga alstublieft niet weg. Ik ben bang! Onze voorouders zeiden dat ze de cyclus van verwoestingen op gang zouden brengen als de zaak niet werd geregeld.'

'Wat is dat voor onzin!' riep Huang Taitai, terwijl ze zich weer naar me toe draaide. Tian-yu volgde haar voorbeeld, met dezelfde frons op zijn gezicht als zijn moeder. En ik wist dat ik ze bijna te pakken had. Twee eenden die ver over de rand van de pan leunden.

'Ze wisten dat u me niet zou geloven,' zei ik op berouwvolle toon, 'omdat ik het comfort van mijn huwelijk niet wil verliezen. Daarom zeiden onze voorouders dat ze tekenen zouden planten om te bewijzen dat ons huwelijk rot is.'

'Wat een onzin praat je, wat een domkop ben je,' zuchtte Huang Taitai. Maar ze kon de verleiding niet weerstaan. 'Wat voor tekenen?'

'Ik zag een man met een lange baard en een moedervlek op zijn wang in mijn droom.'

'Tian-yu's grootvader?' vroeg Huang Taitai. Ik knikte, denkend aan het portret dat ik aan de muur had zien hangen.

'Er zijn drie tekenen,' zei hij. 'In de eerste plaats, heeft hij een zwarte vlek op Tian-yu's rug getekend en die plek zal groeien en Tian-yu's vlees wegvreten, net zoals hij het gezicht van onze voorouder heeft weggevreten voor hij stierf.'

Huang Taitai draaide zich snel naar Tian-yu en trok zijn hemd omhoog. 'Aiya!' riep ze, want daar was hij, dezelfde zwarte vlek, ter grootte van een vingertop, precies zoals ik die de afgelopen vijf maanden dat we als broer en zuster samen hadden geslapen elke nacht had gezien.

'En toen raakte onze voorouder mijn mond aan.' Ik voelde aan mijn wang alsof hij al pijn deed. 'Hij zei dat mijn tanden een voor een zouden uitvallen, totdat ik er niet meer tegen zou kunnen protesteren dat mijn huwelijk werd ontbonden.'

Huang Taitai wrikte mijn mond open en hijgde van schrik toen ze de open plek achter in mijn mond zag, waar vier jaar geleden een rotte kies was uitgevallen.

'En ten slotte zag ik hem een zaad planten in de buik van een dienstmeisje. Hij zei dat dit meisje alleen maar veinst dat ze van lage afkomst is maar dat ze in werkelijkheid van keizerlijken bloede is en...'

Ik legde mijn hoofd op het kussen, alsof ik te moe was om

verder te gaan. Huang Taitai duwde tegen mijn schouder. 'Wat zei hij?'

'Hij zei dat het dienstmeisje Tian-yu's geestelijke vrouw is. En dat het zaad dat hij heeft geplant het kind van Tian-yu zal worden.'

Nog voor de ochtend halverwege verstreken was, hadden ze het dienstmeisje van de koppelaarster naar ons huis gesleept en de verschrikkelijke bekentenis uit haar losgekregen.

En na lang zoeken vonden ze eindelijk het dienstmeisje dat ik zo aardig vond en dat ik elke dag uit mijn raam had gadegeslagen. Elke keer dat de knappe leverancier kwam, waren haar ogen groter en haar plagende stem zachter geworden en later had ik haar buik ronder zien worden en haar gezicht smaller van angst en zorgen.

Je kunt je dus voorstellen hoe gelukkig ze was toen ze haar dwongen de waarheid te zeggen over haar keizerlijke voorouders. Later heb ik gehoord dat ze zo onder de indruk was van het wonder dat ze met Tian-yu mocht trouwen dat ze heel religieus is geworden en de bedienden opdracht gaf de graven van de voorouders niet een keer per jaar te vegen maar elke dag.

Er is niet veel meer te vertellen. Ze maakten me niet veel verwijten. Huang Taitai kreeg haar kleinzoon. Ik kreeg mijn kleren en een treinkaartje naar Peking en genoeg geld om naar Amerika te gaan. De Huangs vroegen me alleen het verhaal van mijn ongelukshuwelijk nooit aan iemand die van belang was door te vertellen. Het is een waar gebeurd verhaal, hoe ik mijn belofte heb gehouden, hoe ik mijn leven heb opgeofferd. Kijk eens naar al het goudmetaal dat ik nu kan dragen. Toen je broers waren geboren, heeft je vader me deze twee armbanden gegeven. Toen kwam jij. En elke paar jaar, als ik een beetje extra geld heb, koop ik er een armband bij. Ik weet wat ik waard ben. Ze zijn altijd vierentwintig karaats, allemaal echt goud.

Maar ik zal het nooit vergeten. Op de dag van het feest van het Zuivere Licht, doe ik al mijn armbanden af. Ik herinner me de dag waarop ik eindelijk een echte gedachte kende en hem kon volgen waarheen hij leidde. Dat was de dag waarop ik als jong meisje met mijn gezicht onder een rode bruidssjaal zat. De dag waarop ik beloofde dat ik mezelf niet zou vergeten.

Het is erg prettig dat meisje weer te zijn, mijn sjaal af te doen en te zien wat eronder zit en mijn lichaam weer licht te voelen worden!

YING-YING ST. CLAIR

De maanvrouw

Al die jaren heb ik mijn mond dicht gehouden opdat er geen zelfzuchtige verlangens uit zouden vallen. En omdat ik me zo lang stil heb gehouden, hoort mijn dochter me niet meer. Ze zit naast haar mooie zwembad en hoort alleen haar Sony-walkman, haar draadloze telefoon, haar grote, belangrijke man die vraagt waarom ze houtskool hebben en geen aanmaakvloeistof.

Al die jaren heb ik mijn ware aard verborgen gehouden, heb ik gerend als een kleine schaduw, zodat niemand me kon vangen. En omdat ik me zo stil heb gehouden, ziet mijn dochter me niet meer. Ze ziet een lijst van dingen die ze moet kopen, haar chequeboek dat niet klopt, haar asbak die scheef staat op een rechte tafel.

En ik wil haar dit vertellen: We zijn verloren, zij en ik, we zien niets en niemand ziet ons, we horen niets en niemand hoort ons, anderen kennen ons niet.

Ik ben mezelf niet in een keer kwijtgeraakt. Ik heb mijn gezicht in de loop van de jaren uitgewist, terwijl ik mijn verdriet wegwaste zoals het beeldhouwwerk op een steen wegslijt door het water.

Toch kan ik me nu een tijd herinneren dat ik holde en schreeuwde, dat ik niet stil kon blijven staan. Het is mijn vroegste herinnering: dat ik de maanvrouw mijn geheime wens vertelde. Maar omdat ik was vergeten wat mijn wens was, is die herinnering al die lange jaren voor me verborgen gebleven.

Maar nu herinner ik me de wens weer en ik zie de bijzonderheden van die hele dag even duidelijk voor me als ik mijn dochter en haar dwaze manier van leven voor me zie.

In 1918, het jaar dat ik vier was, viel het maanfeest in Wuxi in een ongewoon warme herfst, verschrikkelijk warm. Toen ik die ochtend wakker werd, op de vijftiende dag van de achtste maan, was de strooien mat op mijn bed al plakkerig. Alles in de kamer rook naar nat gras dat broeide in de hitte.

Eerder die zomer hadden de bedienden alle ramen afgeschermd met bamboegordijnen, om de zon buiten te houden. Alle bedden waren bedekt met een geweven mat, ons enige beddegoed gedurende de maanden van aanhoudende, vochtige hitte. En kriskras over de hete stenen van de binnenplaats waren paden van bamboe gelegd. De herfst was gekomen maar zonder zijn koele ochtenden en avonden en de verschaalde hitte bleef hangen in de schaduwen achter de gordijnen, verwarmde de zurige geur van mijn po, doordrenkte mijn kussen en schuurde de achterkant van mijn nek, zodat ik die ochtend met opgezette wangen en onrustig en hangerig wakker werd.

Er was nog een andere geur buiten, iets dat brandde, een scherp aroma, half zoet en half bitter. 'Wat is dat voor vieze lucht?' vroeg ik mijn amah die op de een of andere manier altijd op het ogenblik dat ik wakker werd bij mijn bed stond. Ze sliep op een veldbed in een kamertje naast mijn kamer.

'Het is hetzelfde wat ik je gisteren al heb uitgelegd,' zei ze, terwijl ze me uit bed tilde en op haar knie zette.

'We verbranden de Vijf Kwaden,' zei ik slaperig en toen liet ik me van haar warme schoot glijden. Ik klom op een krukje en keek door het raam naar de binnenplaats beneden me. Ik zag iets wat leek op een grote, groene, opgerolde slang met een staart waar gele rookwolken uit kwamen. Een paar dagen geleden had Amah me laten zien dat de slang uit een kleurige doos was gekomen, die was versierd met afbeeldingen van vijf boosaardige wezens: een zwemmende slang, een springende schorpioen, een vliegende duizendpoot, een vallende spin en een springende hagedis. De beet van elk van die dieren kon dodelijk zijn voor een kind, had Amah uitgelegd. Ik was dus blij dat we de Vijf Kwaden hadden gevangen en dat hun lijken werden verbrand. Ik wist niet dat de groene slang alleen maar wierook was die gebruikt werd om vliegjes en muggen te verdrijven.

Die dag kleedde Amah me niet in een licht katoenen jak en een wijde broek maar haalde een zwaar jak van gele zij en een met met zwarte stroken versierde rok te voorschijn.

'Geen tijd om te spelen vandaag,' zei Amah, terwijl ze het gevoerde jak opensloeg. 'Je moeder heeft nieuwe tijgerkleren voor je gemaakt voor het maanfeest...' Ze tilde me in de broek. 'Een heel belangrijke dag en je bent nu een groot meisje dus kun je mee naar de ceremonie.'

'Wat is een ceremonie?' vroeg ik, terwijl Amah het jasje over mijn katoenen ondergoed liet glijden.

'Het is een juiste manier om je te gedragen. Je doet dit en je doet dat, opdat de goden je niet straffen,' zei Amah, terwijl ze de knoopjes van de kikkersluiting vastmaakte.

'Wat voor straffen?' vroeg ik overmoedig.

'Te veel vragen!' riep Amah. 'Je hoeft het niet te begrijpen. Je hoeft je alleen maar netjes te gedragen, doe wat je moeder doet, steek de wierook aan, offer aan de maan, buig je hoofd. Maak me niet te schande, Ying-ying.'

Ik boog pruilend mijn hoofd. Ik zag de zwarte strepen op mijn mouwen en kleine geborduurde pioenrozen die uit spiraaltjes van gouddraad groeiden. Ik herinnerde me dat ik had toegekeken hoe de zilveren naald van mijn moeder op en neer ging, terwijl ze voorzichtig bloemen en blaadjes en twijgjes op de stof tot bloei bracht.

Toen hoorde ik stemmen op de binnenplaats. Ik rekte me uit op mijn krukje en probeerde ze te vinden. Iemand klaagde over de hitte: '... voel mijn arm eens, helemaal tot op het bot gaar gestoomd.' Er waren veel familieleden uit het noorden gekomen voor het maanfeest, die de hele week bleven logeren.

Amah probeerde een brede kam door mijn haar te trekken en telkens als ze bij een klit kwam, deed ik net of ik van het krukje viel.

'Stilstaan, Ying-ying,' riep ze, zoals elke dag, terwijl ik giechelend stond te wiebelen op de kruk. Toen pakte ze de volle lengte van mijn haar beet als de teugels van een paard en voordat ik weer van de kruk kon vallen, legde ze snel aan de zijkant een vlecht in mijn haar en weefde er vijf gekleurde zijden draden doorheen. Ze wond mijn vlecht op tot een stijve bal en schikte en knipte de losse zijden draden tot ze een mooie kwast vormden.

Ze draaide me in het rond om haar werk te inspecteren. Ik smolt van de hitte in het gevoerde zijden jak en de broek, die kennelijk voor een koelere dag waren gemaakt. Mijn hoofdhuid schrijnde na Amahs werk. Wat voor dag kon het waard zijn dat je er zo voor moest lijden?

'Beeldig,' verklaarde Amah, hoewel ik een kwaad gezicht trok.

'Wie komt er vandaag?' vroeg ik.

'*Dajia*, de hele familie,' zei ze blij. 'We gaan allemaal naar het Taimeer. De familie heeft een boot gehuurd met een beroemde kok. En vanavond, tijdens de ceremonie, zul je de maanvrouw zien.'

'De maanvrouw! De maanvrouw!' zei ik opgetogen op en neer dansend. En toen ik was opgehouden me te verbazen over het aangename geluid van mijn stem die nieuwe woorden zei, trok ik aan Amahs mouw en vroeg: 'Wie is de maanvrouw?'

'Change; ze woont op de maan en vandaag is de enige dag dat je haar kunt zien en een geheime wens doen.'

'Wat is een geheime wens?'

'Iets wat je graag wilt maar niet kunt vragen,' zei Amah.

'Waarom kan ik het niet vragen?'

'Dat is omdat... omdat het als je het vraagt... geen wens meer is maar een zelfzuchtig verlangen,' zei Amah. 'Heb ik je niet geleerd dat het verkeerd is aan je eigen behoeften te denken? Een meisje mag nooit iets vragen, alleen maar luisteren.'

'Hoe weet de maanvrouw mijn wens dan?'

'Ai! Je vraagt nu al te veel! Aan haar mag je het vragen, omdat ze geen gewoon mens is.'

Eindelijk tevreden gesteld, zei ik meteen: 'Dan ga ik tegen haar zeggen dat ik deze kleren niet meer aan wil.'

'Ai! Wat heb ik net gezegd?' zei Amah. 'Nu je het tegen mij hebt gezegd, is het geen geheime wens meer.'

Gedurende het ochtendmaal scheen niemand haast te hebben om naar het meer te gaan. Telkens was er iemand die nog een stukje wilde eten. En na het ontbijt bleef iedereen over onbelangrijke dingen zitten praten. Ik werd met de minuut ongeruster en ongelukkiger.

'... Herfstmaan verwarmt. Oh! Schaduw van de ganzen keer terug.' Baba droeg een lang gedicht voor dat hij uit oude inscripties op een steen had ontcijferd.

'Het derde woord van de volgende regel was weggesleten,' legde Baba uit, 'de betekenis weggewassen door de regen van eeuwen, bijna voorgoed voor het nageslacht verloren gegaan.'

'Ah, maar gelukkig ben jij een toegewijde geleerde die alles van oude geschiedenis en literatuur afweet,' zei mijn oom met twinkelende ogen. 'Je hebt het vast weten op te lossen.'

Mijn vader antwoordde met de regel: 'Mist bloeit stralend. O!...'

Mama vertelde mijn tante en de oude dames hoe je verschillende kruiden en insekten met elkaar moest mengen om een balsem te maken: 'Je wrijft de zalf hier op je huid, tussen deze twee plekken. Flink wrijven tot je huid warm wordt en de pijn wordt weggebrand.'

'Ai. Maar hoe kan ik een gezwollen voet inwrijven?' klaagde de oude dame. 'Zowel de binnen- als de buitenkant zijn pijnlijk. Het is zelfs te gevoelig om aan te raken!'

'Het komt van de hitte,' klaagde een andere tante. 'Die kookt je vlees zodat het droog en hard wordt.'

'En brandt je ogen!' riep mijn oudtante.

Ik zuchtte vele malen, elke keer dat ze weer een nieuw onderwerp aansneden. Eindelijk merkte Amah me op en gaf me een maancakeje in de vorm van een konijn. Ze zei dat ik buiten op de binnenplaats mocht gaan zitten en het samen met mijn twee halfzusjes, Nummer Twee en Nummer Drie, moest opeten.

Het is niet moeilijk een boot te vergeten als je een maancakeje in de vorm van een konijn in je hand hebt. We gingen met ons drieën vlug de kamer uit en zodra we de maanpoort die naar de binnenplaats leidde door waren, stormden we wild rennend en schreeuwend om het hardst naar de stenen bank. Ik was de grootste dus zat ik op de plaats waar schaduw was. Mijn halfzusjes zaten in de zon. Ik brak voor elk van hen een konijne-oor af. De oren waren alleen van deeg, zonder zoete vulling of eigeel erin, maar mijn halfzusjes waren te klein om dat te weten.

'Onze zuster vindt mij het liefst,' zei Nummer Twee tegen Nummer Drie.

'Míj het liefst,' zei Nummer Drie tegen Nummer Twee.

'Hou je rustig,' zei ik tegen allebei. Ik at het lijf van het konijn op en rolde mijn tong langs mijn lippen om de kleverige bonenpasta af te likken.

We pikten de kruimels van elkaars kleren en toen we onze traktatie op hadden, werd het stil en werd ik weer onrustig. Plotseling zag ik een libel met een groot rood lijf en doorschijnende vleugels. Ik sprong van de bank om hem na te jagen en mijn halfzusjes kwamen achter me aan. Ze renden en sprongen met uitgestrekte handen achter hem aan.

'Ying-ying!' hoorde ik Amah roepen en Nummer Twee en Nummer Drie renden weg. Amah stond op de binnenplaats en mijn moeder en de andere dames kwamen nu de maanpoort door. Amah rende naar me toe en bukte zich om mijn gele jak recht te trekken. 'Je nieuwe kleren! *Xin yifu! Yi ta hutu!* Alles in de war!' riep ze met veel misbaar.

Mijn moeder glimlachte en kwam naar me toe. Ze streek een paar van mijn verwarde haren glad en duwde ze in mijn opgerolde vlecht. 'Jongens mogen libellen najagen want dat is hun aard,' zei ze. 'Maar een meisje moet stil blijven staan. Als je heel lang stil blijft staan, dan ziet de libel je niet meer. Dan komt hij naar je toe om zich te verbergen in de veiligheid van je schaduw.' De oude dames maakten klokkende geluidjes van instemming en toen gingen ze allemaal weg en lieten me midden op de hete binnenplaats achter.

Terwijl ik daar zo doodstil bleef staan, ontdekte ik mijn schaduw. Eerst was hij alleen maar een donkere vlek op de bamboematten die de stenen van de binnenplaats bedekten. Hij had korte benen en lange armen, een donkere, opgerolde vlecht, net als die van mij. Toen ik mijn hoofd schudde schudde hij ook zijn hoofd. We sloegen met onze armen. We tilden een been op. Ik draaide me om en liep weg en hij volgde me. Ik draaide me snel weer terug en ik zag hem voor me. Ik tilde de bamboemat op om te zien of ik hem van de grond kon pellen, maar hij zat onder de mat op de stenen. Ik gilde van plezier om mijn slimme schaduw. Ik rende naar de schaduw onder de boom en keek hoe mijn schaduw me volgde. Hij verdween. Ik vond mijn schaduw prachtig, mijn donkere kant, die dezelfde rusteloze aard had als ik.

En toen hoorde ik Amah weer roepen. 'Ying-ying! Het is tijd. Ben je klaar om naar het meer te gaan?' Ik knikte en rende naar haar toe. Mijn schaduw rende voor me uit. 'Rustig lopen, rustig lopen,' vermaande Amah me.

Onze hele familie was al buiten en stond opgewonden te praten. Iedereen had deftige kleren aan. Baba droeg een nieuw bruin overkleed, eenvoudig, maar duidelijk van een mooie zijden stof en vakkundig gemaakt. Mama had een jak en een rok aan met net de omgekeerde kleuren van de mijne: zwarte zij met gele strepen. Mijn halfzusjes droegen een roze tuniek en hun moeders, de concubines van mijn vader, ook. Mijn oudste broer had een blauw jak aan dat was geborduurd met vormen die op Boeddhascepters leken, een symbool van een lang leven. Zelfs de oude dames hadden hun beste kleren aangetrokken voor het feest: mama's tante, Baba's moeder en haar nicht en de dikke vrouw van mijn oudoom, die nog steeds haar voorhoofd epileerde en die altijd liep alsof ze over glibberige stenen een stroom overstak, twee stappen en dan een angstige blik.

De bedienden hadden alles al ingepakt en een riksja volgeladen met de eerste benodigdheden voor de dag: een rieten mand met *zongzi*, de kleverige rijst in lotusbladeren gepakt en gevuld met gebraden ham of met zoete lotuszaden, een klein kacheltje om water te koken voor de thee, een tweede mand waar kopjes en kommen en eetstokjes in zaten, een katoenen zak met appels, granaatappels en peren, zwetende aarden kruiken met geconserveerd vlees en groenten, stapels rode dozen, elk met vier maancakejes erin, en natuurlijk slaapmatten voor ons middagdutje.

Toen stapte iedereen in riksja's, de jongste kinderen samen met hun amahs. Op het laatste ogenblik, net voordat we vertrokken, wrong ik me los uit Amahs greep, sprong uit de riksja en klom bij mijn moeder in de riksja. Amah vond dat niet prettig, omdat het aanmatigend gedrag was en ook omdat ze me liever had dan haar eigen kind. Ze had haar eigen kind, een zoontje, opgegeven toen haar man was gestorven, en was naar ons huis gekomen om mijn kindermeisje te worden. Maar ik was erg door haar verwend: ze had me nooit geleerd rekening te houden met haar gevoelens. Daarom beschouwde ik Amah als iemand die er alleen was voor mijn gemak, zoiets als een waaier in de zomer of een kacheltje in de winter, iets wat je pas waardeert en op prijs stelt als het er niet meer is.

Toen we bij het meer aankwamen, voelde ik tot mijn teleurstelling geen verkoelende bries. Onze riksjalopers baadden in het zweet en hun open monden hijgden als die van paarden. Op de kade keek ik toe hoe de oude dames en heren aan boord gingen van een groot schip dat onze familie had gehuurd. Het schip zag eruit als een drijvend theehuis met een open paviljoen dat nog groter was dan het paviljoen op onze binnenplaats. Het had een heleboel rode zuilen en een puntig pannendak en erachter was een soort tuinhuis, met ronde ramen.

Toen het onze beurt was, pakte Amah mijn hand stevig vast en liepen we de verende loopplank over. Maar zodra we op het dek stonden, trok ik me los en wrong me samen met Nummer Twee en Nummer Drie tussen de in golvende, donkere of kleurige zij gehulde benen van de volwassenen door. We deden wie er het eerst de hele lengte van het schip over was gerend.

Ik genoot van het onvaste gevoel waardoor je nu eens bijna naar de ene kant viel, dan weer naar de andere. De rode lampen aan het dak en de railing zwaaiden heen en weer alsof ze in de wind hingen. Mijn halfzusjes en ik lieten onze vingers over de banken en kleine tafeltjes in het paviljoen glijden. We betastten de patronen van de met snijwerk versierde houten balustrades en staken ons gezicht tussen de spijlen door om naar het water te kijken. En er waren nog meer dingen te zien!

Ik deed een zware deur open waardoor je in het tuinhuis kwam en rende langs een kamer die eruitzag als een grote zitkamer. Mijn zusjes kwamen lachend achter me aan. Door een andere deur zag ik mensen in een keuken. Een man met een groot hakmes in zijn hand draaide zich om en zag ons en riep iets naar ons, terwijl we verlegen glimlachend achteruitdeinsden.

Aan de achterkant van het schip zagen we armoedig geklede mensen: een man die houtjes in een hoge kachel gooide, een vrouw die groenten sneed en twee ruw uitziende jongens die dicht bij de rand van het schip op hun hurken zaten. Ze hielden iets vast dat eruitzag als een stuk touw met een van metaaldraad geweven mand eraan, die vlak onder de oppervlakte van het water dreef. Ze gunden ons zelfs geen blik.

We gingen terug naar het voorschip, net op tijd om de kade van ons te zien wegdrijven. Mama en de andere dames zaten al op banken in het paviljoen. Ze waaierden zich heftig koelte toe en sloegen muggen dood op elkaars gezicht als er een neerstreek. Baba en Oom leunden over een railing en praatten met diepe ernstige stemmen. Mijn broer en een paar neefjes hadden een lange bamboestok gevonden en poerden ermee in het water alsof ze het schip daardoor vlugger konden laten gaan. De bedienden zaten op een kluitje voor op het schip. Ze kookten water voor de thee, pelden geroosterde ginkonoten en pakten manden met eten uit voor een middagmaal van koude gerechten.

Hoewel het Taimeer een van de grootste meren van China is, leek het die dag bezaaid met schepen: roeiboten, waterfietsen, zeilboten, vissersschepen en drijvende paviljoens, zoals dat van ons. We passeerden dus telkens andere mensen, die over de rand leunden om hun handen door het koele water te laten slepen, terwijl anderen slapend onder een zeildoeken afdak of een parasol van geolied papier voorbij kwamen drijven.

Plotseling hoorde ik mensen roepen: 'Ah! Ah! Ah!' En ik dacht: eindelijk is de dag begonnen! Ik rende naar het paviljoen waar tantes en ooms lachend met hun eetstokjes garnalen oppikten die met wuivende pootjes nog dansten en wriemelden in hun schaal. Dat had er dus in de mandjes van gevlochten metaaldraad onder water gezeten: zoetwatergarnalen, die iedereen nu in een kruidige tofusaus doopte en in twee happen in zijn mond stopte en doorslikte.

Maar de opwinding verminderde al gauw en de middag leek net een gewone middag thuis. Dezelfde lusteloosheid na het eten. Loom gebabbel bij de thee. Amah die zei dat ik op mijn mat moest gaan liggen. De stilte, terwijl iedereen tijdens het warmste deel van de dag een slaapje deed.

Ik ging zitten. Amah lag schuin over haar slaapmat en sliep nog. Ik dwaalde naar het achterste deel van het schip. De ruw-uitziende jongens haalden net een grote, krijsende vogel met een lange nek uit een bamboe kooi. De vogel had een metalen ring om zijn nek. De ene jongen hield de vogel vast, met zijn armen om de vleugels geslagen. De andere maakte een touw vast aan een oog aan de ring om zijn nek. Toen lieten ze de vogel los en hij vloog met klapperende witte vleugels op, zweefde even boven de rand van het schip en dreef toen op het glanzende water. Ik liep naar de rand en keek naar de vogel. Hij keek wantrouwend met een oog terug. Toen dook de vogel onder water en verdween.

Een van de jongens gooide een van holle bamboestengels gemaakt vlot in het water. Toen dook hij erachteraan en klauterde op het vlot. Na een paar sekonden kwam de vogel ook weer boven, worstelend met een grote vis in zijn snavel. De vogel sprong op het vlot en probeerde de vis door te slikken maar dat lukte natuurlijk niet met die ring om zijn nek. In een beweging pakte de jongen op het vlot de vis uit de bek van de vogel en gooide hem naar de andere jongen op het schip. Ik klapte in mijn handen en de vogel dook opnieuw.

Terwijl Amah en alle anderen sliepen, bleef ik wel een uur lang toekijken als een hongerige kat die op zijn kans wacht, terwijl de ene vis na de andere in de snavel van de vogel verscheen om vervolgens in een houten emmer op het schip te belanden. Toen riep de jongen op het schip: 'Genoeg!' en de jongen op het vlot riep iets naar iemand in de hoogte, op het deel van het schip dat ik niet kon zien. Er klonken luide stampende en sissende geluiden en het schip begon weer te varen. Toen dook de jongen die naast me stond in het water. De jongens klommen allebei op het vlot en hurkten in het midden als twee vogels op een tak. Ik wuifde naar ze en benijdde ze om hun zorgeloze leven, en al gauw waren ze ver weg, een geel vlekje dat op het water dobberde.

Het zou genoeg zijn geweest om dit ene avontuur te zien maar ik bleef nog op het achterschip, als gevangen in een prettige droom. En jawel, toen ik me omdraaide zat er een norse vrouw bij de emmer met vis gehurkt. Ik zag hoe ze een dun, scherp mes te voorschijn haalde en de vis begon schoon te maken. Ze sneed hun buik open, trok de rode, glibberige ingewanden eruit en gooide ze over haar schouder in het meer. Toen schraapte ze de schubben van de vis zodat ze door de lucht vlogen als scherfjes glas. En toen waren er twee kippen die niet meer kakelden toen hun kop was afgesneden. En een grote, bijtende schildpad die zijn nek strekte om in een stok te bijten en plok! – daar viel zijn kop eraf. En donkere massa's dunne zoetwateraal, die wild rondzwom in een pan. Toen nam de vrouw zonder een woord te zeggen, alles mee naar de keuken en was er niets meer te zien.

Pas toen te laat zag ik mijn nieuwe kleren en de bloedspatten en schubben en plukjes veren en modder. Wat een vreemd kind was ik! Toen ik de stemmen van wakker wordende mensen op het voorschip hoorde, doopte ik in mijn paniek snel mijn handen in de kom schildpaddebloed en smeerde het op mijn mouwen en de voorkant van mijn broek en jak. Het is echt waar: ik dacht dat ik de vlekken zou kunnen uitwissen door mijn kleren helemaal rood te maken en dat, als ik maar doodstil bleef staan, niemand die verandering zou opmerken.

Zo vond Amah me: een met bloed bedekte verschijning. Ik hoor haar gillen van ontzetting en ze rende op me toe om te kijken welke stukjes er aan mijn lichaam ontbraken, waar de bloedende gaten zaten. En toen ze mijn oren en mijn neus had onderzocht en mijn vingers had geteld en niets kon vinden, schold ze me uit met woorden die ik nog nooit had gehoord. Maar ze klonken verschrikkelijk, de woorden die ze me toebrulde en siste. Ze rukte mijn jak en mijn broek uit. Ze zei dat ik stonk als 'een slechte dit' en er uitzag als 'een slechte dat'. Haar stem beefde, niet zozeer van woede als van angst. 'Nu zal je moeder blij zijn als ze van je af is,' zei Amah vol spijt. 'Ze zal ons allebei naar Kunming verbannen.' En toen werd ik echt bang want ik had gehoord dat Kunming ver weg was en dat er nooit iemand op bezoek kwam en dat het een woeste plaats was, omringd door een stenen bos dat door apen werd geregeerd. Amah ging weg en liet me huilend in mijn witte katoenen ondergoed en mijn tijgermuiltjes op het achterdek staan.

Ik had verwacht dat mijn moeder gauw zou komen. Ik stelde

me voor hoe ze mijn bevuilde kleren zou zien, de bloemetjes die ze er zo ijverig op had geborduurd. Ik dacht dat ze naar het achterschip zou komen en me op haar zachtaardige manier een standje zou geven. Maar ze kwam niet. O, een keer hoorde ik voetstappen, maar ik zag alleen de gezichten van mijn halfzusjes, platgedrukt tegen het raampje van de deur. Ze keken met grote ogen naar me en wezen en toen lachten ze en renden weg.

Het water was diep goud geworden, toen rood, toen paars en ten slotte zwart. De lucht was donker geworden en overal op het meer gloeiden rode lichtjes op. Ik hoorde mensen praten en lachen, sommige stemmen kwamen van het voorschip van onze boot, andere van andere schepen vlakbij. Toen hoorde ik de keukendeur open en dicht klappen en de lucht vulde zich met heerlijke geuren. De stemmen in het paviljoen juichten met opgetogen en ongelovige kreten: 'Ai! Kijk dit eens! En dit!' Ik verlangde ernaar daar te zijn.

Ik luisterde naar hun feestmaal en liet mijn benen over de rand van het schip bungelen. Hoewel het nacht was, was het licht buiten. Ik zag mezelf in het water weerspiegeld, mijn benen, mijn op de rand leunende handen, en mijn gezicht. En boven mijn hoofd zag ik waarom het zo licht was. In het donkere water zag ik de volle maan, een maan die zo warm en groot was dat hij op de zon leek. Ik draaide me om, om de maanvrouw te zoeken, zodat ik haar mijn geheime wens kon vertellen. Maar op dat moment moeten alle andere mensen haar ook hebben gezien, want er gingen rotjes af en ik viel in het water en zelfs ik hoorde de plons niet die ik maakte. Tot mijn verbazing voelde het water koel en prettig aan, zodat ik niet meteen bang werd. Het was als een gewichtloze slaap en ik verwachtte dat Amah meteen zou komen om me eruit te halen. Maar toen ik het benauwd begon te krijgen, wist ik dat ze niet zou komen. Ik spartelde met mijn armen en benen. Het scherpe water was mijn neus en mijn keel en mijn ogen binnen gedrongen en ik begon nog harder te spartelen. 'Amah!' probeerde ik te roepen en ik was verschrikkelijk boos op haar dat ze me in de steek had gelaten, dat ze me liet wachten en onnodig liet lijden. Toen gleed er een donkere vorm langs me heen en ik wist dat het een van de Vijf Kwaden was, een zwemmende slang.

Hij kronkelde zich om me heen en kneep mijn lichaam samen als een spons. Toen gooide hij me in de verstikkende lucht en ik viel voorover in een net vol wriemelende vissen. Het water stroomde uit mijn keel, zodat ik nu tegelijk naar adem hapte en huilde.

Toen ik mijn hoofd omdraaide, zag ik vier schaduwen met erachter de maan. Een druipende gestalte klom in de boot. 'Is-ie te klein? Zullen we hem teruggooien? Of is-ie geld waard?' zei de druipende man hijgend. De anderen lachten. Ik werd stil. Ik wist wat dit voor mensen waren. Als Amah en ik zulke mensen op straat tegenkwamen bedekte ze mijn ogen en oren met haar handen.

'Houd nu op,' zei de vrouw in de boot. 'Je hebt haar bang gemaakt. Ze denkt dat we rovers zijn en haar als slaaf zullen verkopen.' En toen zei ze met een vriendelijke stem: 'Waar kom je vandaan, kleine zuster?'

De druipende man bukte zich en keek naar me. 'O, een klein meisje. Het is geen vis!'

'Geen vis! Geen vis!' mompelden de anderen grinnikend.

Ik begon te rillen, te bang om te huilen. De lucht rook gevaarlijk, naar de scherpe geuren van kruit en vis.

'Let maar niet op ze,' zei de vrouw. 'Ben je van een andere vissersboot? Van welke? Wijs maar.'

Ik zag roeiboten op het water en waterfietsen en zeilboten en vissersboten zoals deze, met een lange voorsteven en een huisje in het midden. Ik keek gespannen, met bonzend hart.

'Daar!' zei ik en wees naar een drijvend paviljoen vol lachende mensen en lantarens. 'Daar! Daar!' En ik begon te huilen, vol wanhopig verlangen om terug te zijn bij mijn familie en getroost te worden. De vissersboot gleed snel over het water naar de heerlijke etensgeuren toe.

'He!' riep de vrouw. 'Is er bij jullie een klein meisje in het water gevallen?'

Er klonk geroep op het drijvende paviljoen en ik keek gespannen of ik de gezichten van Amah en Baba en Mama zag. De mensen dromden naar de ene kant van het paviljoen en leunden over de rand en wezen en keken in onze boot. Het waren allemaal vreemden met lachende, rode gezichten, luide stemmen. Waar was Amah? Waarom kwam mijn moeder niet? Een klein meisje wrong zich tussen de benen door naar voren.

'Dat ben ik niet!' riep ze. 'Ik ben hier. Ik ben niet in het water gevallen.' De mensen op het schip brulden van het lachen en wendden zich af.

'Je hebt je vergist, kleine zuster,' zei de vrouw terwijl de vissersboot weggleed. Ik zei niets. Ik begon weer te rillen. Ik had niemand gezien die het wat kon schelen dat ik was verdwenen. Ik keek uit over het water naar de honderden dansende lantarens. Er werd vuurwerk afgestoken en ik hoorde nog meer mensen lachen. Hoe verder we voortgleden, hoe groter de wereld werd. Nu had ik het gevoel dat ik voor altijd verloren was.

De vrouw bleef me aanstaren. Mijn vlecht was losgeraakt . Mijn ondergoed was nat en grijs. Ik was mijn muiltjes verloren en had blote voeten.

'Wat moeten we doen?' vroeg een van de mannen rustig. 'Er is niemand die haar opeist.'

'Misschien is ze een bedelkind,' zei een andere man. 'Kijk maar naar haar kleren. Ze is een van die kinderen die op gammele vlotten rondvaren om te bedelen.'

Ik werd doodsbang. Misschien was het waar. Misschien was ik in een bedelkind veranderd, alleen, zonder mijn familie.

'Anh! Heb je geen ogen!' zei de vrouw kwaad. 'Kijk naar haar huid, veel te blank. En haar voeten. De onderkant is zacht.'

'Zet haar dan aan land,' zei de man. 'Als ze familie heeft, zullen ze daar naar haar zoeken.'

'Wat een nacht,' zuchtte een andere man. 'Er vallen altijd mensen overboord op zulke nachten. Dronken dichters, kleine kinderen. Nog een geluk dat ze niet is verdronken.' Zo praatten ze onder elkaar, terwijl we langzaam naar de kust voeren. Een man duwde de schuit voort met een lange bamboestok en we gleden tussen andere boten door. Toen we de kant bereikten, tilde de man die me uit het water had gehaald me met zijn naar vis stinkende handen uit de boot.

'Wees voortaan voorzichtig, kleine zuster,' riep de vrouw terwijl de boot weggleed.

Op de kant, met de heldere maan achter me, zag ik mijn schaduw weer. Hij was nu korter en zag er gekrompen en verwilderd uit. We renden samen naar een paar struiken langs een pad en verstopten ons. Vanuit mijn schuilplaats hoorde ik de voorbijgangers praten. Ik hoorde kikkers en krekels. En toen fluiten en rinkelende cimbalen en een gong en trommels!

Ik keek tussen de takken van de struiken door en zag een menigte mensen voor me uit en daarboven een podium, waar de maan op stond. Uit de coulissen van een toneel kwam een jonge man te voorschijn die tegen de mensen zei: 'En nu komt de maanvrouw, die u in een schimmenspel haar in klassieke stijl gezongen verhaal zal vertellen.'

De maanvrouw! dacht ik en bij de klank van dat magische woord vergat ik mijn moeilijkheden. Ik hoorde nog meer cimbalen en gongs en toen verscheen de schaduw van een vrouw op de maan. Haar haar hing los en ze kamde het. Ze begon te spreken. Wat een lieflijke, klagende stem!

'Het is mijn lot en mijn straf,' begon ze haar klacht, terwijl ze met haar lange vingers door haar haar kamde, 'om hier op de maan te wonen, terwijl mijn man op de zon woont, zodat we elkaar elke dag en elke nacht passeren zonder elkaar ooit te zien, behalve deze ene avond, de avond van de midherfstmaan.'

De menigte drong dichter naar het podium. De maanvrouw tokkelde op haar luit en begon haar gezongen verhaal.

Aan de andere kant van de maan zag ik het silhouet van een man verschijnen. De maanvrouw strekte haar armen uit om hem te omhelzen. 'O! Hou Yi, mijn man, meesterboogschutter van de hemel!' zong ze. Maar haar man scheen haar niet op te merken. Hij keek naar de lucht. En terwijl de lucht lichter werd, ging zijn mond wijd open van angst of van vreugde, dat kon ik niet zien.

De maanvrouw greep naar haar keel en zakte in elkaar en jammerde: 'De droogte van tien zonnen aan de oostelijke hemel!' en terwijl ze dit zong, richtte de meesterboogschutter zijn toverpijlen en schoot negen zonnen neer, die bloedend openbarstten. 'Ze zinken in de ziedende zee!' zong ze opgetogen en ik hoorde de zonnen sissend en knetterend sterven.

En nu kwam er een fee, de Koningin-Moeder van de Westelijke Hemel, naar de meesterboogschutter toe vliegen. Ze deed een doos open en hield een gloeiende bol omhoog nee, geen babyzon maar een toverperzik, de perzik van het eeuwige leven! Ik zag dat de maanvrouw net deed of ze druk aan het borduren was maar intussen hield ze haar man in het oog. Ze zag hoe hij de perzik in een doos stopte. Toen hief de meesterboogschutter zijn boog op en zwoer dat hij een jaar zou vasten om te bewijzen dat hij het geduld had om eeuwig te leven. En toen hij was weggegaan, aarzelde de maanvrouw geen ogenblik maar ging meteen de perzik pakken en at hem op!

Zodra ze hem had geproefd, begon ze omhoog te zweven en toen te vliegen, niet zoals de Koningin-Moeder maar als een libel met gebroken vleugels. 'Van de aarde verjaagd door mijn eigen lichtzinnigheid!' riep ze, juist op het ogenblik dat haar man haastig naar huis kwam snellen. 'Dief!' riep hij. 'Levenrovende echtgenote!' Hij pakte zijn boog en richtte een pijl op zijn vrouw en met een daverende gongslag werd de hemel zwart.

Wya! Wya! De droevige luitmuziek begon weer, terwijl de hemel op het toneel lichter werd. En daar stond de arme vrouw afgetekend tegen de maan, die even helder scheen als de zon. Haar haar was nu zo lang dat het over de grond sleepte en haar tranen wegveegde. Er was een eeuwigheid voorbijgegaan sinds ze haar man voor het laatst had gezien, want dat was haar lot: ze moest eeuwig op de maan blijven en de vervulling zoeken van haar eigen zelfzuchtige verlangens.

'Want de vrouw is yin,' zong ze treurig, 'de duisternis in ons, waar ongetemperde hartstochten huizen. En de man is yang, de stralende waarheid die onze geest verlicht.'

Toen het verhaal uit was, huilde en beefde ik van wanhoop. Want hoewel ik het verhaal niet helemaal had begrepen, begreep ik haar verdriet. In een kort ogenblik hadden we allebei de wereld verloren en we konden hem nooit meer terugkrijgen.

Er klonk een gong en de maanvrouw boog haar hoofd en keek sereen naar opzij. De menigte klapte luid en nu kwam dezelfde jonge man als zo even het toneel op en kondigde aan: 'Wacht allemaal! De maanvrouw heeft erin toegestemd elk van de aanwezigen een geheime wens toe te staan...' De menigte kwam in beweging, er klonk een gegons van hoge stemmen. 'Voor een kleine geldelijke vergoeding...' vervolgde de jonge man en de menigte lachte en steunde en begon uiteen te gaan. De jonge man riep: 'Een kans die maar een keer per jaar terugkomt!' Maar niemand luisterde naar hem, behalve mijn schaduw en ik in de struiken.

'Ik heb een wens! Ik heb er een!' riep ik en ik rende op mijn blote voeten naar hem toe. Maar de jonge man lette niet op me en liep het toneel af. Ik rende verder, naar de maan toe om de maanvrouw te vertellen wat ik wilde, want ik wist nu wat mijn wens was. Ik schoot snel als een hagedis het toneel over, naar de achterkant van de maan.

Ik zag haar... ze bleef een ogenblik roerloos staan. Ze was mooi, schitterend verlicht door een dozijn petroleumlampen. Toen schudde ze haar lange donkere lokken en kwam het trapje af. 'Ik heb een wens,' fluisterde ik, maar ze hoorde me nog steeds niet. Toen ging ik nog dichter naar haar toe, tot ik het gezicht van de maanvrouw kon zien: ingevallen wangen, een brede, glimmende neus, grote blikkerende tanden, rooddoorlopen ogen. Een dodelijk vermoeid gezicht. Ze deed langzaam haar pruik af, haar lange gewaad gleed van haar schouders. En toen de geheime wens over mijn lippen kwam, keek de maanvrouw me aan en werd een man.

Vele jaren lang kon ik me niet herinneren wat ik die nacht had gewenst of hoe ik mijn familie had teruggevonden. Ik had het gevoel dat beide gebeurtenissen een illusie waren, een in vervulling gegane wens die niet vertrouwd kon worden. En hoewel ik later die avond werd gevonden - nadat Amah, Baba, Oom en de anderen langs de waterkant hadden lopen roepen - heb ik nooit kunnen geloven dat mijn familie hetzelfde meisje had teruggevonden.

In de loop van de jaren, ben ik ook de rest van de gebeurtenissen van die avond vergeten: het treurige verhaal van de maanvrouw, de boot met het paviljoen, de vogel met de ring om zijn nek, de kleine bloemetjes op mijn mouw, het verbranden van de Vijf Kwaden.

Maar nu ik oud ben en elk jaar dichter bij het eind van mijn leven kom, voel ik me ook dichter bij het begin. En ik herinner me alles wat er die dag is gebeurd, omdat het vele malen in mijn leven opnieuw is gebeurd: hetzelfde onschuldige vertrouwen, dezelfde onrust, verbazing, angst en eenzaamheid. De manier waarop ik verloren raakte.

Al die dingen herinner ik me. En vanavond, op de vijftiende dag van de achtste maan, herinner ik me ook wat ik zo lang geleden aan de maanvrouw heb gevraagd. Ik wenste dat ik gevonden zou worden.

DE ZESENTWINTIG ONHEILSPOORTEN

'Ga niet de hoek om met je fietsje,' had de moeder tegen de dochter gezegd toen ze zeven was.

'Waarom niet?' protesteerde het meisje.

'Omdat ik je dan niet kan zien en je zult vallen en huilen en dan hoor ik je niet.'

'Hoe weet u dat ik zal vallen?' drensde het meisje.

'Het staat in een boek, De zesentwintig onheilspoorten, *alle erge dingen die buiten de bescherming van dit huis met je kunnen gebeuren.'*

'Ik geloof u niet. Laat dan eens kijken dat boek.'

'Het is in het Chinees. Je kunt het niet begrijpen. Daarom moet je naar me luisteren.'

'Wat zijn dat dan voor erge dingen?' wilde het meisje weten. 'Wat zijn die zesentwintig erge dingen?'

Maar de moeder zat zwijgend te breien.

'Wat voor dingen! Zeg het dan!' gilde het meisje.

De moeder gaf nog steeds geen antwoord.

'U kunt het niet zeggen, u weet het niet. U weet helemaal niks!' En het meisje rende naar buiten en sprong op haar fiets en in haar haast om weg te komen, viel ze zelfs nog voor ze de hoek had bereikt.

WAVERLY JONG

De regels van het spel

Ik was vijf toen mijn moeder me de kunst van de onzichtbare kracht leerde. Het was een strategie om tegenspraak te overwinnen, om het respect van anderen te winnen en, uiteindelijk, hoewel we dat toen geen van beiden wisten, om schaakwedstrijden te winnen.

'Houd je mond,' siste mijn moeder toen ik hard huilend aan haar hand rukte in de richting van de winkel die zakjes gezouten pruimen verkocht. Thuis zei ze: 'Verstandige man gaat niet tegen de wind. In Chinees wij zeggen: Kom uit zuiden, waai met wind poem! noord zal volgen. Sterkste wind onzichtbaar.'

De week daarna hield ik mijn mond toen we de winkel met het verboden lekkers ingingen. Toen mijn moeder klaar was met haar boodschappen, pakte ze rustig een zakje pruimen van de plank en legde het bij haar andere boodschappen op de toonbank.

Mijn moeder deelde ons haar dagelijkse portie waarheden mee om mijn oudere broers en mij te helpen het later beter te krijgen dan zij. We woonden in Chinatown, de Chinese wijk van San Francisco. Ik had niet het gevoel dat we arm waren net zomin als de meeste andere Chinese kinderen die in de steegjes achter restaurants en uitdragerswinkeltjes speelden. Mijn rijstkom was altijd gevuld, drie maaltijden van vijf gangen per dag, te beginnen met een soep vol geheimzinnige ingrediënten waarvan ik de namen niet wilde weten.

We woonden in een straat die Waverly Place heette, in een warme, schone driekamerflat boven een kleine Chinese bakkerij die gespecialiseerd was in gestoomde pasteitjes en *dim sam.* 's Morgens vroeg, als het nog stil was op straat, rook ik de heerlijke geur van de rode bonen die tot een zoete pasta werden gekookt. Bij het aanbreken van de dag was onze flat gevuld met de geur van gebakken sesamballetjes en halvemaantjes gevuld met zoete kerriekip. Ik lag in bed te luisteren terwijl mijn vader zich klaarmaakte om naar zijn werk te gaan en de deur weer achter zich op slot deed, een-twee-drie klikken.

Aan het eind van onze steeg was een klein speelveldje met schommels en glijbanen, waarvan het middelste gedeelte glom van het vele gebruik. Langs de rand van de speelplaats stonden houten lattenbanken waar mensen uit het oude land geroosterde meloenpitten tussen hun gouden kiezen kraakten en de schilletjes tussen een geduldige menigte koerende duiven strooiden. Maar de beste speelplaats was de donkere steeg zelf. Hij was elke dag vol geheimen en avonturen. Mijn broertjes en ik gluurden naar binnen bij de kruidenapotheek om te kijken hoe de oude Li op een vel stijf wit papier de juiste hoeveelheid insekteschalen, saffraangele zaden en aromatische bladeren afmat voor de kwalen van zijn klanten. Men zei dat hij eens een vrouw had genezen die bijna was bezweken aan een vloek van haar voorouders waar de beste Amerikaanse dokters geen raad op hadden geweten. Naast de apotheek was een drukkerij die gespecialiseerd was in met goudreliëf versierde uitnodigingen voor huwelijken en rode feestbanieren.

Verderop in de straat was Vismarkt Ping Yuan. In de etalage stond een aquarium vol ten dode gedoemde vissen en schildpadden die tevergeefs trachtten langs de glibberige groene tegels van de wanden omhoog te klimmen. Een met de hand geschreven bordje deelde toeristen mee: IN DEZE WINKEL IS ALLES VOOR ETEN, NIET VOOR HUISDIER. Binnen maakten de winkelbedienden in hun met bloed bevlekte witte jassen handig de vis schoon, terwijl de klanten hun bestellingen opgaven en riepen: 'Geef me mooie verse,' waarop de winkelbedienden altijd antwoordden: 'Zijn allemaal mooie verse.' Op minder drukke marktdagen inspecteerden we de kratten met levende kikkers en krabben, waar we met onze vingers moesten afblijven, waarschuwden ze, en de dozen met gedroogde inktvis en de rijen en rijen garnalen, inktvissen en glibberige vissen op ijs. Van de schollen griezelde ik altijd: allebei hun ogen zaten aan dezelfde kant van hun platte lijf en ze deden me denken aan het verhaal van mijn moeder over een onvoorzichtig meisje dat een drukke straat op was gerend en door een taxi was overreden. 'Helemaal plat,' rapporteerde mijn moeder.

Op de hoek van de steeg was het restaurant van Hong Sing. Het had maar vier tafeltjes en aan de voorkant was een trap in een nis, die naar een deur leidde waar LEVERANCIERS op stond. Mijn broertjes en ik dachten dat er 's nachts slechte mannen uit die deur kwamen. Er kwamen nooit toeristen bij Hong Sing, omdat het menu alleen in het Chinees was gedrukt. Een keer kwam er een blanke man met een camera die mij en mijn vriendinnetjes voor het restaurant wilde fotograferen. Hij zette ons opzij van de vitrine neer, zodat de gebraden eend waarvan de kop aan een van het vet druipende draad bungelde ook op de foto zou komen. Toen hij de foto had genomen zei ik tegen hem dat hij naar binnen moest gaan om bij Hong Sing te eten. Toen hij glimlachte en me vroeg wat ze er dan serveerden, riep ik: 'Ingewanden en eendepoten en octopusmagen!' Toen gingen mijn vriendinnen en ik er gillend van de lach vandoor en verstopten ons in de op een grot lijkende ingang van de China Gem Company. Ik hoopte met bonzend hart dat hij ons achterna zou komen.

Mijn moeder had me naar de straat waar we woonden genoemd: Waverly Place Jong, mijn officiële naam voor belangrijke Amerikaanse documenten. Maar mijn familie noemde me 'Mei-mei', 'kleine zuster'. Ik was de jongste, de enige dochter. Iedere dag, voor ik naar school ging, trok en rukte mijn moeder aan mijn dikke zwarte haar tot ze er twee stijve vlechten in had gemaakt. Toen ze op een dag met moeite een kam met harde tanden door mijn weerbarstige haar probeerde te trekken, bedacht ik iets slims.

'Ma,' vroeg ik haar, 'wat is de Chinese marteling?' Mijn moeder schudde haar hoofd. Ze had een haarspeldje tussen haar lippen. Ze maakte haar handpalm nat en streek het haar boven mijn oor glad. Toen duwde ze het speldje erin, zodat het hard over mijn huid kraste.

'Wie zegt dat woord?' vroeg ze, zonder te laten blijken dat ze doorhad hoe ondeugend ik was. Ik haalde mijn schouders op en zei: 'Een jongen in mijn klas heeft gezegd dat Chinezen een Chinese marteling doen.'

'Chinezen doen veel dingen,' zei ze eenvoudig. 'Chinezen doen zaken, doen medicijnen, doen schilderen. Niet lui zoals de Amerikanen. Doen ook marteling. Beste marteling.'

Eigenlijk was mijn oudste broer Vincent degene die het schaakspel had gekregen. We waren naar het jaarlijkse kerstfeest van de Eerste Chinese Baptistengemeente aan het eind van onze straat geweest. De dames van de zending hadden een grote zak met cadeautjes gevuld, allemaal geschonken door de leden van een andere Kerk. Er waren geen namen op de pakjes geschreven. Er waren aparte zakken voor jongens en meisjes van verschillende leeftijden.

Een van de Chinese gemeenteleden had zich als kerstman verkleed, met een baard van papier met wattenbollen erop geplakt. Ik denk dat de enige kinderen die dachten dat hij echt was te jong waren om te weten dat de kerstman niet Chinees is. Toen het mijn beurt was, vroeg de kerstman me hoe oud ik was. Ik dacht dat het een strikvraag was. Ik was zeven volgens de Amerikaanse berekening en acht volgens de Chinese kalender. Ik zei dat ik op 17 maart 1951 was geboren. Daar scheen hij tevreden mee te zijn. Toen vroeg hij me ernstig of ik dit jaar een heel braaf meisje was geweest en of ik in Jezus Christus geloofde en mijn ouders gehoorzaamde. Ik wist wat ik daarop moest antwoorden. Ik knikte met dezelfde ernst. Ik had de andere kinderen hun pakjes zien openmaken en ik wist dus dat de grote cadeaus niet altijd de mooiste waren. Een meisje van mijn leeftijd kreeg een groot kleurboek met bijbelse figuren, terwijl een minder begerig meisje dat een kleiner pakje had uitgezocht, een glazen flesje met lavendelwater had gekregen. Het was ook belangrijk wat voor geluid een pakje maakte. Een jongen van tien had een pakje gekozen dat rinkelde toen hij het schudde. Er zat een blikken globe in met een gleuf om geld in te doen. Hij moest gedacht hebben dat er een heleboel geld in zat, want toen hij zag dat het maar tien pennies waren, betrok zijn gezicht en liet hij zo duidelijk zijn teleurstelling blijken dat zijn moeder hem een draai om zijn oren gaf en hem mee naar buiten nam en zich bij de aanwezigen verontschuldigde over haar zoon, die zulke slechte manieren had dat hij zo'n prachtig cadeau niet waardeerde.

Ik keek in de zak en betastte snel de overgebleven pakjes, testte hun gewicht en probeerde me voor te stellen wat erin zat. Ik koos een zwaar, compact pakje, ingepakt in glimmend zilverfolie met een rood lint eromheen. Er zat een pakje met twaalf rolletjes *Life Savers* in en gedurende de rest van de bijeenkomst zat ik de snoepjes te rangschikken naar de smaken die ik het lekkerst vond. Mijn broer Winston deed ook een goede keus. Zijn pakje bleek een doos met ingewikkelde plastic onderdelen te bevatten en in de uitleg op de doos stond dat hij, als hij ze goed in elkaar zette, een miniatuur model van een onderzeeboot uit de Tweede Wereldoorlog zou hebben.

Vincent kreeg het schaakspel, dat een heel fatsoenlijk cadeau zou zijn geweest voor een kerstfeestje van de Kerk, als het niet kennelijk gebruikt was geweest. Later ontdekten we zelfs dat er een zwarte pion en een wit paard ontbraken. Mijn moeder bedankte de onbekende weldoener beleefd en zei: 'Is te mooi. Is te duur.' Waarop een oude dame met fijn, vlossig wit haar naar ons knikte en ons een 'heel, heel gelukkig kerstfeest' toewenste.

Toen we thuis waren, zei mijn moeder tegen Vincent dat hij het schaakspel moest weggooien. 'Zij wil niet hebben. Wij willen niet hebben,' zei ze met een stijve hoofdbeweging en een strakke, trotse glimlach. Mijn broers hielden zich doof. Ze waren al bezig de schaakstukken op te zetten en het verfomfaaide boekje met de spelregels te lezen.

Gedurende de kerstweek keek ik toe terwijl Vincent en Winston speelden. Het schaakbord leek ingewikkelde geheimen te bevatten die wachtten op een oplossing. De schaakstukken waren machtiger dan de toverkruiden van de oude Li waarmee hij mensen van een vloek van de voorouders kon genezen. En mijn broertjes speelden zo serieus, dat ik wist dat er iets belangrijkers aan de hand was dan het vermijden van de deur voor de leveranciers bij Hong Sing.

'Laat mij eens! Laat mij eens!' bedelde ik tussen de partijen, als nu eens de een dan de ander van mijn broers met een diepe zucht van opluchting en triomf achterover leunde, terwijl de ander kwaad was, en zich niet bij de uitslag wilde neerleggen. Eerst weigerde Vincent me te laten spelen, maar toen ik mijn zuurtjes aanbood om de knopen die ze voor de missende schaakstukken gebruikten te vervangen, gaf hij toe. Hij koos de smaken: wilde kersen voor de zwarte pion en pepermunt voor het witte paard. De winnaar mocht ze allebei opeten.

Terwijl onze moeder bloem sprenkelde en kleine deegcirkels uitrolde voor de gestoomde pasteitjes die we die avond zouden eten, legde Vincent de regels uit en wees hij de stukken één voor één aan. 'Jij hebt zestien stukken en ik ook. Een koning en koningin, twee lopers, twee paarden, twee torens en acht pionnen. De pionnen kunnen maar een stap vooruit doen, behalve bij de eerste zet, dan mogen ze twee stappen vooruit. Maar ze kunnen andere stukken alleen slaan door schuin naar opzij te gaan, behalve in het begin, dan mag je recht vooruit gaan om een andere pion te slaan.'

'Waarom?' vroeg ik. 'Waarom kunnen ze alleen maar recht vooruit?'

'Omdat het pionnen zijn,' zei hij.

'Maar waarom mogen ze schuin naar voren om andere stukken te slaan? En waarom heten ze pionnen?'

'Waarom is de lucht blauw? Waarom stel je zulke stomme vragen?' zei Vincent. 'Zo zijn de regels. Ik heb ze niet verzonnen. Kijk dan. Hier staat het. In het boek.' Hij prikte met een pion in het boek om het aan te wijzen. 'Pion. P-I-O-N. Lees zelf maar.'

Mijn moeder klopte de bloem van haar handen. 'Laat mij boek zien,' zei ze rustig. Ze bladerde het snel door, zonder de vreemde Engelse symbolen te lezen, naar het scheen zonder iets speciaals te zoeken.

'Dit Amerikaanse regels,' zei ze ten slotte. 'Elke keer als mensen uit ander land komen, moeten regels kennen. Jij weet niet, rechter zegt: niet goed, jij terug. Zij niet vertellen waarom, zodat jij op hun manier kan doen. Zij zeggen weet niet waarom, jij zelf ontdekken. Maar zij weten heel goed. Beter jij neemt boek, zelf ontdekken waarom.' Ze gooide met een voldane glimlach haar hoofd in haar nek.

Later ontdekte ik precies hoe het allemaal zat. Ik las de regels en zocht alle lange woorden op in het woordenboek. Ik leende boeken uit de bibliotheek van Chinatown. Ik bestudeerde elk schaakstuk en probeerde de macht die elk stuk had in me op te nemen.

Ik leerde alles over de openingszetten en waarom het belangrijk is snel het midden van het bord te beheersen: de kortste afstand tussen twee punten is recht over het midden. Ik leerde over het middenspel en waarom de tactieken tussen twee tegenstanders als botsende ideeën zijn; degene die het best speelt, heeft de duidelijkste plannen, zowel om aan te vallen als om aan valstrikken te ontsnappen. Ik leerde waarom het belangrijk voor het eindspel is een vooruitziende blik te hebben, een wiskundig inzicht in alle mogelijke zetten, en geduld; alle zwakke en voordelige posities worden duidelijk voor een sterke speler, maar blijven verborgen voor een tegenstander die vermoeid raakt. Ik ontdekte dat je voor het hele spel onzichtbare krachten moest verzamelen en het eindspel al moest kunnen zien voordat het spel begint.

Ik ontdekte ook waarom ik nooit het 'waarom' aan anderen moest uitleggen. Een beetje kennis die je voor jezelf houdt, is een groot voordeel dat je moet bewaren voor later gebruik. Dat is de macht van het schaakspel. Het is een spel vol geheimen, waarin je moet laten zien wat je kunt maar nooit iets vertellen.

Ik hield van de geheimen die ik in de vierenzestig zwarte en witte velden ontdekte. Ik tekende met zorg een met de hand gemaakt schaakbord en prikte het op de muur boven mijn bed, waar ik 's nachts uren naar denkbeeldige wedstrijden lag te kijken. Al gauw verloor ik geen *Life Savers* meer met het spel, maar ik verloor mijn tegenstanders. Winston en Vincent besloten dat ze meer zin hadden om na school met hun Hopalong Cassidy-cowboyhoeden op over straat te zwerven.

Toen ik op een koude lentemiddag uit school naar huis liep, maakte ik een omweg door het speelveldje aan het eind van onze straat. Ik zag een groepje oude mannen. Twee zaten aan weerskanten van een klaptafeltje een partij schaak te spelen, anderen zaten pijprokend en pinda's etend toe te kijken. Ik rende naar huis, pakte Vincents schaakspel, dat in een met elastiekjes dichtgehouden kartonnen doos zat. Ik zocht ook zorgvuldig twee kostbare rolletjes *Life Savers* uit. Ik ging terug naar het plantsoentje en sprak een man aan die naar het spel zat te kijken.

'Wilt u met me spelen?' vroeg ik. Zijn gezicht werd breed van verbazing en hij glimlachte toen hij de doos onder mijn arm zag.

'Is lang geleden sinds ik met poppen gespeeld, kleine zuster,' zei hij met een welwillende glimlach. Ik legde vlug de doos naast hem op de bank en liet hem mijn antwoord zien.

Lao Bo, zoals ik hem mocht noemen, bleek veel beter te spelen dan mijn broers. Ik verloor heel wat partijen en heel wat *Life Savers*. Maar in de weken die volgden leerde ik, met elke slinkende rol snoep, nieuwe geheimen. Lao Bo leerde me de namen: de Dubbele Aanval vanaf de Oost- en Westkust, Stenen Gooien naar de Verdrinkende Man, de Plotselinge Clanvergadering, de Verrassing door de Slapende Wachtpost, de Nederige Dienaar die de Koning Doodt, Zand in de Ogen van het Optrekkende Leger, een Dubbele Moord Zonder Bloed.

Ik leerde ook de fijnere details van de schaaketiquette. Zet de stukken die je hebt gewonnen netjes op een rij, als goed verzorgde gevangenen. Zeg nooit triomfantelijk 'schaak', anders zou iemand je wel eens met een onzichtbaar zwaard de keel kunnen afsnijden. Smijt nooit kwaad de stukken in de zandbak als je hebt verloren, want dan moet je ze in je eentje weer allemaal opzoeken en iedereen je verontschuldigingen aanbieden. Tegen het eind van de zomer had Lao Bo me alles geleerd wat hij wist en was ik een betere schaakspeler geworden.

In het weekend verzamelde zich vaak een groepje Chinese mensen en toeristen om toe te kijken terwijl ik mijn tegenstanders een voor een versloeg. Mijn moeder kwam ook vaak kijken bij die openbare openluchtwedstrijden. Ze zat trots op de bank en zei met gepaste Chinese nederigheid tegen mijn bewonderaars: 'Is allemaal geluk.'

Een man die me in het park had zien spelen, stelde mijn moeder voor me te laten meedoen met de plaatselijke schaaktoernooien. Mijn moeder glimlachte vriendelijk, een antwoord dat niets betekende. Ik wilde dolgraag meedoen maar ik hield mijn mond. Ik wist dat ze me niet tussen vreemden zou laten spelen. Dus toen we naar huis liepen, zei ik met een angstig stemmetje dat ik niet naar het plaatselijke toernooi wilde. Ze zouden volgens de Amerikaanse regels spelen. Als ik verloor zou ik mijn familie te schande maken.

'Is schande jij valt als niemand duwt,' zei mijn moeder.

Tijdens mijn eerste toernooi zat mijn moeder naast me op de voorste rij terwijl ik op mijn beurt wachtte. Ik bewoog telkens mijn benen om ze los te trekken van de koude metalen zitting van het klapstoeltje. Toen mijn naam werd afgeroepen, sprong ik op. Mijn moeder wikkelde iets los dat ze op haar schoot had. Het was haar *zhang*, een kleine hanger van rode jade met het vuur van de zon erin. 'Brengt geluk,' fluisterde ze en duwde hem in de zak van mijn jurk. Ik wendde me naar mijn tegenspeler, een vijftienjarige jongen uit Oakland, die met opgetrokken neus naar me keek.

Toen ik begon te spelen, verdween de jongen en verdwenen alle kleuren in de zaal. Ik zag alleen mijn witte schaakstukken en zijn zwarte, die stonden te wachten aan de andere kant van het bord. Er begon een zachte wind langs mijn oren te waaien. Hij fluisterde geheimen die alleen ik kon horen.

'Blaas uit het zuiden,' fluisterde hij, 'de wind laat geen sporen na.' Ik zag wat ik moest doen, de valkuilen die ik moest vermijden. De menigte ritselde. 'Ssst! Ssst!' zeiden de hoeken van het vertrek. De wind werd sterker. 'Gooi zand uit het oosten om hem af te leiden,' zei hij. Het paard kwam naar voren, klaar om te worden geofferd. De wind ruiste luider en luider. 'Blaas, blaas, blaas. Hij kan niet zien. Hij is nu blind. Laat hem achteroverhellen door de wind, zodat je hem makkelijker kunt omstoten.'

'Schaak,' zei ik, terwijl de wind daverend lachte. De wind nam af en ging over in zachte stootjes, mijn eigen adem.

Mijn moeder zette mijn eerste trofee naast een nieuw plastic schaakspel dat de Taovereniging van de wijk me had gegeven. Terwijl ze de stukken één voor één met een zachte doek afveegde, zei ze: 'Volgende keer jij meer winnen, minder verliezen.'

'Ma, het gaat er niet om hoeveel stukken je verliest,' zei ik. 'Soms moet je stukken verliezen om verder te komen.'

'Beter jij verliest minder, kijk of echt nodig is.'

Bij het volgende toernooi won ik weer, maar mijn moeder was degene die triomfantelijk glimlachte.

'Deze keer jij acht stukken verloren, vorige keer was elf. Heb ik niet gezegd? Beter jij verliest minder.' Ik was kwaad maar ik kon niets zeggen.

Ik ging naar meer toernooien, elke keer verder van huis. Ik won alle partijen in alle afdelingen. De Chinese bakkerij onder onze flat zette mijn groeiende verzameling trofeeën in de etalage, tussen de stoffige cakejes die er nooit uit werden gehaald. De dag nadat ik een belangrijk regionaal toernooi had gewonnen, stond er een verse laagjestaart met wit glazuur waar met rode letters opstond: 'Gefeliciteerd, Waverly Jong, Schaakkampioene van Chinatown'. Kort daarna bood een bloemenzaak annex grafstenenmaker en begrafenisondernemer aan me te sponsoren voor nationale toernooien. Dat was aanleiding voor mijn moeder om te besluiten dat ik niet meer hoefde af te wassen. Voortaan moesten Winston en Vincent mijn huishoudelijke karweitjes overnemen.

'Waarom mag zij spelen en moeten wij al het werk doen?' klaagde Vincent.

'Zijn nieuwe Amerikaanse regels,' zei mijn moeder. 'Mei-mei speelt, wringt haar hersens uit om schaak te winnen. Jij speelt, is zelfde uitwringen vaatdoek.'

Toen ik negen werd, was ik nationaal schaakkampioen. Ik was nog vierhonderd negenentwintig punten verwijderd van het grootmeesterschap, maar werd aangeprezen als De Hoop van Amerika, een wonderkind, en een meisje nog wel . Ze zetten een foto van me in *Life* naast een citaat uit een interview met Bobby Fischer, waarin hij had gezegd: 'Er zal nooit een vrouwelijke grootmeester komen.' Nu jij weer, Bobby, stond erboven.

Op de dag dat ze de foto voor het tijdschrift maakten, had ik keurige vlechtjes in mijn haar met plastic knipjes, versierd met namaakdiamanten. Ik speelde in een grote aula van een middelbare school die weergalmde van het gekuch en het gepiep van rubber knoppen onder de stoelpoten die over de pas geboende houten vloer schoven. Tegenover me zat een Amerikaanse man, ongeveer net zo oud als Lao Bo, een jaar of vijftig. Ik herinner me dat zijn zwetende voorhoofd bij elke zet die ik deed leek te huilen. Hij had een donker, muf ruikend pak aan. In een van de zakken zat een enorme witte zakdoek, waarmee hij zijn handpalm afveegde, voordat hij met een elegante zwaai het gekozen schaakstuk oppakte.

Ik droeg altijd een gesteven wit met rose jurk met een kriebelend kanten kraagje, een van de twee die mijn moeder voor deze speciale gelegenheden voor me had gemaakt, en zat met mijn handen onder mijn kin gevouwen, mijn smalle ellebogen licht op de tafel gesteund, zoals mijn moeder me had voorgedaan voor als ik voor de pers moest poseren. Ik zwaaide mijn lakschoenen heen en weer als een ongeduldig kind in een schoolbus. Als ik aan zet was, wachtte ik even, zoog mijn lippen naar binnen, bewoog het stuk dat ik had gekozen even in de lucht heen en weer, alsof ik aarzelde, en zette het dan met een beslist gebaar en een triomfantelijke glimlach naar mijn tegenstander op zijn nieuwe, bedreigende plaats.

Ik speelde niet meer op straat in Waverly Place. Ik kwam nooit meer op het speelveldje, waar de duiven en de oude mannen bijeenkwamen. Ik ging naar school en kwam daarna meteen naar huis om nieuwe schaakgeheimen, sluw verborgen voordelen, andere ontsnappingsroutes, te leren.

Maar ik kon me thuis moeilijk concentreren. Mijn moeder had de gewoonte naast me te komen staan terwijl ik mijn strategieën bedacht. Ik denk dat ze zich als mijn beschermster en bondgenote beschouwde. Ze hield haar lippen stijf op elkaar en na elke zet die ik deed, maakte ze een zacht 'hmmmmf' geluid door haar neus.

'Ma, ik kan niet oefenen als u daar zo staat,' zei ik een keer tegen haar. Ze trok zich terug in de keuken en rammelde luid met potten en pannen. Toen het stil werd, zag ik uit mijn ooghoeken dat ze in de deuropening stond. 'Hmmmf!' Alleen kwam het deze keer uit haar dichtgeknepen keel.

Mijn ouders deden veel concessies om me in staat te stellen te oefenen. Ik klaagde een keer dat het zo'n lawaai was in de slaapkamer die ik met mijn broertjes deelde, dat ik er niet kon nadenken. Van toen af aan sliepen mijn broers op een bed in de woonkamer aan de straatkant. Ik zei dat ik mijn rijst niet kon opeten omdat mijn hoofd niet helder was als ik een volle maag had. Als ik opstond, liet ik mijn rijstkom halfvol staan en niemand zei er iets van. Maar er was een plicht waar ik niet onderuit kon: als ik niet hoefde te spelen, moest ik zaterdags met mijn moeder mee naar de markt. Mijn moeder liep trots naast me, bezocht een heleboel winkels, maar kocht overal weinig. 'Dit mijn dochter Wave-ly Jong,' zei ze tegen iedereen die in haar richting keek.

Op een dag zei ik toen we uit een winkel kwamen zachtjes tegen haar: 'U moet niet tegen iedereen zeggen dat ik uw dochter ben.' Mijn moeder bleef staan. Mensen met zware boodschappentassen die ons probeerden te passeren op het trottoir, botsten tegen ons op, eerst de ene, dan de andere schouder.

'Aiya! Jij schaamte voor je moeder?' Ze kneep hard in mijn hand en keek me woedend aan.

Ik keek naar de grond. 'Dat is het niet maar het ligt er zo dik op, ik vind het gewoon niet prettig.'

'Niet prettig jij bent mijn dochter?' Haar stem sloeg over van woede.

'Dat bedoel ik niet. Dat zeg ik niet.'

'Wat zeg jij wel?'

Ik wist dat ik beter mijn mond kon houden, maar ik hoorde mijn stem zeggen: 'Waarom gebruikt u mij om op te scheppen? Als u wilt opscheppen, leer dan zelf schaakspelen.'

Mijn moeders ogen werden gevaarlijke zwarte spleetjes. Ze had geen woorden voor me, alleen een scherpe stilte.

Ik voelde de wind om mijn hete oren blazen. Ik trok mijn hand los uit mijn moeders greep en draaide me met een ruk om, zodat ik tegen een oude vrouw botste. Haar boodschappen van de kruidenier rolden uit haar tas op de grond.

'Aiya! Dom kind!' riepen mijn moeder en de vrouw. Sinaasappels en blikjes stuiterden over het trottoir. Terwijl mijn moeder zich bukte om de oude vrouw te helpen het weggerolde eten op te rapen, ging ik ervandoor.

Ik rende tussen de mensen door de straat uit en keek niet om toen mijn moeder me met schrille stem nariep: 'Mei-mei! Mei-mei!' Ik vluchtte een steeg door, langs winkels met gordijnen voor de donkere ramen en winkeliers die hun ramen zeemden. Ik rende het zonlicht in door een brede straat vol toeristen die sieraden en souvenirs bekeken. Toen weer een donkere steeg in, nog een straat door, nog een steeg in. Ik rende tot ik pijn in mijn zij kreeg en besefte dat ik nergens heen kon, dat ik voor niets rende. De stegen boden geen ontsnappingsroutes.

Mijn adem kwam als hete damp uit mijn mond. Het was koud. Ik ging op een omgekeerde plastic emmer naast een stapel lege dozen zitten, steunde mijn kin in mijn handen en dacht diep na. Ik stelde me voor dat mijn moeder eerst snel nu deze dan die straat inliep om me te zoeken en het dan opgaf en naar huis ging om daar op me te wachten. Na twee uur stond ik met krakende knieën op en liep langzaam naar huis.

Het was stil in onze steeg en ik zag het gele licht door de twee ramen van onze flat schijnen als de ogen van een tijger in het donker. Ik klom de zestien treden naar onze deur op, zachtjes lopend om mijn komst niet aan te kondigen. Ik draaide de deurknop om. De deur was op slot. Ik hoorde een stoel schuiven en snelle voetstappen, de sloten die werden opengedraaid klik, klik, klik en toen ging de deur open.

'Het zal tijd worden dat je thuiskomt,' siste Vincent. 'Er zwaait wat voor je.'

Hij glipte weer op zijn stoel aan de eettafel. Op een schaal lagen de resten van een grote vis, zijn vlezige kop zat nog vast aan de graat, alsof hij in een vergeefse poging te ontsnappen, tegen de stroom in zwom. Terwijl ik daar op mijn straf stond te wachten, hoorde ik mijn moeder met droge stem zeggen: 'Wij niet denken aan dat meisje. Zij ook niet aan ons gedacht.'

Niemand keek me aan. De benen eetstokjes kletterden tegen de binnenkant van rijstkommen en verdwenen in hongerige monden.

Ik liep naar mijn kamer, deed de deur achter me dicht en ging op mijn bed liggen. Het was donker in de kamer, het plafond was vol schaduwen van het licht uit de flats van de buren.

In mijn hoofd zag ik een schaakbord met vierenzestig zwarte en witte velden. Tegenover me zat mijn tegenspeler: twee boze zwarte spleetjes. Ze had een triomfantelijke glimlach op haar gezicht. 'Sterkste wind onzichtbaar,' zei ze.

Haar zwarte schaakstukken kwamen over het bord naar me toe, langzaam opmarcherend als een eenheid. Mijn witte stukken vluchtten gillend weg, tot ze één voor één van het bord vielen. Terwijl haar stukken steeds dichter bij de rand aan mijn kant kwamen, voelde ik mezelf licht worden. Ik zweefde omhoog en het raam uit. Hoger en hoger, boven de steeg, boven de pannedaken uit, tot ik werd meegevoerd door de wind en omhoog gestuwd naar de nachthemel, tot alles onder me verdween en ik alleen was.

Ik deed mijn ogen dicht en overwoog mijn volgende zet.

LENA ST. CLAIR

De stem uit de muur

Toen ik klein was, vertelde mijn moeder me dat mijn overgrootvader een bedelaar had veroordeeld om op een verschrikkelijke manier te sterven en dat de dode man later was teruggekomen en mijn overgrootvader had gedood. Zo was hij gestorven. Of anders was hij een week later aan de griep overleden.

Ik zag de laatste ogenblikken van de bedelaar telkens weer in mijn verbeelding voor me. Ik zag hoe de beul de man zijn hemd uittrok en hem naar het open plein bracht. 'Deze verrader,' las de beul voor, 'is veroordeeld tot de dood van de duizend sneden.' Maar voordat hij het scherpe zwaard kon opheffen om hem in stukken te hakken, zagen ze dat de geest van de bedelaar al in duizend stukken was gebroken. Een paar dagen later keek mijn overgrootvader op van zijn boeken en zag diezelfde man. Hij zag eruit als een gebroken vaas die haastig weer aan elkaar was gelijmd. 'Toen het zwaard me in stukken hakte,' zei de geest, 'dacht ik dat dit het ergste was dat ik ooit zou moeten ondergaan. Maar ik vergiste me. Het ergste is aan gene zijde.' En de dode omhelsde mijn overgrootvader met zijn in stukken gehakte armen en trok hem mee door de muur om hem te laten zien wat hij bedoelde.

Ik vroeg mijn moeder een keer hoe hij in werkelijkheid was gestorven. 'In bed, heel snel, na een ziekte van maar enkele dagen,' antwoordde ze.

'Nee, nee, ik bedoel de andere man. Hoe is hij ter dood gebracht. Hebben ze eerst zijn huid eraf gesneden? Hebben ze een hakmes gebruikt om zijn botten stuk te hakken? Heeft hij gegild, heeft hij alle duizend sneden gevoeld?'

'Annh! Waarom denken jullie Amerikanen altijd alleen maar aan zulke ongezonde dingen?' riep mijn moeder in het Chinees.

'Die man is al bijna zeventig jaar dood. Wat doet het ertoe hoe hij is gestorven?'

Ik heb altijd gedacht dat het belangrijk was om te weten wat het allerergste is dat je kan overkomen, te weten hoe je het kunt vermijden, zodat je niet wordt aangetrokken door de magie van het onzegbaar verschrikkelijke, omdat ik zelfs als klein meisje de onuitgesproken angsten die ons huis omringden al aanvoelde, angsten die mijn moeder achtervolgden tot ze zich in een geheim donker hoekje van haar geest verstopte. Ik zag hoe ze haar in de loop van de jaren verslonden, beetje bij beetje, totdat ze verdween en een geest werd.

In mijn herinnering was de oorsprong van de donkere kant van mijn moeder afkomstig uit het souterrain van ons oude huis in Oakland. Ik was vijf en mijn moeder probeerde het voor me te verbergen. Ze barricadeerde de deur met een houten stoel, sloot hem af met een ketting en twee soorten sloten. Het was zo geheimzinnig dat ik al mijn energie gebruikte om het geheim van die deur te onthullen, tot het me op een dag eindelijk lukte hem met mijn kleine vingers open te peuteren en ik meteen in de donkere afgrond viel. Pas toen ik was opgehouden met krijsen – ik had het bloed uit mijn neus op mijn moeders schouder gezien – vertelde mijn moeder me over de slechte man die in het souterrain woonde en waarom ik die deur nooit meer mocht openmaken. Hij woonde daar al duizenden jaren, zei ze, en hij was zo boosaardig en hongerig dat hij vijf baby's in me zou hebben geplant en ons in een diner van zes gangen een voor een allemaal zou hebben opgegeten en de botjes op de smerige vloer gesmeten, als mijn moeder me niet zo snel had gered.

Daarna begon ik verschrikkelijke dingen te zien. Ik zag die dingen met mijn Chinese ogen, het deel van me dat ik van mijn moeder had. Ik zag koortsachtig dansende duivels onder in een gat dat ik in de zandbak had gegraven. Ik zag dat de bliksem ogen had die zoekend rondkeken zodat hij kleine kinderen kon treffen. Ik zag een tor met het gezicht van een kind en verpletterde hem meteen onder het wiel van mijn driewielfietsje. En toen ik ouder werd, zag ik dingen die de blanke meisjes op school niet zagen.

Ringen die in tweeën zouden breken, zodat een kind dat eraan hing te zwaaien in de lucht werd geslingerd. Ballen van een tetherballspel, die het hoofd van een meisje konden verbrijzelen zodat haar hersens over de speelplaats spatten waar haar lachende vriendinnen bij stonden.

Ik vertelde niemand iets van de dingen die ik zag, zelfs mijn moeder niet. De meeste mensen wisten niet dat ik half Chinees was, misschien omdat mijn achternaam St. Clair is. Als mensen me voor de eerste keer zagen, dachten ze dat ik op mijn vader leek, Anglo-Iers met zware botten maar toch elegant. Maar als ze echt goed keken, als ze wisten dat het er was, dan konden ze het Chinese deel zien. Mijn vader had wangen met hoge, scherpe jukbeenderen, terwijl de mijne glad waren als kiezelstenen aan het strand. Ik had ook niet zijn strogele haar of zijn blanke huid en toch leek ik bleek, als iets wat ooit donkerder was geweest, maar was verschoten in de zon.

En mijn ogen. Ik had de ogen van mijn moeder, geen oogleden, alsof ze met twee snelle halen van een kort mes in een masker waren uitgesneden. Ik probeerde altijd mijn buitenste ooghoeken naar binnen te duwen, om mijn ogen ronder te maken. Of ik sperde ze heel wijd open, zodat ik het wit kon zien. Maar als ik zo door het huis liep, vroeg mijn vader waarom ik zo angstig keek.

Ik heb een foto van mijn moeder met diezelfde angstige ogen. Mijn vader zei dat die foto was genomen toen mijn moeder net uit het immigratiecentrum op Angel Island was gekomen. Ze was daar drie weken geweest, totdat eindelijk al haar papieren waren onderzocht en ze hadden vastgesteld of ze een oorlogsbruid, een refugieé, een studente of de vrouw van een Chinees-Amerikaanse burger was. Mijn vader vertelde dat ze geen regels hadden voor de Chinese vrouw van een blanke Amerikaanse burger. Ten slotte hadden ze haar maar tot refugiée verklaard, verloren in de zee van categorieën van immigranten.

Mijn moeder sprak nooit over haar leven in China maar mijn vader zei dat hij haar daar had gered uit een verschrikkelijk leven, een tragedie waar ze niet over kon praten. Mijn vader vulde op haar immigratiepapieren trots de naam Betty St. Clair in en streepte haar eigen naam, Gu Yingying door. Toen vulde hij het geboortejaar verkeerd in, 1916 in plaats van 1914. En zo verloor mijn moeder met een pennestreek haar naam en werd een draak in plaats van een tijger.

Op de foto kun je zien waarom mijn moeder er als een refugieé uitzag. Ze houdt een grote, halfronde tas in haar handen geklemd, alsof ze die ook nog van haar zouden kunnen stelen als ze niet oplette. Ze heeft een tot haar enkels vallende Chinese japon aan, met bescheiden splitten opzij. Daar overheen draagt ze een modieus jasje van een mantelpak in westerse stijl, dat met zijn schoudervullingen en brede revers en bovenmaatse stoffen knopen nogal vreemd stond bij mijn moeders tengere lichaam. Dit waren de kleren waarin mijn moeder was getrouwd, een geschenk van mijn vader. In deze uitrusting ziet ze eruit alsof ze nergens vandaan komt en nergens heen gaat. Ze houdt haar kin naar beneden, zodat je de nette scheiding in haar haar kunt zien, een rechte witte streep van boven haar linker wenkbrauw tot aan de zwarte horizon van haar hoofd. En hoewel ze haar hoofd in nederige verslagenheid gebogen houdt, staren haar ogen omhoog, langs de camera, wijd open.

'Waarom kijkt ze zo bang?' vroeg ik mijn vader.

En mijn vader legde het uit: het was alleen omdat hij 'even niet bewegen' had gezegd en mijn moeder haar best deed om haar ogen open te houden tot de flits die tien seconden later zou komen...

Mijn moeder keek vaak met die angstige uitdrukking wanneer ze wachtte tot er iets zou gebeuren. Maar later lukte het haar niet meer haar ogen open te houden.

'Niet kijken,' zei mijn moeder, toen we door de Chinese wijk van Oakland liepen. Ze had mijn hand stevig vastgegrepen en trok me dicht naar zich toe. En natuurlijk keek ik. Ik zag een vrouw die tegen een gebouw leunend op het trottoir zat. Ze was oud en jong tegelijk, met doffe ogen, alsof ze vele jaren niet meer had geslapen. En haar voeten en haar handen! – de uiteinden waren zwart alsof ze ze in Oostindische inkt had gedoopt, maar ik wist dat ze verrot waren.

'Hoe is dat gebeurd?' vroeg ik fluisterend aan mijn moeder.

'Ze heeft een slechte man ontmoet,' zei mijn moeder. 'Ze heeft een baby gekregen die ze niet wilde.'

Ik wist dat dit niet waar was. Ik wist dat mijn moeder de vreemdste dingen verzon om me te helpen aan een onbekend gevaar te ontkomen. Mijn moeder zag overal gevaar, zelfs in andere Chinezen. Waar wij woonden en boodschappen deden, sprak iedereen Kantonees of Engels. Mijn moeder kwam uit Wuxi, in de buurt van Shanghai. Ze sprak Mandarijns en een beetje Engels. Mijn vader, die alleen een paar geijkte Chinese uitdrukkingen kende, had erop gestaan dat mijn moeder Engels leerde. Daarom sprak ze met hem in stemmingen en gebaren, blikken en stiltes, en soms een combinatie van met aarzelingen gelardeerd Engels en Chinese frustratie: *Huo buchulai.* 'De woorden komen er niet uit.' Daarom legde mijn vader haar de woorden in de mond.

'Ik geloof dat mammie wil zeggen dat ze moe is,' beweerde hij, als mijn moeder humeurig werd.

'Ik geloof dat ze zegt dat zij de beste man en kinderen heeft van het hele land!' riep hij uit, als ze een heerlijk, geurend maal had klaargemaakt.

Maar tegen mij sprak mijn moeder Chinees als we alleen waren en dan zei ze dingen waar mijn vader geen voorstelling van had. Ik verstond de woorden uitstekend, maar begreep ze niet. De ene gedachte leidde zonder verband naar de volgende.

'Je moet in geen enkele andere richting lopen dan regelrecht naar school en naar huis,' waarschuwde mijn moeder me, toen ze had besloten dat ik oud genoeg was om alleen naar school te gaan.

'Waarom?' vroeg ik.

'Dat soort dingen kun je nog niet begrijpen.'

'Waarom niet?'

'Omdat ik ze nog niet in je hersens heb geplant.'

'Waarom niet?'

'Aiya! Wat een vragen! Omdat het te verschrikkelijk is om aan te denken. Een man zou je van de straat kunnen stelen en je aan iemand anders verkopen en maken dat je een baby krijgt. En dan zou je de baby doodmaken. En als ze die baby in de vuilnisbak vinden, wat moet er dan gebeuren? Dan ga je naar de gevangenis en daar ga je dood.'

Ik wist dat dit niet het echte antwoord was. Maar ik verzon ook leugens om te verhinderen dat er in de toekomst nare dingen zouden gebeuren. Ik loog vaak als ik voor haar moest vertalen, de eindeloze formulieren, instructies, briefjes van school, telefoongesprekken. '*Shenmo yisi?* Wat betekent dat?' vroeg ze toen een man bij de kruidenier tegen haar begon te schreeuwen, omdat ze potjes openmaakte om aan de inhoud te ruiken. Ik schaamde me zo verschrikkelijk dat ik tegen haar zei dat Chinezen niet in die winkel mochten kopen. Toen de school haar een briefje stuurde over een polio-inenting, vertelde ik haar de tijd en de plaats en voegde eraan toe dat alle leerlingen metalen lunchtrommeltjes moesten hebben, omdat ze hadden ontdekt dat oude papieren zakken soms poliobacteriën bevatten.

'We klimmen op in de wereld,' verkondigde mijn vader trots, toen hij tot hoofd van de afdeling verkoop van een kledingfabriek werd benoemd. 'Je moeder is blij.'

En we klommen ook op naar San Francisco, aan de overkant van de baai, een heuvel op naar een Italiaanse wijk waar het trottoir zo steil was dat ik voorover moest leunen om naar boven te klimmen als ik uit school naar huis liep. Ik was tien en ik hoopte dat we alle oude angsten in Oakland zouden kunnen achterlaten.

Het flatgebouw had drie verdiepingen, twee flats per verdieping. Het had een gerenoveerde gevel, een pas aangebrachte laag wit stucco waar met elkaar verbonden rijen brandtrappen voorlangs liepen. Maar binnen was het oud. De voordeur met zijn smalle glazen panelen gaf toegang tot een bedompte vestibule die rook naar het leven van alle bewoners door elkaar. Alle bewoners, dat waren de namen op de voordeur bij de belknopjes: Anderson, Giordino, Hayman, Ricci, Sorci en onze naam, St. Clair. We woonden op de middelste verdieping, tussen de kookluchtjes die omhoog kwamen drijven en het geluid van voetstappen dat naar beneden kwam drijven. Mijn slaapkamer was aan de straatkant en 's nachts, in het donker, zag ik in mijn verbeelding een ander leven voor me. Auto's die moeizaam de steile, in mist gehulde heuvel opklommen. Luidruchtige, vrolijke mensen, die lachend en hijgend riepen: 'Zijn we er bijna?' Een brak die overeind krabbelde en luid begon te keffen, een geluid dat even later werd beantwoord door de loeiende sirenes van de brandweerauto en de boze, sissende stem van een vrouw: 'Sammy! Stoute hond! Stil!' Bij al die kalmerende, voorspelbare geluiden, viel ik al gauw in slaap.

Mijn moeder was niet enthousiast over de flat, maar in het begin merkte ik dat niet. Toen we aan het verhuizen waren, was ze druk bezig alles in te richten, de meubels op hun plaats te zetten, borden en schalen uit te pakken, prenten aan de muur te hangen. Daar deed ze ongeveer een week over. Toen zij en ik kort daarna een keer op weg waren naar de bushalte, kwam ze een man tegen die haar erg van streek maakte.

Het was een Chinese man met een rooie kop, die over het trottoir waggelde alsof hij verdwaald was. Toen hij ons met zijn waterige ogen in de gaten kreeg, ging hij haastig rechtop staan en spreidde zijn armen en riep: 'Ik heb je gevonden! Suzie Wong, meisje van mijn dromen! Hah!' En hij kwam met wijd open mond en wijd open armen op ons af rennen. Mijn moeder liet mijn hand los en hield beschermend haar armen voor haar lichaam alsof ze naakt was. Tot iets anders was ze niet in staat. Op het ogenblik dat ze me losliet, begon ik te gillen, omdat ik die gevaarlijke man op ons af zag komen. Ik bleef gillen toen twee lachende mannen hem vastgrepen en hem door elkaar schudden en zeiden: 'Hou in godsnaam op Joe. Je maakt dat arme kind en haar kindermeid doodsbang.'

Mijn moeder beefde nog de hele dag – toen we in de bus zaten, toen we de winkels in en uit liepen om boodschappen te doen voor het avondeten. Ze hield mijn hand zo stijf vast dat het pijn deed. Een keer, toen ze mijn hand even losliet om haar beurs uit haar tas te halen, wilde ik wegglippen om naar de snoepjes te kijken, maar ze greep mijn hand zo haastig weer vast dat ik op dat ogenblik begreep dat ze spijt had dat ze me niet beter had beschermd.

Zodra we thuiskwamen met onze boodschappen, begon ze de blikjes en de groente op te bergen. Toen haalde ze, alsof er iets niet helemaal in orde was, de blikken van de ene plank af en verruilde ze voor die op een andere. Daarna liep ze snel naar de zitkamer en verplaatste een grote ronde spiegel die aan de muur tegenover de voordeur hing naar de muur achter de sofa.

'Wat doet u?' vroeg ik.

Ze fluisterde iets in het Chinees over dingen die 'niet in evenwicht' waren en ik dacht dat ze doelde op hoe de dingen er uitzagen, niet hoe ze aanvoelden. Toen begon ze de grotere meubels te verplaatsen: de bank, stoelen, bijzettafeltjes, een Chinees rolschilderij met goudvissen erop.

'Wat gebeurt er hier?' vroeg mijn vader, toen hij van zijn werk kwam.

'Ze maakt het hier mooier,' zei ik.

Toen ik de volgende dag uit school kwam, zag ik dat ze weer alles verplaatst had. Alles stond op een andere plaats. Ik begreep dat er een verschrikkelijk gevaar dreigde.

'Waarom doet u dat?' vroeg ik, bang dat ze me de waarheid zou zeggen.

Maar in plaats daarvan fluisterde ze Chinese onzin. 'Als er iets tegen je aard indruist, ben je niet in evenwicht. Dit huis is te steil gebouwd en er waait een slechte wind van de top die al je kracht de heuvel weer afblaast. Zo kom je nooit vooruit. Je blijft terugrollen.'

Toen wees ze naar de muren en deuren van de flat. 'Kijk eens hoe smal die deuropening is, net een nek die gewurgd is. En de keuken ligt tegenover die wc-kamer, zodat al je kracht wordt weggespoeld.'

'Maar wat betekent het?' vroeg ik 'Wat gebeurt er als het niet in evenwicht is?'

Mijn vader legde het me later uit. 'Je moeder oefent alleen haar nestelinstinct,' zei hij. 'Alle moeders krijgen dat. Dat zul je wel merken als je ouder bent.'

Ik vroeg me af waarom mijn vader nooit ongerust werd. Was hij blind? Waarom zagen mijn moeder en ik meer dan hij?

Maar een paar dagen later ontdekte ik dat mijn vader al die tijd gelijk had gehad. Toen ik uit school kwam en mijn slaapkamer in liep, zag ik het. Mijn moeder had mijn kamer veranderd. Mijn bed stond niet meer bij het raam maar tegen een muur. En waar mijn bed had gestaan – daar stond nu een oude wieg. Dus het geheime gevaar was een dikke buik, de bron van mijn moeders onevenwichtigheid. Mijn moeder verwachtte een baby.

'Zie je wel,' zei mijn vader toen we samen naar de wieg stonden te kijken, 'nestelinstinct. Hier is het nest. En daar komt de baby in te liggen.' Hij was zo blij over die baby die hij in zijn verbeelding al voor zich zag. Hij zag niet wat ik later zag. Mijn moeder begon tegen dingen op te botsen, tegen tafelranden, alsof ze was vergeten dat ze een baby in haar buik droeg, alsof ze in plaats van een baby moeilijkheden verwachtte. Ze praatte niet over de vreugde die een nieuwe baby zou brengen; ze praatte over een zwaarte om haar heen, ze zei dat de dingen niet in evenwicht waren, niet in harmonie met elkaar. En daarom maakte ik me ongerust over die baby en was bang dat hij ergens tussen mijn moeders buik en de wieg in mijn kamer beklemd was geraakt.

Nu mijn bed tegen de muur stond, veranderde het nachtleven in mijn verbeelding. In plaats van straatgeluiden hoorde ik nu door de muur heen de stemmen uit de flat van de buren. Op het bordje bij de bel stond dat er daar een gezin woonde dat Sorci heette.

Die eerste nacht hoorde ik vaag iemand schreeuwen. Een vrouw? Een meisje? Ik legde mijn oor tegen de muur en hoorde de boze stem van een vrouw, toen een andere, hogere stem van een meisje, dat terugschreeuwde. En nu kwamen de stemmen op me af, als brandweersirenes die onze straat in kwamen, en ik hoorde de beschuldigingen aanzwellen en wegebben: *Hoe kan ik dat weten!... Waarom zit je me altijd te treiteren!... Dan ga je maar weg en dan kom je er niet meer in!... ga nog liever dood, ben nog liever dood!... Nou, waarom doe je het dan niet!*

Toen hoorde ik schrapende geluiden, bonken, duwen en schreeuwen, en toen *Bam! Bam! Bam!* Er werd iemand doodgeslagen. Gegil en gekrijs, een moeder hief een zwaard hoog boven het hoofd van een meisje en begon haar leven weg te houwen, een vlecht, toen de hoofdhuid, een wenkbrauw, een teen, een duim, het randje van haar wang, de schuinte van haar neus, tot er niets meer over was, geen geluid.

Ik ging weer liggen, mijn hart bonsde van de dingen waarvan

mijn oren en mijn verbeelding getuigen waren geweest. Er was een meisje vermoord. Ik had mezelf niet kunnen verhinderen te luisteren. Ik had niet kunnen verhinderen wat er was gebeurd. Wat verschrikkelijk.

Maar de volgende nacht kwam het meisje weer tot leven met nieuw gekrijs, met nieuwe klappen: haar leven was opnieuw in gevaar. En zo ging het door, nacht na nacht, een stem die zich door mijn muur heen drong en me vertelde dat dit het ergste was wat er kon gebeuren: de verschrikking niet te weten wanneer het ooit zou ophouden.

Soms hoorde ik het luidruchtige gezin helemaal in de gang die de deuren van onze flats scheidde. Hun flat was bij de trap die omhoogging naar de tweede verdieping, de onze bij de trap die naar beneden, naar de begane grond leidde.

'Als je je benen breekt omdat je langs de leuning naar beneden glijdt, dan breek ik je nek,' schreeuwde een vrouw en daarna hoorde ik het geluid van stampende voetstappen die de trap af gingen. 'En vergeet niet je vaders pakken op te halen.'

Ik kende hun verschrikkelijke leven van zo nabij dat ik schrok toen ik haar voor het eerst in levenden lijve zag. Met een stapel boeken op mijn ene arm gebalanceerd trok ik de voordeur achter me dicht. Toen ik me omdraaide, zag ik haar naar me toe komen, ze was al vlakbij en ik gaf een gil en liet alles vallen. Ze giechelde en ik wist wie dat lange meisje was. Ik schatte haar op een jaar of twaalf, twee jaar ouder dan ik. Toen rende ze de trappen af en ik raapte mijn boeken op en volgde haar, op een veilige afstand, aan de andere kant van de straat.

Ze zag er helemaal niet uit als een meisje dat honderd keer vermoord was. Ik zag geen spoor van met bloed bevlekte kleren, ze droeg een schone witte blouse, een blauw wollen vest en een blauw-groene plooirok. Ze leek zelfs heel gelukkig: toen ik haar nakeek dansten haar twee bruine vlechten vrolijk op het ritme van haar stappen. Alsof ze wist dat ik aan haar dacht, keek ze om. Ze keek me kwaad aan, liep snel een zijstraat in en verdween uit mijn gezicht.

Iedere keer dat ik haar daarna zag, keek ik naar de grond en verschikte iets aan mijn boeken of de knopen van mijn vest, omdat ik me schuldig voelde dat ik zoveel van haar wist.

Op een dag kwamen vrienden van mijn ouders, tante Su en oom Canning, me van school halen en namen me mee naar het ziekenhuis om mijn moeder te bezoeken. Ik wist dat het iets ernstigs was, want alles wat ze zeiden was overbodig, hoewel ze het met grote plechtigheid uitspraken.

'Het is nu vier uur,' zei oom Canning op zijn horloge kijkend.

'De bus is altijd te laat,' zei tante Su.

Toen ik mijn moeder in het ziekenhuis bezocht, leek ze half te slapen. Ze lag onrustig te woelen. Toen vlogen haar ogen open en staarden naar het plafond.

'Mijn schuld, mijn schuld, ik wist het al voordat het gebeurde,' ijlde ze. 'Ik heb niets gedaan om het te voorkomen.'

'Betty, liefste, Betty, liefste,' zei mijn vader ontzet. Maar mijn moeder bleef beschuldigingen tegen zichzelf schreeuwen. Ze pakte mijn hand en ik merkte dat haar hele lichaam trilde. Toen keek ze me op een vreemde manier aan, alsof ze me om haar leven smeekte, alsof ik haar gratie zou kunnen verlenen. Ze mompelde iets in het Chinees.

'Wat zegt ze, Lena?' riep mijn vader. Voor het eerst had hij geen woorden om in mijn moeders mond te leggen.

En voor het eerst had ik geen antwoord klaar. Ik dacht dat het ergst mogelijke was gebeurd. Dat wat ze gevreesd had was uitgekomen. Er waren geen waarschuwingen meer. Daarom luisterde ik.

'Toen de baby op het punt stond geboren te worden,' fluisterde ze, 'kon ik hem al binnen in me horen schreeuwen. Zijn kleine vingertjes klemden zich vast om binnen te blijven. Maar de zusters en de dokter zeiden duw hem eruit, laat hem eruit komen. En toen zijn hoofd eruit kwam, riepen de zusters: "Zijn ogen zijn wijd open! Hij ziet alles!" Toen gleed zijn lijf eruit en hij lag dampend van het leven op de tafel.

Toen ik naar hem keek, zag ik het meteen. Zijn kleine beentjes, zijn armpjes en toen een heel groot hoofd, zo verschrikkelijk dat ik mijn ogen er niet van af kon houden. De ogen van de baby waren open en zijn hoofd – dat was ook open! Ik kon helemaal naar binnen kijken, naar waar zijn gedachten moesten zijn en er was daar niets. Geen hersens, riep de dokter! Zijn hoofd is een lege dop!

En misschien had die baby ons gehoord, het was alsof dat grote hoofd zich vulde met hete lucht en van de tafel oprees. Het hoofd draaide eerst de ene en toen de andere kant op. Het keek dwars door me heen. Ik wist dat hij alles binnen in me kon zien. Hoe ik zonder na te denken mijn andere zoon had gedood! Hoe ik zonder na te denken deze baby had gekregen!'

Ik kon niet aan mijn vader vertellen wat ze had gezegd. Hij was al zo bedroefd bij de gedachte aan die lege wieg. Hoe kon ik tegen hem zeggen dat ze gek was geworden?

Dus vertaalde ik het zo voor hem: 'Ze zegt dat we allemaal hard aan een nieuwe baby moeten denken. Ze zegt dat ze hoopt dat deze baby erg gelukkig is aan de andere kant. En ze zegt dat we nu weg moeten gaan om te gaan eten.'

Na de dood van de baby stortte mijn moeder in, niet in een keer, maar stukje bij beetje, zoals wanneer borden één voor één van een plank vallen. Ik wist nooit wanneer het zou gebeuren, dus wachtte ik er voortdurend angstig op.

Soms begon ze het eten klaar te maken maar hield halverwege op en bleef staan, terwijl het hete water dampend in de gootsteen stroomde. Haar mes zweefde in de lucht boven de half gesneden groenten. Ze zei niets en de tranen stroomden over haar gezicht. En soms moesten we midden onder het eten ophouden en onze vorken neerleggen, terwijl ze met haar gezicht in haar handen telkens weer '*Mei guanxi.* Het is niet belangrijk,' zei. Mijn vader zat erbij en probeerde erachter te komen wat er niet zo belangrijk was. En ik liep van tafel, omdat ik wist dat het weer zou gebeuren, dat er altijd een volgende keer zou komen.

Mijn vader scheen er op een andere manier aan kapot te gaan. Hij probeerde de situatie beter te maken. Maar het was alsof hij hard rennend probeerde iets te vangen voordat het viel. Alleen viel hij altijd zelf voordat hij iets kon vangen.

'Ze is alleen maar moe,' legde hij me uit, als we bij de Gold Spike zaten te eten, wij met ons tweeën, omdat mijn moeder als een standbeeld op haar bed lag. Ik wist dat hij aan haar dacht, omdat hij een bezorgd gezicht trok en naar zijn bord keek alsof er wormen op lagen in plaats van spagetti.

Thuis keek mijn moeder met lege ogen naar alles om haar heen. Mijn vader kwam thuis van zijn werk, klopte me op mijn hoofd en zei: 'Hoe is het met mijn grote meid,' maar hij keek altijd langs me heen naar mijn moeder. Ik was zo bang van binnen, niet in mijn hoofd maar in mijn buik. Ik kon niet meer zien wat er zo angstaanjagend was, maar ik kon het voelen. Ik voelde de kleinste beweging in ons stille huis. En 's nachts hoorde ik het gestommel en geschreeuw van de ruzies aan de andere kant van de slaapkamermuur, waar dat meisje werd doodgeslagen. Als ik met de rand van de deken op mijn hals in bed lag, vroeg ik me af wat erger was, onze kant of hun kant. En nadat ik daar vol medelijden met mezelf een tijd over had nagedacht, gaf de gedachte dat het meisje van de buren een ongelukkiger leven had me een beetje troost.

Maar op een avond, na het eten, ging de bel. Dat was vreemd omdat de mensen meestal eerst beneden op de zoemer drukten.

'Lena, wil jij even gaan kijken wie daar is?' riep mijn vader uit de keuken. Hij deed de afwas. Mijn moeder lag in bed. Mijn moeder was nu altijd aan het 'rusten' en het was alsof ze was gestorven en een levende geest was geworden.

Ik maakte voorzichtig de deur open en zwaaide hem toen verbaasd wijd open. Het was het meisje van de buren. Ik staarde haar met onverhulde verbazing aan. Ze glimlachte naar me en ze zag er verfomfaaid uit, alsof ze met haar kleren aan uit haar bed was gevallen.

'Wie is het?' riep mijn vader.

'De buren!' riep ik naar mijn vader. 'Het is...'

'Teresa,' zei ze snel.

'Het is Teresa,' riep ik naar mijn vader.

'Laat haar binnenkomen,' zei mijn vader, bijna op hetzelfde ogenblik dat Teresa langs me heen onze flat in glipte. Zonder te worden uitgenodigd, liep ze naar mijn slaapkamer. Ik deed de voordeur dicht en volgde haar twee bruine vlechten die op en neer dansten als zwepen op de rug van een paard.

Ze liep regelrecht naar mijn raam en maakte aanstalten om het open te doen. 'Wat doe je!' riep ik. Ze zat op de vensterbank en keek naar de straat. Toen keek ze mij aan en begon te giechelen. Ik ging op mijn bed zitten en keek naar haar en wachtte tot ze zou ophouden. Ik voelde de koude lucht door de donkere opening naar binnen waaien.

'Wat is er?' vroeg ik ten slotte. Ik dacht dat ze misschien om míj lachte, om mijn leven. Misschien had ze aan de muur geluisterd en niets gehoord, alleen de bewegingloze stilte van ons ongelukkige huis.

'Waarom lach je?' vroeg ik.

'Mijn moeder heeft me eruit geschopt,' zei ze eindelijk. Ze zei het zwierig, alsof ze er trots op was. Toen giechelde ze een beetje en zei: 'We hadden ruzie en toen heeft ze me de deur uit geduwd en hem op slot gedaan. Dus nu denkt ze dat ik buiten zal gaan zitten wachten tot ik spijt heb en mijn verontschuldigingen aanbied. Maar dat ben ik niet van plan.'

'Wat ga je dan doen?' vroeg ik ademloos, overtuigd dat haar moeder haar deze keer echt zou doodslaan.

'Ik klim via jouw brandtrap mijn kamer in,' fluisterde ze terug. 'En dan zit zij te wachten. En als ze ongerust wordt, doet ze de voordeur open en dan ben ik er niet. Dan lig ik al lang in mijn slaapkamer in bed.' Ze giechelde weer.

'Zal ze niet kwaad zijn, als ze je vindt?'

'Neuh. Ze zal blij zijn dat ik niet dood ben of zoiets. O, ze zal net doen alsof ze kwaad is en zo. Zo doen we altijd.' En toen glipte ze door mijn raam naar buiten en sloop geruisloos naar haar kamer.

Ik zat een hele tijd naar het open raam te kijken en over haar na te denken. Hoe kon ze teruggaan? Zag ze dan niet hoe verschrikkelijk haar leven was? Zag ze niet in dat het nooit zou ophouden?

Ik ging op mijn bed liggen wachten tot het geschreeuw en gegil zouden beginnen. En ik was nog steeds wakker, toen ik 's avonds laat luide stemmen bij de buren hoorde. Mevrouw Sorci huilde en schreeuwde: *Rotmeid dat je bent. Wil je dat ik een hartaanval krijg?* En Teresa krijste terug: *Ik had wel dood kunnen zijn. Ik ben bijna gevallen. Ik had mijn nek kunnen breken.* En toen hoorde ik ze lachen en huilen en huilen en lachen en het uitschreeuwen van liefde.

Ik was verbijsterd. Ik zag bijna voor me hoe ze elkaar kusten en omhelsden. Ik huilde van vreugde met hen mee, omdat ik het mis had gehad.

In mijn herinnering voel ik nog steeds de hoop die die nacht in me leefde. Ik klemde me dag in dag uit, nacht in nacht uit, jaar in jaar uit aan die hoop vast. Ik keek naar mijn moeder als ze in bed lag, als ze op de sofa in zichzelf zat te praten. En toch wist ik dat dit, het ergste dat er kon gebeuren, op een dag zou ophouden. Ik zag nog steeds nare dingen in mijn verbeelding, maar ik wist nu hoe ik die kon veranderen. Ik hoorde mevrouw Sorci en Teresa nog steeds verschrikkelijk ruzie maken, maar ik zag iets anders.

Ik zag een meisje dat klaagde dat het ondraaglijke pijn deed om niet gezien te worden. Ik zag de moeder in haar lange, wijde gewaden op bed liggen. Toen trok het meisje een scherp zwaard en zei tegen haar moeder: 'Dan moet ik je in duizend stukken hakken. Dat is de enige manier waarop je gered kunt worden.'

De moeder aanvaardde dit en sloot haar ogen. Het zwaard kwam neer, het ging op en neer en heen en weer. *Sssssssjt! Sssssssjt! Ssssssssjt!* En de moeder gilde en schreeuwde van angst en pijn. Maar toen ze haar ogen opendeed, zag ze geen bloed, geen in reepjes gesneden vlees.

'Begrijp je het nu?' vroeg het meisje.

De moeder knikte: 'Nu begrijp ik alles. Ik heb het ergste al meegemaakt. Hierna is er geen ergste dat er kan gebeuren meer.'

En de dochter zei: 'Nu moet u terugkomen naar de andere kant. Dan kunt u zien waarom u ongelijk had.'

En het meisje pakte de hand van haar moeder vast en trok haar door de muur.

ROSE HSU JORDAN

Half en Half

Als bewijs van haar gelovigheid nam mijn moeder altijd een in leer gebonden bijbeltje mee als ze zondags naar de Eerste Chinese Baptistengemeente ging. Maar later, toen mijn moeder haar geloof in God was kwijtgeraakt, kwam dat bijbeltje als steuntje onder een te korte tafelpoot terecht, een van haar manieren om het gebrek aan evenwicht in het leven te corrigeren. Het ligt daar al twintig jaar.

Mijn moeder doet alsof de bijbel daar niet is. Elke keer dat iemand haar vraagt waarom hij daar ligt, zegt ze, een beetje te luid: 'O, die? Ik was hem vergeten.' Maar ik weet dat ze hem ziet. Mijn moeder is niet de beste huisvrouw van de wereld maar na al die jaren is dat bijbeltje nog steeds smetteloos wit.

Vanavond kijk ik toe terwijl mijn moeder de vloer onder diezelfde keukentafel veegt. Dat doet ze iedere avond na het eten. Ze pookt voorzichtig met de bezem om de tafelpoot die op de bijbel steunt heen. Ik kijk hoe de bezem op en neer gaat, terwijl ik op het juiste ogenblik wacht om het haar te vertellen van Ted en mij, dat we gaan scheiden. Ik weet wat ze zal zeggen, als ik het haar vertel: 'Dat kan niet.'

En als ik zeg dat het echt waar is, dat ons huwelijk voorbij is, weet ik wat ze nog meer zal zeggen: 'Dan moet je het redden.'

En hoewel ik weet dat het hopeloos is, er valt niets meer te redden, ben ik bang dat ze me toch zal overhalen het te proberen, als ik het haar vertel.

Ik vind het een ironische omstandigheid dat mijn moeder wil dat ik me tegen de scheiding verzet. Zeventien jaar geleden, toen ik

Ted net kende en wel eens met hem uitging, was ze boos. Mijn oudere zusters waren altijd alleen met Chinese jongens van onze Kerk uitgegaan, voordat ze trouwden.

Ted en ik leerden elkaar kennen op een college 'Politiek van de ecologie', toen hij naar me over leunde en me twee dollar aanbood voor mijn dictaat van de vorige week. Ik weigerde het geld en accepteerde in plaats daarvan een kop koffie. Dit gebeurde in mijn tweede semester aan de Universiteit van Berkeley, waar ik me aanvankelijk had ingeschreven voor *liberal arts* maar later was overgestapt op *fine arts*. Ted was derdejaars medicijnen, dat was zijn keus geweest, vertelde hij me, vanaf de dag dat hij in de zesde klas een foetus van een big had ontleed.

Ik moet toegeven dat ik me aanvankelijk vooral tot Ted voelde aangetrokken door de dingen die hem anders maakten dan de Chinese jongens met wie ik daarvoor was uitgegaan: zijn vrijmoedigheid, het zelfvertrouwen waarmee hij om iets vroeg en verwachtte het te krijgen, zijn stijfhoofdigheid, zijn hoekige gezicht en slungelige lichaam, zijn stevige armen, het feit dat zijn ouders uit Tarrytown, New York, kwamen en niet uit Tientsin, China.

Mijn moeder moet diezelfde verschillen hebben opgemerkt toen Ted me een keer bij ons thuis was komen afhalen. Toen ik thuiskwam, was mijn moeder nog op en zat televisie te kijken.

'Het is een Amerikaan,' waarschuwde mijn moeder, alsof ik dat zelf niet had kunnen zien. Een *waiguoren*.'

'Ik ben ook Amerikaans,' zei ik, 'en ik ben heus niet van plan met hem te gaan trouwen of zoiets.'

Mevrouw Jordan had ook het nodige te zeggen. Ted had me terloops uitgenodigd voor een familiepicknick, de jaarlijkse bijeenkomst van de hele clan bij de polovelden in Golden Gate Park. Hoewel we de afgelopen maand pas een paar keer met elkaar uit waren geweest en zeker niet met elkaar hadden geslapen, aangezien we allebei thuis woonden, stelde Ted me aan iedereen voor als zijn vriendin hoewel ik niet had geweten dat ik dat was.

Later, toen Ted en zijn vader met de anderen waren gaan volleyballen, nam zijn moeder me bij de hand en liepen we samen over het gras een eindje weg van de rest. Ze kneep hartelijk in mijn hand, maar scheen me niet te willen aankijken.

'Ik ben zo blij dat ik éindelijk met je heb kennisgemaakt,' zei mevrouw Jordan. Ik wilde tegen haar zeggen dat ik niet echt Teds vriendin was, maar ze ging verder: 'Ik ben blij dat jij en Ted samen zoveel plezier hebben. Daarom hoop ik dat je wat ik nu ga zeggen niet verkeerd zult opvatten.'

En toen begon ze met zachte stem over Teds toekomst: dat hij zich op zijn medische studie moest concentreren en dat het jaren zou duren eer hij zelfs aan trouwen kon gaan denken. Ze verzekerde me dat ze helemaal niets tegen minderheden had; zij en haar man, die eigenaar was van een keten kantoorboekhandels, kenden persoonlijk een heleboel fantastische mensen die oosters, Spaans of zelfs zwart waren. Maar Ted ging een beroep uitoefenen waarin hij zou worden beoordeeld naar andere maatstaven, door patiënten en artsen die niet zo begrijpend zouden zijn als de Jordans. Ze zei dat het erg jammer was dat de rest van de wereld was zoals hij was, en dat heel veel mensen tegen de oorlog in Vietnam waren.

'Mevrouw Jordan, ik ben niet Vietnamees,' zei ik zachtjes, hoewel ik zin had om te schreeuwen. 'En ik ben niet van plan om met uw zoon te trouwen.'

Toen Ted me die avond naar huis reed, zei ik tegen hem dat ik niet meer met hem uit kon gaan. Toen hij me vroeg waarom niet, haalde ik mijn schouders op. Toen hij aandrong, vertelde ik hem woordelijk, zonder commentaar, wat zijn moeder had gezegd.

'En ben je van plan om dat zomaar te nemen en mijn moeder te laten beslissen wat wel en niet kan!' riep hij uit, alsof ik een medesamenzweerder was die de zaak had verraden. Het ontroerde me dat Ted zo boos was.

'Wat moeten we dan doen?' vroeg ik en ik voelde een pijn, die ik voor het begin van de liefde hield.

Die eerste maanden klemden we ons met een soort dwaze wanhoop aan elkaar vast, want ondanks alles wat mevrouw Jordan of mijn moeder konden zeggen, was er eigenlijk niets dat ons verhinderde elkaar te ontmoeten. Onder de dreiging van die nietbestaande tragedie werden we onafscheidelijk, twee helften die een geheel vormden: yin en yang. Ik was het slachtoffer en hij de held. Ik was altijd in gevaar en hij was altijd mijn redder. Als ik viel, hielp hij me overeind. Het was opwindend en vermoeiend. De emoties die het redden en gered worden in ons opwekten, werkten voor ons allebei verslavend. En dit was, evenzeer als alles wat we ooit in bed deden, onze manier om van elkaar te houden: we waren verenigd in alle dingen waarin mijn zwakheid zijn bescherming nodig had.

'Wat moeten we doen?' bleef ik vragen. En binnen een jaar na onze eerste ontmoeting, woonden we samen. Een maand voordat Ted verder ging studeren aan de universiteit van San Francisco, trouwden we in de Episcopaalse kerk. Mevrouw Jordan zat op de voorste rij en huilde, zoals het de moeder van de bruidegom betaamt. Toen Ted klaar was met zijn opleiding dermatologie, kochten we een oud negentiende-eeuws huis met een grote tuin in Ashbury Heights. Ted hielp me beneden een atelier in te richten, waar ik kon werken als free-lance produktie-assistente voor grafische kunstenaars.

Jarenlang was Ted degene die besliste waar we in de vakantie heen zouden gaan. Hij besliste welke nieuwe meubels we zouden kopen. Hij besliste dat we zouden wachten met kinderen krijgen tot we naar een betere buurt konden verhuizen. In het begin bespraken we sommige van die dingen wel, maar in de loop van de jaren wisten we allebei dat het erop uit zou lopen dat ik zei: 'Beslis jij maar, Ted.' Na verloop van tijd praatten we er niet meer over: Ted besliste eenvoudig. En het kwam nooit bij me op daar bezwaar tegen te maken. Ik gaf er de voorkeur aan de wereld om me heen te negeren, was alleen bezeten van wat ik voor mijn ogen zag: mijn tekenhaak, mijn exacto-mes, mijn blauwe potlood.

Maar een jaar geleden veranderden Teds gevoelens ten aanzien van 'beslissingen en verantwoordelijkheid' zoals hij het noemde. Er was een nieuwe patiënte bij hem gekomen die hem had gevraagd of hij iets kon doen aan de rode adertjes op haar wangen. Toen hij haar vertelde dat de adertjes konden worden weggezogen en dat ze dan weer mooi zou zijn, geloofde ze hem. Maar in plaats daarvan, zoog hij per ongeluk een zenuw weg, zodat de linkerkant van haar glimlach inzakte. Ze diende een aanklacht tegen hem in.

Nadat hij het proces wegens onzorgvuldig medisch handelen, zijn eerste en een grote schok voor hem, zoals ik nu wel begrijp, had verloren, begon hij erop aan te dringen dat ik besluiten nam. Zouden we een Amerikaanse of een Japanse auto kopen, vroeg hij me. Moesten we onze levensverzekering omzetten in een koopsompolis? Wat dacht ik van de kandidaat die de contra's steunde? Moesten we een gezin stichten?

Ik dacht over de dingen na, de voors en tegens, maar raakte ten slotte altijd helemaal in de war, omdat ik niet geloofde dat er ooit een enig juist antwoord kon zijn, maar wel een heleboel verkeerde. Dus elke keer dat ik zei: 'Besluit jij maar,' of 'Ik weet het niet,' of 'Ik vind alles goed,' zei Ted ongeduldig: 'Nee, jíj moet besluiten. Je kunt je er niet altijd van afmaken en nooit verantwoordelijkheid of blaam accepteren.'

Ik voelde dat onze verhouding begon te veranderen. De beschermende sluier was weggehaald en Ted begon me steeds meer op te jagen. Hij vroeg me beslissingen te nemen over de onbeduidendste dingen, alsof hij me wilde treiteren. Italiaans eten of Thais. Eén voorgerecht of twee. Welk voorgerecht. Creditcard of contant?

Vorige maand zou hij naar een tweedaagse dermatologiecursus in Los Angeles gaan en hij vroeg me of ik mee wilde. Maar meteen erachteraan, voordat ik iets kon zeggen, voegde hij eraan toe: 'Doe ook maar niet, ik ga liever alleen.'

'Dan heb je meer tijd om te studeren,' stemde ik in.

'Nee, omdat jij nooit ergens een besluit over kunt nemen,' zei hij.

Ik protesteerde: 'Maar dat is alleen als het over onbelangrijke dingen gaat.'

'Dan vind je zeker niets belangrijk,' zei hij geërgerd.

'Ted, als je graag wilt dat ik mee ga, dan ga ik mee.'

Toen was het alsof er iets in hem doorsloeg. 'Waarom zijn we in godsnaam ooit getrouwd? Heb je gewoon maar "ja" gezegd omdat de dominee zei dat je hem na moest zeggen? Wat zou je met je leven gedaan hebben, als ik niet met je was getrouwd? Heb je daar ooit over nagedacht?'

Er was zo weinig logisch verband tussen wat ik had gezegd en wat hij zei, dat ik een gevoel had alsof we twee mensen waren die elk op een afzonderlijke bergtop stonden en roekeloos voorover bogen om stenen naar elkaar te gooien, zonder iets te merken van de gevaarlijke afgrond tussen hen in.

Maar nu besef ik dat Ted al die tijd heel goed wist wat hij zei. Hij wilde mij de kloof laten zien. Want later die avond belde hij op uit Los Angeles en zei dat hij wilde scheiden.

Sinds Ted weg is, heb ik er aldoor over nagedacht en zelfs als ik het had verwacht, zelfs als ik had geweten wat ik nu met mijn leven moest beginnen, zou het toch een grote schok zijn geweest.

Als iets je met zoveel geweld treft, dan moet je wel je evenwicht verliezen en vallen. En als je weer overeind bent gekrabbeld, dan besef je dat je op niemand kunt vertrouwen om je te redden, niet op je man, niet op je moeder, niet op God. En wat moet je dan doen om te voorkomen dat je opnieuw gaat overhellen en valt?

Mijn moeder heeft jarenlang in Gods wil geloofd. Het was alsof ze een hemelse kraan had opengedraaid waar almaar goede dingen uit kwamen stromen. Ze zei dat al die goede dingen naar ons toekwamen, dank zij het geloof,

Later ontdekte ik dat het misschien meer te maken had met geluk, dat geloof je alleen maar de illusie gaf dat je je leven op de een of andere manier onder controle had. Ik ontdekte dat ik zelf op zijn best hoop had en daarmee ontkende ik geen enkele mogelijkheid ten goede of ten kwade. Ik zei alleen maar: Als er een keus is, Onze Lieve Heer of wat je ook bent, dan zou je voor mijn kant moeten kiezen.

Ik herinner me de dag dat ik dit voor het eerst dacht. Het was een enorme onthulling voor me. Het was op de dag dat mijn moeder haar geloof in God kwijtraakte. Ze had ontdekt dat ze nooit meer op ontwijfelbare zekerheden zou kunnen vertrouwen.

We waren naar het strand gegaan, naar een stil plekje ten zuiden van de stad, in de buurt van de Devil's Slide. Mijn vader had in *Sunset Magazine* gelezen dat dit een goede plek was om zeebaars te vangen. En hoewel mijn vader geen visser was maar een apothekersassistent, die vroeger in China dokter was geweest, geloofde hij in zijn *nenggan*, zijn vermogen om alles te kunnen als hij het maar genoeg wilde. Mijn moeder geloofde dat zij *nenggan* had om alles te koken wat mijn vader wilde vangen. Het was hun geloof in hun *nenggan* dat mijn ouders indertijd naar Amerika had gebracht. Het had hen in staat gesteld zeven kinderen te krijgen en voor heel weinig geld een huis te kopen in het Sunsetdistrict. Het had hun het zelfvertrouwen gegeven om te denken dat hun geluk nooit uitgeput zou raken, dat God aan hun kant stond, dat de huisgoden alleen gunstige dingen te rapporteren hadden en onze voorouders tevreden waren, dat een garantieperiode voor het leven betekende dat onze geluksperiode nooit zou eindigen, dat alle elementen in evenwicht waren, de juiste verhouding van wind en water.

Daar gingen we dus met ons negenen, mijn vader, mijn moeder, mijn twee zusters, vier broers en ik. We waren zo vol vertrouwen op onze eerste strandwandeling. We liepen in ganzenmars, in de volgorde van onze leeftijden, over het koele, grijze zand. Ik liep ergens in het midden, veertien jaar oud. We zouden een hele bezienswaardigheid zijn geweest, als er iemand had gekeken: negen paar door het zand sjokkende blote voeten, negen paar in onze handen gedragen schoenen, negen zwarte hoofden, allemaal naar het water gekeerd om de golven op het strand te zien tuimelen.

De pijpen van mijn katoenen broek wapperden om mijn benen in de wind en ik keek uit naar een plek waar het zand niet in mijn ogen zou waaien. Ik zag dat we in de holte van een rotsachtige inham stonden. Hij leek op een grote, doormidden gebroken kom, waarvan de andere helft de zee in was gespoeld. Mijn moeder liep naar rechts, waar het strand schoon was, en we liepen allemaal achter haar aan. Aan deze kant boog de wand van de kom naar binnen en beschermde het strand tegen de ruwe branding en de wind. En langs die rotswand, in de schaduw, liep een stenen richel die aan de rand van het strand begon en als een rif uitstak in zee, tot voorbij de inham, waar het water ruw was. Het rif zag eruit alsof je erover de zee in kon lopen, hoewel het erg hobbelig en glibberig leek. Aan de andere kant van de inham was de wand ruwer, weggevreten door de zee. Er zaten overal diepe spleten in en als de golven tegen de rotsen sloegen, kwam het water in witte stroompjes uit de openingen lopen.

Als ik eraan terugdenk, was die inham een verschrikkelijke

plaats, vol kille schaduwen en onzichtbare korreltjes die in onze ogen vlogen, zodat we de gevaren niet zagen. We waren allemaal verblind door het nieuwe van de ervaring: een Chinees gezin dat zich probeerde te gedragen als een typisch Amerikaans gezin op het strand.

Mijn moeder legde een oude, gestreepte beddesprei op de grond. Hij wapperde in de wind tot hij door negen paar schoenen werd verzwaard. Mijn vader zette zijn lange bamboehengel in elkaar, een hengel die hij met zijn eigen handen had gemaakt naar het model dat hij zich uit zijn kindertijd in China herinnerde. Wij kinderen zaten schouder aan schouder ineengedoken op de sprei en staken onze handen in de zak met bologna-sandwiches die we hongerig opaten, met het zand aan onze vingers als zout.

Mijn vader stond op en bewonderde de sierlijke vorm van zijn sterke hengel. Voldaan raapte hij zijn schoenen op en liep naar de rand van het strand en toen het rif op naar een punt waar het nog net droog was. Mijn oudste zusters, Ruth en Janice, sprongen op en sloegen het zand van hun dijen. Toen sloegen ze het zand van elkaars rug en renden gillend van pret het strand op. Ik stond op het punt op te springen en ze na te rennen maar mijn moeder knikte naar mijn vier broertjes en vermaande me: *'Danxin tamen de shenti.'* Dat betekent: 'Let op ze', of liever: 'Let op hun lichamen'. Die lichamen waren de ankers van mijn leven: Matthew, Mark, Luke en Bing. Ik liet me weer op het zand vallen en steunde met een brok in mijn keel dezelfde klacht als altijd: 'Waarom?' Waarom moest ík op hen letten?

En zij gaf me hetzelfde antwoord als altijd: *'Yiding.'*

Het moest. Omdat ze mijn broertjes waren. Mijn zusjes hadden vroeger op mij gepast. Hoe kon ik anders verantwoordelijkheid leren? Hoe zou ik anders kunnen waarderen wat mijn ouders voor me deden?

Matthew, Mark en Luke waren twaalf, tien en negen, oud genoeg om zich met veel rumoer te amuseren. Ze hadden Luke al in een ondiep graf in het zand begraven, zodat alleen zijn hoofd er nog uitstak. Nu begonnen ze boven op hem de muren van een zandkasteel te modelleren.

Maar Bing was pas vier, snel blij maar ook snel verveeld en

lastig. Hij wilde niet met zijn broertjes spelen, omdat ze hem opzij hadden geduwd en gezegd: 'Nee, Bing, jij maakt het alleen maar kapot.'

Dus nu liep Bing als een verjaagde keizer met stijve benen over het strand en raapte stukjes rots en drijfhout op die hij zo hard hij kon in de branding gooide. Ik liep achter hem aan en dacht aan vloedgolven en vroeg me af wat ik zou doen als er een kwam. Nu en dan riep ik naar Bing: 'Niet te dicht bij het water. Dadelijk krijg je natte voeten.' En ik bedacht dat ik net mijn moeder leek, die altijd onredelijk bang was maar over het gevaar praatte alsof het minder groot was dan het was. De ongerustheid omringde me, net als de wand van de inham, en dat gaf me het gevoel dat ik aan alles had gedacht en dat er niets meer kon gebeuren.

Mijn moeder geloofde trouwens dat kinderen op bepaalde dagen, die verband hielden met hun Chinese geboortedag, aan bepaalde gevaren blootstonden. Het stond allemaal in een Chinees boekje dat *De zesentwintig onheilspoorten* heette. Op iedere bladzij stond een afbeelding van een verschrikkelijk gevaar dat onschuldige kleine kinderen bedreigde. In de hoeken stond iets in het Chinees geschreven maar omdat ik de karakters niet kon lezen, kon ik alleen de voorstellingen op het plaatje begrijpen.

Op alle plaatjes kwam hetzelfde kleine jongetje voor: hij klom in een gebroken boomtak, stond naast een instortende poort, gleed uit in een houten tobbe, werd meegesleept door een bijtende hond, vluchtte voor een bliksemschicht. En op elk plaatje stond ook een man, die eruitzag alsof hij een hagedissepak aan had. Hij had een grote plooi in zijn voorhoofd of misschien waren het eigenlijk twee gebogen horens. Op een afbeelding stond de hagedisseman op een gebogen brug lachend toe te kijken hoe het jongetje over de brugleuning voorover tuimelde, met zijn voetjes in hun muiltjes al in de lucht.

Het idee dat zelfs maar een van die gevaren een kind zou kunnen overkomen, zou al genoeg zijn geweest. En hoewel de geboortedagen maar met een van de gevaren overeenstemden, maakte mijn moeder zich over allemaal ongerust. Dat was omdat ze er niet achter kon komen hoe de Chinese datum, die was gebaseerd op de maankalender, in de Amerikaanse datum moest worden omgerekend. Daarom hield ze met allemaal rekening, in de vaste overtuiging dat ze de gevaren allemaal zou kunnen bezweren.

De zon was nu boven de andere wand van de inham gestegen. Iedereen had een plaatsje gevonden. Mijn moeder had het druk met verhinderen dat er zand op de sprei zou komen; ze schudde het zand uit onze schoenen en zette de hoeken van de sprei weer vast met de nu geleegde schoenen. Mijn vader stond nog op het eind van het rif en wierp geduldig zijn hengel uit, terwijl hij wachtte tot zijn *nenggan* zich zou manifesteren in de vorm van een vis. Verderop langs het strand waren kleine figuurtjes en ik zag aan de donkere hoofden en gele broeken dat het mijn zusjes waren. De stemmen van mijn broertjes vermengden zich met het gekrijs van de meeuwen. Bing had een lege limonadefles gevonden en groef er vlak bij de rotswand mee in het zand. Ik zat op het zand, op de plaats waar de schaduw ophield en het zonnige stuk begon.

Bing sloeg met de limonadefles tegen de stenen en ik riep: 'Niet zo hard graven, anders komt er een gat in de rots en dan val je er helemaal doorheen naar China.' Ik lachte toen hij me aankeek alsof hij dacht dat het waar was wat ik had gezegd. Hij stond op en liep in de richting van het water. Hij zette zijn ene voet voorzichtig op het rif. 'Bing,' waarschuwde ik hem.

'Ik ga naar papa toe,' protesteerde hij.

'Dicht bij de rotswand blijven en niet bij het water komen,' zei ik. 'Pas op voor de boze vissen.'

En ik keek naar hem, terwijl hij voetje voor voetje over het rif schoof, met zijn rug tegen de hobbelige rotswand gedrukt. Ik zie hem nog zo duidelijk voor me dat ik bijna het gevoel heb dat ik hem daar voor altijd kan vasthouden.

Ik zie hem bij de rotswand staan, veilig en wel. Hij roept iets naar mijn vader, die over zijn schouder naar hem kijkt. Wat ben ik blij dat mijn vader een poosje op hem zal letten! Bing begint naar mijn vader toe te lopen en dan trekt er iets aan mijn vaders lijn en hij haalt hem zo snel hij kan binnen.

Ik hoor geschreeuw. Iemand heeft zand in Lukes gezicht gegooid en hij is uit zijn zandgraf gesprongen en heeft zich schoppend en slaand op Mark geworpen. Mijn moeder roept dat ik ze uit elkaar moet halen. En net als ik Mark van Luke af heb getrokken, kijk ik op en ik zie Bing in zijn eentje naar de rand van het rif lopen. Door de verwarring van de vechtpartij merkt niemand het op. Ik ben de enige die ziet wat Bing doet.

Bing loopt verder, een, twee, drie stappen. Zijn kleine lijfje beweegt zich zo snel, alsof hij iets heel moois aan de rand van het water heeft gezien. *Zo valt hij erin*, denk ik. Ik wacht er bijna op. En op hetzelfde ogenblik dat ik het denk, steken zijn voeten al in de lucht. Een ogenblik is alles in evenwicht, dan plonst hij in zee en verdwijnt zonder zelfs een rimpel in het water na te laten.

Ik zonk op mijn knieën en keek naar de plek waar hij was verdwenen. Ik bewoog me niet, ik zei niets. Ik wist niet wat ik moest doen. Ik dacht: Moet ik naar het water rennen en proberen hem eruit te trekken? Moet ik mijn vader roepen? Kan ik vlug genoeg opspringen? Kan ik alles terugdraaien en Bing verbieden naar mijn vader toe te gaan?

Toen kwamen mijn zusjes terug en een van hen zei: 'Waar is Bing?' Het bleef een paar tellen stil. Toen klonk er geschreeuw en het zand vloog in het rond, terwijl iedereen langs me heen naar de waterkant rende. Ik bleef staan en kon me niet bewegen, terwijl mijn zusters bij de rotswand gingen zoeken en mijn broertjes rondklauterden om te kijken wat er achter bundeltjes drijfhout lag. Mijn vader en moeder probeerden met hun handen de golven te splijten.

We bleven daar uren. Ik herinner me de zoekende reddingsboten en de zonsondergang toen het avond werd. Ik had nog nooit zo'n zonsondergang gezien: een hel oranje vlam die de horizon raakte en uitwaaierde om de zee te verwarmen. Toen het donker werd, staken de boten hun gele lampen aan. Ze dansten over het glimmende, donkere water.

Als ik eraan terugdenk, lijkt het onnatuurlijk om op zo'n ogenblik aan de kleuren van de zonsondergang en de boten te denken. Maar we hadden allemaal vreemde gedachten. Mijn vader berekende hoeveel minuten er voorbij waren gegaan en schatte de temperatuur van het water, veranderde telkens zijn schatting van het ogenblik waarop Bing in het water was gevallen. Mijn zusjes riepen 'Bing! Bing!' alsof hij zich ergens boven op de rotsen had verstopt tussen de struiken. Mijn broertjes zaten rustig in de auto en lazen hun stripboeken. En toen de boten hun gele lampen doofden, ging mijn moeder zwemmen. Ze had nog nooit in haar leven een slag gezwommen maar haar geloof in haar eigen *nenggan* overtuigde haar dat zij zou kunnen wat die Amerikanen niet hadden gekund. Zij zou Bing vinden.

En toen de mensen van de reddingsbrigade haar eindelijk uit het water trokken, was haar *nenggan* nog intact. Haar haar en haar kleren waren zwaar van het koude water maar zij stond daar kalm en statig als de koningin van de zeemeerminnen die net uit de zee was opgedoken. De politie staakte het zoeken, zette ons allemaal in de auto en stuurde ons naar huis om te rouwen.

Ik had verwacht dat ze me dood zouden slaan, mijn vader, mijn moeder, mijn zusjes en mijn broers. Ik wist dat het mijn schuld was. Ik had niet goed op hem gelet en toch had ik hem gezien. Maar toen we in de donkere woonkamer zaten, hoorde ik ze één voor één fluisterend hun spijt betuigen.

'Het was egoïstisch van me om te willen gaan vissen,' zei mijn vader.

'We hadden niet moeten gaan wandelen,' zei Janice, terwijl Ruth voor de zoveelste keer haar neus snoot.

'Waarom moest je zand in mijn gezicht gooien?' steunde Luke. 'Daardoor ben ik met je gaan vechten.'

En mijn moeder erkende zachtjes: 'Ik heb tegen je gezegd dat je hen uit elkaar moest halen. Ik heb je gezegd dat je je ogen van hem moest afwenden.'

Als ik tijd had gehad om opluchting te voelen, zou die al gauw weer zijn verdwenen want meteen daarop zei mijn moeder: 'Daarom zeg ik nu dat jij en ik morgenochtend meteen moeten gaan zoeken.' En iedereen sloeg zijn ogen neer. Maar ik zag het als mijn straf: dat ik met mijn moeder mee terug moest naar het strand om haar te helpen Bings lichaam te zoeken.

Niets had me voorbereid op wat mijn moeder de volgende dag deed. Toen ik wakker werd, was het nog donker maar zij was al aangekleed. Op de keukentafel zag ik een thermosfles, een theekopje, de in wit leer gebonden bijbel en de autosleuteltjes.

'Is pappie klaar?' vroeg ik.

'Pappie gaat niet mee,' zei ze.

'Hoe komen we dan aan het strand? Wie rijdt ons?'

Ze pakte de sleuteltjes en ik volgde haar naar buiten en naar de auto. Ik vroeg me de hele weg naar het strand af hoe ze zo ineens had leren autorijden. Ze gebruikte geen kaart. Ze reed moeiteloos, eerst Geary Street in en toen de Great Highway op, en ze gaf overal op tijd de richting aan. Ze reed de kustweg op en stuurde de auto moeiteloos door de scherpe bochten die onervaren automobilisten vaak misleidden, zodat ze van de rotsen omlaag stortten.

Toen we op het strand aankwamen, liep ze meteen over het zandpad naar de rand van het rif, waar ik Bing had zien verdwijnen. Ze hield het witte bijbeltje in haar hand en keek uit over het water. Toen begon ze luid naar God te roepen en de meeuwen droegen haar ijle stem naar de hemel. Ze begon met 'Lieve Heer' en eindigde met 'Amen'. Daar tussenin sprak ze Chinees.

'Ik heb altijd in uw zegeningen geloofd,' prees ze God, op de toon die ze voor overdreven Chinese complimenten gebruikte. 'We wisten dat die zouden komen. We hebben er nooit aan getwijfeld. Uw besluiten waren onze besluiten. U hebt ons voor ons vertrouwen beloond. Wij hebben op onze beurt altijd getracht u ons diepe respect te tonen. We zijn naar uw huis gegaan. We hebben u geld gebracht. We hebben uw liederen gezongen. U hebt ons nog meer zegeningen gezonden. En nu zijn we een ervan kwijtgeraakt. We hebben niet goed op hem gelet. Dat is waar. We hadden zoveel goede dingen, dat we onze gedachten niet de hele tijd bij hem konden houden.

Dus misschien hebt u hem voor ons verstopt om ons een lesje te leren, zodat we in de toekomst beter op uw gaven zullen passen. Ik heb die les nu geleerd. Ik heb hem in mijn geheugen geschreven. En nu kom ik Bing terughalen.'

Ik luisterde stil en vol ontzetting, terwijl mijn moeder die woorden zei. En toen ze eraan toevoegde: 'Vergeef ons zijn slechte manieren. Mijn dochter, die hier staat, zal hem zeker leren gehoorzamer te zijn, voordat hij u opnieuw een bezoek brengt,' begon ik te huilen.

Na haar gebed was haar geloof zo groot dat ze hem drie keer vlak achter de eerste golf naar haar zag wuiven. '*Nale!* Daar!' En ze stond kaarsrecht, als een schildwacht, totdat haar ogen haar, drie keer, in de steek lieten en Bing in een donkere vlek dobberend zeewier veranderde.

Mijn moeder gaf de moed niet op. Ze liep terug naar het strand en legde de bijbel neer. Ze pakte de thermosfles en het kopje en liep naar de waterkant. Toen vertelde ze me dat ze de afgelopen nacht teruggegaan was in haar herinnering naar de tijd dat ze een klein meisje was in China. En ze had dit gevonden: 'Ik herinner me een jongen die zijn hand was kwijtgeraakt bij een ongeluk met vuurwerk,' zei ze. 'Zijn arm was helemaal aan flarden en ik heb gezien hoe hij huilde. Toen hoorde ik zijn moeder zeggen dat ze zou zorgen dat er een andere hand aan zou groeien, die nog beter was dan de eerste. Die moeder zei dat ze een schuld van de voorouders tienvoudig zou betalen. Ze zou een waterbehandeling toepassen om de woede van Zhu Rong de drie-ogige god van het vuur te verzoenen. En jawel, een week later zagen mijn verbaasde ogen hoe die jongen op de fiets, met beide handen op het stuur, voorbij kwam rijden.'

Toen werd mijn moeder heel stil. Ze begon weer te spreken, op een peinzende, eerbiedige toon.

'Een van onze voorouders heeft een keer water gestolen uit een heilige bron. Nu probeert het water iets terug te stelen. We moeten de draak die in de zee woont in een goede stemming brengen. En dan moeten we hem dwingen Bing los te laten uit zijn kronkels door hem een andere schat te geven die hij kan verstoppen.'

Mijn moeder schonk de met suiker gezoete thee in het kopje en gooide het in zee. Toen opende ze haar vuist. In haar handpalm lag een ring met een waterig blauwe saffier, een geschenk van haar moeder die vele jaren geleden was gestorven. Ze vertelde me dat die ring de begerige blikken van vrouwen naar zich toe trok, zodat ze niet meer op de kinderen letten die ze zo zorgvuldig bewaakten. Als hij hem zag, zou de draak Bing vergeten. Ze gooide de ring in het water.

Maar zelfs nu zagen we Bing nog niet meteen. Ongeveer een uur lang zagen we alleen maar zeewier langs drijven. En toen zag ik mijn moeder haar gevouwen handen tegen haar borst leggen en ze zei met een vreemde stem: 'Kijk, we keken alleen in de verkeerde richting.' En toen zag ik Bing ook. Hij kwam in de verte over het strand aansjokken, met zijn schoenen in zijn hand, zijn donkere hoofd gebogen van uitputting. Ik zag wat mijn moeder voelde. De honger in onze harten werd meteen gestild. En toen, voordat we op konden springen, zagen we hem een sigaret opsteken, groot worden, in een vreemde veranderen.

'Laten we weggaan, ma,' zei ik zo zachtjes als ik kon.

'Hij is daar,' zei ze beslist. Ze wees naar de ongelijkmatige rotswand aan de overkant van het water. 'Ik zie hem. Hij zit in een grot, op een kleine verhoging boven het water. Hij heeft honger en hij heeft het een beetje koud, maar hij heeft nu geleerd niet te veel te klagen.'

En toen stond ze op en liep weg over het strand alsof het een geplaveide weg was en ik probeerde haar struikelend en worstelend met het mulle zand bij te houden. Ze liep het steile pad op naar de plek waar de auto geparkeerd stond en ze hijgde niet eens, toen ze een grote binnenband uit de kofferbak haalde. Ze maakte deze reddingboei vast aan de lijn van mijn vaders hengel. Ze liep terug en gooide de band in zee, terwijl ze de hengel bleef vasthouden.

'Dit drijft naar de plaats waar Bing is. Ik zal hem terugvinden,' zei ze grimmig. Ik had nog nooit zoveel *nenggan* in de stem van mijn moeder gehoord.

De band volgde haar gedachten. Hij dreef naar de andere kant van de inham, waar de branding sterker was. De lijn stond strak en ze hield de hengel met inspanning vast. Maar de lijn knapte en dwarrelde in het water.

We klommen allebei naar het eind van het rif om te kijken. De band had nu de andere kant van de inham bereikt. Een grote golf smeet hem tegen de wand. De met lucht gevulde band sprong omhoog en werd toen weggezogen in een holte onder de rotswand. Hij kwam weer te voorschijn. Telkens en telkens verdween hij en kwam weer te voorschijn, glimmend en zwart, met de boodschap dat hij Bing had gezien en terugging om te proberen hem uit de grot te halen. Telkens en telkens weer dook hij weg en sprong weer te voorschijn, leeg, maar nog steeds hoopvol. En toen, na tien keer of meer, werd hij opnieuw de donkere holte in gezogen en toen hij er weer uitkwam, was hij gescheurd, levenloos.

Toen pas en niet eerder gaf ze het op. Mijn moeder had een uitdrukking op haar gezicht die ik nooit zal vergeten. Het was een uitdrukking van totale wanhoop en ontzetting, omdat ze Bing had verloren, omdat ze zo dom was geweest te denken dat ze met haar geloof het lot kon veranderen. En het maakte me woedend, zo verschrikkelijk woedend dat niets had mogen baten.

Ik weet nu dat ik niet had verwacht dat we Bing zouden terugvinden, zoals ik ook weet dat ik op geen enkele manier mijn huwelijk nog kan redden. Mijn moeder zegt dat ik het toch moet proberen.

'Wat heeft het voor nut?' zeg ik. 'Er is geen hoop. Er is geen reden om het te proberen.'

'Je moet,' zegt ze. 'Dit is geen hoop, geen reden. Het is je lot. Dit is je leven, het is wat je moet doen.'

'Wat moet ik dan doen?'

En mijn moeder zegt: 'Je moet zelf bedenken wat je moet doen. Als iemand anders het je zegt, dan probeer je het niet echt.' En ze loopt de keuken uit om me hierover te laten nadenken.

Ik denk aan Bing. Hoe ik wist dat hij in gevaar was en het toch liet gebeuren. Ik denk aan mijn huwelijk en hoe ik de tekenen had gezien ja, ik had ze gezien, en het toch had laten gebeuren. En ik geloof nu dat je lot voor de helft wordt bepaald door wat je verwacht en voor de helft door onoplettendheid. Maar als je iets waar je van houdt bent kwijtgeraakt, dan neemt het geloof de zaak over. Je moet je aandacht richten op wat je hebt verloren. Je moet de verwachting ongedaan maken.

Mijn moeder denkt er nog steeds aan. Die bijbel onder de tafel: ik weet dat ze hem ziet. Ik herinner me dat ik haar er iets in heb zien schrijven voordat ze hem onder de tafelpoot schoof.

Ik til de tafel op en schuif de bijbel er onderuit. Ik leg hem op tafel en blader er snel doorheen, omdat ik weet dat het ergens staat. Op de bladzij voor het begin van het Nieuwe Testament is een sectie die 'Overledenen' heet. Daar heeft ze heel dunnetjes met potlood de naam Bing Hsu geschreven.

JING-MEI WOO

Twee soorten

Mijn moeder geloofde dat je in Amerika alles kon worden wat je maar wilde. Je kon een restaurant beginnen. Je kon voor de regering gaan werken en een goed pensioen krijgen. Je kon een huis kopen met bijna geen eigen geld. Je kon rijk worden. Je kon op slag beroemd worden.

'Natuurlijk kan jij ook wonderkind zijn,' zei mijn moeder tegen me toen ik negen was. 'Jij kan beste zijn in alles wat je wilt. Wat weet tante Lindo ervan? Haar dochter is alleen beste in trucjes.'

Mijn moeder had al haar hoop op Amerika gevestigd. Ze was er in 1949 heen gekomen, nadat ze in China alles was kwijtgeraakt: haar moeder, haar vader, haar thuis, haar eerste man en haar tweelingdochtertjes, die nog baby's waren geweest. Maar ze keek nooit met spijt terug. Er waren zoveel manieren waarop het leven beter kon worden.

We kozen niet meteen het goede soort wonderkind. Eerst dacht mijn moeder dat ik een soort Chinese Shirley Temple zou kunnen worden. We keken naar oude Shirley Temple-films op de tv alsof het oefenmateriaal was. Mijn moeder porde me in mijn arm en zei: '*Ni kan*. Goed kijken.' En ik zag Shirley tapdansen of een zeemansliedje zingen of haar lippen tuiten in een volmaakt ronde O, als ze 'O hemeltje,' zei.

'*Ni kan*,' zei mijn moeder als Shirleys ogen vol tranen schoten. 'Jij kan al. Voor huilen geen talent nodig.'

Kort nadat mijn moeder op het idee van Shirley Temple was gekomen, nam ze me mee naar een kappersschool in het Mission District en vertrouwde me toe aan een leerling die nauwelijks een schaar kon vasthouden zonder dat haar handen trilden. In plaats van grote pijpekrullen te krijgen, kwam ik eruit met een rafelig geknipte bos kroezig zwart pluis. Mijn moeder sleurde me naar de badkamer en probeerde mijn haar glad te krijgen door het nat te maken.

'Je lijkt wel neger-Chinees,' klaagde ze, alsof ik het expres had gedaan.

De docent van de kappersschool moest de doorweekte klitten afknippen om mijn haar weer goed te krijgen. 'Peter Pan is op het ogenblik erg populair,' verzekerde de docent mijn moeder. Mijn haar was nu zo kort als dat van een jongen, met een pony die schuin afliep boven mijn wenkbrauwen. Ik vond het kapsel leuk en verheugde me al op mijn toekomstige roem.

Eerlijk gezegd, was ik in het begin even enthousiast als mijn moeder, misschien nog wel enthousiaster. Ik zag mezelf op allerlei verschillende manieren in mijn rol van wonderkind en probeerde ze één voor één om te ontdekken welke me het beste aanstond. Ik was een sierlijke kleine ballerina die tussen de coulissen stond te wachten tot ik de muziek hoorde waarbij ik op de punten van mijn tenen dansend het toneel op zou zweven. Ik was als het Christuskind dat huilend met heilige onwaardigheid uit het stro van de kribbe werd getild. Ik was Assepoester, die uit haar pompoenrijtuig stapte, terwijl de lucht was vervuld met sprankelende tekenfilmmuziek.

In al mijn fantasieën voelde ik duidelijk dat ik al heel gauw volmaakt zou zijn. Mijn vader en moeder zouden verrukt van me zijn. Ik zou nooit een verwijt verdienen. Ik zou nooit de behoefte voelen om ergens humeurig over te zijn.

Maar nu en dan werd het wonderkind in me ongeduldig. 'Als je me er niet gauw uithaalt, dan verdwijn ik voorgoed,' waarschuwde het. 'En dan word je nooit iets bijzonders.'

Elke avond na het eten gingen mijn moeder en ik aan de formica eettafel zitten. Ze kwam iedere keer met nieuwe probeersels. Haar voorbeelden haalde ze uit verhalen over opmerkelijke kinderen die ze had gelezen in Ripleys *Believe It or Not*, of *Good Housekeeping* of *Reader's Digest* en een dozijn andere tijdschriften die ze op een stapel in onze badkamer bewaarde. Mijn moeder kreeg die tijdschriften van de mensen voor wie ze schoonmaakte en aangezien ze elke week in een heleboel huizen ging schoonmaken, hadden we een groot assortiment. Ze las ze allemaal door, op zoek naar verhalen over bijzondere kinderen.

De eerste avond kwam ze met een verhaal over een jongetje van drie dat de hoofdsteden van alle staten van Amerika en zelfs van de meeste Europese landen uit zijn hoofd kende. Zijn onderwijzeres beweerde volgens het blad dat hij de namen van de buitenlandse steden ook nog goed uitsprak.

'Wat is de hoofdstad van Finland?' vroeg mijn moeder me, in het blad kijkend.

Ik wist alleen de naam van de hoofdstad van Californië, omdat Sacramento de naam was van de straat in Chinatown waar we woonden.

'Nairobi,' raadde ik, het meest buitenlands klinkende woord kiezend dat ik kon verzinnen. Voordat ze me het antwoord liet zien, keek ze na of Nairobi misschien een manier kon zijn om Helsinki uit te spreken.

De opdrachten werden moeilijker: uit mijn hoofd getallen vermenigvuldigen, de hartenvrouw vinden in een pak kaarten, proberen op mijn hoofd te staan zonder mijn handen te gebruiken, voorspellen wat de temperaturen in Los Angeles, New York en Londen de volgende dag zouden zijn.

Op een avond moest ik drie minuten een bladzij in de bijbel bekijken en dan opzeggen wat ik me ervan kon herinneren. 'En Jehosaphat had rijkdommen en eer in overvloed en... meer weet ik niet, ma,' zei ik.

En toen ik voor de zoveelste keer het teleurgestelde gezicht van mijn moeder zag, begon er iets in me te sterven. Ik haatte de proefnemingen, de gewekte verwachtingen en de teleurstellingen. Voordat ik die avond naar bed ging, keek ik in de spiegel boven de wastafel in de badkamer en toen ik alleen mijn gezicht zag dat me aanstaarde en dat altijd hetzelfde gewone gezicht zou zijn, begon ik te huilen. Wat een verdrietig, lelijk meisje! Ik maakte piepende geluiden, als een wanhopig dier, en probeerde het gezicht in de spiegel weg te krabben.

En toen zag ik wat misschien mijn bijzondere kant zou kunnen zijn omdat ik dat gezicht nog nooit eerder had gezien. Ik keek naar mijn spiegelbeeld en knipperde met mijn ogen om beter te kunnen zien. Het meisje dat me aankeek was boos, sterk. Dit meisje en ik waren dezelfde persoon. Ik had nieuwe gedachten, vastberaden gedachten, of liever, gedachten die vol waren van wat ik niet wilde. Ik laat me niet door haar veranderen, beloofde ik mezelf. Ik wil niet iets worden wat ik niet ben.

Voortaan reageerde ik lusteloos als mijn moeder met haar probeersels kwam. Ik legde mijn hoofd op mijn arm. Ik keek verveeld. Het verveelde me ook echt. Het verveelde me zo dat ik zat te tellen hoe vaak ik de misthoorns hoorde loeien op de baai, terwijl mijn moeder me ergens in aan het drillen was. Het geluid troostte me, het deed me denken aan het liedje van de koe die over de maan sprong. En de volgende dag deed ik een spelletje met mezelf. Ik wachtte af of mijn moeder het zou opgeven voordat ik acht keer een misthoorn had gehoord. Na een tijdje telde ik meestal maar een, hoogstens twee misthoorns. Ze begon eindelijk de moed op te geven.

Er waren twee of drie maanden voorbijgegaan, zonder dat er meer over wonderkinderen was gesproken. Maar op een dag keek mijn moeder naar de *Ed Sullivan Show* op de televisie. Het was een oud toestel en het geluid viel telkens uit. Elke keer dat mijn moeder half overeind was gekomen van de bank, kwam het geluid terug en begon Ed weer te praten. Zodra ze weer zat, hield hij weer op. Ze stond op: er barstte luid pianospel los. Ze ging zitten: stilte. Ze stond op en ging zitten, op en neer, heen en weer, stilte en lawaai. Het leek een stijve dans zonder omarming tussen haar en het televisietoestel. Ten slotte bleef ze met haar hand op de geluidsknop bij het toestel staan. Ze scheen op te gaan in de muziek, een razendsnel stukje pianomuziek met een hypnotiserende uitwerking, snelle passages afgewisseld door plagende springerige stukjes en dan kwam het snelle speelse stuk weer terug.

'*Nikan*,' zei mijn moeder. Ze riep me er met haastige handgebaren bij. 'Kijk eens.'

Ik begreep waarom de muziek mijn moeder zo boeide. Het

stuk werd uit de piano gebonkt door een Chinees meisje van een jaar of negen met een Peter Pan-kapsel. Het meisje had de parmantigheid van een Shirley Temple. Ze gedroeg zich met bescheiden trots, zoals het een Chinees kind betaamt. En ze maakte ook een prachtige revérence, zodat de zachte wollige rok van haar witte jurk langzaam naar de vloer zeeg, als de blaadjes van een grote anjer.

Ondanks alle voortekenen maakte ik me niet ongerust. We hadden geen piano en ook geen geld om er een te kopen, om niet te spreken van stapels bladmuziek en pianolessen. Ik kon me daarom edelmoedig opstellen toen mijn moeder het meisje op de tv afkamde.

'Speelt noten goed, maar klinkt niet mooi. Geluid zingt niet,' mopperde mijn moeder.

'Waarom kamt u haar zo af?' vroeg ik zorgeloos. 'Ze speelt niet slecht. Misschien is ze niet de beste, maar ze doet haar best.' Ik wist bijna meteen dat ik spijt zou krijgen dat ik dat had gezegd.

'Net als jij,' zei ze. 'Niet de beste. Omdat je niet probeert.' Ze snoof even, terwijl ze de knop losliet en weer op de bank ging zitten.

Het kleine Chinese meisje ging ook zitten om een toegift te spelen, 'Anitra's dans', van Grieg. Ik herinner me het stuk omdat ik het later ook moest leren spelen.

Drie dagen nadat ze de *Ed Sullivan Show* had gezien, deelde mijn moeder me het rooster voor mijn pianolessen en de tijden dat ik kon oefenen mee. Ze was met mijnheer Chong gaan praten, die op de eerste verdieping van ons flatgebouw woonde. Mijnheer Chong was vroeger pianoleraar geweest en mijn moeder maakte zijn huis schoon in ruil voor pianolessen voor mij en het gebruik van een piano waarop ik elke dag kon oefenen, twee uur per dag, van vier tot zes.

Toen mijn moeder me dit vertelde, had ik een gevoel alsof ik naar de hel werd gestuurd. Ik jammerde en stampvoette een beetje, toen ik het niet meer kon verdragen.

'Waarom vindt u me niet goed zoals ik ben? Ik ben geen wonderkind! Ik kan niet pianospelen. En als ik het kon, zou ik toch niet op de tv willen, al betaalden ze me een miljoen dollar!' riep ik.

Mijn moeder gaf me een klap. 'Wie vraagt jou wonderkind te zijn!' riep ze. 'Ik vraag alleen dat jij je best doet. Voor jouzelf. Jij denkt dat ik wil dat jij wonderkind bent? Hnn! Waarom? Wie heeft jou gevraagd!'

'Zo ondankbaar,' hoorde ik haar in het Chinees mompelen. 'Als ze net zoveel talent had als slecht humeur zou ze beroemd zijn.'

Mijnheer Chong, die ik heimelijk oude Chong noemde, was een vreemde man. Hij bewoog voortdurend zijn vingers op het onhoorbare ritme van een onzichtbaar orkest. In mijn ogen was hij stokoud. Hij had bijna geen haar meer boven op zijn hoofd en hij droeg een bril met dikke glazen en zijn ogen keken altijd moe en slaperig. Maar hij moet jonger zijn geweest dan ik dacht, want hij woonde bij zijn moeder en was nog niet getrouwd.

Ik ontmoette de oude mevrouw Chong maar een keer en dat was genoeg. Ze rook heel vreemd, als een klein kind dat in zijn broek heeft geplast. En haar vingers voelden aan als die van een dode, als de bedorven perzik die ik een keer achter de koelkast had gevonden; de schil gleed vanzelf van het vruchtvlees toen ik hem oppakte.

Ik ontdekte al gauw waarom oude Chong geen lessen meer gaf. Hij was doof. 'Net als Beethoven,' schreeuwde hij in mijn oor. 'We luisteren allebei alleen in ons hoofd.' En dan begon hij zijn wilde, onhoorbare sonates te dirigeren.

Onze lessen gingen als volgt: Hij sloeg het boek open en wees me verschillende dingen en legde uit wat ze betekenden. 'Toonaard! G-sleutel, F-sleutel! Geen mollen of kruizen! Dus dit is C-groot! Luister goed en speel me na!'

En dan speelde hij de toonladder van C een paar maal, een eenvoudig akkoord en dan, als geïnspireerd door een oude, onbereikbare jeuk, voegde hij er geleidelijk meer noten en loopjes en trillers en een dreunende begeleiding van de linkerhand aan toe, totdat de muziek werkelijk als iets heel prachtigs klonk.

Ik speelde hem de eenvoudige toonladder, het eenvoudige akkoord na. En daarna speelde ik maar wat onzin die klonk als een kat die over de deksels van een paar vuilnisvaten heen en weer rende. Oude Chong glimlachte en klapte en zei: 'Heel goed! Maar nu moet je leren maat te houden.'

En zo ontdekte ik dat de ogen van oude Chong te langzaam waren om de foute noten die ik speelde bij te houden. Hij deed het nog eens voor, op half tempo. Om me te helpen maat te houden ging hij achter me staan en drukte op de maat telkens mijn schouder naar beneden. Hij legde munten op mijn polsen opdat ik ze stil zou houden, terwijl ik langzaam toonladders en arpeggio's speelde. Hij liet me een appel in mijn hand houden en ik moest hem net zo gebogen houden om akkoorden te spelen. Hij marcheerde met stramme pas, om me te laten zien hoe ik mijn vingers afzonderlijk op en neer moest laten dansen, staccato, als gehoorzame soldaatjes.

Al die dingen leerde hij me en ik leerde ook hoe ik lui kon zijn en fouten kon maken, massa's fouten, zonder dat hij het merkte. Als ik verkeerde noten aansloeg omdat ik niet genoeg had geoefend, verbeterde ik mezelf nooit. Ik bleef gewoon in de maat doorspelen. En oude Chong ging door zijn eigen inwendige droom te dirigeren.

Misschien heb ik mezelf dus nooit een eerlijke kans gegeven. Ik leerde de eerste beginselen heel snel en had misschien een goede pianiste kunnen worden op die jeugdige leeftijd. Maar ik was zo vastbesloten het niet te proberen, niet anders te zijn dan anderen, dat de preludes en koralen die ik leerde spelen allemaal even hard en vals klonken.

Zo oefende ik gedurende het jaar dat volgde op mijn manier heel plichtsgetrouw. Toen hoorde ik op een dag mijn moeder en haar vriendin Lindo op luide toon tegen elkaar opscheppen, zodat iedereen het kon horen. Het was na de kerk en ik stond in een jurk met gesteven witte stroken tegen de bakstenen muur van de kerk geleund. Waverly, de dochter van tante Lindo, die even oud was als ik, stond ongeveer vijf meter verderop ook tegen de muur. We waren samen opgegroeid en gingen even intiem met elkaar om als zusjes en kibbelden over kleurpotloden en poppen. Met andere woorden, we hadden eigenlijk een hekel aan elkaar. Ik vond haar verwaand. Waverly Jong had een zekere naam gemaakt als ‘jongste Chinese schaakkampioen van Chinatown’.

‘Zij breng te veel trofee mee naar huis,’ klaagde tante Lindo die zondag. ‘Zij doet hele dag niks anders als schaakspelen. Ik hele dag alleen tijd voor trofeeën afstoffen.’ Ze wierp een verwijtende blik naar Waverly, die net deed of ze haar niet zag.

‘Gelukkig voor jou jij hebt dat probleem niet,’ zei tante Lindo met een zucht tegen mijn moeder.

En mijn moeder rechtte haar schouders en snoefde: ‘Ons probleem erger dan van jou. Als wij Jing-mei vragen vaat te doen, zij hoor alleen maar muziek. Is niet mogelijk zo’n natuurtalent te stoppen.’

Vanaf dat ogenblik was ik vastbesloten een eind te maken aan mijn moeders dwaze trots.

Een paar weken later zwoeren oude Chong en mijn moeder samen om me in een talentenshow die in het verenigingsgebouw van de kerk zou worden gehouden mee te laten doen. Mijn ouders hadden nu genoeg gespaard om een tweedehands piano voor me te kopen, een zwart Wurlitzerspinet met een versleten kruk. Het was het pronkstuk van onze woonkamer.

Ik moest voor de talentenshow een stukje spelen dat ‘Vragend Kind’ heette, uit de *Kinderszenen* van Schumann. Het was een eenvoudig, droevig stuk dat moeilijker klonk dan het was. Ik moest het hele stuk uit mijn hoofd leren en de herhalingen twee keer overdoen om het langer te laten lijken. Maar ik had mijn hoofd er niet bij. Ik speelde een paar regels en dan smokkelde ik en keek naar de muziek om te zien wat de volgende noten waren. Ik luisterde nooit echt naar wat ik speelde maar dagdroomde dat ik ergens anders was, dat ik iemand anders was.

Het onderdeel dat ik het liefst oefende was de sierlijke reverence: rechtervoet naar voren, met de punt van de voet de roos op het kleed aanraken, voet naar opzij, linkerbeen buigen, opkijken en glimlachen.

Mijn ouders nodigden alle echtparen van de vreugde- en gelukclub uit om mijn debuut bij te wonen. Tante Lindo en oom Tin waren er en Waverly en haar twee oudere broers waren ook gekomen. De twee voorste rijen waren gevuld met zowel oudere als jongere kinderen dan ik. De kleintjes moesten eerst op. Ze zeiden een eenvoudig kinderversje op, krasten een deuntje op een mini-viool, draaiden in roze tutu's met een hoelahoep rond, en als ze bogen of een revérence maakten, zuchtte het publiek: 'Aaaah!' en klapte enthousiast.

Toen ik aan de beurt was, was ik vol zelfvertrouwen. Ik herinner me mijn kinderlijke opwinding. Het was alsof ik zonder enige twijfel wist dat het wonderkind in me echt bestond. Ik was helemaal niet bang of zenuwachtig. Ik herinner me dat ik bij mezelf dacht: Nu gaat het gebeuren! Nu gaat het gebeuren! Ik keek naar het publiek, ik zag het strakke gezicht van mijn moeder, mijn vaders geeuw, de stijve glimlach van tante Lindo, het norse gezicht van Waverly. Ik had een witte jurk met een heleboel kanten strookjes aan en een roze lint in mijn Peter Pan-kapsel. Toen ik ging zitten, zag ik in mijn verbeelding de mensen van hun stoelen springen. Ik zag Ed Sullivan naar me toe komen rennen om me op de televisie aan iedereen voor te stellen.

Ik begon te spelen. Het was zo prachtig. Ik was zo vol van mijn mooie uiterlijk dat ik me eerst geen zorgen maakte over hoe het klonk. Daarom was ik verbaasd toen ik de eerste verkeerde noot aansloeg en merkte dat er iets niet helemaal goed klonk. Toen sloeg ik nog een verkeerde noot aan en nog een. Een kil gevoel dat boven in mijn hoofd begon, zakte langzaam langs mijn ruggegraat naar beneden. Maar ik kon niet ophouden met spelen. Het was alsof mijn handen behekst waren. Ik dacht aldoor dat mijn vingers zich zouden herstellen, zoals een trein die op het goede spoor wordt gerangeerd. Ik speelde die vreemde notenbrei met twee herhalingen helemaal door en de verkeerde noten bleven me tot het eind achtervolgen.

Toen ik opstond, merkte ik dat mijn benen trilden. Misschien waren het alleen maar zenuwen geweest en had het publiek me, net als oude Chong, alle juiste bewegingen zien maken zonder te horen dat er iets mis was. Ik zwaaide mijn rechtervoet naar opzij, boog mijn knie, keek op en glimlachte. Iedereen in de zaal was stil, behalve oude Chong, die stralend 'Bravo! Bravo! Goed gedaan!' riep. Maar toen zag ik het gezicht van mijn moeder, haar ontzette uitdrukking. Het publiek klapte zwakjes. Toen ik naar mijn stoel liep, trilde mijn hele gezicht van de inspanning om niet te huilen. Onderweg hoorde ik een jongetje luid tegen zijn moeder fluisteren: 'Dat was verschrikkelijk.' En de moeder fluisterde terug: 'Nou, ze heeft in elk geval haar best gedaan.'

En nu besefte ik pas hoeveel mensen er in de zaal waren, de hele wereld, leek het wel. Ik voelde hun ogen in mijn rug branden. Ik voelde de schaamte van mijn vader en moeder, die gedurende de rest van de show stijf bleven zitten.

We hadden in de pauze kunnen ontsnappen. Trots en een vreemd soort eergevoel moet mijn ouders aan hun stoel hebben gekluisterd. We zagen dus de hele show: de achttienjarige jongen met de valse snor die goocheltrucs deed en op een fietsje met één wiel met vlammende hoepels jongleerde. Het wit geschminkte meisje met de boezem, dat 'Madame Butterfly' zong en een eervolle vermelding kreeg. En het elfjarige jongetje dat de eerste prijs won met een moeilijk muziekstuk voor viool dat klonk als een zoemende bij.

Na afloop kwamen de Hsu's en de Jongs en de St. Clairs van de vreugde- en gelukclub naar mijn ouders toe.

'Veel kinderen met talent,' zei tante Lindo vaag, met een brede glimlach.

'Dat was wel iets anders,' zei mijn vader. En ik vroeg me af of hij een grapje over mij maakte of al was vergeten wat ik had gedaan.

Waverly keek me aan en haalde haar schouders op: 'Jij bent geen wonderkind zoals ik,' zei ze zakelijk. En als ik me niet zo verschrikkelijk had gevoeld, zou ik haar aan haar vlechten hebben getrokken en in haar maag hebben gestompt.

Maar het ergste was mijn moeders gezicht, haar kalme, verbijsterde uitdrukking, die zei dat ze alles had verloren. Ik voelde me net zo en het leek wel of iedereen nu naar ons toe kwam, als voorbijgangers die naar een ongeluk staan te gapen om te zien hoe erg het is.

Toen we in de bus stapten om naar huis te gaan, neuriede mijn vader het zoemende-bijedeuntje. Mijn moeder zweeg. Ik dacht dat ze wilde wachten tot we thuis waren, voor ze op me begon te schelden. Maar toen mijn vader de deur van onze flat opendeed, ging mijn moeder naar binnen en liep door naar achteren, naar haar slaapkamer. Geen beschuldigingen. Geen verwijten. En in zekere zin was ik teleurgesteld. Ik had erop gewacht dat ze zou beginnen te schreeuwen, zodat ik zou kunnen terugschreeuwen en huilen en haar de schuld van al mijn ellende geven.

Ik nam aan dat het fiasco van de talentenshow betekende dat ik nooit meer zou hoeven pianospelen. Maar toen ik twee dagen later na school televisie zat te kijken, kwam mijn moeder binnen: 'Vier uur,' zei ze alsof er niets was gebeurd. Ik was verbijsterd, alsof ze me vroeg de hele marteling van de talentenshow nog eens door te maken. Ik installeerde me nog steviger voor de televisie.

'Doe tv uit,' riep ze vijf minuten later uit de keuken.

Ik bewoog me niet. En op dat ogenblik besloot ik dat ik niet meer hoefde te doen wat mijn moeder zei. Ik was niet haar slaaf. We waren niet in China. Ik had gedaan wat ze wilde en kijk eens wat er was gebeurd. Zij was degene die stom deed.

Ze kwam de keuken uit en bleef in de boog tussen de keuken en de woonkamer staan. 'Vier uur,' zei ze nog eens.

'Ik wil niet meer pianospelen,' zei ik achteloos. 'Waarom zou ik? Ik ben geen wonderkind.'

Ze liep naar de tv en ging ervoor staan. Ik zag haar borst hijgend op en neer gaan van woede.

'Nee,' zei ik en ik voelde me nu sterker, alsof mijn ware persoonlijkheid eindelijk naar buiten was gekomen. Dus dit was wat ik al die tijd in me had gehad.

'Ik doe het niet!' schreeuwde ik.

Ze rukte me bij mijn arm overeind. Ze was verschrikkelijk sterk en trok en duwde me naar de piano en ik schopte en trapte de vloerkleedjes weg onder mijn voeten. Ze tilde me op de harde pianobank. Ik huilde nu en keek haar vol bitterheid aan. Haar borst hijgde nog erger dan daarnet en haar mond was vertrokken in een krankzinnige glimlach, alsof ze blij was dat ik huilde.

'U wilt dat ik iemand anders ben dan ik ben,' snikte ik. 'Ik zal nooit het soort dochter zijn dat u wilt hebben.'

'Maar twee soorten dochters,' schreeuwde ze in het Chinees. 'Dochters die gehoorzaam zijn en dochters die doen wat ze zelf willen. In dit huis is plaats voor maar een soort dochter. Een gehoorzame dochter!'

'Ik wou dat ik niet uw dochter was. Ik wou dat u niet mijn moeder was!' schreeuwde ik. Toen ik dit gezegd had, werd ik bang. Ik had een gevoel alsof er wormen en padden en glibberige beesten uit mijn borst kwamen kruipen, maar het gaf me ook een prettig gevoel dat die verschrikkelijke kant van me eindelijk naar buiten was gekomen.

'Te laat om iets aan te doen,' zei mijn moeder schel.

En ik voelde dat haar woede het kookpunt bereikte. Ik wilde hem zien overkoken en op dat ogenblik herinnerde ik me de baby's die ze in China was kwijtgeraakt en waar nooit over werd gesproken. 'Ik wou dat ik nooit was geboren!' krijste ik. 'Ik wou dat ik dood was!' siste ik. 'Net als zij!'

Het was alsof ik het toverwoord had gezegd. Abracadabra! en haar gezicht werd kalm, haar mond sloot zich, haar armen werden slap en ze deinsde achteruit de kamer uit, verdoofd, als een wegdwarrelend verdord blad, dun, broos, levenloos.

Dit was niet de enige teleurstelling die ik mijn moeder bezorgde. In de jaren die volgden stelde ik haar vele malen teleur, iedere keer door mijn eigen wil door te drijven, mijn recht op te eisen om niet aan haar verwachtingen te voldoen. Ik haalde geen tienen op school. Ik werd geen klassevoorzitster. Ik werd niet aangenomen op de universiteit van Stanford. Ik maakte mijn studie niet af.

Want in tegenstelling tot mijn moeder, geloofde ik niet dat ik alles kon worden wat ik maar wilde. Ik kon alleen maar mezelf zijn.

En al die jaren spraken we nooit meer over mijn rampzalige optreden tijdens de talentenshow of mijn verschrikkelijke beschuldigingen daarna, bij de piano. Er werd niets meer over gezegd, alsof het een verraad was dat te erg was om over te spreken. Ik vond dus nooit een gelegenheid om haar te vragen waarom ze op iets had gehoopt dat zo hooggegrepen was dat een mislukking onvermijdelijk was.

En wat nog erger was, ik heb haar nooit gevraagd naar wat mij het bangst maakte: Waarom ze de hoop had opgegeven.

Want na onze worsteling bij de piano heeft ze nooit meer over pianospelen gepraat. De lessen hielden op. Het deksel van de piano ging dicht en sloot het stof, mijn ellende en haar dromen buiten.

Maar ze verraste me. Een paar jaar geleden bood ze aan me de piano cadeau te geven voor mijn dertigste verjaardag. Ik had al die jaren nooit meer gespeeld. Ik zag het aanbod als een bewijs van vergiffenis, een enorme last die van me werd afgenomen.

'Weet u het zeker?' vroeg ik verlegen. 'Ik bedoel, zouden u en papa hem niet missen?'

'Nee, is jouw piano,' zei ze beslist. 'Altijd jouw piano geweest. Jij enige die kan spelen.'

'Ik zal het wel niet meer kunnen,' zei ik. 'Het is jaren geleden.'

'Jij leert weer snel,' zei mijn moeder, alsof ze dit heel zeker wist. 'Jij hebt aangeboren talent. Je kan genie zijn, als jij wil.'

'Nee, dat is niet zo.'

'Jij probeert niet,' zei mijn moeder. Ze klonk niet boos of bedroefd. Ze zei het alsof ze me een onomstotelijk feit meedeelde. 'Je moet nemen,' zei ze.

Maar ik nam hem niet meteen mee. Het was genoeg dat ze het had aangeboden. En elke keer dat ik hem daarna in de zitkamer van mijn ouders zag staan, gaf dat me een trots gevoel, alsof de piano een glanzende trofee was die ik had teruggewonnen.

Vorige week heb ik een pianostemmer naar de flat van mijn ouders gestuurd om de piano te laten opknappen. Louter om sentimentele redenen. Mijn moeder is een paar maanden geleden gestorven en ik had beetje bij beetje alles voor mijn vader opgeruimd. Ik had haar sieraden in speciale zijden zakjes gedaan. De truien die ze had gebreid van gele, roze en hel oranje wol – ik haatte die kleuren – had ik in motvrije dozen opgeborgen. Ik vond een paar oude zijden Chinese japonnen, met van die splitjes opzij. Ik wreef de oude zij tegen mijn wang. Toen pakte ik ze in vloeipapier en besloot ze mee naar huis te nemen.

Toen ik de piano had laten stemmen, deed ik het deksel open en raakte de toetsen aan. De klank was nog mooier dan ik het me herinnerde. Het was werkelijk een uitstekende piano. In het bankje lagen nog dezelfde muziekboekjes met de met de hand geschreven toonladders, dezelfde tweedehands muziekboeken, de banden bij elkaar gehouden met vergeeld plakband.

Ik sloeg het Schumann-boek open bij het trieste stukje dat ik op de uitvoering had gespeeld. Het stond op de linkerbladzijde: 'Vragend kind'. Het zag er moeilijker uit dan ik me herinnerde. Ik speelde een paar maten, verbaasd hoe makkelijk de noten terugkwamen.

En nu zag ik, naar het me toescheen voor het eerst, het stuk op de rechterbladzijde. Het heette 'Volmaakt tevreden'. Ik probeerde het ook te spelen. De melodie was lichter maar het had hetzelfde vloeiende ritme en bleek heel eenvoudig te spelen. 'Vragend kind' was korter, maar langzamer, 'Volmaakt tevreden' was langer maar sneller. Toen ik beide een paar keer had gespeeld, begreep ik dat het twee helften waren van hetzelfde lied.

AMERIKAANSE VERANDERINGEN

'Wah!' riep de moeder toen ze de spiegelkast in de slaapkamer van haar dochters nieuwe koopflat zag staan. 'Je kunt geen spiegel aan het voeteneind van het bed zetten, hij zal al je huwelijksgeluk terugkaatsen en omkeren.'

'Nou, het is de enige plaats waar hij past, dus hij móet daar staan,' zei de dochter geïrriteerd, omdat haar moeder in alles een slecht voorteken zag. Ze hoorde dit soort waarschuwingen al haar hele leven.

De moeder grabbelde fronsend in haar hergebruikte draagtas van Macy's. 'Hnnh, gelukkig kan ik het voor je in orde maken.' En ze haalde er een spiegel met een vergulde lijst uit, die ze een week geleden bij de Price Club had gekocht. Het was haar cadeau voor het nieuwe huis. Ze zette hem op de twee kussens tegen het hoofdeinde.

'Daar moet je hem ophangen,' zei de moeder naar de muur er boven wijzend. 'Deze spiegel ziet die spiegel – haule *– vermenigvuldig je perzikbloesemgeluk.'*

'Wat is perzikbloesemgeluk?'

De moeder glimlachte met een ondeugende uitdrukking in haar ogen. 'Dat zit hierin,' zei ze naar de spiegel wijzend. 'Kijk er maar in. Heb ik geen gelijk? In deze spiegel zit mijn toekomstige kleinkind komende lente al op mijn schoot.'

En de dochter keek... en haule! *Daar was het: haar eigen spiegelbeeld dat haar aankeek.*

LENA ST. CLAIR

Rijstechtgenoot

Tot op de dag van vandaag geloof ik dat mijn moeder de mysterieuze gave heeft om dingen te zien voordat ze gebeuren. Ze heeft een Chinese uitdrukking voor wat ze weet. *Chun wang chi han:* Als de lippen weg zijn, worden de tanden koud. Dat betekent, neem ik aan, dat het een altijd voortkomt uit het ander.

Maar ze voorspelt niet wanneer er een aardbeving zal zijn of wat er op de effectenmarkt zal gebeuren. Ze ziet alleen onheil dat onze familie aangaat. En ze weet ook wat de oorzaak ervan is. Maar nu klaagt ze dat ze nooit iets heeft gedaan om het tegen te houden.

Toen ik jong was, in San Francisco, zag ze een keer dat ons huis te steil tegen de heuvel was gebouwd. Ze zei dat de nieuwe baby in haar schoot er dood uit zou vallen en dat gebeurde ook.

Toen er tegenover onze bank een winkel werd geopend die sanitair verkocht, zei mijn moeder dat al het geld van de bank binnenkort zou worden weggespoeld. En een maand later werd er een employé van de bank wegens verduistering gearresteerd.

En vlak nadat mijn vader vorig jaar was gestorven, zei ze dat ze had geweten dat dit zou gebeuren, omdat een philodendron die mijn vader haar had gegeven, was gaan kwijnen en was doodgegaan, ondanks het feit dat ze hem altijd trouw water gaf. Ze zei dat de wortels van de plant waren beschadigd, zodat hij geen water kon opnemen. In het autopsierapport dat ze later ontving stond dat mijn vaders kransslagaderen voor negentig procent geblokkeerd waren geweest, toen hij op vierenzeventigjarige leeftijd overleed. Mijn vader was niet Chinees zoals mijn moeder, maar een Engels-Ierse Amerikaan, die iedere ochtend met smaak zijn vijf plakken spek met drie spiegeleieren at.

Ik herinner me dit vermogen van mijn moeder, omdat ze op het ogenblik bij mij en mijn man logeert in het huis in Woodside dat we net hebben gekocht. En ik vraag me af wat ze zal zien.

Harold en ik hebben geluk gehad dat we dit huis hebben gevonden, vlak bij de top van Highway 9 en dan links-rechts-links drie afslagen naar beneden, langs niet-aangegeven zandwegen: niet aangegeven, omdat de bewoners de borden aldoor weghalen om zich colporteurs, projectontwikkelaars en gemeente-inspecteurs van het lijf te houden. We wonen maar veertig minuten rijden van mijn moeders flat in San Francisco vandaan. Dit werd een beproeving van een uur, toen we met mijn moeder in de auto uit San Francisco terugreden. Toen we op de bochtige tweebaansweg naar de top reden, legde ze zachtjes haar hand op Harolds schouder en zei: 'Ai, banden piepen.' En even later: 'Te veel slijt voor auto.'

Harold glimlachte en ging langzamer rijden, maar ik zag dat zijn handen krampachtig om het stuur van de Jaguar waren geklemd, terwijl hij zenuwachtig in zijn spiegeltje keek naar de rij ongeduldige auto's achter ons, die met de minuut langer werd. Heimelijk verkneukelde ik me over zijn zenuwachtigheid. Hij was altijd degene die achter de bumper van oude dames in hun Buicks ging hangen en toeterde en zijn motor liet brullen alsof hij ze zou overrijden als ze niet opzij gingen.

Tegelijkertijd haatte ik mezelf dat ik zo kleinzielig was dat ik vond dat Harold deze kwelling verdiende. Maar ik kon het niet helpen. Ik was kwaad op Harold en hij was kwaad op mij. Die ochtend, voordat we mijn moeder gingen halen, had hij tegen me gezegd: 'Jij moet de rekening van de ongediertebestrijding betalen, Mirugai is jouw kat, dus het zijn jouw vlooien. Eerlijk is eerlijk.'

Geen van onze vrienden zou ooit kunnen geloven dat we ruzie maken over zoiets onbenulligs als vlooien, maar ze zouden ook nooit hebben geloofd dat onze problemen veel en veel dieper liggen dan dat, zo diep dat ik niet weet waar de bodem is.

En nu mijn moeder hier is, ze blijft een week, of totdat de elektriciens klaar zijn met de vernieuwing van de bedradingen in haar flatgebouw in San Francisco, moeten we doen alsof er niets aan de hand is.

Intussen vraagt ze telkens weer waarom we zoveel hebben moeten betalen voor een gerestaureerde oude schuur en een vijver met schimmelige randen op een stuk land van twee hectare waarvan de helft is overwoekerd met redwoodbomen en gifsumac. Dat wil zeggen, ze vraagt het niet echt, ze zegt alleen telkens: 'Ai, zoveel geld, zo duur,' terwijl we haar de verschillende delen van het huis en het erf laten zien. En haar opmerkingen dwingen Harold telkens weer om haar in eenvoudige bewoordingen uit te leggen: 'Ja, ziet u, het zijn vooral de details die zoveel kosten. Deze houten vloer, bijvoorbeeld, die is hand-gebleekt. En de muren, dat gemarmerde effect, dat is ook met de hand gedaan. Het is echt zijn geld waard.'

Mijn moeder knikt instemmend en zegt: 'Bleekmiddel en spons erg duur.'

Gedurende haar korte rondleiding door het huis heeft ze alle mankementen al opgemerkt. Ze zegt dat de schuin aflopende vloer haar het gevoel geeft dat ze naar beneden rent. Ze vindt dat de logeerkamer waar ze zal slapen, eigenlijk een oude hooizolder met een schuin dak, twee 'scheve kanten' heeft. Ze ziet spinnen in hoge hoeken en ze ziet zelfs vlooien springen pah, pah, pah als kleine spetters hete olie. Mijn moeder weet dat dit huis, ondanks alle fraaie voorzieningen die zoveel hebben gekost, nog steeds een schuur is.

Ze ziet het allemaal en het ergert me dat ze alleen maar de slechte dingen ziet. Maar dan kijk ik om me heen en zie dat alles wat ze heeft gezegd waar is. Dat overtuigt me dat ze ook kan zien wat er verder aan de hand is, tussen Harold en mij. Ze weet wat er met ons gaat gebeuren. Ik herinner me namelijk nog iets anders. Iets wat ze gezien heeft toen ik acht jaar oud was.

Ze heeft toen in mijn rijstkom gekeken en gezegd dat ik een slechte man zou krijgen.

'Ai, Lena,' zei ze al die jaren geleden na het avondeten tegen me: 'Jouw toekomstige man heeft pokputje in zijn gezicht voor elke rijstkorrel die jij niet opgegeten'

Ze zette mijn rijstkom neer. 'Ik heb man met pokputjes gekend. Akelige man, slechte man.'

Ik moest denken aan een akelig buurjongetje dat putjes in zijn gezicht had, die inderdaad net zo groot waren als rijstkorrels. Het was een jongen van een jaar of twaalf en hij heette Arnold.

Arnold schoot altijd elastiekjes naar mijn benen als ik na school langs zijn huis kwam en hij had ook een keer met zijn fiets mijn pop overreden zodat haar benen onder de knieën waren verbrijzeld. Ik wilde niet dat die nare jongen later mijn man zou worden en daarom pakte ik die koude rijstkom op en schraapte de laatste korreltjes in mijn mond. Toen glimlachte ik naar mijn moeder, zeker dat ik later niet met Arnold zou trouwen maar met iemand wiens gezicht net zo glad was als het porselein van de nu lege kom.

Maar mijn moeder zuchtte. 'Jij gisteren je rijst ook niet opgegeten.' Ik dacht aan mijn niet-opgegeten hapjes rijst en toen aan de korrels die de vorige dag en de dag daarvoor tegen de rand van mijn kom waren blijven plakken. De angst sloeg me om mijn achtjarige hart bij de gedachte dat die nare Arnold was voorbestemd om mijn man te worden. En dankzij mijn slechte eetgewoonten zou zijn monsterlijke gezicht uiteindelijk op de kraters van de maan gaan lijken.

Dit had een amusante herinnering uit mijn kindertijd kunnen zijn, maar in werkelijkheid herinner ik me het incident van tijd tot tijd met een mengeling van afkeer en wroeging. Mijn afkeer van Arnold was zo groot geworden, dat ik uiteindelijk een methode heb gevonden om hem te laten doodgaan: ik liet het ene op het andere volgen. Natuurlijk is het mogelijk dat het allemaal niet meer is geweest dan een aaneenschakeling van toevallige gebeurtenissen. Maar zelfs als dat zo is, dan weet ik toch dat de intentie aanwezig was. Want als ik wil dat iets gebeurt of niet gebeurt dan ga ik alle gebeurtenissen en alle dingen als relevant zien en als een gelegenheid die ik moet gebruiken of vermijden.

Ik vond de gelegenheid. Dezelfde week waarin mijn moeder me over de rijstkom en mijn toekomstige man had verteld, zag ik op zondagsschool een schokkende film. Ik herinner me dat de onderwijzeres het lokaal had verduisterd, zodat we alleen elkaars silhouetten konden zien. Toen keek de onderwijzeres naar ons, een klas vol drukke, goed gevoede, Chinees-Amerikaanse kinderen en ze zei: 'Deze film zal jullie leren waarom jullie tienden aan God moeten geven om Gods werk te doen.'

Ze zei: 'Denken jullie eens aan de snoep die jullie voor een kwartje of hoeveel jullie ook iedere week krijgen, kunnen kopen jullie kauwgom en drop en zuurballen en vergelijk dat dan eens met wat jullie dadelijk gaan zien. En denk dan eens na over wat de werkelijk goede dingen in het leven zijn.'

Toen zette ze de filmprojector aan. De film ging over zendelingen in Afrika en India. Die goede lieden werkten voor mensen wier benen waren opgezwollen tot de dikte van boomstammen en wier verlamde ledematen waren misvormd en verwrongen als lianen in het oerwoud. Maar het verschrikkelijkste waren de mannen en vrouwen met lepra. Hun gezichten waren bedekt met alle soorten wanstaltigheid die ik me kon voorstellen: putten en puisten, zweren en builen en kloven die waarschijnlijk met dezelfde hevigheid openbarstten als in een zoutbad krioelende slakken. Als mijn moeder erbij was geweest, zou ze me hebben verteld dat die arme mensen slachtoffers waren van toekomstige echtgenoten en echtgenotes die bordenvol eten hadden laten staan.

Nadat ik die film had gezien, heb ik iets verschrikkelijks gedaan. Ik wist ineens wat ik moest doen om te zorgen dat ik niet met Arnold zou trouwen. Ik liet steeds meer rijst in mijn kom staan. En ik breidde mijn verspillende gewoontes ook uit tot niet-Chinees eten. Ik at mijn mais in roomsaus, broccoli, Rice Crispies en boterhammen met pindakaas ook niet op. En toen ik een keer in een reep beet en zag hoe knobbelig die was, vol geheime donkere putjes en romige vulling, offerde ik die ook op.

Ik overwoog dat er waarschijnlijk niets met Arnold zou gebeuren, dat hij waarschijnlijk geen lepra zou krijgen of naar Afrika zou verhuizen en doodgaan. Dit vormde op de een of andere manier een tegenwicht tegen de duistere mogelijkheid dat het allemaal wel zou gebeuren.

Hij ging niet meteen dood. Het gebeurde pas vijf jaar later en tegen die tijd was ik heel mager geworden. Ik was opgehouden met eten, niet vanwege Arnold, die ik al lang was vergeten, maar omdat ik aan anorexie leed, zoals in de mode was onder dertienjarige meisjes die weigerden te eten en nog allerlei andere manieren vonden om te lijden in hun puberteit. Ik zat aan het ontbijt en wachtte tot mijn moeder mijn lunch in een zakje had gepakt, dat ik altijd weggooide zodra ik de hoek om was. Mijn vader at met zijn vingers. Hij doopte met zijn ene hand stukjes spek in het eigeel, terwijl hij met de andere de krant vasthield.

'O, jee, moet je horen,' zei hij, nog steeds stukjes spek in zijn ei dopend. Toen vertelde hij ons dat Arnold Reisman, een jongen die in onze vroegere buurt in Oakland woonde, overleden was aan complicaties van de mazelen. Hij was net aangenomen op Cal State Hayward waar hij voor chiropodist wilde gaan studeren.

'De artsen stonden aanvankelijk voor een raadsel, omdat deze ziekte zeer zeldzaam is. Zij treft over het algemeen kinderen tussen de tien en twintig jaar, maanden en zelfs jaren nadat ze met het mazelenvirus zijn geïnfecteerd,' las mijn vader. 'De moeder van de jongen vertelde dat hij toen hij twaalf was een lichte graad van mazelen had gehad. Men merkte dit jaar dat er iets aan de hand was, toen de jongen last kreeg van bewegingsstoornissen en mentale lusteloosheid, symptomen die erger werden totdat hij in een coma raakte. De jongen, die zeventien jaar oud was, is niet meer bij bewustzijn gekomen.'

'Kende jij die jongen niet?' vroeg mijn vader en ik bleef zonder iets te zeggen staan.

'Is heel erg,' zei mijn moeder, mij aankijkend. 'Is verschrikkelijk.'

Ik dacht dat ze dwars door me heen kon kijken en dat ze wist dat ik degene was die Arnolds dood op zijn geweten had. Ik was doodsbang.

Die avond, op mijn kamer, begon ik te vreten. Ik had een halve liter aardbeienijs uit de ijskast gestolen en ik propte de ene hap na de andere in mijn keel. Later zat ik uren voorover gebogen op de overloop van de brandtrap buiten mijn slaapkamer boven het ijsbakje te kokhalzen. Ik herinner me dat ik me afvroeg hoe het kwam dat ik me zo verschrikkelijk ging voelen als ik iets lekkers at en goed als ik iets smerigs uitkotste.

De gedachte dat ik misschien Arnolds dood had veroorzaakt is niet zo absurd. Misschien was hij werkelijk bestemd om mijn man te worden. Want zelfs vandaag nog denk ik vaak: hoe kan de wereld die zo vol chaos is, zoveel toevalligheden produceren en zoveel dingen die op elkaar lijken of precies elkaars tegengestelde zijn. Waarom koos Arnold mij uit voor zijn pesterij met de elastiekjes? Hoe kwam het dat hij mazelen kreeg in het jaar dat ik hem bewust begon te haten. En waarom dacht ik meteen aan Arnold toen mijn moeder in mijn rijstkom had gekeken en waarom begon ik hem toen zo te haten? Is haat niet eigenlijk het gevolg van gekwetste liefde?

En zelfs als ik dit allemaal kan afdoen als belachelijke onzin dan denk ik nog dat we hoe dan ook meestal krijgen wat we verdienen. Ik kreeg niet Arnold maar Harold.

Harold en ik werken bij hetzelfde architectenbureau, Livotny & Associates. Alleen is Harry Livotny directeur en ik associé. We hebben elkaar acht jaar geleden ontmoet, voordat hij Livotny had opgericht. Ik was zevenentwintig en projectassistente en hij was vierendertig. We werkten allebei voor Harned Kelley & Davis, op de afdeling die nieuwe restaurants ontwierp en inrichtte. We ontmoetten elkaar voor werklunches om over projecten te praten en we betaalden altijd ieder precies de helft van de rekening, hoewel ik meestal alleen een slaatje nam omdat ik aanleg heb om dik te worden. Later, toen we in het geheim samen gingen dineren, deelden we nog steeds de rekening.

En zo zijn we altijd doorgegaan, alle kosten werden precies doormidden gedeeld. Ik had er niets op tegen en moedigde het zelfs aan. Soms stond ik er op de hele rekening te betalen: eten, drank en fooi. Ik zat er echt niet mee.

'Lena, je bent echt een heel speciaal iemand,' zei Harold na een halfjaar van zulke dineetjes, die de laatste vijf maanden waren uitgelopen op vrijpartijen en de laatste week op dwaze, verlegen liefdesverklaringen. We lagen in bed tussen nieuwe paarse lakens die ik net voor hem had gekocht. Zijn oude witte lakens hadden vlekken op onthullende plaatsen, niet erg romantisch.

Hij duwde zijn neus in mijn hals en fluisterde: 'Ik geloof niet dat ik ooit een andere vrouw heb ontmoet die zo zichzelf is...' En ik herinner me dat ik even hikte van schrik toen ik de woorden 'andere vrouw' hoorde, want ik kon me tientallen, honderden verliefde vrouwen voorstellen, die allemaal dolgraag Harolds ontbijt, lunch en avondeten zouden willen betalen voor het genot zijn adem op hun huid te voelen.

Toen beet hij in mijn nek en zei heftig: 'En ook niemand die zo zacht en lekker en lief is als jij.'

En toen hij dat zei, smolt ik van binnen, overrompeld door deze uiting van liefde, terwijl ik me afvroeg hoe het mogelijk was dat zo'n bijzondere man als Harold iets aan mij kon vinden.

Nu ik boos op Harold ben, is het moeilijk me te herinneren wat er zo bijzonder aan hem was. En ik weet dat ze er waren, de goede eigenschappen, want zo gek was ik nu ook weer niet toen ik verliefd op hem werd en met hem trouwde. Het enige dat ik me kan herinneren is dat ik vond dat ik verschrikkelijk had geboft en dat ik me daarom grote zorgen maakte dat al dat onverdiende geluk me op een dag zou ontglippen. Als ik me voorstelde hoe het zou zijn bij hem in te trekken, kwamen ook mijn diepstgewortelde angsten boven: dat hij zou zeggen dat ik stonk, dat ik onhygiënische badkamergewoontes had, dat ik een ontstellend slechte smaak had voor televisieprogramma's en muziek. Ik was bang dat Harold zich op een dag een nieuwe bril zou laten voorschrijven en dat hij die 's ochtends zou opzetten en zou zeggen: 'Je bent eigenlijk helemaal niet het meisje dat ik dacht dat je was.'

En ik denk dat ik nooit de angst ben kwijtgeraakt dat ik op een dag zou worden betrapt, aan de kaak gesteld als een bedriegster. Maar nu heeft een vriendin van me, Rose, ze is in therapie omdat haar huwelijk uit elkaar is gevallen, me verteld dat dergelijke gedachten heel gewoon zijn onder vrouwen als wij.

'Eerst dacht ik dat het was omdat ik als Chinees meisje was opgevoed om nederig te zijn,' zei Rose. 'Of dat het misschien was omdat je als Chinese geacht wordt alles maar te slikken, je over te geven aan het Tao en geen golven te veroorzaken. Maar mijn therapeut zei: "Waarom geef je de schuld aan je cultuur, je etnische afkomst?" En ik herinnerde me een artikel dat ik een keer heb gelezen over de generatie van de geboortengolf, dat wij altijd het beste van alles verwachten. Maar als we het krijgen zijn we bang dat we misschien meer hadden moeten verwachten, omdat het allemaal zo tegenvalt als je boven een zekere leeftijd komt.'

Na mijn gesprek met Rose voelde ik me beter en dacht: Natuurlijk zijn Harold en ik in veel opzichten elkaars gelijken. Hij is niet echt mooi in de klassieke betekenis van het woord, hoewel hij een goede huid heeft en beslist aantrekkelijk is met zijn sterke lichaam en zijn intellectuele uiterlijk. En ik ben misschien geen oogverblindende schoonheid maar veel vrouwen met wie ik aerobic dancing doe zeggen dat ik 'exotisch' en ongewoon ben en zijn jaloers dat ik geen hangborsten heb, want kleine borsten zijn in op het ogenblik. Bovendien heeft een van mijn cliënten tegen me gezegd dat ik ongelooflijk vitaal en exuberant ben.

Daarom geloof ik dat ik iemand als Harold verdien en ik bedoel verdien in de gunstige betekenis, niet als slecht karma. We zijn elkaars gelijken. Ik ben ook intelligent. Ik heb gezond verstand. En ik heb een goede intuïtie. Ik was degene die tegen Harold heeft gezegd dat hij goed genoeg was om voor zichzelf te beginnen.

Toen we nog voor Harned Kelley & Davis werkten, heb ik tegen hem gezegd: 'Harold, het bedrijf weet heel goed dat ze verschrikkelijk boffen met iemand als jij. Jij bent de kip die de gouden eieren legt. Als je vandaag voor jezelf zou beginnen, dan zou je meer dan de helft van hun restaurantcliënten mee kunnen nemen.'

'De helft?' zei hij lachend. 'Dat is de liefde die spreekt.'

En ik riep lachend terug: 'Meer dan de helft! Zo goed ben je. Je bent de beste restaurantontwerper die er is, dat weet je net zo goed als ik en een heleboel restauranteigenaars weten het ook.'

Die nacht besloot hij 'er tegenaan te gaan', zoals hij het noemde, een uitdrukking waar ik altijd een hekel aan heb gehad sinds de bank waar ik vroeger heb gewerkt hem ging gebruiken als slogan voor een produktiviteitswedstrijd onder de employés.

Desondanks zei ik tegen Harold: 'Harold ik zal je erbij helpen. Ik bedoel, je zult geld nodig hebben als je een eigen bedrijf wilt beginnen.'

Hij wilde er niet van horen geld van me aan te nemen, niet als een gunst, niet als een lening, zelfs niet als aanloop voor een partnerschap. Hij zei dat hij te veel waarde hechtte aan onze relatie. Hij wilde die niet verpesten met geld. 'Ik wil net zo min zomaar geld van je aannemen als jij het van mij zou doen. Zolang we het geld er buiten houden, kunnen we altijd zeker zijn van onze liefde voor elkaar.'

Ik wilde protesteren. Ik wilde zeggen: 'Nee, dat is niet mijn opvatting over geld zoals we het tot nu toe hebben gedaan. Ik ben voor vrijgevigheid. Ik wil...' Maar ik wist niet hoe ik moest beginnen. Ik wilde hem vragen wie, welke vrouw, hem zo had beschadigd dat hij bang was om de liefde in al zijn prachtige vormen te aanvaarden. Maar toen zei hij hetgene waar ik al lange, lange tijd op had gewacht.

'Om je de waarheid te zeggen, zou je me kunnen helpen door bij me in te trekken. Ik bedoel, dan zou ik de vijfhonderd dollar huur die je me betaalde kunnen gebruiken om...'

'Wat een goed idee,' zei ik meteen, want ik wist hoe pijnlijk hij het vond om me dat voorstel te doen. Ik was zo waanzinnig blij, dat het niet belangrijk was dat de huur van mijn studio eigenlijk maar vierhonderd vijfendertig dollar was. Bovendien woonde Harold veel mooier dan ik: een driekamerflat met een weids uitzicht op de baai. Het was het extra geld meer dan waard, ongeacht met wie ik de flat deelde.

Dus binnen een jaar waren Harold en ik bij Harned Kelley & Davis vertrokken en was hij Livotny & Associates begonnen, waar ik voor hem werkte als projectcoördinatrice. En, nee, hij kreeg niet de helft van de restaurantcliënten van Harned Kelley & Davis mee. Harned Kelley & Davis dreigden met een proces als hij het komende jaar ook maar een cliënt van hen zou overnemen. Dus sprak ik hem als hij ontmoedigd was 's avonds moed in: ik zei dat hij meer op de avant-gardetoer moest gaan, om zich te onderscheiden van andere firma's.

'Wie heeft er nou nog behoefte aan een café-restaurant vol koper en antiek eiken?' zei ik. 'En wie is er geïnteresseerd in de zoveelste pizzeria in hypermoderne Italiaanse stijl? Hoe vaak heeft iemand zin om naar een restaurant te gaan waar politieauto's uit de muren steken? De stad is stikvol restaurants die in niets verschillen van al bestaande types. Je kunt je een eigen plaats veroveren. Doe iedere keer iets anders. Probeer investeerders in

Hong Kong te vinden die wat geld willen steken in Amerikaanse vindingrijkheid.'

Hij keek me aan met een adorerende glimlach, de glimlach die zei: 'Ik vind het heerlijk als je zo naïef bent.' En ik vond het heerlijk als hij zo naar me keek.

Dus stamelde ik vervuld met liefde. 'Je...je zou een nieuw thema kunnen introduceren: Eten van Moeder de Vrouw. Allemaal gerechten zoals moeder ze maakt, moeder voor het fornuis met een fleurig katoenen schort voor en moederlijke serveersters die zich over je heen buigen en zeggen dat je je soep moet opeten.

En misschien... misschien zou je een nieuw specialiteiten-restaurant kunnen doen... gerechten uit de literatuur... sandwiches uit de thrillers van Lawrence Sanders, desserts uit Nora Ephrons *Heartburn*. Of iets met een magisch thema, of grappen en moppen of...'

Harold luisterde daadwerkelijk naar me. Hij gebruikte mijn ideeën en paste ze vakkundig en methodisch toe. Hij zorgde ervoor dat het een succes werd. Maar toch herinner ik me nog heel goed dat het mijn idee was.

En nu is Livotny & Associates een groeiend concern met twaalf werknemers die gespecialiseerd zijn in restaurants die gebaseerd zijn op speciale thema's, wat ik nog steeds graag thematisch eten noem. Harold is de man met de ideeën, de hoofdarchitect, de ontwerper, de man die de ideeën verkoopt aan nieuwe clienten. Ik werk onder de binnenhuisarchitect omdat het, zegt Harold, niet eerlijk zou zijn tegenover de andere medewerkers als hij mij promotie gaf omdat ik zijn vrouw ben (we zijn vijf jaar geleden getrouwd, twee jaar nadat hij met Livotny & Associates was begonnen). En hoewel ik erg goed ben in mijn werk, heb ik er nooit een officiële opleiding voor gehad. Toen ik Aziatisch-Amerikaanse cultuurwetenschap studeerde, heb ik maar één relevant college gevolgd, decorontwerp voor een studentenuitvoering van *Madame Butterfly*.

Ik verzorg de thematische elementen voor Livotny & Associates. Een van mijn vondsten, voor een restaurant dat 't Vissertje heette, was een geel gelakt, houten schuitje met in drukletters de naam 'Visserslatijn' erop. En ik was ook degene die op het idee kwam de menukaarten aan kleine hengeltjes op te hangen en de servetten te bedrukken met lineaaltjes die centimeters in duimen omzetten. Voor een Lawrence of Arabia-delicatessenzaak met de naam 'Très Sjeik' bedacht ik dat de winkel op een bazaar moest lijken en ik wist namaakcobra's op Hollywood-rotsen voor ze op de kop te tikken.

Ik houd van mijn werk als ik er niet te veel over nadenk. Maar als ik er wel over nadenk, als ik bedenk wat ik ervoor krijg, hoe hard ik werk, hoe rechtvaardig Harold is, voor iedereen behalve mij, dan word ik kwaad.

We zijn dus inderdaad elkaars gelijken, behalve dat Harold zeven keer zoveel verdient als ik. Hij weet dat ook, want hij is degene die iedere maand mijn cheque ondertekent, waarna ik het geld op mijn afzonderlijke bankrekening zet.

Maar de laatste tijd begint dat verhaal dat we gelijken zijn me te hinderen. Het zit me al een hele tijd dwars, alleen wist ik het zelf niet. Ik had alleen een vaag gevoel dat er íets was dat me hinderde. Maar ongeveer een week geleden werd het me ineens allemaal duidelijk. Ik was de ontbijtboel aan het opruimen en Harold was de auto aan het opstarten voordat we samen zouden weggaan. En ik zag de krant opengevouwen op het aanrecht liggen, met Harolds bril erop en zijn speciale koffiekopje met het geschilferde oor ernaast en om de een of andere reden kreeg ik, bij het zien van al die vertrouwde huiselijke dingen, ons dagelijkse ritueel, een warm gevoel van binnen. Het was alsof ik Harold zag zoals hij was toen we voor het eerst met elkaar naar bed gingen, dat gevoel dat ik alles aan hem overgaf, met vreugde, zonder me erom te bekommeren wat ik terugkreeg.

En toen ik in de auto stapte, had ik nog steeds dat warme gevoel dus raakte ik zijn hand even aan en zei: 'Ik hou van je, Harold.' Hij reed, in het zijspiegeltje kijkend, de auto achteruit en zei: 'Ik ook van jou. Heb je de deur op slot gedaan?' En toen, zomaar ineens, dacht ik: Het is gewoon niet genoeg.

Harold rammelt met de autosleuteltjes en zegt: 'Ik rijd even naar beneden om iets voor het avondeten te halen. Zal ik biefstuk meenemen? Heb je nog iets speciaals nodig?'

'We hebben geen rijst meer,' zeg ik met een onopvallend knikje naar mijn moeder, die met haar rug naar me toe staat. Ze kijkt uit het keukenraam naar het hekwerk met de bougainvillea. En dan is Harold verdwenen en hoor ik het gebrom van de auto en daarna het knarsen van de wielen op het grind terwijl hij wegrijdt.

Mijn moeder en ik zijn alleen in huis. Ik ga de planten water geven. Zij staat op haar tenen een lijst die op de deur van onze koelkast hangt te bekijken.

Op de lijst staan onze namen, 'Harold' en 'Lena' en onder onze namen staan de dingen die elk van ons heeft gekocht en hoeveel ze kosten.

Lena	*Harold*
kip, groente,brood,	garagespullen $25.35
broccoli, shampoo, bier	badkamerspullen $5.41
$19.63	autospullen $6.57
Maria (schoonm. + fooi)	lampen $87.26
$65	grind $19.99
kruidenier (zie lijstje)	benzine $22
$55.15	contr. uitlaat $35
petunia's, potgrond	film en eten $65
$14.11	ijs $4.50
foto's ontw. $13.83	

Zoals het er nu voorstaat heeft Harold deze week al meer dan honderd dollar meer betaald dan ik, dus zou ik hem ongeveer vijftig dollar schuldig zijn.

'Wat staat hier geschreven?' vraagt mijn moeder in het Chinees.

'O, niets bijzonders. Gewoon dingen die we delen,' zeg ik zo achteloos mogelijk.

Ze kijkt me fronsend aan maar ze zegt niets. Ze leest de lijst nog een keer door, nu zorgvuldiger, elk onderdeel met haar vinger aanwijzend.

Ik geneer me, want ik weet wat ze ziet, en ik ben blij dat ze de rest niet kan zien, de discussies. Na eindeloos praten zijn Harold en ik tot afspraken gekomen over persoonlijke dingen als 'mascara', en 'scheerlotion', 'haarlak' en 'scheermesjes', 'tampons' en 'voetpoeder'.

Toen we trouwden op het stadhuis stond hij erop dat hij de kosten zou betalen. Ik had mijn vriend Robert gevraagd de foto's te maken. We gaven een feestje in onze flat en iedereen bracht champagne mee. Toen we het huis kochten, spraken we af dat ik alleen een percentage van de hypotheek zou betalen, gebaseerd op wat hij verdiende en wat ik verdiende en dat een evenredig percentage van ons gemeenschappelijke bezit mijn eigendom zou zijn; dit is vastgelegd in ons huwelijkscontract. Omdat Harold meer betaalt, had hij de beslissende stem over de inrichting van het huis. Alles is glad, sober, wat hij 'vloeiend' noemt, er is niets dat de strakke lijn verbreekt, dat wil zeggen, niets van mijn rommelige volte. Wat vakanties betreft: de vakanties die we samen beslissen betalen we fifty-fifty. De andere betaalt Harold, met dien verstande dat het als een verjaars- of kerstcadeautje geldt.

We hebben lange, filosofische gesprekken gehad over marginale dingen als 'de pil' of etentjes bij ons thuis als we gasten hebben die eigenlijk zijn cliënten of oude studievriendinnen van mij zijn, en over culinaire tijdschriften waarop ik geabonneerd ben maar die hij ook leest, maar alleen omdat hij zich verveelt, niet omdat hij ze zelf zou uitkiezen.

En we kibbelen nog steeds over Mirugai, de kat, niet onze kat of mijn kat, maar dé kat, die hij me verleden jaar voor mijn verjaardag heeft gegeven.

'Dit delen jullie toch niet!' roept mijn moeder op verwonderde toon. En ik kijk verbaasd op, alsof ze mijn gedachten over Mirugai heeft gelezen. Maar dan zie ik dat ze naar het 'ijs' op Harolds lijstje wijst. Mijn moeder herinnert zich natuurlijk het voorval op de brandtrap, toen ze me bibberend en uitgeput naast dat bakje uitgekotst ijs vond. Ik heb daarna nooit meer ijs kunnen eten. En ik voel een tweede schok van verbazing omdat het ineens tot me doordringt dat Harold nooit heeft gemerkt dat ik nooit iets van het ijs eet dat hij elke vrijdag mee naar huis brengt.

'Waarom doen jullie dit?'

Mijn moeders stem klinkt gekwetst, alsof ik de lijst daar had opgehangen om haar pijn te doen. Ik probeer te bedenken hoe ik het moet uitleggen, roep me de argumenten voor de geest die Harold en ik in het verleden hebben gebruikt: 'Zodat er geen valse afhankelijkheid ontstaat... we zijn gelijken... liefde zonder verplichtingen...' Maar dat zijn woorden die zij nooit zou kunnen begrijpen.

In plaats daarvan zeg ik tegen mijn moeder: 'Ik weet het eigenlijk niet. Het is iets waarmee we zijn begonnen voordat we zijn getrouwd. En om de een of andere reden zijn we ermee doorgegaan.'

Als Harold terugkomt van de winkel steekt hij de houtskool aan. Ik pak de boodschappen uit, marineer de biefstukken, kook de rijst en dek de tafel. Mijn moeder zit op een kruk aan de granito aanrecht en drinkt een beker koffie die ik haar heb ingeschonken. Om de paar minuten veegt ze de onderkant van de kop af met een papieren zakdoekje dat ze in haar mouw bewaart.

Tijdens het eten houdt Harold het gesprek gaande. Hij praat over de plannen voor het huis: de dakkapellen, de uitbreiding van het terras, de tulpen en krokussen die hij in de bloembedden wil planten, de gifsumacs die gerooid moeten worden, de nieuwe vleugel die hij aan het huis wil bouwen met een betegelde badkamer in Japanse stijl. En dan ruimt hij de tafel af en zet de borden in de vaatwasmachine.

'Wie wil er iets toe?' vraagt hij, in de ijskast reikend.

'Ik heb genoeg gehad,' zeg ik.

'Lena kan niet ijs verdragen,' zegt mijn moeder.

'Dat lijkt wel zo, ja. Ze is altijd aan het lijnen.'

'Nee, ze eet nooit. Ze vindt niet lekker.'

En nu glimlacht Harold en kijkt verbaasd, alsof hij verwacht dat ik voor hem zal vertalen wat mijn moeder heeft gezegd.

'Het is zo,' zeg ik vlak. 'Ik heb al bijna mijn hele leven een hekel aan ijs.'

Harold kijkt me aan alsof ik ook Chinees spreek en hij me niet kan verstaan.

'Ik heb eigenlijk altijd aangenomen dat je alleen maar aan de lijn deed... Nou ja, enfin.'

'Zij bijna onzichtbaar, zo dun zij nu,' zegt mijn moeder. 'Zij is als geest die verdwijnt.'

'Precies! Jezus, zo is het precies,' roept Harold opgelucht, want hij denkt dat mijn moeder vriendelijk wil zijn en probeert hem te helpen.

Na het eten leg ik schone handdoeken op het bed in de logeerkamer. Mijn moeder zit op het bed. De kamer heeft Harolds minimalistische stijl: het dubbele bed met effen witte lakens en een witte deken, een gewreven houten vloer, een geloogd eiken stoel en niets aan de schuine, grijze wanden.

Het enige ornament is een vreemd uitziend geval naast het bed, een bijzettafeltje dat gemaakt is van een onregelmatig gevormd blok marmer op dunne gekruiste pootjes van gelakt hout. Mijn moeder zet haar handtas op het tafeltje en de cilindervormige zwarte vaas die op het tafeltje staat begint te wiebelen. De fresia's in de vaas trillen.

'Voorzichtig, het is niet erg stevig,' zeg ik. Het tafeltje is een slecht ontworpen meubelstuk dat Harold in zijn studententijd heeft gemaakt. Ik heb me altijd afgevraagd waarom hij er zo trots op is.

'Waarvoor dient?' vraagt mijn moeder, aan het tafeltje schuddend. 'Je zet iets anders bovenop en valt om. *Chun wang chi han.*'

Ik laat mijn moeder in haar kamer achter en ga naar beneden. Harold zet juist de ramen open om de nachtlucht binnen te laten. Dat doet hij iedere avond.

'Ik heb het koud,' zeg ik.

'Wat?'

'Zou je de ramen alsjeblieft willen dichtdoen?'

Hij kijkt naar me, zucht glimlachend, doet de ramen dicht, gaat dan met gekruiste benen op de grond zitten en slaat een tijdschrift open. Ik zit ziedend van woede op de bank. Ik weet niet waarom: Harold heeft niets verkeerds gedaan, Harold is gewoon Harold.

En nog voor ik ben begonnen, weet ik dat ik een ruzie ga uitlokken die ik niet in de hand zal kunnen houden. Maar ik doe het toch. Ik loop naar de ijskast en streep het woord 'ijs' op Harolds kant van de lijst door.

'Wat doe je nou?'

'Ik vind alleen maar dat ik jou geen crediet meer hoef te geven voor jouw ijsjes.'

Hij haalt geamuseerd zijn schouders op: 'Mij best.'

'Waarom ben je altijd zo verdomd redelijk!' schreeuw ik.

Harold legt zijn tijdschrift neer en kijkt naar me met een uitdrukking van geërgerde verbazing. 'Wat is er aan de hand? Waarom zeg je niet wat je echt dwars zit?'

'Ik weet het niet... ik weet het niet. Alles... de manier waarop we alles uitrekenen. Wat we samen delen. Wat we niet samen delen. Ik heb er zo genoeg van om dingen op te tellen en af te trekken en alles eerlijk te delen. Het maakt me kotsmisselijk.'

'Jij was degene die de kat wilde.'

'Waar heb je het over?'

'Goed. Als jij denkt dat ik onredelijk ben over de ongediertebestrijding, dan betalen we het samen.'

'Daar gaat het niet om.'

'Zeg me dan eindelijk eens waar het wel om gaat.'

Ik begin te huilen, iets waar Harold, zoals ik weet, een hekel aan heeft. Het maakt hem altijd zenuwachtig en kwaad. Hij denkt dat ik hem ermee manipuleer. Maar ik kan het niet helpen want ik realiseer me nu dat ik niet weet waar onze ruzie over gaat. Vraag ik Harold me te onderhouden? Wil ik minder betalen dan de helft? Vind ik echt dat we moeten ophouden alles zo precies uit te rekenen? Zouden we het dan niet in gedachten toch blijven doen? Zou Harold dan niet uiteindelijk meer betalen? En zou ik me dan niet nog onplezieriger voelen, minder gelijk? Misschien hadden we nooit moeten trouwen. Misschien is Harold een slechte man. Misschien heb ik hem zo gemaakt.

Het is geen van die dingen. Ik kom er niet uit. Ik weet niet wat het is en ik ben wanhopig.

'Ik vind gewoon dat er een en ander moet veranderen,' zeg ik, als ik denk dat ik mijn stem in bedwang heb. Maar de rest klinkt huilerig. 'We moeten erover nadenken waar ons huwelijk echt op is gebaseerd... niet die boekhouding van wie wat moet betalen.'

'Jezus,' zegt Harold. En dan zucht hij en leunt achterover alsof hij erover nadenkt. Ten slotte zegt hij op gekwetste toon: 'Ik weet dat ons huwelijk op heel wat meer steunt dan een boekhouding. Heel wat meer. En als jij denkt van niet, lijkt 't me goed als je eerst nadenkt over wat je precies wilt, voordat je dingen gaat veranderen.'

En nu weet ik niet wat ik moet denken. Wat heb ik eigenlijk gezegd? Wat heeft hij gezegd? We zitten samen in de kamer en we zeggen niets. Het ruikt er bedompt. Ik kijk naar buiten en beneden in de verte ligt het dal. Duizenden verspreide lichtjes glinsteren in de voorjaarsnevel. En dan hoor ik het geluid van brekend glas boven ons en het schrapen van een stoel over de houten vloer.

Harold maakt aanstalten om op te staan maar ik zeg: 'Nee, ik ga wel.'

De deur is open maar de kamer is donker en ik roep: 'Ma?'

Ik zie het meteen: het marmeren tafeltje is door zijn dunne pootjes gezakt. De zwarte vaas ligt ernaast, de gladde cilinder is doormidden gebroken. De fresia's liggen in een plas water op de grond.

En dan zie ik mijn moeder bij het open raam. Haar donkere silhouet tekent zich af tegen de nachthemel. Ze draait zich om in haar stoel maar ik kan haar gezicht niet zien.

'Gevallen,' zegt ze eenvoudig. Ze verontschuldigt zich niet.

'Het is niet erg,' zeg ik en ik begin de scherven op te rapen. 'Ik wist dat het zou gebeuren.'

'Waarom heb jij dan niet verhinderd?' vraagt mijn moeder.

Het is zo'n simpele vraag.

WAVERLY JONG

Vier richtingen

In de hoop haar in een goede stemming te brengen, was ik met mijn moeder gaan lunchen in mijn favoriete Chinese restaurant, maar het werd een ramp.

Toen we bij De Vier Richtingen aankwamen, nam ze me meteen met afkeurende blikken op. 'Aiya! Wat heb je met je haar gedaan?' zei ze in het Chinees.

'Hoe bedoelt u, wat is er?' zei ik. 'Ik heb het laten knippen.' Meneer Rory had mijn haar deze keer anders geknipt, een asymmetrische, brede pony die aan de linkerkant korter was dan rechts. Het was modern, maar niet extreem.

'Ziet eruit alsof met een hakmes is gedaan,' zei ze. 'Je moet geld terugvragen.'

Ik zuchtte. 'Laten we nou maar gewoon lekker gaan lunchen, goed?' zei ik.

Ze bekeek het menu met samengeknepen lippen en strakgetrokken neusvleugels. 'Niet veel goede dingen op dit menu.' Toen tikte ze de ober op zijn arm, streek met haar vinger langs de eetstokjes en rook eraan. 'Die vette dingen, moet ik daarmee eten?' zei ze. Ze spoelde met veel ophef haar rijstkom om met hete thee en gaf andere klanten die bij ons in de buurt zaten de raad om hetzelfde te doen. Ze gaf de ober opdracht te zorgen dat de soep goed heet was en natuurlijk was hij naar de maatstaven van haar deskundige tong 'niet eens lauw'.

'U moet zich niet zo opwinden,' zei ik tegen mijn moeder toen ze aanmerkingen maakte op de twee dollar extra op de rekening, omdat ze chrysanthemumthee had gevraagd in plaats van gewone groene thee.
'Bovendien is onnodige opwinding niet goed voor uw hart.'

'Er is niets aan de hand met mijn hart,' zei ze beledigd, terwijl ze de ober met afkeurende blik in het oog hield.

En ze had gelijk. Ondanks alle druk waaronder zij zichzelf en anderen zet, hebben de artsen verklaard dat mijn moeder, die nu negenenzestig is, de bloeddruk heeft van een meisje van zestien en zo sterk is als een paard. En dat is ze ook: een paard, geboren in 1918, voorbestemd om eigenwijs en openhartig te zijn op een manier die aan het tactloze grenst. Zij en ik vormen een slechte combinatie, want ik ben een konijn, geboren in 1951, en word geacht gevoelig te zijn en de neiging te hebben om gauw beledigd te zijn en me op te winden bij de minste kritiek.

Na onze rampzalige lunch gaf ik de gedachte maar op dat er ooit een goed ogenblik zou zijn om haar het nieuws te vertellen, dat Rich Schields en ik gingen trouwen.

'Waarom maak je je zo zenuwachtig,' vroeg mijn vriendin Marlene Ferber me toen ik haar opbelde. 'Rich is niet bepaald het schuim der aarde. Hij is belastingspecialist, net als jij. Wat kan ze daar in hemelsnaam op tegen hebben?'

'Je kent mijn moeder niet,' zei ik. 'Ze vindt niemand ooit goed genoeg voor wat dan ook.'

'Nou, trouw dan stiekem met hem,' zei Marlene.

'Dat heb ik met Marvin gedaan.' Marvin was mijn eerste man, mijn vriendje van de middelbare school.

'Nou dan,' zei Marlene.

'En toen mijn moeder het ontdekte, heeft ze haar schoen naar ons gegooid,' zei ik. 'En dat was nog maar het begin.'

Mijn moeder had Rich nog nooit ontmoet. Elke keer dat ik zijn naam noemde als ik bijvoorbeeld zei dat Rich en ik naar een concert waren geweest, dat Rich met mijn vier jaar oude dochtertje Shoshana naar de dierentuin was geweest vond mijn moeder een uitvlucht om het gesprek op iets anders te brengen.

'Heb ik u al verteld hoe fijn Shoshana het in het Exploratorium heeft gehad met Rich?' zei ik toen we in het restaurant op de rekening zaten te wachten. 'Hij...'

'O,' viel mijn moeder me in de rede, 'ik heb je nog niet

verteld. Je vader. Dokters zeggen hij moet misschien operatie voor onderzoek. Maar nee, nu zij zeggen alles normaal. Alleen erg geconstipeerd.' Ik gaf het op. Nu volgde ons gebruikelijke ritueel.

Ik betaalde met een briefje van tien en drie biljetten van een dollar. Mijn moeder haalde de dollarbiljetten weg, telde het kleingeld, dertien cent, afgepast uit, legde dat op het blaadje. 'Geen fooi,' zei ze beslist en wierp met een triomfantelijke glimlach haar hoofd in haar nek. En toen mijn moeder even naar het toilet was, stopte ik de ober een briefje van vijf dollar in zijn hand. Hij knikte met immens begrip. Terwijl ze weg was, bedacht ik een nieuw plan.

'*Chosile*' mompelde mijn moeder toen ze terugkwam. 'Smerige stank daar.' Ze stootte me aan met een pakje kleenex. Ze vertrouwde het closetpapier van andere mensen niet. 'Heb jij nodig?'

Ik schudde mijn hoofd. 'Maar laten we voordat ik u thuisbreng vlug even langs mijn flat rijden. Ik wil u iets laten zien.'

Mijn moeder was in geen maanden bij me thuis geweest. Toen ik pas getrouwd was, kwam ze vaak onaangekondigd langs, totdat ik op een dag voorstelde dat ze eerst even zou bellen. Sinds die tijd weigert ze te komen, tenzij ik haar officieel uitnodig.

Ik keek naar haar, sloeg haar reacties op de verandering gade: na de smetteloze orde die hier na mijn scheiding had geheerst toen ik ineens te veel tijd had gehad om mijn leven op orde te houden, heerste er nu de chaos van een huis vol leven en liefde. De vloer van de vestibule lag vol speelgoed van Shoshana, allemaal kleurige plastic spulletjes waarvan de onderdelen overal verspreid lagen. In de zitkamer lag een stel halters van Rich, op de koffietafel stonden twee vuile borrelglaasjes, de ingewanden van een telefoontoestel dat Rich en Shoshana een paar dagen geleden hadden gesloopt om te kijken waar de stemmen vandaan kwamen, slingerden op de vloer.

'Hier is het,' zei ik. We liepen door naar de slaapkamer aan de achterkant. Het bed was niet opgemaakt, uit openstaande laden puilden sokken en dassen. Mijn moeder stapte over een paar sportschoenen en nog meer speelgoed van Shoshana, Rich' zwarte mocassins, mijn sjaaltjes, een stapel witte overhemden die net terug waren van de stomerij.

Haar gezicht drukte pijnlijke afwijzing uit. Het deed me denken aan die keer lang geleden toen ze met mijn broertjes en mij naar het ziekenhuis was gegaan voor een poliovaccinatie. Toen de naald de arm van mijn broertje binnendrong en hij begon te brullen, keek mijn moeder me met een wanhopige uitdrukking aan en zei: 'Volgende doet geen pijn.'

Maar hoe zou het mijn moeder kunnen ontgaan dat we samenleefden, dat dit serieus was en niet zou verdwijnen, zelfs al weigerde ze erover te praten? Ze zou iets moeten zeggen.

Ik liep naar de kast en kwam terug met een nertsjasje dat Rich me een paar weken terug voor mijn zevenendertigste verjaardag had gegeven. Het was het extravagantste cadeau dat ik ooit had gekregen.

Ik trok het jasje aan. 'Het is een beetje een raar cadeau,' zei ik zenuwachtig. 'Het is bijna nooit koud genoeg in San Francisco om het te dragen. Maar het schijnt in de mode te zijn. Het cadeau dat mannen tegenwoordig voor hun vrouwen en verloofdes kopen.'

Mijn moeder zei niets. Ze keek naar mijn open kast die uitpuilde van de rekken met schoenen, dassen, mijn jurken en de pakken van Rich. Ze streek met haar vingers over het bont.

'Dit niet zo mooi,' zei ze. 'Zijn alleen maar overgebleven reepjes. En het bont is te kort. Geen lang haar.'

'Hoe kunt u een cadeau zo afkammen!' protesteerde ik. Ik was diep gekwetst. 'Hij heeft het me uit de goedheid van zijn hart gegeven.'

'Daarom maak ik me zorgen,' zei ze.

En terwijl ik in de spiegel naar het jasje keek, kon ik de kracht van haar wil, haar vermogen om me te dwingen zwart te zien waar eerst wit was geweest, niet langer weerstaan. De jas leek sjofel, een imitatie van iets romantisch.

'Hebt u verder niets te zeggen?' vroeg ik zachtjes.

'Wat moet ik zeggen?'

'Over de flat. Hierover.' Ik gebaarde naar alle tekenen van Rich' aanwezigheid.

Ze keek om zich heen en naar de gang, en ten slotte zei ze: 'Je hebt carrière. Je hebt het druk. Als jij in rommel wilt leven, wat moet ik zeggen?'

Mijn moeder weet hoe ze een zenuw moet raken. En de pijn die ik voel is erger dan elke andere soort verdriet. Omdat wat ze doet altijd weer aankomt als een elektrische schok die permanent geaard blijft in mijn herinnering. Ik herinner me nog de eerste keer dat ik me zo voelde.

Ik was tien. Hoewel ik nog zo jong was, wist ik dat mijn talent voor het schaakspel een gave was. Het kostte me geen inspanning, alles ging even makkelijk. Ik kon dingen op het schaakbord zien die andere mensen niet konden zien. Ik kon barrières oprichten om mezelf te beschermen die onzichtbaar waren voor mijn tegenstanders. En deze gave gaf me een onverwoestbaar zelfvertrouwen. Ik wist zet voor zet wat mijn tegenstanders zouden gaan doen. Ik wist precies op welk ogenblik hun gezicht zou betrekkken, als mijn ogenschijnlijk simpele en kinderlijke strategie een vernietigend en onherroepelijk plan bleek te zijn. Ik vond het heerlijk om te winnen.

En mijn moeder vond het heerlijk om over me op te scheppen, alsof ik een van de trofeeën was die ze zo netjes oppoetste. Ze praatte over mijn partijen alsof zij de strategieën had verzonnen.

'Ik zei tegen mijn dochter: "Gebruik je paarden om over je tegenstander heen te rijden,"' vertelde ze een winkelier. 'En ze heeft heel snel gewonnen.' En natuurlijk had ze dat inderdaad voor de wedstrijd tegen me gezegd: dat en honderd andere nutteloze dingen die niets te maken hadden met het feit dat ik had gewonnen.

Tegen familie en vrienden die op bezoek kwamen, zei ze: 'Je hoeft niet slim te zijn om met schaken te winnen. Het zijn alleen maar trucjes. Je blaast uit noord, zuid, oost en west. De tegenspeler raakt in de war. Hij weet niet naar welke kant hij moet vluchten.'

Ik vond het erg vervelend dat ze altijd net deed alsof het allemaal alleen aan haar te danken was. En op een dag heb ik dat tegen haar gezegd. Het was in Stockton Street: ik stond op straat, midden tussen alle mensen, tegen haar te schreeuwen. Ik zei tegen haar dat ze er niets van wist en dat ze niet zo moest opscheppen, dat ze haar mond moest houden. Of woorden van die strekking.

Die avond en de volgende dag wilde ze niet tegen me praten.

Ze praatte stug tegen mijn vader en broers alsof ik onzichtbaar was geworden en alsof ze over rotte vis sprak die ze had weggegooid maar waarvan de smerige stank was blijven hangen.

Ik kende deze tactiek, een sluwe manier om te maken dat iemand boos iets terugzegt en in een val loopt. Daarom negeerde ik haar. Ik weigerde te praten en wachtte tot ze naar mij toe zou komen.

Nadat er vele dagen zonder dat we iets tegen elkaar zeiden voorbij waren gegaan, zat ik op mijn kamer naar de vierenzestig velden van mijn schaakbord te kijken en probeerde een andere manier te bedenken om het probleem aan te pakken. Ik besloot toen om op te houden met schaken.

Natuurlijk was ik niet van plan er voorgoed mee te stoppen. Alleen maar een paar dagen. En ik maakte er een hele vertoning van. In plaats van zoals altijd 's avonds in mijn kamer te gaan zitten oefenen, liep ik naar de zitkamer en ging met mijn broertjes voor de televisie zitten. Ze staarden me aan. Ik was een onwelkome indringster. Ik gebruikte mijn broers om mijn plan te bevorderen. Ik liet mijn vingers knappen om ze te ergeren.

'Ma!' riepen ze. 'Laat haar ophouden. Laat haar weggaan.'

Maar mijn moeder zei niets.

Ik maakte me nog geen zorgen maar ik begreep dat ik een sterkere zet zou moeten doen. Ik besloot het toernooi dat de week daarna gehouden zou worden op te offeren. Ik zou weigeren erin mee te spelen. Daarover zou mijn moeder zeker iets moeten zeggen, want de sponsors en de schaakclub zouden haar opbellen en pleiten en smeken en dreigen om me mee te laten spelen.

Maar het toernooi kwam en ging zonder dat ze naar me toe kwam en riep: 'Waarom speel je niet?' Maar ik huilde stilletjes toen ik hoorde dat de jongen die ik de twee vorige keren met gemak had verslagen, had gewonnen.

Ik begreep dat mijn moeder slimmer was dan ik had gedacht. Maar ik had nu genoeg van haar spelletje. Ik wilde gaan oefenen voor het volgende toernooi. Daarom besloot ik net te doen of ik me gewonnen gaf. Ik zou het eerst tegen haar spreken.

'Ik zal nu weer gaan schaken,' kondigde ik aan. Ik had verwacht dat ze zou glimlachen en dat ze zou vragen wat voor speciaals ik die avond graag zou willen eten.

Maar in plaats daarvan fronste ze en keek me in mijn ogen alsof ze een of andere waarheid uit me wilde trekken.

'Waarom zeg je dat tegen mij?' vroeg ze ten slotte op scherpe toon. 'Jij doet of het allemaal zo makkelijk is. Eén dag houd je op, volgende dag speel je weer. Zo is alles voor jou. Zo slim, zo makkelijk, zo vlug.'

'Ik zei toch dat ik wil spelen,' jankte ik.

'Nee,' riep ze en ik viel bijna om van schrik. 'Nu gaat het niet meer zo makkelijk.'

Ik zat te beven en was helemaal verbijsterd over wat ze had gezegd. Ik begreep niet wat ze bedoelde. Ik ging terug naar mijn kamer. Ik staarde naar mijn schaakbord, de vierenzestig velden, en probeerde te bedenken hoe ik me uit de nesten moest werken. En nadat ik urenlang naar het schaakbord had zitten staren, dacht ik werkelijk dat ik de witte velden zwart en de zwarte wit had gemaakt en dat alles in orde zou komen.

En ik won haar inderdaad terug. Ik kreeg die avond hoge koorts en ze zat naast mijn bed en mopperde op me omdat ik zonder trui naar school was gegaan. 's Morgens was ze er weer en voerde me rijstpap met kippebouillon die ze zelf had getrokken. Ze zei dat ze me dat gaf omdat ik waterpokken had en de kip de pokken zou opeten omdat zij dacht dat het rijst was. En 's middags zat ze op een stoel in mijn kamer een roze trui voor me te breien en vertelde me over de trui die tante Suyuan voor haar dochter June had gebreid en hoe lelijk die was geworden en van wat een slechte wol hij was gebreid. Ik was dolgelukkig dat ze weer helemaal de oude was geworden.

Maar toen ik beter was, ontdekte ik dat mijn moeder werkelijk was veranderd. Ze kwam er niet meer bij staan om te kijken als ik verschillende tactieken oefende. Ze poetste mijn trofeeën niet meer elke dag op. Ze knipte niet meer de kranteberichtjes uit waar mijn naam in stond. Het was alsof ze een onzichtbare muur had opgericht en ik tastte die heimelijk elke dag af om te zien hoe hoog en hoe dik hij was.

Tijdens mijn volgende toernooi speelde ik over het algemeen goed maar ik haalde niet genoeg punten. Ik verloor. En wat erger was, mijn moeder zei niets. Ze liep rond met een tevreden uitdrukking op haar gezicht, alsof het was gebeurd omdat zij deze strategie had bedacht.

Ik was ontsteld. Ik zat dag na dag urenlang te piekeren over wat ik had verloren. Ik wist dat het niet alleen aan het laatste toernooi lag. Ik onderzocht elke zet, elk stuk, elk veld en ik was niet meer in staat de geheime wapens van elk stuk, de toverkracht binnen de snijlijnen van elk veld te zien. Ik zag alleen mijn fouten, mijn zwakheden. Het was alsof ik mijn betoverde wapenrusting was kwijtgeraakt. En iedereen kon het zien, wist waar het makkelijk zou zijn me aan te vallen.

Gedurende de weken die volgden en nog maanden en jaren daarna, bleef ik spelen, maar nooit meer met dat oude gevoel van onverwoestbaar zelfvertrouwen. Ik vocht hard, vol angst en wanhoop. Als ik won, was ik dankbaar, opgelucht. En als ik verloor, maakte ik me steeds ongeruster en werd steeds banger dat ik geen wonderkind meer was, dat ik de gave had verloren en in een heel gewoon meisje was veranderd.

Toen ik twee keer had verloren van de jongen die ik een paar jaar eerder met zoveel gemak had verslagen, hield ik helemaal op met schaken en niemand verzette zich ertegen. Ik was toen veertien.

'Ik begrijp echt niks van je,' zei Marlene, toen ik haar de avond nadat ik mijn moeder de nertsjas had laten zien opbelde. 'De FIOD stuur je de boom in maar tegen je moeder durf je niets te zeggen.'

'Ik ben het altijd van plan maar ze zegt altijd van die geniepige dingetjes: rookbommen, kleine prikjes en...'

'Waarom zeg je niet dat ze moet ophouden je te treiteren?' zei Marlene. 'Zeg tegen haar dat ze moet ophouden je leven te verpesten. Zeg dat ze haar mond moet houden.'

'Die is goed,' zei ik half lachend. 'Jij vindt dat ik tegen mijn moeder moet zeggen dat ze haar mond moet houden?'

'Natuurlijk. Waarom niet?'

'Nou, ik weet niet of het ergens zo geschreven staat, maar niemand zal ooit tegen een Chinese moeder zeggen dat ze haar mond moet houden. Als je dat doet, zouden ze je later kunnen beschuldigen van medeplichtigheid aan je eigen dood.'

Ik was niet zozeer bang voor mijn moeder als bang voor wat ze met Rich zou doen. Ik wist al wat ze zou doen, hoe ze hem zou aanvallen, hoe ze hem zou bekritiseren. Eerst zou ze stil zijn. Dan zou ze een opmerking maken over iets kleins, iets wat ze had opgemerkt en dan zou ze nog een opmerking maken en nog een, elk woord op me afschietend als een korreltje zand, nu eens van deze kant, dan van die, steeds meer en meer, totdat zijn uiterlijk, zijn karakter, zijn ziel, helemaal zal zijn weggeschuurd. En ook al zou ik haar strategie, haar heimelijke aanval, herkennen, toch was ik bang dat er een ongezien korreltje waarheid in mijn oog zou komen, mijn blik zou vertroebelen en hem van de fantastische man die hij volgens mij was, zou veranderen in een heel alledaags iemand, dodelijk getroffen door vervelende gewoonten en irritante kleine fouten.

Dit was in mijn eerste huwelijk gebeurd met Marvin Chen, met wie ik was weggelopen toen ik achttien was en hij negentien. Toen ik verliefd werd op Marvin, was hij bijna volmaakt. Toen hij eindexamen deed in Lowell, eindigde hij als derde van zijn klas en hij kreeg een volledige beurs voor Stanford. Hij speelde tennis. Hij had enorme kuitspieren en honderdzesenveertig steile haartjes op zijn borst. Hij maakte iedereen aan het lachen en zijn eigen lach klonk diep en sonoor, mannelijk en sexy. Hij was er trots op dat hij voor iedere dag van de week en elk uur van de dag een favoriete houding had om de liefde te bedrijven: hij hoefde alleen maar ‘woensdagmiddag’ te fluisteren en er ging al een huivering door me heen.

Maar toen mijn moeder haar zegje over hem had gezegd, zag ik dat zijn hersens van luiheid waren gekrompen zodat ze nu alleen nog maar bruikbaar waren om smoesjes te verzinnen. Dat hij achter golf- en tennisballen aan rende om de verantwoordelijkheid voor zijn gezin te ontlopen. Dat zijn blik op en neer gleed langs de benen van andere meisjes, zodat hij niet meer in een rechte lijn naar huis kon rijden. Dat hij graag grote grappen maakte waardoor andere mensen zich klein voelden. Dat hij met veel vertoon een fooi van tien dollar aan een vreemde gaf maar gierig was met cadeautjes voor zijn familie. Dat hij liever de hele middag zijn rode sportauto oppoetste dan met zijn vrouw ergens heen te rijden.

Mijn gevoelens voor Marvin zijn nooit in haat veranderd. Nee, in zekere zin was het erger. Ze veranderden van teleurstelling in verachting en van verachting in verveelde onverschilligheid. Pas toen we uit elkaar waren, vroeg ik me 's avonds, als Shoshana sliep en ik alleen zat, weleens af of mijn moeder ons huwelijk misschien had vergiftigd.

God zij dank had haar vergif geen invloed gehad op mijn dochter, Shoshana. Maar ik had haar bijna laten weghalen. Toen ik merkte dat ik zwanger was, was ik razend. Ik betitelde mijn zwangerschap heimelijk als 'mijn groeiende wrok' en sleepte Marvin mee naar de kliniek zodat hij de hele ellende ook zou moeten doormaken. Maar we bleken naar de verkeerde kliniek te zijn gegaan. Ze lieten ons een film zien, een afgrijselijke puriteinse hersenspoeling. Ik zag die kleine klompjes cellen die ze na zeven weken al baby's noemden: en ze hadden piepkleine vingertjes. En de film beweerde dat die doorzichtige vingertjes van de baby konden *bewegen*, dat we ons moesten voorstellen dat ze zich vastklampten aan het leven, aan hun kans op het wonder van het leven. Ze hadden me álles kunnen laten zien, behalve die kleine vingertjes, dus goddank dat ze het hebben gedaan want Shoshana was echt een wonder. Ze was volmaakt. Ik vond alles aan haar opmerkelijk, vooral de manier waarop ze haar vingertjes strekte en kromde. Vanaf het eerste ogenblik dat ze haar vuist van haar mond haalde om te huilen, wist ik dat mijn gevoelens voor haar onaantastbaar waren.

Maar ik maakte me zorgen vanwege Rich. Want ik wist dat mijn gevoelens voor hem kwetsbaar waren en geveld konden worden door de insinuaties, de achteloze opmerkingen en toespelingen van mijn moeder. En ik was bang voor wat ik dan zou verliezen want Rich Schields adoreerde mij op dezelfde manier waarop ik Shoshana adoreer. Zijn liefde was onaantastbaar. Niets kon daar iets aan veranderen. Hij verwachtte niets van me: het was genoeg dat ik bestond. En tegelijkertijd beweerde hij dat hij was veranderd, ten góede veranderd, door mij. Hij was bijna pijnlijk romantisch. Hij beweerde dat hij dat pas was geworden toen hij mij leerde kennen. En deze bekentenis maakte zijn romantische gebaren nog mooier. Als hij bijvoorbeeld op ons werk een briefje 'ter informatie' vasthechtte aan een instructie voor een proces of de belastingaangifte van een bedrijf, die ik moest doorlezen, ondertekende hij altijd met 't.i.: ik houd van je.' Op de zaak wisten ze niets van onze relatie en ik genoot van die onvoorzichtigheid van hem.

Maar wat me het meest verbaasde was onze seksuele relatie. Ik dacht dat hij zo'n rustig type zou zijn, onhandig en voorzichtig, zo iemand die beleefd vraagt of hij je geen pijn doet, terwijl je helemaal niets voelt. Maar hij reageerde zo onmiddellijk op elke beweging die ik maakte, dat ik zeker wist dat hij mijn gedachten kon lezen. Hij had geen remmingen en als hij er bij mij een ontdekte, wist hij me die als een kostbaar kleinood te ontfutselen. Hij zag al mijn heimelijkste aspecten en ik bedoel niet alleen op het gebied van de seks, maar mijn donkere kant, mijn streken, mijn kleinzieligheid, mijn zelfhaat alle dingen die ik verborgen hield. Daarom voelde ik me als ik bij hem was volkomen naakt en in die situatie, als ik me heel kwetsbaar voelde, als een verkeerd woord me voor altijd de deur uit zou hebben gejaagd, zei hij altijd precies op het goede ogenblik precies de juiste woorden. Hij stond niet toe dat ik mezelf bedekte. Hij pakte mijn handen, keek me recht in mijn ogen en vertelde me iets nieuws over de redenen waarom hij van me hield.

Ik had nooit zo'n zuivere liefde gekend en ik was bang dat mijn moeder hem zou besmeuren. Daarom probeerde ik al die lieve dingen van Rich in mijn geheugen te prenten, om er een beroep op te kunnen doen, als dat nodig zou zijn.

Na veel piekeren kwam ik op een briljant idee. Ik verzon een manier waarop Rich mijn moeder zou kunnen ontmoeten en haar voor zich winnen. Ik regelde het zo dat mijn moeder speciaal voor hem een diner zou willen koken. Ik werd hierbij geholpen door tante Suyuan. Tante Su was een heel oude vriendin van mijn moeder. Ze waren erg op elkaar gesteld, wat betekende dat ze elkaar voortdurend kwelden met opschepperijtjes en geheimen. En ik gaf tante Su een geheim om over op te scheppen.

Toen we op een zondag aan het wandelen waren, stelde ik Rich voor om onaangekondigd een bezoekje te brengen aan tante Su en oom Canning. Ze woonden in Leavenworth, een paar blokken van de flat van mijn moeder vandaan. Het was laat in de middag, precies de tijd waarop tante Su bezig zou zijn haar zondagse avondmaal klaar te maken.

'Blijf! Blijf!' drong ze aan.

'Nee, nee, we kwamen alleen even aanwippen omdat we toch in de buurt waren,' zei ik.

'Ik al genoeg gekookt voor jullie. Kijk maar. Een soep, vier schotels. Jullie eet niet, ik moet weggooien. Is zonde.'

Hoe konden we weigeren? Drie dagen later ontving tante Su een bedankbriefje van Rich en mij. 'Rich zegt dat het het lekkerste Chinese eten was dat hij ooit heeft geproefd,' schreef ik.

En de volgende dag belde mijn moeder op om me uit te nodigen voor een verlaat verjaarsdiner voor mijn vader. Mijn broer Vincent zou zijn vriendin Lisa Lum meebrengen. Ik mocht ook een vriend meenemen.

Ik had geweten dat ze dit zou doen, want koken was het middel waarmee mijn moeder uiting gaf aan haar liefde, haar trots, haar macht, haar bewijs dat ze meer kon dan tante Su. 'Vergeet vooral niet tegen haar te zeggen dat het het lekkerste maal was dat je ooit hebt gegeten, zelfs lekkerder dan dat van tante Su,' zei ik tegen Rich. 'Ik meen het.'

De avond van het diner zat ik in de keuken toe te kijken terwijl mijn moeder aan het koken was en wachtte op een goed ogenblik om haar onze plannen te vertellen, dat we hadden besloten om over ongeveer tien maanden, in juli, te trouwen. Zij stond aubergines in blokjes te snijden en roddelde intussen over tante Su. 'Zij kan alleen koken van een recept. Mijn recepten zitten in mijn vingers. Ik weet alleen door te ruiken al welke geheime ingrediënten erin moeten!' En ze stond zo woest te hakken dat ze helemaal niet op het scherpe hakmes scheen te letten en ik bang was dat haar vingers een van de ingrediënten in de schotel van gefrituurde aubergine met reepjes varkensvlees zouden worden.

Ik hoopte dat zij als eerste iets over Rich zou zeggen. Ik had haar uitdrukking gezien toen ze opendeed, haar gedwongen glimlach toen ze hem van het hoofd tot de voeten opnam en haar indruk van hem vergeleek met de beschrijving die ze al van tante Su had gehad. Ik probeerde de kritiek die ze zou kunnen hebben voor te zijn.

Rich was niet alleen niet Chinees, hij was bovendien vier jaar jonger dan ik. En hij zag er jammer genoeg veel jonger uit met zijn krullende rode haar, gladde, bleke huid en de verzameling oranje sproeten op zijn neus. Hij was een beetje aan de korte kant, gedrongen. Met een van zijn nette donkere pakken aan zag hij eruit als een aardige jongen die je meteen weer vergeet, zoiets als iemands neef op een begrafenis. Dat was ook de reden waarom ik hem het eerste jaar dat we samenwerkten op kantoor niet had opgemerkt. Maar mijn moeder zag alles.

'En, wat vindt u van Rich?' vroeg ik ten slotte met ingehouden adem.

Ze gooide de aubergine in de kokende olie, die luid begon te sissen. 'Zoveel vlekken op zijn gezicht,' zei ze.

Ik voelde speldeprikken in mijn rug. 'Het zijn sproeten. Sproeten brengen geluk,' zei ik een beetje te fel omdat ik moest proberen met mijn stem boven de keukengeluiden uit te komen.

'O ja?' zei ze onschuldig.

'Ja, hoe meer sproeten hoe beter. Dat weet iedereen.'

Ze dacht hier even over na. Toen glimlachte ze en zei in het Chinees: 'Dat kan waar zijn. Toen jij jong was, heb je waterpokken gehad. Zoveel pokken, je moest tien dagen thuisblijven. Wat een een geluk, dacht je.'

Ik kon Rich in de keuken niet redden en later aan tafel kon ik dat ook niet.

Hij had een fles Franse wijn meegebracht, iets waar mijn ouders niet van hielden, maar dat kon hij niet weten. Mijn ouders hadden niet eens wijnglazen. En toen beging hij de fout dat hij twee glazen ervan dronk, terwijl alle anderen maar een bodempje namen, 'alleen om te proeven'.

Toen ik Rich een vork wilde geven, stond hij erop de gladde ivoren eetstokjes te gebruiken. Hij hield ze kruiselings vast, als de poten van een struisvogel met x-benen, en probeerde een groot stuk aubergine uit de saus te pakken. Halverwege zijn bord en zijn open mond viel de aubergine op zijn schone witte overhemd en gleed toen in zijn kruis. Het duurde een hele tijd eer Shoshana, die gilde van het lachen, tot bedaren kwam.

En hij had zich van een grote portie garnalen met erwtjes bediend, niet wetend dat hij uit beleefdheid maar een klein hapje had moeten nemen, totdat iedereen er wat van had geproefd.

Hij had de gefruite verse groente geweigerd, de dure tere kiemblaadjes van de sojaplant, die worden geplukt voordat de kiem kan uitlopen. En mijn dochter Shoshana weigerde toen ook er van te eten. 'Hij heeft ook niet genomen! Hij heeft ook niet genomen!' riep ze, naar Rich wijzend.

Hij weigerde uit beleefdheid zich voor de tweede keer te bedienen, terwijl hij het voorbeeld van mijn vader had moeten volgen, die met veel vertoon voor de tweede, derde en zelfs vierde keer nog een klein beetje nam en riep dat hij nog een klein hapje van dit of dat niet kon weerstaan en steunde dat hij zo vol was dat hij bijna barstte.

Maar het ergste was dat Rich kritiek uitoefende op mijn moeders kookkunst, zonder te weten wat hij deed. Zoals Chinese koks altijd doen, maakte mijn moeder kleinerende opmerkingen over wat ze had klaargemaakt. Deze avond richtte ze haar kritiek op haar beroemde schotel van gestoomd varkensvlees met ingelegde groenten, die ze altijd met bijzondere trots opdiende.

'Ai, deze schotel niet zout genoeg, is flauw,' klaagde ze, toen ze een hapje had geproefd. 'Is helemaal niet lekker.'

Dit was het teken voor onze familie om er wat van te proeven en te verklaren dat het nog nooit zo goed gelukt was als deze keer. Maar voordat we dat konden doen, zei Rich: 'Het enige dat eraan ontbreekt is een beetje sojasaus.' En voor de ontstelde blik van mijn moeder goot hij een grote plens van het zoute, zwarte goedje op de schotel.

En hoewel ik gedurende de hele maaltijd bleef hopen dat mijn moeder op de een of andere manier Richs goedheid, zijn gevoel voor humor, zijn jongensachtige charme zou zien, wist ik dat hij in haar ogen een ellendig figuur had geslagen.

Rich had kennelijk een heel andere mening over het verloop van de avond. Toen we weer thuis waren en Shoshana naar bed hadden gebracht, zei hij bescheiden: 'Nou, ik geloof dat het prima is gegaan vanavond.' Hij keek me aan met de trouwhartige blik van een dalmatiër die hijgend op een vriendelijk klopje wacht.

'Hmmm,' zei ik, terwijl ik een oude nachtpon aantrok ten teken dat ik niet in een amoureuze stemming was. Ik huiverde nog, toen ik eraan dacht hoe Rich met de vlotte familiariteit waarmee hij nieuwe cliënten op hun gemak stelt mijn ouders allebei stevig de hand had geschud. 'Linda, Tim,' had hij gezegd, 'tot gauw, hoop ik.' Mijn ouders heten Lindo en Tin Jong en afgezien van een paar oudere vrienden van de familie noemt niemand ze ooit bij hun voornaam.

'En wat zei ze toen je het haar vertelde?' Ik wist dat hij het over onze huwelijksplannen had. Ik had tegen Rich gezegd dat ik het nieuws eerst aan mijn moeder zou vertellen, zodat zij voorzichtig mijn vader erop kon voorbereiden.

'Ik heb geen kans gehad het haar te vertellen,' zei ik naar waarheid. Want hoe had ik mijn moeder kunnen vertellen dat we gingen trouwen, terwijl zij elk ogenblik dat we alleen waren gebruikte om aanmerkingen op Rich te maken, dat hij zo veel van die dure wijn had gedronken, dat hij er zo bleek en ziekelijk uitzag of dat Shoshana zo verdrietig leek.

Rich glimlachte. 'Hoeveel tijd heb je nodig om te zeggen: "Mam, paps, ik ga trouwen."?'

'Je begrijpt het niet. Je begrijpt mijn moeder niet.'

Rich schudde zijn hoofd. 'Pffft! Daar heb je gelijk aan. Ze spreekt verschrikkelijk slecht Engels. Weet je, toen ze het over die dooie vent in *Dynasty* had die weer komt opduiken, toen dacht ik dat ze het over iets had dat lang geleden in China was gebeurd.'

Die nacht na het etentje lag ik helemaal gespannen in bed. Ik was wanhopig over deze nieuwe mislukking, die nog erger leek doordat Rich er blind voor was. Het leek zo hopeloos. *Zo hopeloos*, die woorden! Het was mijn moeder weer gelukt, ze maakte dat ik zwart zag wat eerst wit was geweest. In haar handen werd ik altijd een pion. Het enige dat ik kon doen was weglopen. En zij was de koningin die in alle richtingen kon gaan en me genadeloos achtervolgde, altijd in staat mijn zwakste plek te vinden.

Ik werd laat wakker met op elkaar geklemde tanden. Al mijn zenuwen waren gespannen. Rich was al op, hij had al gedoucht en zat de zondagskrant te lezen. 'Goeiemorgen, schat,' zei hij, tussen twee happen knapperende cornflakes door. Ik trok mijn joggingpak aan en liep de deur uit, stapte in de auto en reed naar het huis van mijn ouders.

Marlene had gelijk, ik moest tegen mijn moeder zeggen dat ik wist wat ze probeerde te doen, dat ik haar slimme maniertjes om mij ongelukkig te maken door had. Toen ik aankwam, had ik genoeg woede verzameld om duizend door de lucht vliegende hakmessen af te weren.

Mijn vader deed open en leek verbaasd me te zien. 'Waar is ma?' vroeg ik. Ik deed mijn best normaal te ademen. Hij wees naar de zitkamer aan de achterkant van het huis.

Ze lag vast in slaap op de bank. Ze leunde met haar achterhoofd tegen een witte, geborduurde antimakassar. Haar mond hing open en alle lijnen waren uit haar gezicht verdwenen. Met dat gladde gezicht leek ze een jong meisje, broos, argeloos en onschuldig. Haar ene arm hing zwaar langs de zijkant van de bank omlaag. Haar borst bewoog niet. Al haar kracht was verdwenen. Ze leek machteloos, verslagen.

En ineens werd ik overvallen door de angst dat ze er zo uitzag omdat ze dood was. Ze was gestorven toen ik die verschrikkelijke dingen over haar dacht. Ik had gewenst dat ze uit mijn leven zou verdwijnen en zij had zich daarin geschikt. Ze was uit haar lichaam weggezweefd om aan mijn verschrikkelijke haat te ontsnappen.

'Ma!' zei ik scherp. 'Ma!' jammerde ik en ik begon te huilen.

Haar ogen gingen langzaam open. Ze knipperde. Haar handen kwamen tot leven en bewogen. '*Shemma*? Mei-mei-ah? Ben jij het?'

Ik was sprakeloos. Ze had me in geen jaren meer Mei-mei genoemd, de naam uit mijn kinderjaren. Ze ging rechtop zitten en de lijnen kwamen terug in haar gezicht. Maar ze leken nu minder hard, het waren zachte, zorgelijke plooien. 'Wat doe je hier? Waarom huil je? Is er iets gebeurd?'

Ik wist niet wat ik moest doen of zeggen. Binnen enkele seconden waren mijn gevoelens van woede over haar kracht veranderd in verbazing over haar onschuld en angst om haar kwetsbaarheid. En nu voelde ik me verdoofd en vreemd zwak, alsof iemand een stekker uit het stopcontact had getrokken en de stroom waarop ik liep was verbroken.

'Er is niets gebeurd. Er is niets aan de hand. Ik weet niet waarom ik hier ben,' zei ik hees. 'Ik wilde met u praten... ik wilde u vertellen... Rich en ik gaan trouwen.'

Ik kneep mijn ogen dicht en wachtte op haar protesten, haar jammerklachten, haar droge stem die een of ander pijnlijk vonnis zou uitspreken.

'*Zhidao le*. Dat wist ik al,' zei ze, alsof ze wilde vragen waarom ik het haar nog een keer vertelde.

'Wist u het al?'

'Natuurlijk. Ook al heb je het me niet verteld,' zei ze eenvoudig.

Dit was nog erger dan ik had verwacht. Ze had het al die tijd al geweten, toen ze mijn nertsjasje had bekritiseerd, toen ze denigrerend over zijn sproeten had gepraat en aanmerkingen had gemaakt op zijn drankzucht. Ze mocht hem niet. 'Ik weet dat u een hekel aan hem hebt,' zei ik met trillende stem. 'Ik weet dat u hem niet goed genoeg vindt maar ik...'

'Een hekel? Waarom zou ik een hekel hebben aan jouw toekomstige man?'

'U wilt nooit over hem praten. Laatst, toen ik u wilde vertellen hoe hij en Shoshana het Exploratorium hebben bezocht... toen begon u meteen over iets anders... toen begon u over die operatie van papa te vertellen en toen...'

'Wat is belangrijker, bezoek ziekenhuis of bezoek Exploratorium?'

Deze keer zou ik haar niet zo makkelijk laten ontsnappen. 'En toen u hem voor het eerst zag, zei u dat hij vlekken op zijn gezicht had.'

Ze keek me verwonderd aan. 'Is niet zo?'

'Ja, maar u zei het alleen om iets onaardigs te zeggen, om mij pijn te doen.'

'Aiya! Waarom denk je zo slecht over mij?' Haar gezicht zag er oud en verdrietig uit. 'Dus jij denkt dat je moeder zo gemeen is. Jij denkt dat ik een geheime bedoeling heb. Maar die bedoeling bestaat alleen in jouw hoofd. Aiya. Zo slecht denkt ze over mij.' Ze zat trots en kaarsrecht op de bank, met haar mond stijf dichtgeknepen, haar handen in elkaar geklemd. In haar ogen glinsterden boze tranen.

O, haar kracht! haar zwakte ze verscheurden me. Mijn verstand trok me de ene kant op, mijn hart de andere. Ik ging naast haar op de bank zitten. We waren allebei ontdaan over elkaar.

Ik voelde me alsof ik een slag had verloren, hoewel ik niet wist dat ik had gevochten. Ik was moe. 'Ik ga naar huis,' zei ik eindelijk. 'Ik voel me niet zo goed.'

'Ben je ziek?' vroeg ze. Ze legde haar hand op mijn voorhoofd.

'Nee,' zei ik. Ik wilde weg. 'Ik... ik weet gewoon niet wat of wie ik ben.'

'Dan zal ik het je vertellen,' zei ze eenvoudig. Ik staarde haar aan. 'De helft van alles wat je bent,' legde ze in het Chinees uit, 'is van de kant van je vader. Dat is natuurlijk. Zij zijn de clan van de Jongs, mensen uit Canton. Goede, eerlijke mensen. Maar soms zijn ze humeurig en gierig. Dat weet je van je vader, hoe hij soms kan zijn. Daar wijs ik hem dan op.'

Ik dacht bij mezelf: Waarom vertelt ze me dit? Wat heeft dit met de rest te maken? Maar mijn moeder vervolgde met een brede glimlach en gebarend met haar hand: 'En de helft van wat je bent is van mij, van je moeders kant, van de clan van de Suns in Taiyuan.' Ze vergat dat ik geen Chinees kon lezen en schreef de karakters op de achterkant van een envelop. 'Wij zijn intelligente mensen, heel sterk en slim, beroemd om het feit dat we alle oorlogen winnen. Je weet toch wie Sun Yatsen is?'

Ik knikte.

'Hij is ook van de Sun-clan. Maar zijn familie is eeuwen geleden naar het zuiden verhuisd, dus is het niet helemaal dezelfde clan. Mijn familie heeft altijd in Taiyuan gewoond, al vanaf voor de tijd van Sun Wei. Weet je wie Sun Wei was?'

Ik schudde mijn hoofd. En hoewel ik nog steeds niet wist waar dit gesprek toe moest leiden, voelde ik me rustiger worden. Ik had het gevoel of dit de eerste keer was dat we een bijna normaal gesprek met elkaar hadden.

'Hij trok ten strijde tegen Dzjengis Khan. En toen de Mongoolse soldaten op de krijgers van Sun Wei schoten he! al hun pijlen ketsten als een regen van stenen af op hun schilden. Sun Wei had een nieuwe wapenrusting gemaakt die zo sterk was dat Dzjengis Khan dacht dat het toverij was!'

'Dan heeft Dzjengis Khan zeker op zijn beurt toverpijlen uitgevonden,' zei ik, 'want hij heeft China uiteindelijk veroverd.'

Mijn moeder deed alsof ze me verkeerd had verstaan. 'Dat is waar, wij winnen altijd. Dus nu weet je wat je bent, bijna allemaal goede dingen uit Taiyuan.'

'Dan hebben we later zeker geleerd om te winnen met speelgoed en elektronica,' zei ik.

'Hoe weet je dat?' vroeg ze gretig.

'Het staat overal op: *Made in Taiwan*.'

'Ai!' riep ze luid. 'Ik kom niet uit Taiwan!'

En meteen was de broze verbinding die we tot stand hadden gebracht verbroken.

'Ik ben in China geboren, in *Taiyuan*,' zei ze. 'Taiwan is niet China.'

'O, ik dacht dat u Taiwan zei. Het klinkt net zo,' verdedigde ik me vol ergernis omdat ze zo'n drukte maakte om zo'n onbedoelde vergissing.

'Klinkt heel anders! Is heel ander land!' zei ze beledigd. 'De mensen daar dromen alleen maar dat het China is, want als je Chinees bent kun je China nooit loslaten met je gedachten.'

We zwegen, we waren in een impasse. Toen lichtten haar ogen op. 'Weet je, je kunt ook zeggen dat de naam van Taiyuan Bing is. Iedereen uit die stad noemt het zo. Makkelijker voor jou om Bing te zeggen. Het is een bijnaam.'

Ze schreef het karakter op en ik knikte alsof dit alles duidelijk maakte. 'Net als hier,' voegde ze er in het Engels aan toe. 'Je zegt Appel tegen New York. Frisco tegen San Francisco.'

'Niemand noemt San Francisco zo!' zei ik lachend. 'Alleen mensen die niet beter weten.'

'Nu begrijp je wat ik bedoel,' zei mijn moeder triomfantelijk.

Ik glimlachte.

En het was waar. Ik begreep het eindelijk. Niet wat ze net had gezegd, maar de waarheid die al die tijd had bestaan.

Ik zag waar ik voor had gevochten: het was voor mezelf, een bang kind dat jaren geleden was weggevlucht naar wat ik toen voor een veiliger plek hield. En veilig verschanst achter mijn onzichtbare barrières, wist ik wat er aan de andere kant was: haar zijdelingse aanvallen, haar geheime wapens, haar griezelige vermogen om mijn zwakste plekken te ontdekken. Maar in dat korte ogenblik dat ik over de barrières heen had gekeken, had ik eindelijk gezien wat er daar in werkelijkheid was: een oude vrouw met een wok als schild, een breinaald als zwaard, die een beetje kribbig maar geduldig wachtte tot haar dochter haar binnen zou vragen.

Rich en ik hebben besloten ons huwelijk uit te stellen. Mijn moeder zegt dat juli geen goede tijd is voor onze huwelijksreis naar China. Ze weet dat omdat zij en mijn vader net terug zijn van een reis naar Beijing en Taiyuan.

'Het is te heet in de zomer. Je zult alleen maar meer vlekken krijgen en dan wordt je hele gezicht rood!' zegt ze tegen Rich. En Rich grijnst, wijst met zijn duim naar mijn moeder en zegt tegen me: 'Hoor je wat ze daar zegt? Nu weet ik van wie jij je vriendelijke, tactvolle aard hebt.'

'Jullie moeten in oktober gaan. Dat is de beste tijd. Niet te heet, niet te koud. Ik denk erover om dan ook weer te gaan,' zegt ze vol gezag. En ze voegt er haastig aan toe: 'Natuurlijk niet met jullie!'

Ik lach zenuwachtig en Rich plaagt: 'Dat zou geweldig zijn Lindo, dan kun je alle menu's voor ons vertalen en dan weten we zeker dat we niet per ongeluk honde- of slangevlees eten.' Ik geef hem bijna een schop.

'Nee, dat bedoel ik niet,' houdt mijn moeder vol. 'Heus dat wilde ik jullie niet vragen.'

En ik weet wat ze wel bedoelt. Ze zou het heerlijk vinden om met ons naar China te gaan. En ik zou het verschrikkelijk vinden. Drie weken te zitten opgescheept met haar klachten over vieze eetstokjes en koude soep, drie keer per dag, het zou een ramp zijn.

Maar een deel van me denkt ook dat het een uitstekend idee zou zijn: als wij drieën onze verschillen zouden achterlaten en samen in het vliegtuig stappen en naast elkaar zittend opstijgen en naar het westen vliegen om het oosten te bereiken.

ROSE HSU JORDAN

Geen hout

Vroeger geloofde ik alles wat mijn moeder zei, ook als ik niet begreep wat ze bedoelde. Toen ik klein was zei ze een keer dat het zou gaan regenen omdat er verdwaalde geesten langs ons raam zweefden en 'woe-woe' riepen, omdat ze erin wilden. Ze zei dat de deuren 's nachts vanzelf open zouden gaan als we niet twee keer controleerden of ze goed dicht waren. Ze zei dat een spiegel alleen mijn gezicht kon zien maar dat zij me binnenste buiten kon zien, zelfs als ik niet in de kamer was.

En ik dacht dat al die dingen waar waren. Zo groot was de macht van haar woorden.

Als ik goed naar haar luisterde, zei ze, dan zou ik later weten wat zij wist: waar ware woorden vandaan kwamen, altijd van ergens in de hoogte, boven alle andere dingen. En als ik niet naar haar luisterde, zei ze, dan zou ik mijn oor te gemakkelijk naar andere mensen laten hangen, die woorden zeiden die geen blijvende betekenis hadden, omdat ze uit de grond van hun hart kwamen, waar hun eigen verlangens leefden, een plaats waar ik niet kon thuishoren.

De woorden die mijn moeder zei kwamen van ver boven me. Ik herinner me dat ik altijd van mijn kussen omhoog keek naar haar gezicht. In die tijd sliepen mijn zusjes en ik allemaal in hetzelfde, dubbele bed. Janice, mijn oudste zusje, had een allergie, waardoor haar ene neusgat 's nachts zong als een vogel en daarom noemden we haar Fluitende Neus. Ruth was Lelijke Voet, omdat ze haar tenen kon spreiden als de klauw van een heks. Ik was Bange Ogen, omdat ik mijn ogen altijd dichtkneep om het donker niet te hoeven zien, iets wat volgens Janice en Ruth erg stom was. In die jaren was ik altijd de laatste die in slaap viel. Ik klemde me vast aan het bed en weigerde deze wereld te verlaten en naar dromenland te gaan.

'Je zusjes zijn al naar de oude meneer Zhou toe,' fluisterde mijn moeder dan in het Chinees. Volgens mijn moeder was de oude meneer Zhou de bewaker van een deur waardoor je in dromenland kwam. 'Ben je nu klaar om ook naar de oude meneer Zhou te gaan?' En ik schudde iedere avond van nee.

'De oude meneer Zhou brengt me naar akelige plaatsen,' riep ik.

De oude meneer Zhou bracht mijn zusters naar de slaap. Zij herinnerden zich nooit iets van de vorige nacht. Maar voor mij zwaaide de oude meneer Zhou de deur wijd open en als ik probeerde naar binnen te gaan, sloeg hij hem met een klap dicht, alsof hij me plat wilde slaan als een vlieg. Daarom sprong ik altijd haastig achteruit en schrok weer wakker.

Maar ten slotte kreeg de oude meneer Zhou er genoeg van en liet de deur onbewaakt achter. Dan werd het hoofdeind van het bed zwaar en begon langzaam te hellen en gleed ik met mijn hoofd naar voren de deur van de oude meneer Zhou door en kwam in een huis zonder deuren of ramen terecht.

Ik herinner me dat ik een keer droomde dat ik door een gat in de vloer van de oude meneer Zhou viel. Ik stond in het donker in een tuin en de oude meneer Zhou riep luid: 'Wie loopt daar op mijn achtererf?' Ik rende weg. Na een tijdje merkte ik dat ik planten vertrapte die nerven hadden waar bloed doorheen stroomde. Ik rende over velden met leeuwebekjes die als stoplichten van kleur veranderden, tot ik op een reusachtige speelplaats kwam waar rijen en rijen zandbakken stonden. In elke zandbak zat een nieuwe pop en mijn moeder, die er niet bij was maar me binnenste buiten kon zien, vertelde de oude meneer Zhou welke pop ik zou uitzoeken. Daarom besloot ik een heel andere te nemen.

'Houd haar tegen! Houd haar tegen!' schreeuwde mijn moeder. Toen ik probeerde weg te rennen, kwam de oude meneer Zhou me achterna en riep: 'Nu zie je wat er gebeurt als je niet naar je moeder luistert!' Ik was verlamd van angst en kon me niet meer bewegen.

De volgende ochtend vertelde ik mijn moeder wat er was gebeurd en ze lachte en zei: 'Let maar niet op de oude meneer Zhou. Hij is maar een droom. Je hoeft alleen maar naar mij te luisteren.'

En ik riep: 'Maar de oude meneer Zhou luistert ook naar u.'

Meer dan dertig jaar later probeerde mijn moeder nog steeds me naar haar te laten luisteren. Een maand nadat ik haar had verteld dat Ted en ik gingen scheiden, ontmoette ik haar in de kerk bij de begrafenis van China Mary, een fantastische tweeënnegentigjarige vrouw, die peetmoeder was geweest van elk kind dat de deuren van de Eerste Chinese Baptistengemeente binnenkwam.

'Je wordt te mager,' zei mijn moeder op ontevreden toon toen ik naast haar ging zitten. 'Je moet beter eten.'

'Er is niets met me aan de hand,' zei ik en ik glimlachte om het te bewijzen. 'Trouwens, hebt u niet altijd zelf gezegd dat al mijn kleren te strak zaten?'

'Je moet meer eten,' hield ze aan. Toen stootte ze me aan met een in een spiraalband gebonden boekje waarop de met de hand geschreven titel *Koken op zijn Chinees door China Mary Chan* stond. Ze verkochten ze bij de deur voor maar vijf dollar per stuk om geld bijeen te brengen voor het Studiebeurzenfonds voor vluchtelingen.

De orgelmuziek stopte en de dominee schraapte zijn keel. Het was niet onze reguliere predikant. Ik herkende hem als Wing, een jongen die vroeger altijd basketballkaarten ging stelen met mijn broertje Luke. Wing is dankzij China Mary later naar de theologische school gegaan, maar Luke ging naar de gevangenis, omdat hij gestolen tv-toestellen had verkocht.

'Ik hoor nog haar stem,' zei Wing tegen de aanwezigen. 'Ze zei dat God me met alle goede ingrediënten had gemaakt en dat het daarom jammer zou zijn als ik in de hel zou verbranden.'

'Al ge-cre-meerd,' fluisterde mijn moeder zakelijk. Ze knikte naar het altaar, waar een ingelijste kleurenfoto van China Mary stond. Ik legde als een bibliothecaresse mijn vinger tegen mijn lippen maar ze snapte het niet.

'Die daar hebben wij gekocht.' Ze wees naar een groot boeket gele chrysanten en rode rozen. 'Vierendertig dollar. Allemaal kunstbloemen, dan blijft hij altijd mooi. Je kunt me later betalen. Janice en Matthew doen ook mee. Heb je geld?'

'Ja. Ted heeft me een cheque gestuurd.'

Nu vroeg de dominee iedereen het hoofd in gebed te buigen. Mijn moeder zweeg eindelijk en drukte een papieren zakdoekje tegen haar neus, terwijl de dominee sprak. 'Ik zie het voor me hoe ze nu de engelen verbaast met haar Chinese kookkunst en *gung-ho*-houding.'

Toen het gebed voorbij was, ging iedereen staan om gezang 335 te zingen, China Mary's favoriet: 'Je kunt een engel op aarde zijn...'

Maar mijn moeder zong niet mee. Ze staarde me aan. 'Waarom zendt hij jou een cheque?' Ik keek strak naar het gezangboek. 'Een bron van licht en zonneschijn...'

Dus beantwoordde ze grimmig zelf haar vraag: 'Hij haalt apestreken uit met een ander.'

Apestreken? Ted? Ik moest lachen om haar woordkeus, maar ook om het hele idee! Koele, zwijgzame, haarloze Ted die op het supreme ogenblik van de liefde zelfs niet sneller ademde? Ik zag het voor me, Ted die gromde en 'hoe-hoe-hoe' riep en in zijn oksels krabde en krijsend over de matras sprong om naar een borst te grijpen.

'Nee, dat geloof ik niet,' zei ik.

'Waarom niet?'

'Ik vind niet dat we hier en op dit ogenblik over Ted moeten praten.'

'Waarom kun je hierover met een psycho-ater praten en niet met je moeder?'

'Psychíater.'

'Psychisch-ater,' verbeterde ze zichzelf.

'Een moeder is beter. Een moeder weet wat er binnen in je is,' zei ze boven de zingende stemmen uit. 'Een psychisch-ater zal je alleen maar *huli hutu* maken, zodat je alles *heimengmeng* gaat zien.'

Toen ik weer thuis was, dacht ik na over wat ze had gezegd. Ik had me de laatste tijd inderdaad *huli hutu* gevoeld. En alles om me heen leek *heimengmeng*. Het waren woorden waaraan ik nooit in Engelse termen had gedacht. De vertaling was waarschijnlijk bij benadering zoiets als 'in de war' en 'donkere mist'.

Maar in werkelijkheid betekenen de woorden meer dan dat. Misschien zijn ze moeilijk te vertalen omdat ze op een gevoel slaan dat alleen Chinezen kennen, alsof je met je hoofd naar voren door de deur van de oude meneer Zhou valt en dan de weg terug probeert te vinden. Maar je bent zo bang dat je je ogen niet open kunt doen en daarom kruip je op handen en voeten in het donker rond en luistert naar stemmen die je de weg kunnen wijzen.

Ik had met te veel mensen gepraat, met vriendinnen, met iedereen behalve met Ted. En ik vertelde iedereen een ander verhaal. Toch was elke versie waar, dat wist ik zeker, althans op het ogenblik dat ik het vertelde.

Tegen mijn vriendin Waverly zei ik dat ik pas besefte hoeveel ik van Ted hield, toen ik merkte hoeveel verdriet hij me kon doen. Het deed zo verschrikkelijk pijn, een letterlijk lichamelijke pijn, alsof iemand zonder verdoving en zonder de wond te hechten allebei mijn armen had afgerukt.

'Heeft iemand ooit je armen afgerukt mét verdoving? Mijn hemel! Ik heb je nog nooit zo hysterisch gezien,' zei Waverly. 'Zal ik je wat zeggen? Volgens mij ben je beter af zonder hem. Het doet alleen pijn omdat je pas na vijftien jaar hebt ontdekt wat een ellendeling hij is. Heus, ik weet hoe je je voelt.'

Tegen mijn vriendin Lena zei ik dat ik beter af was zonder Ted. Na de eerste schok had ik gemerkt dat ik hem helemaal niet miste. Ik miste alleen het gevoel dat ik had toen hij bij me was.

'En wat was dat voor gevoel?' sputterde Lena. 'Je was gedeprimeerd. Hij had het voor mekaar gekregen dat je dacht dat jij in vergelijking met hem niets was. En nu denk je dat je zonder hem niets bent. Als ik jou was zou ik een goede advocaat zoeken en hem het vel over zijn oren halen. Ik zou het hem betaald zetten.'

Tegen mijn psychiater zei ik dat ik bezeten was van wraakgevoelens. Ik had gedroomd dat ik Ted opbelde en hem uitnodigde ergens te gaan eten, in zo'n trendy restaurant waar iedereen die wat betekent komt, Café Majestic of Rosalie's. En toen hij was begonnen te eten en zich plezierig ontspannen voelde, zei ik: 'Zo gemakkelijk gaat het niet, Ted.' En toen haalde ik een voodoopoppetje uit mijn tas dat Lena me had geleend uit haar decorstukken. Ik richtte mijn vork op een strategisch punt op de pop en zei luid, zodat alle belangrijke gasten van het restaurant het konden horen: 'Ted je bent een impotente lul en ik zal zorgen dat je dat blijft.' En wam!

Toen ik dit zei, had ik het gevoel dat ik naar een belangrijk keerpunt in mijn leven was toe gerend, dat ik na slechts twee weken psychotherapie totaal was veranderd. Maar mijn psychiater keek alleen maar met zijn hand onder zijn kin verveeld voor zich uit. 'Zo te zien heb je te kampen met heel heftige gevoelens,' zei hij met een slaperige blik. 'Misschien kunnen we daar volgende week wat nader op ingaan.'

En op het laatst wist ik niet meer wat ik ervan moest denken. De weken die volgden inventariseerde ik mijn leven. Ik liep van kamer tot kamer en probeerde me de geschiedenis van alle dingen in het huis te herinneren: de dingen die ik gekocht had voordat ik Ted leerde kennen (de handgeblazen glazen, het macramé wandkleed, en de schommelstoel die ik opnieuw had laten matten); dingen die we samen hadden gekocht vlak nadat we getrouwd waren (de meeste grote meubelstukken); dingen die mensen ons hadden gegeven (de klok onder een glazen stolp, die niet meer liep, drie sake-stellen, vier theepotten); dingen die hij had uitgezocht (de gesigneerde litho's, geen van alle met een hoger nummer dan 25 in een serie van 250, de kristallen aardbeien van Steuben); en dingen die ik had uitgezocht omdat ik het niet kon verdragen dat ze zouden blijven liggen (de niet bij elkaar passende kandelaars die ik op rommelmarkten had gekocht, een antieke lappendeken met een gat erin, vreemd gevormde flesjes waar ooit oliën, specerijen en odeur in hadden gezeten).

Ik was begonnen een inventaris van de boekenkast te maken, toen er een brief van Ted kwam, een kattebelletje eigenlijk, haastig met ballpoint op een velletje van zijn receptenblok gekrabbeld. 'Vier maal ondertekenen op aangegeven plaats,' stond erop en toen, met blauwe vulpeninkt: 'bijgesl: cheque voor overbrugging tot de scheiding is geregeld.'

Het briefje zat met een paperclip aan de papieren voor onze

scheiding gehecht, samen met een cheque voor tienduizend dollar, ondertekend met dezelfde blauwe vulpeninkt als het briefje. En in plaats van dankbaar te zijn, voelde ik me gekwetst.

Waarom had hij de cheque met de papieren mee gezonden? Waarom was het briefje met twee verschillende pennen geschreven? Had hij pas later aan de cheque gedacht? Hoe lang had hij in zijn kantoor zitten piekeren hoeveel geld genoeg zou zijn? En waarom had hij de cheque uitgerekend met díe pen ondertekend?

Ik herinner me nog de uitdrukking op zijn gezicht toen hij verleden jaar voorzichtig het goudkleurige papier openmaakte, de verraste blik waarmee hij de pen langzaam van alle kanten bekeek bij het licht van de kerstboom. Hij kuste me op mijn voorhoofd. 'Ik zal hem alleen gebruiken om belangrijke dingen te ondertekenen,' beloofde hij.

Toen ik me dat herinnerde kon ik alleen maar met de cheque in mijn hand op de rand van de divan blijven zitten, terwijl ik mijn hoofd zwaarder en zwaarder voelde worden. Ik staarde naar de kruisjes op de papieren voor de scheiding, de woorden op het blaadje van het receptenblok, de twee kleuren inkt, de datum op de cheque, de manier waarop hij heel precies tienduizend had opgeschreven, met niets achter de komma.

Ik bleef stil zitten en probeerde naar mijn hart te luisteren, het juiste besluit te nemen. Maar toen besefte ik dat ik niet wist welke keuzen ik had. Daarom stopte ik de papieren en de cheque in een la waarin ik de zegels van supermarkten bewaarde die ik nooit weggooide en ook nooit gebruikte.

Mijn moeder heeft me een keer uitgelegd waarom ik altijd zo verward ben. Ze zei dat ik geen hout had. Ik was geboren zonder hout, zodat ik naar te veel mensen luisterde. Ze wist dat, omdat ze ooit zelf bijna zo was geworden.

'Een meisje is als een jonge boom,' zei ze. 'Je moet rechtop staan en luisteren naar je moeder die naast je staat. Dat is de enige manier om sterk en recht te worden. Maar als je je buigt om naar andere mensen te luisteren, dan word je krom en zwak. Dan waai je met de eerste harde storm omver. En dan word je als onkruid dat in het wilde weg naar alle kanten groeit en over de grond kruipt tot iemand het eruittrekt en weggooit.'

Maar toen ze me dit vertelde, was het al te laat. Ik was al begonnen te buigen. Ik zat op school waar een onderwijzeres die mevrouw Berry heette ons in de rij zette. 'Meekomen, jongens en meisjes,' riep ze terwijl ze ons lokalen in en uit en gangen op en neer liet marcheren. En als je niet naar haar luisterde, moest je bukken en kreeg je tien klappen met een meetstok.

Ik luisterde nog wel naar mijn moeder, maar ik leerde ook hoe ik haar woorden door me heen kon laten blazen. En soms vulde ik mijn geest met de gedachten van andere mensen, allemaal in het Engels, zodat ze in de war raakte als ze me binnenste buiten zag.

In de loop van de jaren leerde ik een keus te maken uit de beste opinies. Chinese mensen hadden Chinese opinies. Amerikaanse mensen hadden Amerikaanse opinies. En in bijna alle gevallen was de Amerikaanse versie veel beter.

Pas veel later ontdekte ik dat de Amerikaanse versie een ernstige fout had. Er waren te veel mogelijkheden en daarom kon je makkelijk in de war raken en de verkeerde keus maken. Dat gevoel had ik ook over de situatie met Ted. Er was zoveel waarover ik moest nadenken, zoveel dat ik moest beslissen. Elk besluit leidde me in een andere richting.

Die cheque bijvoorbeeld. Ik vroeg me af of Ted misschien probeerde me erin te laten lopen, me te laten erkennen dat ik het opgaf, dat ik me niet tegen de scheiding zou verzetten. En als ik hem inde, zou hij later misschien zeggen dat ik verder niets meer zou krijgen. Toen werd ik even een beetje sentimenteel en beeldde me in, een ogenblik maar, dat hij me tienduizend dollar had gestuurd omdat hij veel van me hield. Tot ik besefte dat tienduizend dollar niets voor hem betekende, dat ik niets voor hem betekende.

Ik dacht erover een eind aan de ellende te maken en de papieren voor de scheiding te tekenen. En net toen ik ze uit de la met de zegels wilde halen, dacht ik aan het huis.

Ik dacht bij mezelf: Ik houd van dit huis. De grote eikehouten deur die toegang geeft tot een hal met gebrandschilderde ramen. Het zonlicht in de ontbijtkamer, het gezicht op de stad uit de voorkamer. De kruiden- en bloementuin die Ted had aangelegd.

Hij werkte altijd in de tuin: op zijn knieën liggend op een groen rubber matje, inspecteerde hij elk blaadje alsof hij iemands nagels manicuurde. Bepaalde planten mochten alleen maar in bepaalde bedden staan. Tulpen mochten niet tussen de vaste planten worden gezet. Een stekje van een aloë vera, dat ik van Lena had gekregen, paste nergens omdat we geen andere vetplanten hadden.

Ik keek uit het raam en zag de aronskelken die waren omgevallen en bruin geworden, de margrieten die onder hun eigen gewicht waren bezweken, de doorgeschoten sla. Tussen de tegels van de paden groeide onkruid. De hele tuin was na maanden verwaarlozing verwilderd.

Toen ik de tuin in die verwaarloosde toestand zag, moest ik denken aan een spreuk die ik een keer in een gelukskoekje had gevonden: Als een man zijn tuin niet meer verzorgt, denkt hij erover zijn wortels uit de grond te trekken en weg te gaan. Wanneer had Ted de rozemarijn het laatst gesnoeid? Wanneer had hij voor het laatst slakkendood op de bloembedden gespoten?

Ik liep snel naar het schuurtje om naar de insekten- en onkruidverdelger te kijken, alsof de hoeveelheid die nog in de fles zat, de datum tot wanneer hij gebruikt kon worden of wat dan ook, me een idee zou kunnen geven van wat er in mijn leven aan het gebeuren was. Na een tijdje zette ik de fles weer neer. Ik had het gevoel dat er iemand naar me keek en me uitlachte.

Ik ging het huis weer binnen, deze keer om een advocaat te bellen. Maar toen ik het nummer begon te draaien, raakte ik weer in de war. Ik legde de hoorn weer neer. Wat moest ik zeggen? Wat verwachtte ik van een scheiding, ik die nooit had geweten wat ik precies van het huwelijk verwachtte?

De volgende ochtend was ik nog steeds over mijn huwelijk aan het piekeren. Vijftien jaar had ik in Teds schaduw geleefd. Ik lag in bed en hield mijn ogen stijf dichtgeknepen, niet in staat ook maar het kleinste besluit te nemen.

Ik bleef drie dagen in bed liggen en stond alleen op om naar de wc te gaan of een blikje kippesoep met vermicelli op te warmen. Maar het grootste deel van de tijd sliep ik. Ik nam de slaappillen in die Ted in het medicijnkastje had achtergelaten. En voor het eerst in mijn leven had ik geen dromen. Het enige dat ik me kon herinneren was dat ik zachtjes, zonder gevoel van dimensie of richting weggleed naar een donkere plaats. Ik was helemaal alleen in die donkerte. En elke keer dat ik wakker werd, nam ik weer een pil en ging terug naar die plaats.

Maar op de vierde dag had ik een nachtmerrie. In het donker kon ik de oude meneer Zhou niet zien, maar hij zei dat hij me wel zou vinden en dan zou hij me de grond in trappen. Hij luidde een bel en hoe luider de bel klonk, des te sneller zou hij me vinden. Ik hield mijn adem in om het niet uit te schreeuwen, maar de bel werd luider en luider, tot ik met een schok wakker werd.

Het was de telefoon. Hij moest wel een uur non-stop hebben gerinkeld. Ik nam de hoorn op.

'Nu je op bent, kom ik je wat eten brengen dat ik over heb,' zei mijn moeder. Ze klonk alsof ze me kon zien. Maar de kamer was donker, de gordijnen stijf gesloten.

'Ma, ik eh... Ik kan u nu niet ontvangen,' zei ik. 'Ik heb het te druk.'

'Te druk voor moeder?'

'Ik heb een afspraak... ik moet naar de psychiater.'

Ze zweeg een poosje. 'Waarom kom je niet voor jezelf op?' zei ze ten slotte op een misnoegde toon. 'Waarom praat je niet met je man?'

'Ma,' zei ik, doodmoe. 'Begin er nu alstublieft niet weer over dat ik mijn huwelijk moet redden. Het is zo al moeilijk genoeg.'

'Ik zeg niet dat je je huwelijk moet redden,' protesteerde ze. 'Ik zeg alleen dat je voor jezelf moet opkomen.'

Toen ik had opgehangen, ging de telefoon opnieuw. Het was de receptioniste van mijn psychiater. Ik had die ochtend mijn afspraak gemist en die van twee dagen geleden ook. Wilde ik een nieuwe afspraak maken? Ik zei dat ik in mijn agenda zou kijken en terugbellen.

Vijf minuten later ging de telefoon weer.

'Waar was je?' Het was Ted.

Ik begon te beven. 'Uit,' zei ik.

'Ik probeer al drie dagen je te bereiken. Ik heb zelfs de PTT gebeld om te vragen of er iets met de lijn was.'

Ik wist dat hij dat inderdaad had gedaan, niet uit bezorgdheid voor mij, maar omdat hij ongeduldig en irrationeel wordt als hij iets van iemand wil en die hem laat wachten.

'Weet je wel dat het al twee weken geleden is?' zei hij duidelijk boos.

'Twee weken?'

'Je hebt de cheque niet geïnd en de papieren niet teruggestuurd. Ik wilde het plezierig houden, Rose. Ik kan je de papieren ook officieel via mijn advocaat laten tekenen.'

'O ja?'

En meteen, pats erbovenop, vertelde hij wat hij echt wilde en dat was nog verachtelijker dan alles wat ik me had voorgesteld.

Hij wilde de papieren ondertekend terug. Hij wilde het huis. Hij wilde de hele scheiding er zo snel mogelijk doordrukken: omdat hij met een andere vrouw wilde trouwen.

Voordat ik me kon inhouden, stotterde ik: 'Dus je haalde echt apestreken uit met iemand anders.' Ik voelde me zo vernederd dat ik bijna begon te huilen.

En toen, voor het eerst in maanden, nadat ik al die tijd in een luchtledig had gezweefd, kwam alles tot stilstand. Alle vragen waren verdwenen. Er waren geen keuzen. Ik had een leeg gevoel en ik voelde me vrij en wild. Hoog boven in mijn hoofd hoorde ik iemand lachen.

'Wat valt er te lachen?' zei Ted kwaad.

'Sorry,' zei ik. 'Het is alleen dat...' en ik probeerde uit alle macht mijn gegiechel te onderdrukken, maar het ontsnapte door mijn neus, waardoor ik nog harder moest lachen.

Ik hijgde nog na toen ik met vastere stem probeerde opnieuw te beginnen. 'Sorry, Ted, neem me niet kwalijk... ik denk dat het beter is als je na je werk hierheen komt.' Ik wist niet waarom ik dat zei, maar het gaf me een goed gevoel om het te zeggen.

'Er valt niets te bespreken, Rose.'

'Dat weet ik,' zei ik en het klonk zo kalm dat ik er zelf verbaasd over was. 'Ik wil je alleen iets laten zien. En maak je geen zorgen. Je krijgt je papieren. Ik beloof het je.'

Ik had geen plan. Ik wist niet wat ik straks tegen hem zou zeggen. Ik wist alleen dat ik wilde dat Ted me nog een keer zou zien voor de scheiding.

Uiteindelijk was het de tuin die ik hem liet zien. Toen hij kwam, was de zomeravondmist al komen opzetten. Ik had de papieren voor de scheiding in de zak van mijn windjack. Ted huiverde in zijn sportjasje, terwijl hij de schade in de tuin inspecteerde.

'Wat een troep,' hoorde ik hem tegen zichzelf zeggen, terwijl hij probeerde zijn broekspijp los te trekken van de over het pad kronkelende uitloper van een braamstruik. En ik wist dat hij stond te berekenen hoe lang het zou duren om de boel weer in orde te maken.

'Ik vind het mooi zo,' zei ik. Ik klopte op de oranje toppen van ongeoogste worteltjes, die met hun kopjes boven de grond uitstaken alsof ze op het punt stonden geboren te worden. Toen zag ik het onkruid: er waren enorme planten opgeschoten tussen de barsten in de tegels van de patio, andere hadden zich vastgeklemd aan de zijmuur van het huis en nog weer andere hadden een toevlucht gevonden onder losse dakpannen en waren bezig het dak op te klimmen. Het was onmogelijk ze eruit te trekken als ze zich eenmaal in het metselwerk hadden vastgezet; dan liep je kans dat je het hele huis omver trok.

Ted raapte een paar pruimen van de grond en gooide ze over de schutting in de tuin van de buren. 'Waar zijn de papieren?' vroeg hij ten slotte.

Ik gaf ze hem en hij stopte ze in de binnenzak van zijn jasje. Hij stond tegenover me en ik zag zijn ogen, de blik die ik eens voor liefdevol en beschermend had gehouden. 'Je hoeft er niet meteen uit,' zei hij. 'Ik begrijp dat je minstens een maand nodig zult hebben om iets anders te vinden.'

'Ik heb al iets gevonden,' zei ik snel. Want op dat ogenblik wist ik waar ik zou gaan wonen. Zijn wenkbrauwen gingen verbaasd omhoog en hij glimlachte heel even, tot ik zei: 'Hier.'

'Wat zeg je?' vroeg hij scherp. Zijn wenkbrauwen waren nog steeds opgetrokken, maar de glimlach was verdwenen.

'Ik zei dat ik hier blijf wonen,' verklaarde ik nog eens.

'Wie zegt dat?' Hij sloeg zijn armen over elkaar, kneep zijn ogen tot spleetjes, bekeek mijn gezicht alsof hij wist dat het elk ogenblik uit elkaar zou kunnen vallen. Die uitdrukking van hem had me altijd zo bang gemaakt dat ik alleen nog maar kon stotteren.

Nu voelde ik niets, geen angst, geen woede. 'Ik zeg dat ik hier blijf wonen en dat zal mijn advocaat ook zeggen, als we je de scheidingspapieren toesturen,' zei ik.

Ted haalde zijn papieren uit zijn zak en bekeek ze. Zijn kruisjes stonden er nog, de open plekken waren nog open. 'Wat heeft dit te betekenen?' zei hij. 'Wat ben je van plan?'

En het antwoord, het antwoord dat belangrijker was dan al het andere, stroomde door mijn lichaam en viel uit mijn mond: 'Je kunt me niet gewoon uit je leven trekken en weggooien.'

Ik zag wat ik wilde zien: zijn blik werd verward, toen angstig. Hij was *huli hutu*. Zo groot was de macht van mijn woorden.

Die nacht droomde ik dat ik door de tuin dwaalde. De bomen en struiken gingen schuil onder de nevel. Toen zag ik de oude meneer Zhou en mijn moeder in de verte. Ze stonden druk gebarend over een van de borders gebogen en de nevelslierten warrelden om hen heen.

'Daar is ze!' riep mijn moeder. De oude meneer Zhou glimlachte naar me en wuifde. Ik liep naar mijn moeder toe en zag dat ze zich ergens overheen boog alsof ze een baby verzorgde.

'Kijk,' zei ze stralend, 'ik heb ze vanmorgen net geplant. Een paar voor jou en een paar voor mij.'

En onder de *heimengmeng* stond de hele border vol onkruid. Het was al over de randen heen gegroeid en begon zich in alle richtingen te verspreiden.

JING-MEI WONG

Beste kwaliteit

Vorig jaar, na een krabdiner ter gelegenheid van het Chinese nieuwjaar, gaf mijn moeder me 'de betekenis van mijn leven', een hanger van jade aan een gouden ketting. Het was geen sieraad dat ik voor mezelf zou hebben uitgekozen. De hanger was ongeveer zo groot als de twee eerste kootjes van mijn pink, vlekkerig groenig wit van kleur en met een ingewikkeld patroon van snijwerk. In mijn ogen was het allemaal net verkeerd: te groot, te groen, te druk. Ik stopte hem in mijn lakdoos en vergat het hele ding.

Maar de laatste tijd denk ik veel na over de betekenis van mijn leven. Ik vraag me af wat de hanger betekent, want mijn moeder is drie maanden geleden, zes dagen voor mijn vijfendertigste verjaardag gestorven en zij is de enige aan wie ik het had kunnen vragen, de enige die me had kunnen vertellen wat de betekenis van mijn leven is, die me had kunnen helpen mijn verdriet te begrijpen.

Nu draag ik de hanger elke dag. Ik geloof dat het patroon iets betekent omdat vormen en details, die ik altijd pas schijn op te merken als iemand me erop wijst, altijd een betekenis hebben voor Chinezen. Ik weet dat ik het aan tante Lindo of tante An-mei of andere Chinese kennissen zou kunnen vragen, maar ik weet ook dat zij me een andere uitleg zouden geven dan mijn moeder zou hebben gedaan. Stel dat ze tegen me zeggen dat deze gebogen lijn die uitloopt in drie ovale vormen, een granaatappel voorstelt en dat mijn moeder me vruchtbaarheid en kinderen toewenste? Stel dat mijn moeder in werkelijkheid wilde zeggen dat het snijwerk een tak met peren voorstelde om me zuiverheid en eerlijkheid toe te wensen? Of tienduizendjaardruppeltjes van de toverberg die me de richting van mijn leven en duizend jaar roem en onsterfelijkheid zouden geven?

Omdat ik er voortdurend over nadenk, zie ik aldoor andere mensen die ook zo'n hanger dragen, niet van die platte, vierkante medaillons of ronde, witte, met een gaatje in het midden, maar net zulke als die van mij, langwerpig, ongeveer vijf centimeter lang en helder, appelgroen. Het is alsof we allemaal lid zijn van een geheim eedgenootschap, zo geheim dat we zelf niet eens weten waar we bij horen. Het vorige weekend, bijvoorbeeld, zag ik een barkeeper die er een droeg. Ik raakte de mijne aan en vroeg hem: 'Waar heb je die vandaan?'

'Ik heb hem van mijn moeder gekregen,' zei hij.

Ik vroeg hem waarom, een onbescheiden vraag, die alleen een Chinees aan een andere Chinees kan stellen. Te midden van een menigte blanken zijn twee Chinezen al min of meer familie.

'Ze heeft hem aan me gegeven toen ik net was gescheiden, waarschijnlijk wil ze me ermee zeggen dat ik nog steeds iets waard ben.'

En ik hoorde aan de aarzeling in zijn stem dat hij geen idee had wat de hanger in werkelijkheid betekende.

Mijn moeder had elf krabben gekookt voor het nieuwjaarsdiner van vorig jaar, een krab per persoon en één extra. Zij en ik hadden ze samen gekocht in Stockton Street in Chinatown. We waren de flat uitgegaan en de steile helling afgelopen. De flat van mijn ouders is eigenlijk de benedenverdieping van een pand met zes appartementen aan Leavenworth Street, in de buurt van California Street, dat hun eigendom is. Ze wonen maar zes blokken van het gebouw waar ik een baan heb als copywriter van een klein reclamebureau, dus ging ik twee of drie keer in de week na mijn werk even bij hen langs. Mijn moeder had altijd zoveel eten in huis dat ze erop stond dat ik mee at.

Dat jaar viel het Chinese nieuwe jaar op een vrijdag, dus ging ik vroeg weg van mijn werk om mijn moeder met de boodschappen te helpen. Mijn moeder was eenenzeventig, maar ze stapte nog stevig naast me voort, haar kleine lichaam zo recht als een kaars, een fleurige, gebloemde plastic boodschappentas aan haar arm. Ik trok het metalen boodschappenwagentje achter me aan.

Elke keer dat ik met haar in Chinatown kwam, wees ze me andere Chinese vrouwen van haar leeftijd. 'Dames uit Hongkong,' zei ze, terwijl ze naar twee duur geklede vrouwen in nertsjassen en met volmaakte, zwarte kapsels keek. 'Kantonese dorpsvrouwen,' fluisterde ze, als we vrouwen met gebreide mutsen, gebogen onder het gewicht van vele lagen gewatteerde lijfjes en mannenhemden tegenkwamen. Mijn moeder gekleed in een lichtblauwe polyester broek, een rode trui en een groen, met dons gevoerd kinderjack leek op niemand anders. Ze was hier in 1949 heen gekomen, na een lange reis die in 1945 in Kweilin was begonnen, via Chungking, waar ze mijn vader had leren kennen. Daarvandaan trokken ze naar het zuiden, naar Shanghai, en vluchtten verder naar het zuiden, naar Hongkong, vanwaar de boot naar San Francisco vertrok. Mijn moeder kwam uit een heleboel verschillende richtingen.

Terwijl we de heuvel afdaalden, liep ze puffend te klagen, op het ritme van haar voetstappen. 'Ook als je niet wilt, zit je eraan vast,' mopperde ze. Ze fulmineerde weer eens over de huurders die op de eerste verdieping woonden. Twee jaar geleden had ze geprobeerd hen eruit te werken met de smoes dat er familie uit China zou komen wonen. Maar het echtpaar had haar list om de huurbeschermingswet te omzeilen doorzien. Ze zeiden dat ze niet zouden weggaan voordat ze haar familieleden kon produceren. En sindsdien moest ik voortdurend haar verhalen aanhoren over nieuw onrecht dat deze buren haar hadden aangedaan.

Mijn moeder zei dat de man te veel zakken in de vuilnisbakken deed: 'Kost mij extra.'

En de vrouw, een heel elegant type met blond haar, had naar het schijnt de flat in monsterlijke kleuren rood en groen geschilderd. 'Verschrikkelijk,' steunde mijn moeder. 'En zij nemen bad, twee, drie keer per dag. Kraan loopt, loopt, loopt, houdt nooit op.'

'Vorige week die *waiguoren* mij beschuldigd,' vertelde mijn moeder, die met iedere stap die ze deed bozer werd. 'Ze zeggen ik vergif in de vis gedaan en die kat doodgemaakt.'

'Wat voor kat?' vroeg ik, hoewel ik precies wist over welke kat ze het had. Ik had het dier vaak gezien. Het was een grote grijsgestreepte kater met één oor, die had geleerd om op de vensterbank buiten mijn moeders keukenraam te springen. Mijn moeder ging dan op haar tenen staan en bonsde op het raam om hem weg te jagen. Maar de kat hield stand en blies in antwoord op haar geschreeuw naar haar.

'Die kat tilt altijd zijn staart op en doet een stank op mijn deur,' klaagde mijn moeder.

Ik had een keer gezien dat ze hem met een pan kokend water achterna zat om hem uit haar trappenhuis te jagen. Ik kwam in de verleiding haar te vragen of ze echt vergif in de vis had gedaan, maar ik had geleerd nooit partij te kiezen tegen mijn moeder.

'En wat is er dan met die kat gebeurd?' vroeg ik.

'Die kat is weg. Verdwenen!' Ze gooide haar handen omhoog en glimlachte met een vergenoegd gezicht. Toen kwam haar boze uitdrukking terug: 'En die man hij steekt zijn hand op, zo, en laat mij zijn lelijke vuist zien en noemt me ouwe tang, maar ik heet niet Tang. Hnnnh! Hij weet niks!' zei ze, tevreden dat ze hem op zijn nummer had gezet.

In Stockton Street liepen we van de ene vishandel naar de andere om te kijken waar ze de levendigste krabben hadden.

'Koop geen dode,' waarschuwde mijn moeder in het Chinees. 'Zelfs een bedelaar eet geen dode krab.'

Ik porde de krabben met een potlood om te zien of ze tierig genoeg waren. Als er een het potlood vastpakte, tilde ik hem eruit en stopte hem in een plastic zak. Toen ik een van de krabben op die manier optilde, zag ik dat een andere hem bij zijn poot had gepakt. In de korte schermutseling verloor mijn krab een poot.

'Leg terug,' fluisterde mijn moeder. 'Een missende poot is een slecht voorteken voor nieuwjaar.'

Maar toen kwam er een man in een wit schort naar ons toe. Hij begon luid in het Kantonees tegen mijn moeder uit te varen en mijn moeder, die zo slecht Kantonees sprak dat het net als haar Mandarijns klonk, scheeuwde terug en wees naar de krab met zijn missende poot. Maar na nog meer scherpe woorden, kwam die krab met zijn poot in onze zak terecht.

'Is niet erg,' zei mijn moeder. 'Is nummer elf, is extra.'

Thuis haalde mijn moeder de krabben uit hun kranten en gooide ze in een gootsteen vol koud water. Ze haalde haar oude snijplank en het hakmes te voorschijn, hakte de gember en sjalotjes fijn en schonk sojasaus en sesamolie in een ondiepe schaal. De keuken rook naar natte kranten en Chinese geuren.

Toen greep ze de krabben één voor één in hun rug, tilde ze uit de gootsteen en schudde ze droog en wakker. De krabben bewogen hun poten in de lucht tussen de gootsteen en het fornuis. Ze legde ze in een hoge, gelaagde stoompan die op twee branders van het fornuis stond, deed de deksel erop en stak de branders aan. Ik kon het niet aanzien en ging weg naar de eetkamer.

Toen ik acht was, had ik een keer met een krab gespeeld die mijn moeder voor mijn verjaarsdiner had meegebracht. Ik porde hem met mijn vinger en sprong elke keer als hij zijn scharen bewoog haastig achteruit. En toen hij zich overeind hees en dwars over het aanrecht begon te lopen, vond ik dat de krab en ik elkaar al heel goed begonnen te begrijpen. Maar voordat ik zelfs een naam voor mijn nieuwe vriendje kon bedenken, stopte mijn moeder hem in een pan met koud water en zette hem op het fornuis. Ik keek met groeiende angst toe terwijl het water warm werd en de pan begon te kletteren van de pogingen van die krab om uit zijn eigen hete bouillon te klimmen. Tot op deze dag herinner ik me dat die krab gilde terwijl hij een helrode schaar over de rand van de borrelende pan naar buiten stak. Het moet mijn eigen stem zijn geweest, want ik weet nu natuurlijk dat krabben geen stembanden hebben en ik probeer ook mezelf te overtuigen dat krabben niet genoeg hersens hebben om het verschil tussen een heet bad en een langzame dood te weten.

Mijn moeder had haar oude vrienden Lindo en Tin Jong voor haar nieuwjaarsdiner uitgenodigd. Zonder het zelfs te hoeven vragen, wist ze dat dit betekende dat de kinderen van de Jongs ook zouden komen: hun zoon Vincent, die achtendertig was en nog steeds thuis woonde, en hun dochter Waverly, die ongeveer even oud was als ik. Vincent belde op om te vragen of hij zijn vriendin Lisa Lum kon meebrengen. Waverly zei dat ze haar nieuwe verloofde, Rich Schields zou meebrengen, die net als zij belastingdeskundige was bij Price Waterhouse. En ze voegde eraan toe dat Shoshana, haar vier jaar oude dochtertje uit haar eerste huwelijk, wilde weten of mijn ouders video hadden, zodat ze naar *Pinocchio* zou kunnen kijken, als ze zich zou gaan vervelen. Mijn moeder herinnerde me eraan ook mijnheer Chong, mijn vroegere pianoleraar uit te nodigen, die nog steeds drie blokken verderop in ons oude huis woonde.

Dat waren, met mijn moeder en mijn vader en mij mee, elf personen. Maar mijn moeder had maar op tien gerekend, omdat ze redeneerde dat Shoshana nog maar een kind was en niet meetelde, in elk geval niet wat de krab betrof. Ze had er niet aan gedacht dat Waverly er misschien anders over zou denken.

Toen de schaal met dampende krab rondging, kwam hij het eerst bij Waverly en ze pakte de beste krab, de roodste, de dikste, eraf en legde hem op Shoshana's bord. Toen nam ze de op een na beste voor Rich en nog een mooie voor zichzelf. En omdat ze de kunst om het beste te kiezen van haar moeder had geleerd, was het niet meer dan logisch dat haar moeder van de overgebleven krabben weer de beste voor haar man, haar zoon, de vriendin van haar zoon en zichzelf uitkoos. Mijn moeder bekeek de vier overgebleven krabben en gaf de beste ervan aan de oude Chong, omdat hij bijna negentig was en recht had op dat soort respect. Daarna gaf ze ook een mooie aan mijn vader. Toen lagen er nog twee krabben op de schaal: een grote, met een vaal oranje kleur en nummer elf, met de afgerukte poot.

Mijn moeder schudde de schaal voor me heen en weer: 'Neem, is al koud,' zei ze.

Ik was niet dol op krab sinds ik mijn verjaardagskrab levend gekookt had zien worden, maar ik wist dat ik niet kon weigeren. Zo laten Chinese moeders hun kinderen hun liefde blijken, niet door ze te knuffelen en te zoenen, maar door ze met een streng gezicht gestoomde pasteitjes, eendemaagjes en krab voor te zetten.

Ik dacht dat ik juist handelde door de krab met de missende poot te nemen. Maar mijn moeder riep: 'Nee! Nee! De grote, jij eet hem. Is te veel voor mij.'

Ik herinner me de hongerige eetgeluiden van de anderen, terwijl ze de schalen braken, het vlees eruit zogen, lekkere beetjes eruit schraapten met het uiteinde van hun eetstokjes. Alleen op het bord van mijn moeder bleef het stil. Ik was de enige die opmerkte hoe ze de schaal openmaakte, even aan de krab rook en toen opstond en met haar bord in haar hand naar de keuken ging. Ze kwam terug zonder krab maar met nieuwe schaaltjes met sojasaus, gember en sjalotjes.

Toen de magen gevuld begonnen te raken, begon iedereen tegelijk te praten.

'Suyuan!' riep tante Lindo naar mijn moeder. 'Waarom draag jij die kleur?' Tante Lindo gebaarde met een krabbepoot naar mijn moeders rode trui.

'Hoe kun je die kleur nog dragen. Te jong!' verweet ze haar.

Mijn moeder deed alsof het een compliment was. 'Van Emporium Capwell,' zei ze. 'Negentien dollar. Goedkoper dan zelf breien.'

Tante Lindo knikte alsof de kleur die prijs waard was. Toen wees ze met haar krabbepoot naar haar aanstaande schoonzoon Rich en zei: 'Kijk. Hij weet niet hoe je Chinees eten moet eten.'

'Krab is niet Chinees,' zei Waverly met haar klagende stem. Het was verbazend, maar Waverly klonk nog net zo als vijfentwintig jaar geleden toen we tien waren en ze op dezelfde toon tegen me had gezegd: 'Jij bent geen wonderkind, zoals ik.'

Tante Lindo keek geërgerd naar haar dochter. 'Hoe weet jij wat Chinees is en wat niet Chinees?' Toen wendde ze zich naar Rich en zei op gezaghebbende toon: 'Waarom eet je beste deel niet op?'

Ik zag dat Rich naar haar glimlachte. Zijn uitdrukking was geamuseerd en helemaal niet nederig. Hij had dezelfde kleur als de krab op zijn bord: roodachtig haar, een roomwitte huid en grote oranje sproeten. Terwijl hij glimlachend toekeek, demonstreerde tante Lindo hoe het moest en porde met haar eetstokje in het sponzige oranje deel van de krab. 'Je moet hier graven en dit eruit halen. De hersens zijn meest lekkerste, probeer maar.'

Waverly en Rich keken elkaar met een grimas van afkeer aan. Ik hoorde Vincent en Lisa samen fluisteren. 'Grof.' En toen giechelden zij ook.

Oom Tin begon bij zichzelf te lachen om ons te laten zien dat hij ook pret had. Te oordelen naar de manier waarop hij zat te proesten en op zijn knieën te slaan voordat hij begon, moest het een grap zijn die hij vele malen had ingestudeerd. 'Ik zeg tegen mijn dochter: Hé, waarom zou je arm blijven. Trouw Rich, jij wordt rijk!' Hij lachte luid en stootte Lisa aan, die naast hem zat. 'Hé, snap je het niet? Ik zeg tegen haar: Trouw Rich. Rich is Engels woord voor rijk.'

'Wanneer gáán jullie eigenlijk trouwen?' vroeg Vincent.

'Dat kan ik ook aan jou vragen,' antwoordde Waverly. Lisa keek beschaamd, toen Vincent er niet op inging.

'Mam, ik vind krab niet lekker,' zeurde Shoshana.

'Wat zit je haar mooi,' zei Waverly van de overkant van de tafel.

'Dank je' zei ik. 'Ja, David kan goed knippen.'

'Ga je nog steeds naar die kapper in Howard Street?' zei Waverly, haar ene wenkbrauw optrekkend. 'Vind je dat niet eng?'

Ik voelde het gevaar maar ik zei het toch: 'Hoezo eng? Hij is erg goed.'

'Omdat hij een homo is,' zei Waverly. 'Hij kan wel aids hebben. En hij knipt je haar. Dat is een levend weefsel. Misschien overdrijf ik omdat ik een kind heb, maar je kunt tegenwoordig niet voorzichtig genoeg zijn...'

En daar zat ik, met het gevoel dat mijn haar bedekt was met ziektekiemen.

'Ga liever naar mijn kapper toe,' zei Waverly. 'Meneer Rory, hij is fantastisch goed, maar misschien wel een beetje duurder dan jij gewend bent.'

Ik kon wel gillen. Ze kon zo gemeen zijn met haar stiekeme beledigingen. Elke keer dat ik haar iets heel eenvoudigs over belastingen vroeg bijvoorbeeld, wist ze het zo te draaien dat het leek of ik te gierig was om voor haar advies te betalen.

'Buiten mijn kantoor praat ik liever niet over belangrijke belastingzaken,' zei ze dan. 'Ik bedoel, stel dat je zo terloops tijdens de lunch iets vraagt en ik geef je een raad en dan volg je die op en het klopt niet, omdat je me niet alle informatie hebt gegeven. Dat zou heel vervelend voor mij zijn en voor jou ook, vind je niet?'

Ik was zo kwaad over wat ze tijdens dat nieuwjaarsdiner over mijn haar zei, dat ik haar in verlegenheid wilde brengen, aan iedereen wilde laten zien hoe kleinzielig ze was. Daarom besloot ik haar aan te spreken op het free-lancewerk dat ik voor haar bedrijf had gedaan, een brochure van acht pagina's over hun diensten. Ze waren al een maand over tijd met de betaling van mijn rekening.

'Misschien zou ik me Rory's diensten kunnen veroorloven als een zekere firma me op tijd betaalde wat me toekomt,' zei ik, met een plagend lachje. En ik zag Waverly's reactie met genoegen. Ze was echt van haar stuk gebracht, sprakeloos.

Ik kon het niet laten zout in de wond te strooien. 'Ik vind het nogal vreemd dat een groot accountantskantoor zijn eigen rekeningen niet eens op tijd kan betalen. Lieve hemel, Waverly, wat is dat voor bedrijf waar je voor werkt?'

Haar gezicht was strak en stil.

'Hé, hé, meisjes, niet kibbelen!' zei mijn vader alsof Waverly en ik nog kinderen waren die over fietsjes en kleurpotloden ruzieden.

'U hebt gelijk, we kunnen er beter een andere keer over praten,' zei Waverly rustig.

'Mooi. En, denken jullie dat de Giants zullen winnen, deze keer?' zei Vincent, in een poging grappig te zijn. Niemand lachte.

Ik was niet van plan haar zo makkelijk te laten ontsnappen. 'Elke keer dat ik je erover opbel, heb je ook geen tijd om erover te praten,' zei ik.

Waverly keek naar Rich, die zijn schouders ophaalde. Toen draaide ze zich weer naar mij en zuchtte.

'Ja, kijk, June, ik weet niet goed hoe ik het tegen je moet zeggen. Die brochure die je hebt geschreven nou ja, ze vonden hem onacceptabel.'

'Dat lieg je. Je zei zelf dat het fantastisch was.'

Waverly zuchtte weer. 'Ja, dat weet ik. Ik wilde je niet kwetsen. Ik wilde proberen of we het op de een of andere manier toch zouden kunnen gebruiken. Maar het is niet gelukt.'

En ineens begon ik wild te spartelen. Ik was zomaar, zonder waarschuwing in het diepe gegooid en vocht wanhopig om niet te verdrinken. 'De meeste kopij moet worden bijgewerkt,' zei ik. 'Het is... het is normaal dat het niet meteen helemaal goed is. Ik had beter moeten uitleggen hoe dat werkt.'

'June, ik denk echt niet...'

'Veranderingen zijn gratis. Ik vind het even belangrijk dat het echt goed wordt als jullie.'

Waverly deed alsof ze me niet hoorde. 'Ik probeer ze over te halen om je tenminste de tijd die je erin hebt gestoken ten dele te vergoeden. Dat ben ik je op zijn minst verschuldigd, het was tenslotte mijn idee om het je te laten doen.'

'Laat me alleen maar even weten wat er anders moet. Ik zal je volgende week bellen, dan kunnen we het regel voor regel doornemen.'

'June... het gaat echt niet,' zei Waverly kalm en beslist. 'Het is eenvoudig niet... modern genoeg. Wat je voor je andere cliënten maakt is vast fantastisch goed. Maar wij zijn een groot concern. We hebben iemand nodig die begrijpt dat... die onze stijl begrijpt.' Ze legde haar hand op haar borst toen ze dat zei, alsof ze het over haar stijl had.

Toen lachte ze luchtig. 'Ik bedoel, zeg nou zelf, June...' en ze begon met de zware stem van een televisie-omroeper voor te dragen:

'Dríe voordelen, dríe vereisten, dríe redenen om met ons in zee te gaan. Wij bieden u een gegarandeerd succesvolle oplossing voor al uw belastingproblemen.'

Het klonk zo mal dat iedereen dacht dat het een goede grap was en begon te lachen. En om het nog erger te maken hoorde ik mijn moeder tegen Waverly zeggen: 'Is waar, stijl moeilijk. Kan niet leren. June niet modern zoals jij. Is aangeboren.'

Het verbaasde me zelf hoe vernederd ik me voelde. Waverly was me weer te slim af geweest en nu viel mijn eigen moeder me ook nog af. Ik glimlachte zo ingespannen dat mijn onderlip ervan trilde. Ik probeerde me op iets anders te concentreren en ik herinner me dat ik mijn bord oppakte en toen dat van mijnheer Chong alsof ik de tafel wilde afruimen. Door mijn tranen heen zag ik heel duidelijk de afgeschilferde randen van de oude borden en vroeg me af waarom mijn moeder de nieuwe niet gebruikte die ik haar vijf jaar geleden had gegeven.

De tafel lag bezaaid met krabbeschalen. Waverly en Rich staken een sigaret op en legden er een tussen zich in om als asbak te gebruiken. Shoshana was naar de piano gelopen en hamerde op de toetsen met in elke hand een schaar. Mijnheer Chong, die in de loop van de jaren volslagen doof was geworden, keek naar Shoshana en klapte: 'Bravo! Bravo!' Afgezien van die vreemde kreet zei niemand een woord. Mijn moeder ging naar de keuken en kwam terug met een schaal met in plakken gesneden sinaasappels. Mijn vader porde in de resten van zijn krab. Vincent schraapte twee keer zijn keel en klopte Lisa op haar hand.

Tante Lindo was degene die eindelijk de stilte verbrak en zei: 'Waverly, je moet haar over laten doen. Eerste keer jij laat haar te vlug doen. Natuurlijk gaat niet goed.'

Ik hoorde mijn moeder een schijfje sinaasappel eten. Zij was de enige die ik kende, bij wie een sinaasappel net zo'n knappend geluid maakte als een appel wanneer ze erin beet. Het was erger dan tandenknarsen.

'Voor goed resultaat is tijd nodig,' vervolgde tante Lindo en ze knikte instemmend met haar hoofd.

'Je moet hard werken, joh,' adviseerde oom Tin. 'Hard werken, daar houd ik van. Hé? Dan komt alles goed.'

'Waarschijnlijk niet,' zei ik glimlachend, voordat ik de borden naar de keuken bracht.

Die avond, in de keuken, realiseerde ik me dat ik niet meer was dan ik was. Ik was copywriter. Ik werkte voor een klein reclamebureau. Ik beloofde iedere nieuwe cliënt: 'Wij geven glans aan uw artikel.' De glans kwam altijd neer op drie voordelen, drie vereisten, drie redenen om te kopen. De artikelen waren altijd coaxiale kabel, protocolconvertoren en dergelijke dingen. Ik was heel goed in mijn werk, in zulke kleine dingen.

Ik draaide de kraan open om de borden af te spoelen. Ik was niet boos meer op Waverly. Ik voelde me moe en dom, alsof ik hard was weggelopen voor iemand die me achterna zat en toen ik had omgekeken, had gemerkt dat er niemand was.

Ik pakte het bord van mijn moeder dat ze aan het begin van het diner naar de keuken had gebracht. Ze had de krab niet aangeraakt. Ik tilde de schaal op en rook eraan. Misschien kwam het doordat ik niet van krab houd, maar ik rook er niets verkeerds aan.

Toen iedereen weg was, kwam mijn moeder naar de keuken. Ik was de vaat aan het opruimen. Ze zette water op om nog wat thee te zetten en ging aan de kleine keukentafel zitten. Ik wachtte tot ze me een uitbrander zou geven.

'Het was lekker, ma,' zei ik beleefd.

'Niet zo goed,' zei ze, terwijl ze haar mond met een tandestoker bewerkte.

'Wat was er met uw krab? Waarom heeft u hem weggegooid?' vroeg ik.

'Niet zo goed,' zei ze nog eens. 'Die krab doodgegaan. Zelfs bedelaar wil niet eten.'

'Waaraan zag u dat? Hij rook goed.'

'Kan al zien voor koken!' Ze was opgestaan en keek door het keukenraam de nacht in. 'Ik schud die krab voordat ik hem kook. Zijn poten... slap. Zijn mond... wijd open. Is al als dode.'

'Waarom hebt u hem dan gekookt, als u wist dat hij al dood was?'

'Ik dacht... misschien net dood. Misschien smaak niet zo slecht. Maar ik kan ruiken, dode smaak, niet stevig.'

'En als iemand anders hem had genomen?'

Mijn moeder keek naar me en glimlachte. 'Alleen jij neemt die krab. Niemand anders. Ik weet van tevoren. Iedereen wil beste kwaliteit. Jij denkt anders.'

Ze zei het op een toon alsof dit een bewijs van iets wás, een bewijs van iets goeds. Ze zei altijd dingen die ik niet begreep, die zowel goed als slecht klonken.

Ik zette de laatste afgeschilferde borden weg en dat herinnerde me aan iets anders. 'Ma, waarom gebruikt u die nieuwe borden die ik u heb gegeven nooit? Als u ze niet mooi vond, had u het moeten zeggen. Dan had ik ze kunnen ruilen.'

'Natuurlijk vind ik mooi,' zei ze kribbig. 'Soms vind ik iets zo mooi dat ik wil bewaren. Dan ik vergeet dat ik bewaar.'

En toen, alsof ze er nu net aan dacht, maakte ze het slotje van haar gouden ketting los, deed hem af en vlijde de ketting en de jaden hanger in de holte van haar hand. Ze pakte mijn hand, stopte de ketting erin en sloot mijn vingers eromheen.

'Nee, ma,' protesteerde ik. 'Dat kan ik niet aannemen.'

'*Nala, nala.* Neem het, neem het,' zei ze, alsof ze me een standje gaf. En ze vervolgde in het Chinees: 'Ik heb je deze ketting al heel lang willen geven. Kijk, ik heb de hanger op mijn huid gedragen, dus als jij hem ook op je huid draagt, dan begrijp je mijn bedoeling. Dit is de betekenis van je leven.'

Ik keek naar de ketting, de hanger van lichtgroene jade. Ik wilde hem teruggeven. Ik wilde hem niet aannemen. En toch had ik ook een gevoel alsof ik hem al had ingeslikt.

'U geeft hem me alleen vanwege wat er vanavond is gebeurd,' zei ik.

'Wat is gebeurd?'

'Wat Waverly zei. Wat iedereen zei.'

'Tsss. Waarom luister je naar haar? Waarom wil je haar volgen, haar woorden najagen? Ze is net als deze krab.' Ze porde met haar vinger in een schaal in de afvalbak. 'Ze loopt schuin naar opzij. Jij kunt je benen de andere kant op sturen.'

Ik deed de ketting om. Hij voelde koel aan.

'Niet zo goed, deze jade,' zei ze zakelijk. Ze raakte de hanger even aan. Toen voegde ze er in het Chinees aan toe: 'Dit is jonge jade. De kleur is nu erg licht, maar als je hem elke dag draagt, wordt hij groener.'

Mijn vader eet niet goed sinds de dood van mijn moeder. Daarom ben ik nu hier in de keuken om voor hem te koken. Ik snijd tofu in plakjes. Ik heb besloten een gekruide tofuschotel voor hem te maken. Mijn moeder zei altijd dat gekruide spijzen iemand geestelijk en lichamelijk weer gezond maken. Maar ik maak het voornamelijk omdat ik weet dat mijn vader er dol op is en omdat ik weet hoe ik het moet klaarmaken. Het ruikt lekker: gember, uitjes, en rode-pepersaus die mijn neus prikkelt zodra ik het potje openmaak.

Boven me hoor ik de oude waterleidingbuizen met een bonkend geluid in actie komen en de stroom water uit mijn kraan verandert in een dun straaltje. Een van de bovenburen neemt zeker een douche. Ik herinner me de klacht van mijn moeder: 'Zelfs als je niet wilt, zit je eraan vast.' En nu begrijp ik wat ze bedoelde.

Terwijl ik de tofu afspoel in de gootsteen, schrik ik van een donkere massa die plotseling voor het raam verschijnt. Het is de eenorige kater van boven. Hij balanceert op de vensterbank, strijkt met zijn flank langs het raam. Mijn moeder heeft het rotbeest dus toch niet vermoord, denk ik opgelucht. Dan zie ik dat de kat zich steeds energieker tegen het raam wrijft en zijn staart optilt.

'Weg daar!' roep ik en ik bons drie keer op het raam. Maar de kat knijpt alleen zijn ogen samen, legt zijn ene oor plat en blaast naar me.

DE KONINGIN-MOEDER VAN DE WESTELIJKE HEMEL

'O, huai dongxi. *Jij kleine ondeugd,' zei de vrouw plagend tegen haar kleindochtertje. 'Leert Boeddha jou om zomaar zonder reden te lachen?' Toen de baby bleef kraaien, voelde de vrouw een diepe wens in haar hart ontwaken.*

'Zelfs als ik eeuwig zou kunnen leven,' zei ze tegen de baby, 'dan zou ik nog niet weten wat ik je zou moeten leren. Eens was ik ook zo vrij en onschuldig. Eens heb ik ook zonder reden gelachen.

Maar later heb ik mijn dwaze onschuld weggegooid om mezelf te beschermen. En ik heb mijn dochter, jouw moeder, geleerd om haar onschuld ook af te leggen, zodat ze niet ook gekwetst zou worden.

Was dat verkeerd gedacht, huai dongxi? *Als ik nu slechtheid in andere mensen zie, is dat dan niet omdat ik zelf ook slecht ben geworden? Als ik zie dat iemand een achterdochtige neus heeft, heb ik dan niet dezelfde slechte dingen geroken?'*

De baby luisterde lachend naar het geklaag van haar grootmoeder.

'Oho! Je zegt dat je lacht omdat je al eeuwen telkens en telkens opnieuw hebt geleefd? Je zegt dat je Qi Wanmu, de koningin-moeder van de westelijke hemel bent, die nu op aarde is gekomen om me het antwoord te geven. Goed, goed, ik luister...

Dank je, kleine koningin. Dan moet je nu mijn dochter hetzelfde leren. Hoe je je onschuld verliest maar niet je hoop. Hoe je altijd kunt blijven lachen.'

AN-MEI HSU

Fluiteksters

Gisteren vertelde mijn dochter me dat haar huwelijk uit elkaar valt.

En nu is ze tot niets anders in staat dan toe te kijken hoe het valt. Ze ligt op de divan van de psychiater en perst tranen uit haar ogen van schaamte. En ik denk dat ze daar zal blijven liggen tot er niets meer over is dat kan vallen, tot er niets meer is om over te huilen, tot alles droog is.

'Geen keus, geen keus,' huilde ze. Ze weet het niet maar als ze niets zegt, maakt ze al een keus. Als ze het niet probeert, zal ze misschien nooit meer een kans krijgen.

Ik weet dit omdat ik Chinees ben opgevoed: ik heb geleerd niets te willen, het verdriet van andere mensen op te drinken, mijn eigen bitterheid op te eten.

En hoewel ik mijn dochter het tegendeel heb geleerd, is ze toch net zo geworden als ik. Misschien komt dat doordat ze mijn dochter is en doordat ze als meisje is geboren. Wij zijn allemaal als een trap, de ene tree na de andere, op en neer, maar allemaal op dezelfde manier.

Ik weet hoe het is om stil te zijn, om te luisteren en te kijken alsof je leven een droom is. Als je niet langer wilt kijken, kun je je ogen dichtdoen. Maar wat kun je doen als je niet meer wilt luisteren? Ik kan het nog steeds horen wat er zestig jaar geleden is gebeurd.

Mijn moeder was een vreemde voor me toen ze in het huis van mijn oom in Ningpo aankwam. Ik was negen en had haar in geen jaren gezien. Maar ik wist dat ze mijn moeder was, omdat ik haar pijn kon voelen.

'Kijk niet naar die vrouw,' siste mijn tante. 'Ze heeft haar gezicht in de naar het oosten stromende rivier gegooid. Haar vooroudergeest is voor altijd verloren. De persoon die je ziet is niets dan rottend vlees, slecht, tot op het bot vergaan.'

Maar ik keek voortdurend naar mijn moeder. Ze zag er niet uit alsof ze slecht was. Ik wilde haar gezicht aanraken. Het leek op het mijne.

Het is waar, ze droeg vreemde, buitenlandse kleren. Maar ze verdedigde zich niet toen mijn tante haar uitschold. Ze boog haar hoofd nog dieper toen mijn oom haar in haar gezicht sloeg omdat ze hem 'broer' had genoemd. Ze huilde oprecht toen Popo stierf, hoewel Popo, haar moeder, haar zoveel jaren geleden had weggestuurd. En na Popo's begrafenis gehoorzaamde ze mijn oom. Ze maakte zich klaar om terug te gaan naar Tientsin, waar ze haar staat van weduwe had onteerd door de derde concubine van een rijke man te worden.

Hoe kon ze zonder mij vertrekken? Het was een vraag die ik niet kon stellen. Ik was een kind. Ik kon alleen kijken en luisteren.

De nacht voordat ze zou vertrekken hield ze mijn hoofd tegen zich aan alsof ze me wilde beschermen tegen een gevaar dat ik niet kon zien. Ik huilde nog voordat ze was weggegaan om haar terug te roepen. En ze nam me op haar schoot en vertelde me een verhaal.

'An-mei,' zei ze zachtjes, 'heb je die kleine schildpad weleens gezien, die in de vijver woont?' Ik knikte. Ze sprak over de vijver in onze tuin. Ik porde vaak met een stok in het stille water om de schildpad onder de stenen vandaan te laten zwemmen.

'Ik kende die schildpad ook, toen ik een klein meisje was,' zei mijn moeder. 'Ik ging vaak aan de rand van de vijver zitten om te kijken hoe hij naar de oppervlakte kwam zwemmen en met zijn bekje in de lucht beet. Hij is al heel oud.'

Ik zag de schildpad voor me en ik wist dat mijn moeder dezelfde schildpad zag.

'De schildpad eet onze gedachten,' zei mijn moeder. 'Dat heb ik een keer ontdekt toen ik net zo oud was als jij nu en toen Popo tegen me had gezegd dat ik geen kind meer kon zijn. Ik mocht niet meer schreeuwen of rennen of op de grond zitten om krekels te vangen, zei ze. Ik mocht niet meer huilen als ik teleurgesteld was. Ik moest zwijgen en oudere mensen gehoorzamen. En als ik dat niet deed, zei Popo, dan zou ze mijn haar afknippen en me naar een plaats sturen waar boeddhistische nonnen woonden.

De avond nadat Popo dat tegen me had gezegd zat ik bij de vijver en keek in het water. En omdat ik zwak was, begon ik te huilen. Toen zag ik de schildpad naar de oppervlakte zwemmen en zijn bek at mijn tranen op zodra ze in het water vielen. Hij at ze vlug op, vijf, zes, zeven tranen. Toen klom hij uit de vijver, kroop op een gladde steen en begon te spreken.

De schildpad zei: "Ik heb je tranen opgegeten en daarom ken ik je verdriet. Maar ik moet je waarschuwen. Als je huilt, zal je leven altijd treurig zijn."

Toen deed de schildpad zijn bek open en er kwamen vijf, zes, zeven parelwitte eieren uit. De eieren braken open en er kwamen zeven vogels uit die meteen begonnen te kwetteren en te zingen. Ik zag aan hun witte buiken en hoorde aan hun mooie gezang dat het fluiteksters waren, vogels van de vreugde. De volgels staken hun snavel in de vijver en begonnen gretig te drinken. En toen ik mijn hand uitstak om er een te vangen, vlogen ze allemaal op, sloegen met hun vleugels in mijn gezicht en vlogen lachend weg.

"Nu zie je waarom het geen nut heeft om te huilen," zei de schildpad, terwijl hij zich weer in de vijver liet glijden. "Je tranen wassen je verdriet niet weg maar ze voeden de vreugde van iemand anders. Daarom moet je leren je eigen tranen in te slikken."'

Maar toen het verhaal uit was, keek ik naar mijn moeder op en ze huilde. Ik begon ook weer te huilen, omdat dit ons lot was, omdat we moesten leven als twee schildpadden die vanaf de bodem van de kleine vijver de waterige wereld zien.

Toen ik de volgende ochtend wakker werd, hoorde ik niet de vogel van de vreugde maar boze stemmen in de verte. Ik sprong uit bed en rende zachtjes naar het raam.

Buiten op het voorplein zag ik mijn moeder geknield op het pad liggen. Ze krabbelde met haar vingers over de stenen alsof ze iets had verloren en wist dat ze het nooit meer zou terugvinden. Voor haar stond oom, de broer van mijn moeder, en hij schreeuwde tegen haar.

'Je wilt je dochter meenemen en haar leven ook ruïneren!' Hij stampvoette van woede om die brutale gedachte. 'Je had al weg moeten zijn.'

Mijn moeder zei niets. Ze bleef geknield liggen, haar rug even rond als die van de schildpad. Ze huilde met gesloten mond en ik begon op dezelfde manier te huilen en slikte mijn bittere tranen in.

Ik kleedde me snel aan en toen ik de trap afrende naar de voorkamer, stond mijn moeder op het punt om te vertrekken. Een bediende droeg haar koffer naar buiten. Mijn tante hield de hand van mijn kleine broertje vast. Voordat ik eraan kon denken mijn mond dicht te houden, riep ik: 'Ma!'

'Zie je wel hoe je slechte invloed zich al tot je dochter heeft uitgebreid!' riep mijn oom.

En mijn moeder, die haar hoofd nog steeds gebogen hield, keek op en zag mijn gezicht. Ik kon niet verhinderen dat de tranen over mijn gezicht liepen en ik denk dat mijn moeder toen ze mijn gezicht zo zag, veranderde. Ze ging rechtop staan, zodat ze bijna langer was dan mijn oom. Ze strekte haar hand naar me uit en ik rende naar haar toe. Ze zei met een zachte, rustige stem: 'An-mei, ik vraag je niets. Maar ik ga nu terug naar Tientsin en je kunt meegaan als je wilt.'

Mijn tante hoorde dit en siste: 'Een meisje is niet beter dan hetgene dat ze volgt! An-mei, jij denkt dat je iets nieuws zult zien als je boven op een nieuwe wagen rijdt. Maar voor je is alleen het achtereind van dezelfde oude muilezel. Je leven is wat je voor je ziet.'

Toen ik dit hoorde, was ik vastbesloten om weg te gaan. Want het leven dat ik voor me zag, was het huis van mijn oom en dat was vol duistere geheimen en verdriet dat ik niet begreep. Daarom wendde ik mijn hoofd af van de vreemde woorden van mijn tante en keek naar mijn moeder.

Nu pakte mijn oom een porseleinen vaas op. 'Is dat wat je wilt?' zei hij. 'Wil je je leven weggooien? Als je die vrouw volgt, zul je nooit meer je hoofd rechtop kunnen houden.' Hij gooide de vaas op de grond en hij brak in stukken. Ik schrok ervan en mijn moeder pakte mijn hand.

Haar hand was warm. 'Kom, An-mei. We moeten ons haasten,' zei ze, alsof ze regen zag aankomen.

'An-mei!' hoorde ik mijn tante achter me jammeren. Maar mijn oom zei: '*Suanle!* Afgelopen. Ze is al veranderd.'

Toen ik uit mijn oude leven wegliep, vroeg ik me af of het waar was wat mijn oom zei, dat ik was veranderd en nooit meer mijn hoofd rechtop zou kunnen houden. Ik probeerde het. Het lukte.

Ik zag mijn broertje erg huilen, terwijl mijn tante zijn hand vasthield. Mijn moeder durfde mijn broertje niet mee te nemen. Een zoon kan nooit in het huis van iemand anders gaan wonen. Als hij wegging zou hij elke hoop op een toekomst verliezen.

Maar ik wist dat hij daar niet aan dacht. Hij huilde en was boos en bang omdat mijn moeder hem niet had gevraagd mee te gaan.

Wat mijn oom had gezegd was waar. Toen ik mijn broertje zo had gezien, kon ik mijn hoofd niet meer rechtop houden.

In de riksja naar het station zei mijn moeder zachtjes: 'Arme Anmei, alleen jij weet het. Alleen jij weet wat ik geleden heb.' Toen ze dat zei, was ik trots dat ik de enige was die deze kostbare en verfijnde gevoelens kon zien.

Maar in de trein drong het tot me door hoever ik mijn leven achter me liet en toen werd ik bang. We waren zeven dagen onderweg. Een dag met de trein, zes dagen op een stoomboot. Eerst was mijn moeder heel levendig. Elke keer dat mijn gezicht terugkeek naar waar we vandaan kwamen, vertelde ze me verhalen over Tientsin.

Ze vertelde over straatventers die alle soorten eenvoudig voedsel verkochten: gestoomde knoedels, gekooke pinda's en mijn moeders lievelingsgerecht, een flensje met een ei er middenop, dat werd ingesmeerd met een laagje zwarte bonenpasta en dan opgerold en nog warm van de bakplaat aan de hongerige koper overhandigd.

Ze beschreef de haven en de visgerechten die je er kon eten, nog lekkerder dan bij ons in Ningpo. Grote Sint-Jakobsschelpen, garnalen, krab, alle soorten zout- en zoetwatervis, de beste waarom zouden er anders zoveel buitenlanders naar de haven komen?

Ze vertelde me over smalle straten met drukke bazaars. 's Morgens vroeg verkochten de boeren groenten die ik nog nooit in mijn leven had gezien of gegeten en mijn moeder verzekerde me dat ik ze heerlijk zou vinden, zo zoet, zo zacht, zo vers. En er waren gedeelten van de stad waar verschillende soorten buitenlanders woonden: Japanners, Wit-Russen, Amerikanen en Duitsers maar nooit bij elkaar, allemaal met hun eigen, afzonderlijke gewoonten, sommige vies, andere schoon. En ze hadden huizen in allerlei vormen en kleuren: het ene was roze geschilderd, het andere had kamers die naar alle kanten uitstaken, net als de voor- en achterkant van jurken uit de tijd van koningin Victoria, en weer andere hadden daken met de vorm van puntige hoeden en houtsnijwerk dat wit was geschilderd om op ivoor te lijken.

En in de winter zou ik sneeuw zien, zei ze. Over een paar maanden, zei mijn moeder, zou de tijd van de koude dauw aanbreken, dan zou het gaan regenen en dan zou de regen zachter en langzamer gaan vallen totdat hij wit en droog werd als de blaadjes van de kweeperebloesem in de lente. Ze zou me goed inpakken in met bont gevoerde kleren, zodat het er niets toe deed, al was het nog zo koud!

Ze vertelde me veel verhalen, totdat ik mijn gezicht naar voren richtte en in de richting van mijn nieuwe thuis in Tientsin keek. Maar op de vijfde dag, toen we dichter bij de golf van Tientsin kwamen, veranderde de kleur van het water van modderig geel in zwart en begon de boot te schommelen en te kraken. Ik werd bang en zeeziek. Die nacht droomde ik van de naar het oosten stromende rivier waarvoor mijn tante me had gewaarschuwd, de donkere stroom die een mens voorgoed veranderde. En toen ik ziek in bed lag op het schip en naar het donkere water keek, was ik bang dat de woorden van mijn tante waren uitgekomen. Ik zag dat mijn moeder al was begonnen te veranderen, dat haar gezicht somber en strak was geworden terwijl ze uitkeek over de zee en haar eigen gedachten dacht. En mijn gedachten werden ook somber en verward.

Op de ochtend van de dag dat we in Tientsin zouden aankomen, ging ze in haar Chinese rouwkleren naar onze hut. Toen ze terugkwam naar de zitkamer op het bovenste dek, zag ze eruit als een vreemde. Ze had haar wenkbrauwen geverfd, dik in het midden en lang en dun naar de zijkanten toe. Er waren donkere schaduwen om haar ogen en haar lippen waren donkerrood. Ze had een klein, bruin, vilten hoedje op haar hoofd met een zwierige, bruine, gespikkelde veer aan de voorkant. Haar korte haar was weggestopt onder de hoed, op twee ronde krulletjes op haar voorhoofd na die naar elkaar toe waren gekeerd als zwart gelakt snijwerk. Ze had een lange, bruine jurk aan met een witte kraag die helemaal tot op haar middel viel en die met een zijden roos was vastgespeld.

Ik was geschokt. We waren in de rouw. Maar ik kon niets zeggen. Ik was een kind. Hoe kon ik mijn eigen moeder een standje geven? Ik kon me alleen maar schamen dat ik moest aanzien hoe schaamteloos mijn moeder haar schande toonde.

In haar gehandschoende handen droeg ze een grote, crèmekleurige doos met buitenlandse woorden erop: *Fine English-Tailored Apparel, Tientsin*. Ik herinner me dat ze de doos tussen ons in zette en opgewonden glimlachend zei: 'Vlug. Maak open!' Ik was zo verbaasd over de vreemde nieuwe manieren van mijn moeder, dat ik me pas jaren later, toen ik de doos gebruikte om foto's en brieven in op te bergen, heb afgevraagd hoe mijn moeder het had geweten. Hoewel ze me in geen jaren had gezien, had ze geweten dat ik haar op een dag zou volgen en dat ik dan een nieuwe jurk zou dragen.

Toen ik de doos opendeed, verdwenen al mijn schaamte en al mijn angst. Er zat een nieuwe, witte, gesteven jurk in. Hij had ruches aan de hals en de rok bestond uit zes lagen stroken. Er zaten ook witte kousen in de doos en witte leren schoenen en een enorm haarlint voor mijn haar, al netjes gestrikt en klaar om met twee losse bandjes te worden vastgemaakt.

Alles was te groot. Mijn schouders gleden telkens uit de brede hals. Het middel was zo wijd dat ik er twee keer in paste. Maar ik vond het niet erg en zij vond het ook niet erg. Ik tilde mijn armen in de lucht en bleef doodstil staan. Mijn moeder haalde spelden en een naald en draad te voorschijn en zette met hier en daar een paar kleine steken de naar binnen gevouwen stof vast. Toen vulde ze de tenen van de schoenen op met vloeipapier totdat alles paste. Met die kleren aan voelde ik me alsof ik nieuwe handen en voeten had gekregen en ik nu op een andere manier zou moeten leren lopen.

Toen werd mijn moeder weer somber. Ze zat met haar handen in haar schoot gevouwen te kijken, terwijl het schip steeds dichter naar de kade gleed.

'An-mei, nu gaat je nieuwe leven beginnen. Je zult in een nieuw huis wonen. Je zult een nieuwe vader hebben. Veel zusjes. En nog een broertje. Jurken en lekker eten. Denk je dat dat genoeg zal zijn om je gelukkig te maken?'

Ik knikte stil en dacht aan het verdriet van mijn broertje in Ningpo. Mijn moeder zei niets meer over het huis of mijn nieuwe familie of mijn geluk. En ik vroeg ook niets, want er luidde een bel en de steward van het schip kondigde aan dat we in Tientsin waren aangekomen. Mijn moeder gaf haastige instructies aan onze kruier, wees naar onze twee kleine koffers en gaf hem geld alsof ze dit al haar hele leven elke dag deed. Toen deed ze voorzichtig een andere doos open en haalde er iets uit dat op vijf of zes dode vossen leek. Ze hadden open, glimmende ogen, slap hangende poten en pluizige staarten. Ze drapeerde het griezelige ding om haar hals en schouders en pakte mijn hand stevig vast, terwijl we met de menigte mee de loopplank af liepen.

Er was niemand aan de kade om ons af te halen. Mijn moeder liep langzaam de loopplank af en het bagageperron over. Ze keek zenuwachtig om zich heen.

'Kom An-mei! Loop een beetje door,' zei ze. Haar stem klonk angstig. Ik liep te sloffen en probeerde mijn te grote schoenen niet te verliezen want de grond golfde onder mijn voeten. En als ik niet op mijn schuifelende voeten lette en opkeek, zag ik dat iedereen haast had en ongelukkig leek. Gezinnen met oude moeders en vaders, allemaal in donkere, sombere kleuren gekleed, sjouwden met tassen en koffers waar al hun bezittingen in zaten; bleke, buitenlandse dames met net zulke kleren als mijn moeder liepen naast mannen met hoeden; rijke vrouwen liepen te vitten op dienstmeisjes en bedienden die koffers en baby's en manden met voedsel achter hen aandroegen.

We stonden bij de straat, waar riksja's en vrachtwagens af en aan reden. We hielden elkaars hand vast en dachten elk onze eigen gedachten. We keken naar de mensen die aankwamen en anderen die haastig vertrokken. Het was laat in de ochtend en hoewel het warm leek buiten, was de lucht grijs en begon te betrekken.

Toen we daar een hele tijd hadden gestaan zonder iemand te zien, zuchtte mijn moeder en riep eindelijk een riksja aan.

Gedurende de rit redetwistte mijn moeder met de riksjaman, die extra geld wilde om ons allebei mee te nemen plus onze bagage. Toen mopperde ze over het stof op de weg, de stank op straat, het slechte plaveisel en klaagde dat het al zo laat was en dat ze maagpijn had. En toen ze klaar was met haar gemopper begon ze op mij te vitten: een vlek op mijn nieuwe jurk, een klit in mijn haar, mijn gedraaide kousen. Om mijn moeder terug te winnen wees ik naar een parkje, een vogel die boven ons vloog, een lange elektrische tram die ons toeterend passeerde en stelde haar allerlei vragen.

Maar ze werd alleen maar steeds bozer en zei: 'Zit stil, An-mei, doe niet zo opgewonden, we gaan alleen maar naar huis.'

Toen we eindelijk aankwamen, waren we allebei uitgeput.

Ik wist van het begin af aan dat ons nieuwe huis geen gewoon huis zou zijn. Mijn moeder had me verteld dat we in het huis van Wu Tsing zouden wonen, een rijke zakenman. Deze man, zei ze, bezat een heleboel fabrieken waar tapijten werden gemaakt en woonde in een prachtig huis in de Britse concessie in Tientsin, het beste deel van de stad waar Chinezen konden wonen. We woonden niet erg ver van *Pa Ma Di*, de Renpaardenstraat, waar alleen westerse mensen mochten wonen. En we woonden ook dicht bij winkeltjes die maar één artikel verkochten, alleen thee of alleen stoffen of alleen zeep.

Het huis was in buitenlandse stijl gebouwd, zei ze. Wu Tsing hield van buitenlandse dingen, omdat de buitenlanders hem rijk maakten. Ik begreep nu dat dit de reden was waarom mijn moeder buitenlandse kleren moest dragen, zoals rijk geworden Chinezen deden die graag hun rijkdom aan anderen toonden.

En hoewel ik dit allemaal al wist voordat ik aankwam, was ik toch verbaasd over wat ik zag.

Aan de voorkant van het huis was een Chinese stenen poort, rond aan de bovenkant met grote zwarte lakdeuren en een drempel waar je overheen moest stappen. Binnen de poort zag ik een tuin en ik was verbaasd. Er waren geen wilgen of geurende cassiabomen, geen tuinpaviljoens, geen bankjes bij een vijver, geen tobbes met vissen. In plaats daarvan waren er lange rijen struiken aan weerskanten van een breed klinkerpad en achter die struiken was aan elke kant een groot grasveld met fonteinen. En toen we over het pad liepen en dichter bij het huis kwamen, zag ik dat het in westerse stijl was gebouwd. Het was drie verdiepingen hoog en van baksteen, met op iedere verdieping lange, metalen balkons en een schoorsteen op elke hoek.

Toen we aankwamen, kwam er een jong dienstmeisje naar buiten rennen dat mijn moeder met kreten van vreugde begroette. Ze had een hoge, schrille stem: 'O, Taitai, u bent er al! Hoe is dat mogelijk?' Het was Yan Chang, mijn moeders kamenier en ze wist hoe ze precies genoeg drukte van mijn moeder moest maken. Ze had mijn moeder 'Taitai' genoemd, de eenvoudige eretitel van een echtgenote, alsof mijn moeder de eerste en enige vrouw van Wu Tsing was.

Yan Chang riep luid naar de andere bediënden om onze bagage naar binnen te dragen en riep een ander dienstmeisje om thee te brengen en een warm bad klaar te maken. Toen legde ze haastig uit dat Tweede Echtgenote tegen iedereen had gezegd dat ze ons zeker niet voor volgende week moesten verwachten. 'Wat erg. Niemand om u te begroeten! Tweede Echtgenote en de anderen naar Peking, familie bezoeken. Uw dochter, zo mooi, zelfde als u. Zij erg verlegen, hè? Eerste Echtgenote en haar dochters... alweer op pelgrimstocht, naar andere boeddhistische tempel... vorige week oom van een neef hier op bezoek, een beetje gek, kwam op bezoek, maar was helemaal geen neef, ook geen oom, niemand weet wie hij was...'

Zodra we dat grote huis binnenliepen, voelde ik me verloren en verward door alles wat er te zien was. Een gebogen trap die hoger en hoger klom, een plafond met gezichten in de hoeken, bochtige gangen die van de ene kamer naar de andere leidden. Rechts van mij was een grote kamer, groter dan ik ooit had gezien, die vol stond met stijve teakhouten meubels: sofa's en stoelen en tafels. En aan het uiteinde van die lange, lange kamer, zag ik deuren die in nog meer kamers uitkwamen met nog meer meubels en dan nog meer deuren. Links was een donkerder kamer, ook een zitkamer, deze stond vol met buitenlandse meubels: sofa's van donkergroen leer, schilderijen met jachthonden, fauteuils en mahoniehouten bureaus. En als ik in die kamers naar binnen keek, zag ik telkens andere mensen en dan legde Yan Chang, ons dienstmeisje, uit: 'Deze jongedame is dienstmeisje van Tweede Echtgenote. Die daar is niemand, alleen maar dochter van helpster van kok. Deze man zorgt voor de tuin.'

Toen liepen we de trap op. Helemaal boven kwamen we weer langs een grote zitkamer. We liepen naar links, een gang door, voorbij de eerste kamer. De volgende gingen we binnen. 'Dit is de kamer van je moeder,' zei Yan Chang trots. 'Hier zul je slapen.'

Het eerste dat ik zag, het eerste dat ik in het begin kon zien, was een prachtig bed. Het was zwaar en licht tegelijk: zachte roze zij en zwaar donker glanzend hout met aan alle kanten gebeeldhouwde draken. Vier pijlers hielden een zijden troonhemel omhoog en aan elke pijler hingen brede zijden banden die gordijnen vasthielden. Het bed stond op vier korte leeuwepootjes, alsof het met zijn zwaarte de leeuw die eronder zat had platgedrukt. Yan Chang liet me zien hoe ik een klein krukje kon gebruiken om in het bed te stappen. En toen ik op het zijden dekbed tuimelde, lachte ik toen ik de zachte matras voelde, die tien keer zo dik was als die van mijn bed in Ningpo.

Op het bed zittend, bewonderde ik alles om me heen, alsof ik een prinses was. De kamer had een glazen deur die op een balkon uitkwam. Voor de glazen deur stond een tafel die van hetzelfde hout was gemaakt als het bed. Hij stond ook op gebeeldhouwde leeuweklauwen en er stonden vier stoelen omheen. Een bediende had al thee en cakejes op tafel gezet en was bezig de *huolu*, een klein kolenkacheltje aan te steken.

Het was niet dat het huis van mijn oom in Ningpo armoedig was geweest. Hij was zelfs tamelijk welgesteld. Maar dit huis in Tientsin was verbazingwekkend. En ik dacht bij mezelf dat mijn oom het mis had gehad. Er was niets om je over te schamen in het huwelijk van mijn moeder met Wu Tsing.

Toen ik dit dacht, werd ik opgeschrikt door een plotseling

klang! klang! klang! gevolgd door muziek. Aan de muur tegenover het bed hing een grote houten klok versierd met snijwerk dat een bos en beren voorstelde. Het deurtje van de klok was opengegaan en er kwam een kamertje vol mensen uit te voorschijn. Er was een tafel waar een man met een baard en een puntige muts aan zat. Hij boog telkens zijn hoofd om soep te drinken, maar elke keer kwam eerst zijn baard in de kom en hield hem tegen. Naast de tafel stond een meisje in een blauwe jurk met een witte sjaal erover en zij boog zich telkens voorover om de man meer soep te geven. En naast de man en het meisje stond nog een meisje in een rok en een kort jakje. Zij bewoog haar arm op en neer en speelde viool. Ze speelde altijd hetzelfde, treurige wijsje. Ik hoor het nog, na al die jaren: ni-ah! nah! nah! nah! nah-ni-nah!

Het was een prachtige klok om te zien, maar toen ik hem die eerste keer had gehoord en het volgende uur en het volgende, werd hij verschrikkelijk hinderlijk. Ik kon er nachten niet van slapen. Later ontdekte ik dat ik de gave had om niet te luisteren als iets onbelangrijks me riep.

Ik was zo gelukkig, die eerste nachten in dit grappige huis waar ik bij mijn moeder in dat grote zachte bed mocht slapen. Als ik in dat heerlijke bed lag, dacht ik aan het huis van mijn oom in Ningpo en besefte hoe ongelukkig ik daar was geweest en ik dacht vol medelijden aan mijn broertje. Maar meestal vlogen mijn gedachten naar alle nieuwe dingen die er in dit huis te zien en te doen waren.

Ik zag het hete water uit de buizen stromen, niet alleen in de keuken, maar in de wasbakken en badkuipen op alle drie de verdiepingen van het huis. Ik zag po's die vanzelf schoonspoelden, zonder dat bedienden ze hoefden te legen. Ik zag kamers die net zo mooi waren als die van mijn moeder. Yan Chang vertelde me welke kamers van Eerste Echtgenote en van de andere concubines waren, die Tweede Echtgenote en Derde Echtgenote heetten. En sommige kamers waren van niemand. 'Die zijn voor gasten,' zei Yan Chang.

Op de derde verdieping waren kamers voor alleen de mannelijke bedienden, vertelde Yan Chang, en één kamer had zelfs een deur naar een kabinet dat eigenlijk een schuilplaats was waar je je kon verbergen voor zeerovers.

Als ik eraan terugdenk, kost het me moeite me alles wat er in dat huis was te herinneren. Als er ergens te veel mooie dingen zijn, lijken ze na een tijdje allemaal op elkaar. Dingen die geen nieuwtje voor me waren, interesseerden me niet meer. 'O, dat,' zei ik als Yan Chang me hetzelfde toetje bracht als de vorige dag. 'Dat heb ik al geproefd.'

Mijn moeder leek haar vriendelijke aard weer terug te krijgen. Ze trok haar oude kleren weer aan, lange Chinese japonnen en rokken, met witte banden langs de zoom, omdat ze in de rouw was. Overdag wees ze me vreemde en grappige dingen aan en vertelde hoe ze heetten: bidet, Brownie-camera, slavork, servet. 's Avonds, als er niets te doen was, praatten we over de bedienden: wie er slim was, wie ijverig was, wie trouw was. We babbelden samen en kookten intussen eitjes en zoete aardappels op de *huolu*, alleen omdat het zo lekker rook. En 's nachts vertelde mijn moeder me weer verhalen tot ik in haar armen liggend in slaap viel.

Als ik terugkijk op mijn leven, kan ik me geen andere tijd herinneren waarin ik het zo prettig had: ik kende geen zorgen of angst of verlangens, mijn leven was zo zacht en gemakkelijk alsof ik in een cocon van roze zijde lag. Maar ik herinner me heel goed het ogenblik dat al dat comfort ophield plezierig te zijn.

Het was misschien twee weken na onze aankomst. Ik was in de grote tuin aan de achterkant. Ik schopte een bal en keek hoe twee honden hem narenden. Mijn moeder zat aan een tafeltje naar me te kijken. Toen hoorde ik getoeter en geschreeuw in de verte en de honden vergaten de bal en renden blaffend met hoge, blije stemmen weg.

Mijn moeder had dezelfde bezorgde uitdrukking die ze op de kade in de haven had gehad. Ze liep snel naar binnen. Ik liep om het huis heen naar de voorkant. Er waren twee glimmende zwarte riksja's aangekomen met daarachter een grote zwarte auto. Een bediende was bezig bagage uit de ene riksja te laden. Uit de andere sprong een jong dienstmeisje.

Alle bedienden verdrongen zich om de auto. Ze bekeken hun

gezichten in het glimmende metaal, bewonderden de gordijntjes voor de ramen, de fluwelen zittingen. Toen deed de chauffeur het achterste portier open en er stapte een jong meisje uit. Ze had kort haar met rijen golfjes erin. Zo te zien was ze maar een paar jaar ouder dan ik, maar ze had een damesjurk aan en kousen en schoenen met hoge hakken. Ik keek naar mijn eigen witte jurk vol groene vlekken van het gras en schaamde me.

Toen zag ik dat de bedienden naar binnen reikten op de achterbank van de auto en voorzichtig een man hielpen uitstappen, hem steunend onder zijn oksels. Het was Wu Tsing. Hij was een grote man, niet lang, maar dik, als een vogel met opgezette veren. Hij was veel ouder dan mijn moeder en hij had een hoog, glimmend voorhoofd en een grote zwarte moedervlek op zijn ene neusvleugel. Hij droeg een westers colbert met een vest dat strak om zijn buik sloot, maar zijn broek was heel wijd. Hij hees zich kreunend en steunend uit de auto. En zodra zijn schoenen de grond raakten, liep hij naar het huis alsof hij helemaal niemand zag, hoewel iedereen hem groette en deuren voor hem opendeed en zijn bagage droeg en zijn overjas aannam. Hij liep zomaar naar binnen, met het jonge meisje achter hem aan. Ze keek met een geaffecteerde glimlach naar de mensen om, alsof ze naar buiten waren gekomen om haar eer te bewijzen. En toen ze nog maar nauwelijks binnen was, hoorde ik een bediende tegen een andere opmerken: 'Vijfde Echtgenote is zo jong dat ze geen eigen bedienden heeft meegebracht, alleen een kindermeisje.'

Ik keek omhoog en zag dat mijn moeder achter haar raam naar beneden stond te kijken naar alles wat er gebeurde. En op die lompe manier ontdekte mijn moeder dat Wu Tsing een vierde concubine had genomen, eigenlijk bij wijze van aardigheidje, een grappig accessoire voor zijn nieuwe auto.

Mijn moeder was niet jaloers op dit jonge meisje, dat nu Vijfde Echtgenote zou heten. Waarom zou ze? Mijn moeder hield niet van Wu Tsing. In China trouwen meisjes niet uit liefde. Je trouwde voor de positie en de positie van mijn moeder, ontdekte ik later, was de slechtst denkbare.

Na de aankomst van Wu Tsing met zijn Vijfde Echtgenote bleef mijn moeder vaak in haar kamer zitten borduren. 's Middags maakten zij en ik lange, zwijgende ritten naar de stad, op zoek naar een rol zijde in een kleur die ze geen naam scheen te kunnen geven. Met haar verdriet was het hetzelfde. Ze kon het geen naam geven.

Dus hoewel alles vredig leek, wist ik dat het niet zo was. Je zult je misschien afvragen hoe een klein meisje van nog maar negen jaar oud zulke dingen kan weten. Ik vraag het me nu zelf ook af. Ik herinner me alleen hoe onprettig ik me voelde. Ik voelde de waarheid in mijn buik, ik wist gewoon dat er iets verschrikkelijks zou gebeuren. En ik kan je zeggen dat het bijna even erg was als het gevoel dat ik vijftien jaar later had, toen de Japanse bommen begonnen te vallen en ik, luisterend naar het zachte gerommel in de verte, wist dat wat er aankwam niet tegen te houden was.

Een paar dagen nadat Wu Tsing was thuisgekomen, werd ik midden in de nacht wakker. Mijn moeder schudde me zachtjes bij mijn schouder.

'Wees lief, An-mei,' zei ze met een vermoeide stem. 'Ga naar de kamer van Yan Chang.'

Ik wreef mijn ogen uit en toen ik wakker werd, zag ik een donkere schaduw en begon te huilen. Het was Wu Tsing.

'Stil. Er is niets aan de hand. Ga naar Yan Chang,' fluisterde mijn moeder.

En toen tilde ze me zachtjes op de koude vloer. Ik hoorde de houten klok die begon te slaan en de zware stem van Wu Tsing, die klaagde dat hij het koud kreeg. Toen ik bij Yan Chang kwam, leek het of ze me had verwacht en wist dat ik zou huilen.

De volgende ochtend kon ik mijn moeder niet aankijken. Maar ik zag dat Vijfde Echtgenote ook een gezwollen gezicht had, net als ik. En aan het ontbijt die ochtend, waar iedereen bij was, barstte haar woede eindelijk los en ze schreeuwde onbeschoft naar een bediende omdat hij haar te langzaam opschepte. Iedereen, zelfs mijn moeder staarde haar aan. Het was vreselijk ongemanierd zo tegen een bediende uit te varen. Ik zag dat Wu Tsing haar een strenge blik toewierp, als een vader, en ze begon te huilen. Maar later die ochtend lachte Vijfde Echtgenote weer en stapte trots rond in een nieuwe jurk en nieuwe schoenen.

Die middag sprak mijn moeder voor het eerst over haar verdriet. We waren met de riksja op weg naar een winkel om borduurzij te kopen. 'Zie je hoe beschamend mijn leven is?' riep ze. 'Zie je hoe slecht mijn positie is? Hij heeft een nieuwe vrouw meegebracht, een vrouw van lage afkomst, met een donkere huid, ongemanierd! Voor een paar dollar gekocht van arme mensen in een dorp, die hun brood verdienen met kleitegels bakken. En 's nachts als hij haar niet meer kan gebruiken dan komt hij stinkend naar de modder naar mij toe.'

Ze huilde nu en praatte verward, alsof ze gek was. 'Zo zie je, een vierde vrouw is minder dan een vijfde vrouw. Vergeet het niet, An-mei, eens was ik Eerste Echtgenote, *yi tai*, de vrouw van een geleerde. Je moeder is niet altijd vierde vrouw, *si tai*, geweest.'

Ze zei dat woord *si* zo vol haat, dat ik huiverde. Het klonk als het woord *si* dat sterven betekent. En ik herinnerde me dat Popo me eens had verteld dat vier een ongeluksgetal is, omdat het er altijd op de verkeerde manier uitkomt, als je het boos zegt.

De koude dauw kwam. Het werd fris en Tweede en Derde Echtgenote en hun kinderen en bedienden kwamen terug naar Tientsin. Het was een hele opschudding toen ze kwamen. Wu Tsing had zijn toestemming gegeven de nieuwe auto naar het station te sturen om ze af te halen, maar die was natuurlijk niet groot genoeg om ze allemaal mee te nemen. Er kwam dus wel een dozijn riksja's achter de auto aan, ze hobbelden en dansten als krekels achter een grote glimmende tor. Er kwam een stroom vrouwen uit de auto te voorschijn.

Mijn moeder stond achter me klaar om iedereen te begroeten. Er kwam een vrouw in een eenvoudige buitenlandse jurk en grote lelijke schoenen naar ons toe. Drie meisjes, waarvan er een van mijn leeftijd was, volgden haar.

'Dit is Derde Echtgenote met haar drie dochters,' zei mijn moeder.

De drie meisjes waren nog verlegener dan ik. Ze drukten zich met gebogen hoofd tegen hun moeder aan en zeiden geen woord. Maar ik bleef ze aanstaren. Ze waren net zo lelijk als hun moeder, met grote tanden, dikke lippen en borstelige, rupsachtige wenkbrauwen. Derde Echtgenote begroette me hartelijk en liet me een van haar pakjes dragen.

De hand van mijn moeder verstarde op mijn schouder. 'En dat is Tweede Echtgenote. Zij zal zeggen dat je haar Grote Moeder moet noemen,' fluisterde ze.

Ik zag een vrouw in een lange, zwarte bontjas en donkere westerse kleren, heel duur. In haar armen droeg ze een jongetje met dikke, rode wangen, waarschijnlijk was hij een jaar of twee.

'Dat is Xiaodi, je jongste broertje,' fluisterde mijn moeder. Hij had een muts op van hetzelfde donkere bont en kromde zijn vingertje om de lange parelketting van zijn moeder. Ik vroeg me af hoe ze nog zo'n klein kind kon hebben. Tweede Echtgenote was een knappe vrouw en ze leek gezond, maar ze was vrij oud, misschien vijfenveertig. Ze gaf het kind aan een bediende en begon bevelen te geven aan de vele mensen die zich nog om haar heen verdrongen.

Toen kwam Tweede Echtgenote naar mij toe lopen. Ze glimlachte en haar bontjas glansde bij elke stap die ze deed. Ze keek naar me alsof ze me onderzocht, alsof ze me herkende. Ten slotte glimlachte ze en klopte me op mijn hoofd. Toen deed ze met een snelle, sierlijke beweging van haar kleine handen de lange parelketting af en hing hem om mijn hals.

Het was het mooiste sieraad dat ik ooit had aangeraakt. Het was een westers ontwerp, een lange ketting van even grote kralen, allemaal met dezelfde roze-witte glans en met een zwaar slot van bewerkt zilver om hem vast te maken.

Mijn moeder protesteerde meteen: 'Hij is te mooi voor een klein meisje. Ze zal hem breken. Ze zal hem verliezen.'

Maar Tweede Echtgenote zei eenvoudig: 'Zo'n mooi meisje heeft iets nodig om het licht in haar gezicht te brengen.'

Ik zag aan de manier waarop mijn moeder achteruitdeinsde en stil werd, dat ze boos was. Ze mocht Tweede Echtgenote niet. Ik zou voorzichtig moeten zijn voor ik mijn gevoelens toonde, zodat mijn moeder niet zou denken dat Tweede Echtgenote me voor zich had gewonnen. Toch had ik een gevoel van roekeloosheid. Ik was opgetogen dat Tweede Echtgenote me die gunst had bewezen.

'Dank u, Grote Moeder,' zei ik tegen Tweede Echtgenote. Ik keek naar de grond om haar mijn gezicht niet te laten zien, maar ik kon niet verhinderen dat ik glimlachte.

Toen mijn moeder en ik later theedronken in haar kamer, wist ik dat ze boos was.

'Wees voorzichtig, An-mei,' zei ze. 'Wat je hoort is niet gemeend. Ze maakt met haar ene hand wolken en met de andere regen. Ze probeert je voor de gek te houden, zodat je bereid bent alles voor haar te doen.'

Ik zat er zwijgend bij en probeerde niet naar mijn moeder te luisteren. Ik overwoog dat mijn moeder erg veel klaagde en dat al haar verdriet misschien het gevolg was van haar geklaag. Ik dacht dat ik beter niet naar haar kon luisteren.

'Geef me de ketting eens,' zei ze plotseling.

Ik keek haar aan maar bewoog me niet.

'Je gelooft me niet. Dus geef me de ketting. Ik wil niet dat ze je zo makkelijk krijgt.'

En toen ik me nog steeds niet verroerde, stond ze op en kwam naar me toe en trok de ketting over mijn hoofd. En voordat ik kon schreeuwen om haar tegen te houden, legde ze hem onder haar schoen en trapte erop. Toen ze hem op de tafel legde, zag ik wat ze had gedaan. De ketting die bijna mijn hart en mijn verstand had gekocht, had nu een kraal van verbrijzeld glas.

Later haalde ze de gebroken kraal eraf en legde een knoop in de draad, zodat de ketting weer heel leek. Ze zei dat ik hem een week lang iedere dag moest dragen zodat ik niet zou vergeten hoe makkelijk het was mezelf over te geven aan iets wat vals was. En toen ik de namaakparels lang genoeg had gedragen om die les te leren, mocht ik hem afdoen. Toen maakte mijn moeder een doos open en draaide zich naar me toe. 'Kun je nu zien wat echt is?' vroeg ze. En ik knikte.

Ze legde iets in mijn hand. Het was een zware ring met een waterig blauwe saffier met een ster in het midden, zo zuiver dat ik nooit ophield hem met verbazing te bekijken.

Voordat de tweede koude maand begon, kwam Eerste Echtgenote terug uit Peking, waar ze een huis had met haar twee ongetrouwde dochters. Ik herinner me dat ik dacht dat Eerste Echtgenote Tweede Echtgenote wel haar plaats zou wijzen. Eerste Echtgenote was volgens de wet en volgens de gewoonte de hoofdvrouw.

Maar Eerste Echtgenote bleek een levende geest te zijn, geen bedreiging voor Tweede Echtgenote, die een sterke persoonlijkheid had. Eerste Echtgenote zag er heel oud en zwak uit met haar kromme lichaam, haar gebonden voeten, haar ouderwetse, gewatteerde jak en broek en haar lelijke, gerimpelde gezicht. Maar nu ik eraan terugdenk, kan ze niet echt oud zijn geweest, misschien zo oud als Wu Tsing, een jaar of vijftig.

Toen ik Eerste Echtgenote voor het eerst zag, dacht ik dat ze blind was. Ze gedroeg zich alsof ze me niet zag. Ze zag Wu Tsing niet. Ze zag mijn moeder niet. Maar haar twee dochters zag ze wel, twee oude vrijsters, te oud om nog te trouwen, ze waren minstens vijfentwintig. En ze kreeg haar gezichtsvermogen altijd op tijd terug om de twee honden een standje te geven als ze in haar kamer snuffelden of een gat groeven in de tuin of tegen een tafelpoot plasten.

'Waarom ziet Eerste Echtgenote soms wel en soms niet?' vroeg ik Yan Chang op een avond, toen ze me hielp baden.

'Eerste Echtgenote ziet alleen wat volmaakt is als Boeddha,' zei Yan Chang. 'Ze zegt dat ze blind is voor de meeste fouten.'

Yan Chang zei dat Eerste Echtgenote liever blind was voor haar ongelukkige huwelijk. Zij en Wu Tsing waren verbonden als *tian di*, als hemel en aarde: hun huwelijk was een huwelijk van de geest, gearrangeerd door een koppelaar, bevolen door zijn ouders en beschermd door de geesten van hun voorouders. Maar toen ze een jaar getrouwd waren, kreeg Eerste Echtgenote een dochtertje met een been dat korter was dan het andere. Dit ongeluk leidde ertoe dat Eerste Echtgenote een trektocht langs boeddhistische tempels begon om aalmoezen en handgemaakte zijden gewaden weg te geven ter ere van het boeddhabeeld, en om wierook te branden en Boeddha te smeken het been van haar dochtertje langer te maken. In plaats daarvan schonk Boeddha Eerste Echtgenote een tweede dochter, deze keer met twee volmaakte beentjes, maar helaas was de helft van haar gezicht bespetterd met een theebruine vlek. Na dit tweede ongeluk ondernam Eerste Echtgenote zoveel pelgrimstochten naar Tsinan, dat een halve dag met de trein naar het zuiden lag, dat Wu Tsing er een huis voor haar kocht, vlak bij de Boeddharots en het Bamboebos van de Kabbelende Bronnen. En hij vergrootte elk jaar de toelage die ze nodig had om daar haar eigen huishouding te voeren. Twee keer per jaar, in de heetste en de koudste tijd, kwam ze terug naar Tientsin voor een beleefdheidsbezoek en om te lijden onder wat ze niet zag in het huishouden van haar man. Ze vertoonde zich nooit als ze er was, maar zat de hele dag opium rokend en zachtjes in zichzelf pratend als een Boeddha in haar kamer. Ze kwam nooit beneden voor het eten. In plaats daarvan vastte ze of at ze vegetarische maaltijden op haar kamer. En Wu Tsing bracht haar een keer in de week een ochtendbezoek op haar kamer en bleef een halfuur om thee te drinken en naar haar gezondheid te informeren. 's Nachts viel hij haar niet lastig.

Om deze schim van een vrouw zou mijn moeder niet hebben hoeven lijden, maar ze had haar wel op een idee gebracht. Mijn moeder vond dat zij ook genoeg had geleden om een eigen huishouden te verdienen, misschien niet in Tsinan, maar meer naar het oosten, in het kleine Petaiho, een mooie badplaats vol terrassen en tuinen en rijke weduwen.

'We krijgen een eigen huis om in te wonen,' zei ze blij, op de dag dat de grond om ons huis zich bedekte met sneeuw. Ze had een nieuwe, zijden, met bont afgezette japon aan met de heldere, turkooisblauwe kleur van ijsvogelveren. 'Het zal niet zo'n groot huis zijn als dit. Het zal heel klein zijn. Maar we kunnen er op onszelf wonen, met Yan Chang en nog een paar dienstmeisjes. Wu Tsing heeft het me beloofd.'

Iedereen verveelde zich gedurende de koudste wintermaand, zowel volwassenen als kinderen. We durfden niet naar buiten te gaan. Yan Chang waarschuwde me dat mijn huid zou bevriezen en in duizend stukjes springen. De andere bedienden kletsten iedere dag over dingen die ze in de stad hadden gezien: de achteringangen van winkels die aldoor geblokkeerd waren door de lijken van doodgevroren bedelaars. Man of vrouw, dat kon je niet zien, ze waren gepoederd met een dikke laag sneeuw.

We bleven dus altijd binnen en probeerden ons te amuseren. Mijn moeder keek in buitenlandse tijdschriften. Ze knipte er plaatjes uit van jurken die ze mooi vond en dan ging ze naar beneden om met de kleermaker te bespreken hoe zo'n jurk van de stoffen die ze in huis had kon worden gemaakt.

Ik vond het niet leuk om met de dochters van Derde Echtgenote te spelen want ze waren even saai als hun moeder. Die meisjes waren er tevreden mee de hele dag uit het raam te kijken en de zon te zien opgaan en ondergaan. In plaats daarvan poften Yan Chang en ik kastanjes op het kleine kacheltje. En terwijl we van die lekkernij zaten te snoepen en onze vingers eraan brandden, begonnen we natuurlijk te giechelen en te praten. Ik hoorde de klok slaan en het deuntje spelen. Yan Chang deed net of ze heel lelijk zong in de stijl van de klassieke opera en we barstten allebei in lachen uit omdat we ons herinnerden hoe Tweede Echtgenote de vorige avond had gezongen. Ze had haar beverige stem begeleid op de driesnarige luit en telkens fouten gemaakt. Iedereen had onder haar avondvoorstelling moeten lijden totdat Wu Tsing door op zijn stoel in slaap te vallen te kennen had gegeven dat we genoeg hadden geleden. En toen we hierover zaten te lachen, vertelde Yan Chang me een verhaal over Tweede Echtgenote.

'Twintig jaar geleden was ze een beroemd zangeresje geweest in Shantung, een vrouw die respect genoot, vooral onder de getrouwde mannen die de theehuizen bezochten. Hoewel ze nooit mooi was geweest, was ze intelligent, een verleidster. Ze kon verschillende muziekinstrumenten bespelen, met hartbrekende helderheid oude verhalen zingen, terwijl ze haar vinger naar haar wang bracht en haar kleine voetjes kruiste, precies zoals het hoorde.

Wu Tsing had haar gevraagd zijn concubine te worden, niet uit liefde, maar vanwege het prestige dat hij zou winnen door iets te bezitten wat zoveel andere mannen graag wilden hebben. En toen het zangeresje zijn enorme rijkdom en zijn dommige Eerste Echtgenote had gezien, stemde ze erin toe.

Tweede Echtgenote wist vanaf het begin hoe ze de beschikking over Wu Tsings geld moest krijgen. Aan de manier waarop zijn gezicht verbleekte als hij de wind hoorde, zag ze dat hij bang was voor spoken. En iedereen weet dat zelfmoord de enige manier is waarop een vrouw aan haar huwelijk kan ontsnappen en wraak nemen door terug te komen als spook en theebladeren te verstrooien en het geluk te verdrijven. Dus toen hij weigerde haar toelage te verhogen, veinsde ze een zelfmoord. Ze at een stukje ruwe opium, genoeg om haar ziek te maken, en stuurde toen haar dienstmeisje naar Wu Tsing met de boodschap dat ze op sterven lag. Drie dagen later had Tweede Echtgenote nog een grotere toelage dan waarom ze had gevraagd.

Ze deed zo vaak alsof ze zichzelf wilde doden, dat wij, de bedienden begonnen te vermoeden dat ze zelfs niet meer de moeite nam om opium te eten. Haar toneelspel was al genoeg. Al gauw had ze een betere kamer in het huis, haar eigen privé-riksja, een huis voor haar bejaarde ouders, een som geld om zegeningen te kopen bij de tempels.

Maar een ding kon ze niet krijgen: kinderen. En ze wist dat Wu Tsing binnenkort graag een zoon zou willen hebben die de riten voor de voorouders zou kunnen uitvoeren en Wu Tsings voortbestaan als geest zou waarborgen. Dus voordat Wu Tsing zich erover kon beklagen dat Tweede Echtgenote hem geen zoons schonk, zei ze: 'Ik heb haar al gevonden, een geschikte concubine om je zoons te geven. Je kunt aan haar aard alleen al zien dat ze nog maagd is.' En dat was waar. Zoals je hebt gezien, is Derde Echtgenote heel lelijk. Ze heeft zelfs geen kleine voetjes.

Derde Echtgenote was Tweede Echtgenote natuurlijk dankbaarheid verschuldigd, omdat ze dit huwelijk voor haar had geregeld, er werd dus geen ruzie gemaakt over de huishouding. En hoewel Tweede Echtgenote nooit een vinger hoefde uit te steken, hield ze toezicht op de inkoop van voedsel en andere benodigdheden, besliste zij over het aannemen van personeel, nodigde zij bloedverwanten uit voor feestdagen. Ze vond kindermeisjes voor elk van de drie dochters die Derde Echtgenote Wu Tsing schonk. En later, toen Wu Tsing weer ongeduldig naar een zoon begon uit te zien en te veel geld uitgaf in theehuizen in andere steden, zorgde Tweede Echtgenote ervoor dat jouw moeder Wu Tsings derde concubine en vierde echtgenote werd!'

Yan Chang vertelde dit verhaal op zo'n natuurlijke en levendige manier, dat ik klapte voor het knappe einde. We gingen door met kastanjes pellen, tot ik niet meer stil kon blijven.

'Wat heeft Tweede Echtgenote gedaan om ervoor te zorgen dat mijn moeder met Wu Tsing trouwde?' vroeg ik bedeesd.

'Dat zijn dingen die een klein meisje niet kan begrijpen,' mopperde ze.

Ik sloeg meteen mijn ogen neer en zweeg totdat Yan Chang weer rusteloos werd van het verlangen haar eigen stem te horen spreken op deze stille middag.

'Je moeder,' zei Yan Chang, alsof ze tegen zichzelf sprak, 'is te goed voor deze familie.'

'Vijf jaar geleden, je vader was nog maar een jaar geleden gestorven, gingen zij en ik naar Hangchow om de pagode van de zes harmonieën aan de overkant van het westelijke meer te bezoeken. Je vader was een geëerd geleerde en toegewijd aan de zes deugden van het boeddhisme, waaraan deze pagode is gewijd. Dus je moeder koutoude voor het boeddhabeeld in de tempel en beloofde zich te houden aan de juiste harmonie van lichaam, gedachten en woorden, nooit een mening te geven en rijkdom te verwerpen. En toen we op de boot stapten om terug te varen over het meer, zaten we tegenover een man en een vrouw. Het waren Wu Tsing en Tweede Echtgenote.

Wu Tsing moet meteen haar schoonheid hebben opgemerkt. Je moeders haar groeide in die tijd tot op haar middel en ze droeg het hoog opgestoken. En ze had een heel bijzondere huid, een stralende roze teint. Zelfs in haar witte rouwkleding was ze mooi. Maar ze was weduwe en daarom in veel opzichten zonder waarde. Ze kon niet hertrouwen. Maar dit weerhield Tweede Echtgenote er niet van een oplossing te vinden. Ze had er genoeg van toe te zien hoe het geld van haar gezin in al die verschillende theehuizen werd weggespoeld. Het geld dat hij uitgaf was genoeg om nog vijf vrouwen erbij te onderhouden! Ze wilde graag Wu Tsings honger naar genoegens buitenshuis stillen. En daarom zwoer ze met Wu Tsing samen om je moeder in zijn bed te lokken.

Ze maakte een praatje met je moeder en ontdekte dat ze van plan was de volgende dag naar het klooster van de Retraite van de Geest te gaan. Dus ging Tweede Echtgenote daar ook heen en na nog een vriendelijk praatje nodigde ze je moeder uit met haar te dineren. Je moeder was zo verlangend naar goede conversatie, dat ze het verheugd aannam. En na het eten zei Tweede Echtgenote tegen je moeder: "Speelt u mahjong? O, het is helemaal niet erg als u slecht speelt. Maar we zijn maar met ons drieën en als u niet zo vriendelijk wilt zijn om morgenavond mee te doen, dan kunnen we helemaal niet spelen."

De volgende dag, na een lange avond mahjong, begon Tweede Echtgenote te gapen en drong erop aan dat je moeder zou blijven slapen. "Blijft u toch. Wees niet zo beleefd. Nee, uw beleefdheid bezorgt ons echt alleen extra moeite. Waarom zouden we de riksja-jongen wakker maken?" zei Tweede Echtgenote. "Kijk, mijn bed is ruimschoots groot genoeg voor twee."

Midden in de nacht, toen je moeder vast in slaap in het bed van Tweede Echtgenote lag, stond Tweede Echtgenote op en verliet de donkere kamer. En Wu Tsing nam haar plaats in. Toen je moeder wakker werd en voelde dat hij haar onder haar ondergoed aanraakte, sprong ze uit bed. Hij greep haar bij haar haren en gooide haar op de grond. Toen zette hij zijn voet op haar keel en beval haar zich uit te kleden. Je moeder gilde of huilde niet toen hij op haar viel.

De volgende ochtend vroeg vertrok ze met losse haren en badend in tranen in een riksja. Behalve aan mij vertelde ze niemand wat er was gebeurd. Maar Tweede Echtgenote beklaagde zich bij een heleboel mensen over die schaamteloze weduwe die Wu Tsing bij zich in bed had gelokt. Hoe kon een nietswaardige weduwe een rijke vrouw beschuldigen dat ze loog?

Dus toen Wu Tsing je moeder vroeg zijn derde concubine te worden om hem een zoon te geven, had ze weinig keus. Ze was al niet beter dan een prostituée. En toen ze terugkeerde naar het huis van haar broer en drie keer voor hem koutoude om afscheid te nemen, schopte haar broer haar en verbande haar eigen moeder haar voor eeuwig uit haar ouderlijk huis. Daarom heb je je moeder pas teruggezien toen je grootmoeder op sterven lag. Je moeder ging in Tientsin wonen, om haar schaamte te verbergen achter Wu Tsings rijkdom. En drie jaar later baarde ze een zoontje dat

Tweede Echtgenote voor zichzelf opeiste.

En zo ben ik in het huis van Wu Tsing terechtgekomen,' besloot Yan Chang trots.

Zo ontdekte ik dus dat de baby Xiaodi eigenlijk de zoon van mijn moeder en mijn jongste broertje was.

Eigenlijk was het heel verkeerd van Yan Chang dat ze me het verhaal van mijn moeder had verteld. Men houdt geheimen verborgen voor kinderen, een deksel op de soepketel, opdat ze niet overkoken van te veel waarheid.

Toen Yan Chang me dit verhaal had verteld, zag ik alles. Ik hoorde dingen die ik vroeger nooit had begrepen.

Ik zag de ware aard van Tweede Echtgenote.

Ik zag dat ze Vijfde Echtgenote vaak geld gaf om haar arme dorp te bezoeken en dat ze het dwaze kind aanmoedigde om haar vrienden en familie te laten zien hoe rijk ze was geworden. Natuurlijk herinnerden die bezoekjes Wu Tsing telkens aan de lage afkomst van Vijfde Echtgenote en aan zijn dwaasheid dat hij zich door haar aardse lichaam had laten verleiden.

Ik zag Tweede Echtgenote met diep respect buigen voor Eerste Echtgenote en haar opium aanbieden en ik begreep waarom de macht van Eerste Echtgenote langzaam was getaand.

Ik zag hoe angstig Derde Echtgenote werd als Tweede Echtgenote haar verhalen vertelde over oude concubines die op straat werden gezet en ik begreep waarom Derde Echtgenote over de gezondheid en het geluk van Tweede Echtgenote waakte.

En ik zag het verschrikkelijke verdriet van mijn moeder als Tweede Echtgenote Xiaodi op haar schoot liet dansen en het kind kuste en tegen hem zei: 'Zolang je mijn zoon bent, zul je nooit arm zijn. Je zult nooit ongelukkig zijn. Je zult als je groot bent het hoofd van dit huishouden worden en voor me zorgen als ik oud ben.'

En ik wist nu waarom mijn moeder zo vaak huilde op haar kamer. Wu Tsings belofte dat ze een eigen huis zou krijgen omdat ze de moeder was van zijn enige zoon was vergeten op de dag dat Tweede Echtgenote weer eens na een geveinsde zelfmoordpoging was ingestort. En mijn moeder wist dat ze niets kon doen om de belofte terug te brengen.

Ik leed verschrikkelijk nadat Yan Chang me het verhaal van mijn moeder had verteld. Ik wilde dat mijn moeder tegen Wu Tsing zou schreeuwen, dat ze tegen Tweede Echtgenote zou schreeuwen, dat ze tegen Yan Chang zou schreeuwen en zeggen dat het verkeerd was me die dingen te vertellen. Maar mijn moeder had zelfs geen recht om dat te doen. Ze had geen keus.

Twee dagen voor het nieuwe maanjaar, maakte Yan Chang me wakker toen het nog donker was buiten.

'Vlug,' riep ze en ze trok me mee voordat mijn geest en mijn ogen konden samenwerken.

De kamer van mijn moeder was helder verlicht. Zodra ik binnenkwam, zag ik haar. Ik rende naar haar bed en klom op het krukje. Ze lag op haar rug en haar armen en benen bewogen op en neer alsof ze een marcherende soldaat was, op weg naar nergens. Haar hoofd bewoog zich van links naar rechts. Nu werd haar hele lichaam recht en stijf, alsof ze zich uit haar lichaam wilde strekken. Haar mond hing open en ik zag dat haar tong was opgezwollen en ze hoestte om te proberen hem eruit te laten vallen.

'Word wakker,' fluisterde ik en toen draaide ik me om en zag iedereen daar staan: Wu Tsing, Yan Chang, Tweede Echtgenote, Derde Echtgenote, Vijfde Echtgenote, de dokter.

'Ze heeft te veel opium genomen,' riep Yan Chang. 'De dokter zegt dat hij niets kan doen. Ze heeft zichzelf vergiftigd.'

Dus deden ze niets en wachtten alleen. En ik wachtte ook al die uren.

Het enige geluid was dat van het vioolspelende meisje in de klok. Ik wilde schreeuwen dat de klok met zijn zinloze geluid stil moest houden, maar ik deed het niet.

Ik sloeg mijn moeder gade, terwijl ze marcheerde in haar bed. Ik wilde de woorden zeggen die haar lichaam en geest tot rust zouden brengen. Maar ik stond daar net als de anderen te wachten en zei niets.

En toen herinnerde ik me haar verhaal over de kleine schildpad, zijn waarschuwing om niet te huilen, en ik wilde haar toeschreeuwen dat het geen zin had. Er waren al te veel tranen. Ik probeerde ze één voor één in te slikken maar ze kwamen te vlug, totdat eindelijk mijn dichtgeknepen lippen openbarstten en ik huilde en huilde en weer opnieuw begon te huilen, zodat iedereen van mijn tranen kon drinken.

Ik viel flauw van verdriet en ze droegen me terug naar Yan Changs bed. En daarom lag ik die ochtend terwijl mijn moeder lag te sterven, te dromen.

Ik viel uit de hemel naar beneden in een vijver. En ik werd een kleine schildpad die op de bodem van die waterige plaats lag. Boven me zag ik de snavels van duizend fluiteksters die uit de vijver dronken. Ze dronken en zongen vrolijk en vulden hun sneeuwwitte buiken. Ik huilde erg, vele tranen. Maar zij dronken en dronken, zo veel dat ik geen tranen meer over had en de vijver leeg was, alles droog als zand.

Yan Chang vertelde me later dat mijn moeder naar Tweede Echtgenote had geluisterd en had geprobeerd een geveinsde zelfmoordpoging te doen. Valse woorden! Leugens! Ze zou nooit naar die vrouw die haar zoveel verdriet had aangedaan, hebben geluisterd.

Ik weet dat mijn moeder naar haar eigen hart had geluisterd en niet meer had willen veinzen. Ik weet dit zeker, want waarom zou ze anders twee dagen voor het nieuwe maanjaar zijn gestorven? Waarom zou ze anders haar dood zo zorgvuldig hebben voorbereid dat hij een wapen werd?

Drie dagen voor het nieuwe maanjaar had ze *yuan xiao* gegeten, de kleverige gevulde deegballetjes die iedereen eet om het nieuwe jaar te vieren. Ze at het ene na het andere. Ik herinner me haar vreemde woorden: 'Je ziet hoe dit leven is. Je kunt niet genoeg van die bitterheid eten.' Ze had *yuan xiao* gegeten die gevuld waren met een soort bitter vergif in plaats van gesuikerde zaadjes of het doffe geluk van de opium, zoals Yan Chang en de anderen hadden gedacht. Toen het vergif in haar lichaam losbrak, fluisterde ze tegen me dat ze liever haar eigen zwakke geest wilde doden om mij een sterkere te geven.

De kleverigheid hechtte zich aan haar lichaam. Ze konden het vergif niet verwijderen en zo stierf ze twee dagen voor het nieuwe jaar. Ze legden haar op een houten baar in de hal. Ze droeg begrafeniskleren die veel rijker waren dan de kleren die ze tijdens haar leven had gedragen. Zijden ondergoed om haar warm te houden zonder de zwaarte van een bontjas. Een met gouddraad bestikte zijden japon. Een hoofdtooi van goud en lapis en jade. En twee fijne slofjes met de zachtste leren zolen en twee reusachtige parels op elke teen, om haar weg naar het nirwana te verlichten.

Toen ik haar die laatste keer zag, wierp ik me op haar lichaam en ze deed langzaam haar ogen open. Ik was niet bang. Ik wist dat ze me kon zien en wat ze had gedaan. Daarom sloot ik haar ogen met mijn vingers en zei met mijn hart: 'Ik kan ook de waarheid zien. Ik ben ook sterk.'

Want we wisten het allebei: op de derde dag nadat iemand is gestorven, komt de ziel terug om rekeningen te vereffenen. In het geval van mijn moeder zou dat op de eerste dag van het nieuwe maanjaar zijn. En omdat dit het nieuwe jaar is, moeten alle schulden zijn betaald, anders volgen er rampen en tegenslag.

Daarom droeg Wu Tsing uit angst voor mijn moeders wrekende geest de grofste witte rouwkleren. Hij beloofde haar bezoekende geest dat hij Xiaodi en mij zou opvoeden als zijn geëerde kinderen. Hij beloofde haar te zullen vereren alsof ze zijn Eerste Echtgenote, zijn enige vrouw, was geweest.

En op die dag liet ik Tweede Echtgenote de namaak parelketting zien die ze me had gegeven en verbrijzelde hem onder mijn voet.

En op die dag begon het haar van Tweede Echtgenote wit te worden.

En op die dag leerde ik om te schreeuwen.

Ik weet hoe het is om je leven als een droom te leven. Te luisteren en te kijken, wakker te worden en te proberen te begrijpen wat er al is gebeurd.

Je hebt geen psychiater nodig om dat te doen. Een psychiater wil niet dat je wakker wordt. Hij zegt dat je nog wat moet blijven dromen om de vijver te vinden en er nog meer tranen in te gieten. En heus, hij is ook alleen maar een vogel die van jouw ellende drinkt.

Mijn moeder leed. Ze had haar gezicht verloren en probeerde

het te verbergen. Ze vond alleen nog ergere ellende en die kon ze ten slotte niet meer verbergen. Er valt verder niets te begrijpen. Zo was China. Zo deden de mensen daar toen. Er was geen keus. Ze konden niets zeggen. Ze konden niet weglopen. Het was hun lot.

Maar nu kunnen ze iets anders doen. Nu hoeven ze hun eigen tranen niet meer in te slikken of de spot van de fluiteksters te ondergaan. Dat weet ik want ik heb het nieuws in een tijdschrift uit China gelezen.

Er stond in dat de boeren duizenden jaren door vogels waren gekweld. Ze dromden in grote vluchten samen om naar de boeren te kijken, terwijl die voorover gebogen op het land de harde grond bewerkten en in de voren huilden om het zaad te besproeien. En als de mensen overeind kwamen, vlogen de vogels naar beneden en dronken de tranen op en aten het zaad. En daarom verhongerden de kinderen.

Maar op een dag kwamen al die vermoeide boeren uit heel China overal in de velden bij elkaar. En ze zeiden: 'We hebben lang genoeg geleden en gezwegen!' en ze begonnen in hun handen te klappen en met stokken op potten en pannen te slaan en ze schreeuwden: '*Si! Si! Si!* Sterf! Sterf! Sterf!'

En al die vogels vlogen op, verschrikt en van hun stuk gebracht door die nieuwe woede. Ze klapwiekten met hun zwarte vleugels en bleven vlak boven het land vliegen, wachtend tot het lawaai zou ophouden. Maar het geschreeuw van de mensen werd alleen maar luider en bozer. De vogels raakten steeds meer uitgeput want ze konden niet neerstrijken en eten. Dit ging uren- en dagenlang door, totdat al die vogels, honderdduizenden en toen miljoenen!, fladderend op de grond vielen en doodgingen en stil bleven liggen, totdat er niet een vogel meer in de lucht was.

Wat zou jouw psychiater zeggen, als ik hem vertelde dat ik juichte van vreugde, toen ik las dat dit was gebeurd?

YING-YING ST. CLAIR

Wachtend tussen de bomen

Mijn dochter heeft me het kleinste kamertje in haar nieuwe huis gegeven.

'Dit is onze logeerkamer,' zei Lena op haar trotse Amerikaanse manier.

Ik glimlachte. Maar in de Chinese denkwijze is de beste kamer, waar zij en haar man slapen, de logeerkamer. Ik zeg dat niet tegen haar. Haar wijsheid is als een bodemloze put. Je gooit er stenen in en ze zinken weg in het donker en lossen op. Haar ogen weerspiegelen niets als ze terugblikken.

Dat denk ik bij mezelf, hoewel ik van mijn dochter houd. Zij en ik hebben hetzelfde lichaam gedeeld. Een deel van haar geest is deel van de mijne. Maar toen ze werd geboren, is ze als een glibberige vis uit me te voorschijn gesprongen en sindsdien zwemt ze van me vandaan. Haar hele leven heb ik haar gadegeslagen als van een andere kust. En nu moet ik haar alles over mijn verleden vertellen. Het is de enige manier om door haar huid heen te dringen en haar op de veilige wal te trekken.

Deze kamer heeft een plafond dat schuin afloopt tot boven het kussen op mijn bed. De muren sluiten je in als een doodkist. Ik moet mijn dochter waarschuwen geen kleine kinderen in die kamer te laten slapen. Maar ik weet dat ze niet zal luisteren. Ze heeft al gezegd dat ze geen kinderen wil. Zij en haar man hebben het te druk met huizen tekenen die iemand anders zal bouwen en waar iemand anders in zal wonen. Ik kan het Amerikaanse woord voor wat zij en haar man zijn niet zeggen. Het is een lelijk woord.

'Arti-tekkie,' heb ik het een keer uitgesproken tegen mijn schoonzuster.

Mijn dochter heeft gelachen, toen ze het hoorde. Ik had haar toen ze klein was vaker een klap moeten geven als ze oneerbiedig was. Maar nu is het te laat. Nu geven zij en haar man mij geld om bij mijn matige pensioen te leggen. Daarom moet ik het brandende gevoel dat ik soms in mijn hand heb terugtrekken in mijn hart en het verborgen houden.

Wat heeft het voor zin mooie gebouwen te tekenen en zelf in een huis te wonen dat waardeloos is? Mijn dochter heeft geld, maar alles in haar huis is voor het uiterlijk, niet eens voor een mooi uiterlijk. Kijk maar naar dit tafeltje. Het is van zwaar, wit marmer op dunne zwarte pootjes. Je moet er altijd aan denken dat je geen zware tas op dit tafeltje kunt zetten want dan zou het breken. Het enige dat erop kan staan is een hoge zwarte vaas. Die vaas is net een spinnepoot, zo dun dat er maar één bloem in kan staan. Als je het tafeltje schudt, vallen de vaas en de bloem eraf.

Overal in huis zie ik de tekenen. Mijn dochter kijkt maar ziet niets. Dit is een huis dat in stukken zal breken. Hoe ik dat weet? Ik heb altijd dingen geweten voordat ze gebeurden.

Toen ik een jong meisje was in Wuxi, was ik *lihai*. Wild en koppig. Ik had een zelfvoldane glimlach op mijn gezicht. Te goed om te luisteren. Ik was klein en aardig om te zien. Ik had kleine voetjes waar ik erg trots op was. Als er een paar zijden muiltjes stoffig werd, gooide ik ze weg. Ik droeg dure, geïmporteerde kalfsleren schoenen met hakjes. Ik brak vele paren en ruïneerde vele paren kousen door over de met keien bestrate binnenplaats te rennen.

Vaak maakte ik mijn kapsel los en liet mijn haar loshangen. Mijn moeder keek naar mijn verwarde haren en gaf me een standje: 'Aiya! Ying-ying. Je ziet eruit als de vrouwelijke spoken op de bodem van het meer.'

Dat waren de vrouwen die hun schande hadden verdronken en met loshangende haren om hun eeuwigdurende wanhoop te tonen, door de huizen van levende mensen zweefden. Mijn moeder zei dat ik schande over het huis zou brengen maar ik giechelde alleen maar, terwijl ze probeerde mijn haar met lange haarspelden vast te zetten. Ze hield te veel van me om boos te worden. Ik leek op haar. Daarom had ze me Ying-ying, Zuivere Weerspiegeling, genoemd.

We waren een van de rijkste families in Wuxi. We hadden veel kamers die allemaal vol stonden met grote, zware tafels. Op elke tafel stond een jaden bekertje dat luchtdicht was gesloten met een jaden deksel. In elk bekertje zaten Engelse sigaretten zonder filter, altijd precies genoeg, niet te veel en niet te weinig. De bekertjes waren speciaal voor die sigaretten gemaakt. Ik vond die bekertjes niets bijzonders. Oude rommel, dacht ik. Mijn broertjes en ik hebben er een keer een gestolen en de sigaretten op straat gestrooid. We renden naar een groot gat in de straat, waaronder water stroomde. Daar hurkten we neer naast de kinderen die in de goot leefden. We schepten er bakjes smerig water uit in de hoop verborgen schatten te vinden. We vonden niets en al gauw zaten onze kleren onder de modder en waren we niet te onderscheiden van de straatkinderen.

We hadden veel kostbaarheden in dat huis. Zijden vloerkleden en juwelen. Zeldzame schalen en bewerkt ivoor. Maar als ik eraan terugdenk, en dat gebeurt niet vaak, dan denk ik altijd aan dat jaden bekertje, die met modder bedekte schat die ik zonder de waarde te kennen in mijn handen hield.

Er is nog iets anders wat ik me heel duidelijk over dat huis herinner.

Ik was zestien en het was de avond van het huwelijk van mijn jongste tante. Zij en haar nieuwe man hadden zich al teruggetrokken in de kamer in het grote huis dat ze zouden delen met haar nieuwe schoonmoeder en de rest van haar nieuwe familie.

Veel van de bezoekende familieleden zaten nog in ons huis rond de grote tafel in de grootste kamer. Iedereen lachte en at pinda's en pelde sinaasappels en lachte nog meer. Er zat een man uit een andere stad bij ons aan tafel, een vriend van mijn tantes nieuwe man. Hij was ouder dan mijn oudste broer, dus noemde ik hem oom. Zijn gezicht zag rood van de whisky die hij had gedronken.

'Ying-ying,' riep hij hees tegen me, terwijl hij opstond van zijn stoel. 'Jij hebt vast nog wel honger, hè?'

Ik keek de tafel rond en glimlachte naar iedereen, omdat hij de aandacht speciaal op mij had gericht. Ik dacht dat hij iets heel lekkers te voorschijn zou halen uit een zak waar hij zijn hand in had gestopt. Ik hoopte op zoete koekjes. Maar hij haalde er een watermeloen uit die hij met een luid *peng* op tafel zette.

'*Kai gua?* Maak de watermeloen open,' zei hij en hij hield een groot mes boven de gave vrucht.

Toen stootte hij met kracht het mes in de meloen en brulde van het lachen. Zijn enorme mond ging zo wijd open dat ik al zijn gouden kiezen kon zien. Iedereen aan tafel lachte luid. Mijn gezicht brandde van verlegenheid want ik begreep toen niet wat het betekende.

Ja, het is waar, ik was een wild meisje, maar ik was onschuldig. Ik wist niet dat hij iets heel slechts deed toen hij die watermeloen opensneed. Dat begreep ik pas een halfjaar later, toen ik met die man was getrouwd en hij me in zijn dronkenschap toesiste dat hij klaar was voor *kai gua*.

Deze man was zo slecht dat ik zelfs nu zijn naam niet kan uitspreken. Waarom ik met die man trouwde? Het was omdat ik de avond na het huwelijk van mijn jongste tante dingen begon te weten voordat ze gebeurden.

De meeste familieleden waren de volgende ochtend vertrokken en toen het avond werd, verveelden mijn halfzusjes en ik ons. We zaten weer aan die grote tafel en we dronken thee en aten geroosterde meloenpitten. Mijn halfzusjes zaten luid te roddelen, terwijl ik meloenpitten kraakte en het binnenste op een hoopje legde.

Mijn halfzusjes droomden van huwelijken met waardeloze jongens uit mindere families dan die van ons. Mijn halfzusjes wisten niet hoe ze hoog moesten grijpen om iets goeds te krijgen. Ze waren de dochters van mijn vaders concubines. Ik was de dochter van zijn vrouw.

'Zijn moeder zal je als een dienstmeid behandelen...' zei mijn ene halfzuster afkeurend toen ze de keus van de andere had gehoord.

'Krankzinnigheid in de familie, van de kant van zijn oom...' sloeg de andere terug.

Toen ze elkaar genoeg hadden geplaagd, vroegen ze mij met wie ik wilde trouwen.

'Ik weet niemand,' zei ik hooghartig.

Het was niet dat jongens me niet interesseerden. Ik wist hoe ik hun aandacht en bewondering kon krijgen. Maar ik was zo ijdel dat ik niet één jongen goed genoeg vond.

Dat waren de gedachten in mijn hoofd. Maar er zijn twee soorten gedachten. Sommige zijn zaden die worden gezaaid als je wordt geboren, ze worden er geplant door je vader en moeder en hun voorouders. En sommige gedachten worden door anderen geplant. Misschien kwam het door de watermeloenpitten die ik zat te eten: ik dacht aan die lachende man van de vorige avond. En juist op dat ogenblik blies er een harde windvlaag uit het noorden naar binnen en de bloem die op de tafel stond brak van zijn steel en viel aan mijn voeten.

Het is echt waar: het was alsof het kopje van de bloem door een mes was afgesneden, als een teken. Op dat ogenblik wist ik dat ik met die man zou trouwen. Die gedachte bracht geen vreugde, alleen een soort verbazing dat ik dat kon weten.

En al gauw begon ik de naam van die man te horen in de mond van mijn vader, mijn oom en de nieuwe man van mijn tante. Aan de maaltijd werd zijn naam met de soep in mijn kom gelepeld. Ik zag hem vanuit de binnenplaats van mijn oom naar me staren en hij riep: 'Kijk, ze kan zich niet omdraaien. Ze is al van mij.'

Het was waar. Ik draaide me niet om. Ik vocht tegen zijn ogen met mijn blik. Ik luisterde naar hem met mijn neus in de lucht en snoof de stank van zijn woorden op toen hij tegen me zei dat mijn vader waarschijnlijk niet de bruidsschat zou geven die hij wilde hebben. Ik duwde zo hard om hem uit mijn gedachten te houden dat ik met hem in het huwelijksbed tuimelde.

Mijn dochter weet niet dat ik zo'n tijd geleden, meer dan twintig jaar voordat zij zelfs was geboren, met die man getrouwd ben geweest.

Ze weet niet hoe mooi ik was toen ik met hem trouwde. Ik was veel knapper dan mijn dochter, die plattelandsvoeten heeft en de grote neus van haar vader.

Zelfs nu heb ik nog een gladde huid en het figuur van een jong meisje. Maar er zijn diepe rimpels bij mijn mond, waar vroeger mijn glimlach was. En mijn arme voeten, eens zo klein en mooi! Nu zijn ze gezwollen en bedekt met eelt en hebben kloven in de hielen. Mijn ogen, die zo helder en stralend waren toen ik zestien was, zijn nu gelig en wolkig.

Maar ik zie bijna alles nog heel duidelijk. Als ik me dingen wil herinneren, is het alsof ik in een kom kijk en de laatste rijstkorrels vind die je niet hebt opgegeten.

Er was een middag op het Taimeer, kort na mijn huwelijk met die man. Ik herinner me dat ik toen van hem ben gaan houden. De man had mijn gezicht naar de late middagzon gedraaid. Hij hield mijn kin vast en streelde mijn wang en zei: 'Ying-ying, je hebt tijgerogen. Overdag verzamelen ze vuur en 's nachts stralen ze een gouden licht uit.'

Ik lachte niet, hoewel dit een gedicht was en hij het heel slecht citeerde. Ik huilde van oprechte vreugde. Ik had een zwevend gevoel in mijn hart, alsof er een diertje worstelde om eruit te komen en tegelijk erin wilde blijven. Zoveel begon ik van die man te houden. Zo gaat het als iemand zich met je lichaam verenigt en er een deel van je geest is dat tegen je wil naar die persoon toe zwemt en voor hem kiest.

Ik werd een vreemde voor mezelf. Ik was mooi voor hem. Als ik muiltjes aandeed, koos ik een paar waarvan ik wist dat hij ze mooi zou vinden. Ik borstelde mijn haar iedere avond negenennegentig keer om geluk in ons huwelijksbed te brengen, in de hoop dat ik een zoon zou krijgen.

De nacht dat hij de baby plantte, wist ik weer iets voordat het gebeurde. Ik wist dat het een jongetje was. Ik zag het jongetje in mijn schoot. Het had de ogen van mijn man, groot en ver uit elkaar staand. Het had lange, smal toelopende vingers, dikke oorlelletjes en glad haar, dat hoog was ingeplant om een hoog voorhoofd te onthullen.

Omdat mijn vreugde toen zo groot was, was mijn haat later zo hevig. Maar zelfs toen ik op het hoogtepunt van mijn geluk was, had ik een zorg die vlak boven mijn wenkbrauwen begon, op de plaats waar je iets weet. Die zorg sijpelde later naar beneden, naar mijn hart, waar je iets voelt en waar het waar wordt.

Mijn man begon veel zakenreizen te maken naar het noorden. Die reizen begonnen kort nadat we waren getrouwd, maar werden langer toen de baby in mijn schoot was geplant. Ik herinnerde me dat de noordenwind het geluk en mijn man naar me toe had geblazen en als hij weg was, zette ik 's nachts het raam open, zelfs als het koud was, zodat zijn geest en zijn hart naar mij terug zouden worden geblazen.

Wat ik niet wist, is dat de noordenwind de koudste is. Hij dringt door tot in het hart en neemt de warmte weg. De wind kreeg zo'n kracht dat hij mijn man mijn slaapkamer voorbij en de achterdeur uit blies. Ik hoorde van mijn jongste tante dat hij me had verlaten om met een operazangeres te gaan samenleven.

Later, toen ik mijn verdriet begon te overwinnen en er niets meer in mijn hart overbleef dan afkeer en wanhoop, vertelde mijn jongste tante me over nog anderen. Danseressen en Amerikaanse vrouwen. Prostituées. Een nichtje dat zelfs nog jonger was dan ik. Zij vertrok kort nadat mijn man was verdwenen stilletjes naar Hongkong.

Ik zal Lena dus over mijn schande vertellen. Dat ik mooi en rijk was. Dat ik te goed was voor welke man ook. Dat ik werd achtergelaten als waardeloze rommel. Ik zal haar vertellen dat toen ik achttien was de schoonheid op mijn wangen verbleekte, dat ik erover dacht me in het meer te werpen, zoals de andere te schande gemaakte vrouwen. En ik zal haar vertellen over de baby die ik heb doodgemaakt omdat ik die man zo verschrikkelijk was gaan haten.

Ik haalde de baby uit mijn schoot voordat hij geboren kon worden. Dat was in die tijd geen schande in China, om een baby te doden voordat hij geboren kon worden. Maar toch dacht ik ook toen al dat het slecht was, omdat mijn lichaam werd doorstroomd door verschrikkelijke wraakgevoelens toen de levenssappen van de eerstgeboren zoon van die man uit me wegvloeiden.

Toen de verpleegsters vroegen wat ze met de levenloze baby moesten doen, smeet ik ze een krant toe en zei dat ze hem daar als een vis in moesten pakken en in het meer gooien. Mijn dochter denkt dat ik niet weet wat het is om geen baby te willen.

Als mijn dochter naar me kijkt, ziet ze een klein oud dametje. Dat komt doordat ze alleen met haar ogen aan de buitenkant kijkt. Ze heeft geen *chuming*, ze weet dingen niet van binnenuit.

Als ze *chuming* had, zou ze een tijgervrouw zien. En dan zou ze voorzichtig en bang zijn.

Ik ben geboren in het jaar van de tijger. Het was een heel slecht jaar om in geboren te worden, een heel goed jaar om een tijger te zijn. In dat jaar kwam er een heel slechte geest op de wereld. Mensen op het platteland stierven als kippen op een hete zomerdag. Mensen in de stad werden schaduwen, gingen hun huis binnen en verdwenen. Baby's werden geboren en werden niet dikker. Het vlees viel in enkele dagen van hun botten en ze stierven.

De boze geest bleef vier jaar lang in de wereld. Maar ik kwam van een nog sterkere geest en bleef leven. Mijn moeder heeft me dit verteld toen ik oud genoeg was om te begrijpen waarom ik me altijd zo koppig gedroeg.

Toen vertelde ze me waarom een tijger goud en zwart is. Hij handelt op twee manieren. De gouden kant springt, het is de kant van zijn woeste hart. De zwarte kant is listig en blijft staan, verbergt zijn goud tussen de bomen, ziet zonder te worden gezien, wacht geduldig op wat er gaat gebeuren. Ik heb mijn zwarte kant pas leren gebruiken nadat die slechte man me had verlaten.

Ik werd als de vrouwen van het meer. Ik gooide witte kleren over de spiegels in mijn slaapkamer, zodat ik mijn verdriet niet hoefde te zien. Ik verloor mijn kracht, zodat ik zelfs mijn handen niet omhoog kon brengen om mijn haar vast te spelden. En toen dreef ik als een dood blad op het water tot ik uit het huis van mijn schoonmoeder wegdreef, terug naar het huis van mijn eigen familie.

Ik ging naar het platteland buiten Shanghai waar ik bij het gezin van een neef introk. Ik bleef meer dan tien jaar in dat huis op het land wonen. Als je me vraagt wat ik al die jaren deed, kan ik alleen zeggen dat ik wachtte tussen de bomen. Mijn ene oog sliep, het andere was wakker en sloeg alles gade.

Ik werkte niet. Het gezin van mijn neef behandelde me goed want ik was de dochter van de familie die hen ondersteunde. Het huis was armoedig en erg vol want er woonden drie gezinnen in. Het was niet comfortabel om daar te wonen en zo wilde ik het ook. Kleine kinderen kropen over de vloer tussen de muizen. De kippen liepen in en uit, net als de onelegante boerengasten van mijn familie. We aten allemaal in de keuken, in de lucht van het hete frituurvet. En de vliegen! Als je zelfs maar een paar korrels rijst in een kom liet staan, was die meteen bedekt met zo'n dikke laag hongerige vliegen dat hij gevuld leek met levende zwartebonensoep. Zo arm waren ze op het platteland.

Na tien jaar was ik klaar. Ik was geen meisje meer maar een vreemd soort vrouw. Een nog getrouwde vrouw zonder man. Ik ging met twee open ogen naar de stad. Het was alsof de kom vol zwarte vliegen in de straten was leeggegooid. Overal waren mensen op de been, onbekende mensen die tegen onbekende vrouwen aan botsten en niemand trok zich daar iets van aan.

Met geld van mijn familie kocht ik nieuwe kleren, moderne, rechte pakjes. Ik knipte mijn lange haar af, kort als jongenshaar, volgens de nieuwe mode. Ik had zo genoeg van het niets-doen al die jaren, dat ik besloot te gaan werken. Ik werd winkelmeisje.

Ik hoefde niet te leren hoe ik vrouwen moest vleien. Ik kende de woorden die ze wilden horen. Een tijger kan diep in zijn borst zachte prrrr-prrrr-geluiden maken, zodat zelfs konijnen zich veilig en tevreden voelen.

Hoewel ik een volwassen vrouw was, werd ik weer mooi. Dat was een gave. Ik droeg kleren die veel beter en duurder waren dan wat ze in de winkel verkochten. Daardoor kochten de vrouwen die goedkope kleren, omdat ze dachten dat ze er even mooi uit konden zien als ik.

In die winkel, waar ik werkte alsof ik een meisje van het platteland was, leerde ik Clifford St. Clair kennen. Hij was een grote, bleke Amerikaan die de goedkope kleren van de winkel kocht en naar Amerika stuurde. Door zijn naam wist ik dat ik met hem zou trouwen.

'Mistah Saint Clair,' zei hij in het Engels, toen hij zich aan me voorstelde.

En toen voegde hij er in zijn moeizame, vlakke Chinees aan toe: 'Zoals de engel van het licht.'

Ik vond hem sympathiek noch onsympathiek. Ik vond hem aantrekkelijk noch onaantrekkelijk. Maar een ding wist ik: ik wist dat hij het teken was dat mijn zwarte kant nu gauw weg zou gaan.

Saint maakte me vier jaar op zijn vreemde manier het hof. Hoewel ik niet de eigenares van de winkel was, gaf hij me altijd een hand als hij kwam en hield mijn hand langer vast dan nodig was. Er stroomde altijd water van zijn handpalm, zelfs toen we getrouwd waren. Hij was schoon en netjes. Maar hij rook als een buitenlander, een lamslucht die nooit kan worden weggewassen.

Ik was niet onvriendelijk, maar hij was *keqi*, te beleefd. Hij bracht goedkope cadeautjes voor me mee: een glazen beeldje, een prikkerige broche van geslepen glas, een zilverkleurige sigarettenaansteker. Saint deed alsof die geschenken niets betekenden, alsof hij een rijke man was die een arm Chinees plattelandsmeisje dingen gaf die we in China nog nooit hadden gezien.

Maar ik zag hoe hij keek terwijl ik de pakjes openmaakte: gespannen, vol verlangen me plezier te doen. Hij wist niet dat zulke dingen niets voor me betekenden, dat ik was opgegroeid met rijkdommen waar hij zich geen voorstelling van kon maken.

Ik nam zijn geschenken altijd beleefd aan, altijd onder precies genoeg protest, niet te veel, niet te weinig. Ik moedigde hem niet aan. Maar omdat ik wist dat ik op een dag met deze man zou trouwen, legde ik die waardeloze prullen zorgvuldig in een doos en wikkelde ze elk afzonderlijk in vloeipapier. Ik wist dat hij ze op een dag weer zou willen zien.

Lena denkt dat Saint me heeft gered uit het arme boerendorp waar ik beweerde vandaan te komen. Ze heeft gelijk en ze heeft het mis. Mijn dochter weet niet dat Saint vier jaar geduldig heeft moeten wachten als een hond voor de deur van een slagerswinkel.

Waarom ik eindelijk naar buiten ben gekomen en erin heb toegestemd zijn vrouw te worden? Ik wist dat er een teken zou komen en daar wachtte ik op. Ik moest wachten tot 1946.

Er kwam een brief uit Tientsin, niet van mijn familie, die dacht dat ik dood was. Hij was van mijn jongste tante. Ik wist het al voordat ik de brief openmaakte. Mijn man was dood. Hij had zijn operazangeres al lang geleden verlaten. Hij leefde samen met een of ander waardeloos meisje, een dienstmeid. Maar ze had een sterke geest en was roekeloos, nog roekelozer dan hij. Toen hij probeerde haar te verlaten, had ze haar langste keukenmes al geslepen.

Ik dacht dat deze man lang geleden alle gevoel uit mijn hart had weggenomen. Maar nu stroomde er iets sterks en bitters door me heen waardoor ik een andere leegte voelde, op een plaats waarvan ik het bestaan niet had geweten. Ik vervloekte de man hardop, zodat hij het kon horen: 'Je had hondeogen. Je liep meteen iedereen die je riep achterna. Nu jaag je je eigen staart na.'

Toen nam ik mijn besluit. Ik besloot Saint met me te laten trouwen. Het was heel makkelijk. Ik was de dochter van mijn vaders vrouw. Ik sprak met een bevende stem. Ik werd bleek en ziek en ik vermagerde. Ik liet mezelf een gewond dier worden. Ik liet de jager naar me toe komen en een tijgergeest van me maken. Ik gaf gewillig mijn *qi* op, de geest die me zoveel verdriet had bezorgd.

Ik was nu een tijger die niet sprong of tussen de bomen wachtte. Ik werd een onzichtbare geest.

Saint nam me mee naar Amerika waar ik in huizen woonde die kleiner waren dan het huis op het platteland. Ik droeg grote Amerikaanse kleren. Ik deed het werk van bedienden. Ik leerde westerse manieren. Ik probeerde met een dikke tong te spreken. Ik bracht een dochter groot die ik gadesloeg vanaf een andere kust. Ik aanvaardde haar Amerikaanse manieren.

Al die dingen deden me niets. Ik had geen geest.

Kan ik tegen mijn dochter zeggen dat ik van haar vader hield? Dit was een man die 's avonds mijn voeten masseerde. Hij prees het eten dat ik klaarmaakte. Hij huilde oprechte tranen toen ik de geschenkjes te voorschijn haalde die ik voor de juiste dag, de dag dat hij me mijn dochter, een tijgermeisje gaf, had bewaard.

Hoe kon ik niet van deze man houden? Maar het was de liefde van een geest. Armen die hem omvatten maar niet aanraakten. Een kom vol rijst maar geen eetlust om ervan te eten. Geen honger. Geen volte.

Nu is Saint een geest. Hij en ik kunnen nu op gelijke voet van elkaar houden. Hij weet de dingen die ik al die jaren verborgen heb gehouden. Nu moet ik alles aan mijn dochter vertellen. Dat ze de dochter van een geest is. Dat ze geen *qi* heeft. Dat is mijn grootste schande. Hoe kan ik deze wereld verlaten zonder haar mijn geest na te laten?

Daarom zal ik het volgende doen: ik zal mijn verleden bij elkaar zamelen en terugkijken. Ik zal iets zien wat al gebeurd is. De pijn die mijn geest heeft losgesneden. Ik zal die pijn in mijn hand houden tot hij hard en glanzend en duidelijker wordt. En dan kan mijn felheid terugkomen, mijn gouden kant, mijn zwarte kant. Ik zal die scherpe pijn gebruiken om de taaie huid van mijn dochter te doorboren en haar tijgergeest los te maken. Ze zal tegen me vechten, want dat is de aard van twee tijgers. Maar ik zal winnen en haar mijn geest geven, want dat is de manier waarop een moeder van haar dochter houdt.

Ik hoor mijn dochter beneden met haar man praten. Ze zeggen woorden die niets betekenen. Ze zitten in een kamer waar geen leven in is.

Ik weet dingen voordat ze gebeuren. Ze zal boven komen. Ze zal de vaas en het tafeltje op de grond horen vallen en mijn kamer binnenkomen. Haar ogen zullen niets zien in het donker, waar ik wacht tussen de bomen.

LINDO JONG

Twee gezichten

Mijn dochter wilde voor haar tweede huwelijksreis naar China gaan, maar nu is ze bang.

'Stel je voor dat ik er zo goed zal passen dat ze denken dat ik een van hen ben?' vroeg Waverly me. 'Stel je voor dat ze me niet meer terug laten gaan naar de Verenigde Staten?'

'Als je naar China gaat,' antwoordde ik, 'hoef je daar je mond niet eens open te doen. Ze weten meteen dat je een buitenstaander bent.'

'Hoezo? Waarom?' vroeg ze. Mijn dochter houdt ervan met me te redetwisten. Ze houdt ervan me aan te vallen op wat ik zeg.

'Aiya!' zei ik. 'Zelfs als je hun kleren draagt, zelfs als je je make-up en je dure sieraden afdoet, zullen ze het weten. Ze hoeven alleen maar te kijken hoe je loopt, hoe je kijkt. Dan zien ze meteen dat je er niet thuishoort.'

Mijn dochter keek niet blij toen ik dat tegen haar zei. Ze had een zure, Amerikaanse uitdrukking op haar gezicht. O, een jaar of tien geleden zou ze in haar handen hebben geklapt hoera! alsof dit goed nieuws was. Maar nu wil ze Chinees zijn. Het is erg in de mode. En nu is het te laat. Al die jaren heb ik geprobeerd het haar te leren. Ze volgde mijn Chinese manieren alleen tot ze zelf de deur uit kon lopen en naar school gaan. De enige Chinese woorden die ze nu kan zeggen zijn *hsh-sh, huo-che, chi fan* en *guan deng shuijiao*. Hoe kan ze met die woorden tegen Chinezen praten? Plas doen, tjoeketjoek, eten, lichten uit slapen. Hoe kan ze denken dat ze er zal passen? Alleen haar huid en haar haren zijn Chinees. Van binnen is ze helemaal *made in America*.

Het is mijn schuld dat ze zo is. Ik wilde mijn kinderen de beste combinatie geven: Amerikaanse omstandigheden en een Chinees karakter. Hoe kon ik weten dat die twee niet samengaan?

Ik leerde haar hoe de Amerikaanse omstandigheden werken. Als je hier arm geboren wordt, is dat geen blijvende schande. Je staat voor in de rij voor een studiebeurs. Als het dak boven je hoofd instort, is het niet nodig te huilen over je ongeluk. Je kunt iemand een proces aandoen, de huiseigenaar dwingen het te laten repareren. Je hoeft niet als een Boeddha onder een boom te zitten waar de duiven hun vuiligheid op je hoofd laten vallen: je kunt een paraplu kopen. Of een katholieke kerk binnengaan. In Amerika zegt niemand dat je je aan de omstandigheden moet houden die iemand anders je heeft gegeven.

Die dingen heeft ze geleerd, maar de Chinese aard heb ik haar niet kunnen leren. Dat je je ouders moet gehoorzamen en naar de geest van je moeder luisteren. Dat je je eigen gedachten niet moet laten zien maar je gevoelens achter je gezicht houden, zodat je je voordeel kunt doen met verborgen kansen. Waarom het niet de moeite waard is makkelijke dingen na te jagen. Hoe je je eigen waarde kunt kennen en polijsten zonder ermee te pronken als met een goedkope glimmende ring. Waarom de Chinese manier van denken de beste is.

Nee, die manier van denken is haar niet bijgebleven. Ze had het te druk met kauwgum kauwen en er bellen van blazen die groter waren dan haar wangen. Alleen dat soort denken heeft ze geleerd.

'Drink je koffie op,' zei ik gisteren tegen haar. 'Gooi je zegeningen niet weg.'

'Doe niet zo ouderwets, ma,' antwoordde ze, haar koffie door de gootsteen gooiend. 'Ik maak zelf wel uit wat ik doe.'

En ik denk: Zelf uitmaken wat ze doet? Ben ik haar moeder niet meer?

Mijn dochter gaat voor de tweede keer trouwen. Daarom vroeg ze me naar haar kapper, de beroemde meneer Rory te gaan. Ik weet wat ze bedoelt. Ze schaamt zich voor mijn uiterlijk. Wat zullen de ouders van haar man en zijn belangrijke juristenvrienden wel denken van die achterlijke, oude Chinese vrouw?

'Tante An-mei kan mijn haar wel knippen,' zeg ik.

'Meneer Rory is geweldig,' zegt mijn dochter, alsof ze geen oren heeft. 'Hij doet het uitstekend.'

Dus nu zit ik in meneer Rory's stoel. Hij pompt me op en neer tot ik de goede hoogte heb. Dan begint mijn dochter me te bekritiseren alsof ik er niet bij ben. 'Kijk eens hoe plat het aan de ene kant zit,' beschuldigt ze mijn hoofd. 'Het moet geknipt en gepermanent. En die paarsige kleur, dat doet ze thuis zelf. Ze laat het nooit door een vakman doen.'

Ze kijkt in de spiegel naar meneer Rory. Hij kijkt in de spiegel naar mij. Ik heb die professionele blik al eerder gezien. Amerikanen kijken niet echt naar elkaar als ze praten. Ze kijken naar hun spiegelbeeld. Ze kijken alleen naar anderen of naar zichzelf als ze denken dat niemand het ziet. Daarom zien ze nooit hoe ze er echt uitzien. Ze zien zichzelf glimlachen met hun mond dicht, of naar opzij gekeerd, zodat ze hun fouten niet kunnen zien.

'Hoe wil ze het hebben?' vraagt meneer Rory. Hij denkt dat ik geen Engels versta. Hij strijkt luchtig zijn vingers door mijn haar. Hij laat zien hoe zijn toverkunst mijn haar dikker en langer kan maken.

'Hoe wilt u het hebben, ma?' Waarom denkt mijn dochter dat ze zijn Engels voor me vertaalt? Voordat ik iets kan zeggen, legt ze mijn gedachten uit. 'Ze wil een zachte golf. We moeten het niet te kort knippen, lijkt me. Anders zal het te strak zitten voor de bruiloft. Ze wil niet dat het er kroezig of vreemd uitziet.'

En nu zegt ze met luide stem alsof ik doof ben geworden tegen mij: 'Zo is het toch, hè, ma? Niet te strak.'

Ik glimlach. Ik gebruik mijn Amerikaanse gezicht. Dat is het gezicht waarvan Amerikanen denken dat het Chinees is, het gezicht dat ze niet kunnen begrijpen. Maar inwendig begin ik me te schamen. Ik schaam me omdat zij zich schaamt. Omdat ze mijn dochter is en ik trots op haar ben en omdat ik haar moeder ben en zij niet trots op mij is.

Meneer Rory klopt nog wat op mijn haar. Hij kijkt naar me. Hij kijkt naar mijn dochter. Dan zegt hij iets tegen mijn dochter wat ze helemaal niet prettig vindt: 'Het is ongelooflijk zoveel als u op elkaar lijkt.'

Ik glimlach, deze keer met mijn Chinese gezicht. Maar mijn

dochters ogen en glimlach worden heel smal, zoals een kat zich klein maakt voordat hij bijt. Nu gaat meneer Rory weg, zodat we hier over kunnen nadenken. Ik hoor hem met zijn vingers knippen. 'Wassen! Mevrouw Jong is de volgende.'

Dus mijn dochter en ik zijn alleen in de volle kapsalon. Ze fronst naar zichzelf in de spiegel. Ze ziet dat ik naar haar kijk.

'Dezelfde wangen,' zegt ze. Ze wijst naar de mijne en prikt dan in haar wangen. Ze zuigt ze naar binnen zodat ze eruitziet als iemand die verhongert. Ze houdt haar gezicht naast het mijne, zij aan zij, en we kijken naar elkaar in de spiegel.

'Je kunt je karakter in je gezicht zien,' zeg ik zonder na te denken tegen mijn dochter. 'Je kunt je toekomst zien.'

'Hoe bedoelt u?' vraagt ze.

En nu moet ik mijn gevoelens onderdrukken. Die twee gezichten, denk ik, zo gelijk! Dezelfde vreugde, dezelfde droefheid, hetzelfde geluk, dezelfde fouten.

Ik zie mezelf en mijn moeder indertijd in China, toen ik een jong meisje was.

Mijn moeder, jouw grootmoeder, heeft me eens mijn toekomst voorspeld, hoe mijn karakter tot goede en slechte omstandigheden kon leiden. Zij zat aan haar tafel met de grote spiegel. Ik stond achter haar en steunde mijn kin op haar schouder. De volgende dag begon er een nieuw jaar. Ik zou volgens de Chinese berekening tien worden, dus het was een belangrijke verjaardag. Misschien was dat de reden waarom ze me niet te erg bekritiseerde. Ze keek naar mijn gezicht.

Ze raakte mijn oor aan. 'Je hebt geluk,' zei ze. 'Je hebt mijn oren, een dik lelletje, met veel vlees onderin, gevuld met zegeningen. Sommige mensen worden zo arm geboren. Hun oren zijn zo dun, zitten zo dicht tegen hun hoofd, dat ze het geluk nooit horen als het roept. Jij hebt de goede oren maar je moet naar je kansen luisteren.'

Ze streek met haar vinger langs mijn neus. 'Je hebt mijn neus. Het gat is niet te groot, dus je geld zal er niet uitlopen. De neus is recht en glad, een goed teken. Een meisje met een scheve neus is voorbestemd voor ongeluk. Ze volgt altijd de verkeerde dingen, de verkeerde mensen, de slechtste kans.'

Ze klopte op mijn kin en toen op de hare. 'Niet te kort, niet te lang. De lengte van ons leven zal precies goed zijn, niet te vroeg afgesneden, niet zo lang dat we een last worden.'

Ze streek mijn haar van mijn voorhoofd. 'We zijn hetzelfde,' besloot mijn moeder. 'Misschien is je voorhoofd breder, dus dan word je nog slimmer dan ik. En je haar is dik. De inplant is laag op je voorhoofd. Dat betekent dat je in je jeugd moeilijkheden zult hebben. Dat is ook met mij gebeurd. Maar kijk nu eens naar mijn voorhoofd. Hoog! Zo'n zegen voor mijn oude dag. Later zul je leren zorgen te hebben en ook je haar verliezen.'

Ze nam mijn kin in haar hand. Ze draaide mijn gezicht naar zich toe, oog in oog. Ze bewoog mijn gezicht heen en weer. 'De ogen zijn eerlijk en vol leven,' zei ze. 'Ze volgen mij en tonen respect. Ze kijken niet beschaamd naar beneden. Ze bieden geen tegenstand, kijken niet de andere kant uit. Je zult een goede echtgenote en moeder en schoondochter zijn.'

Ik was nog zo jong, toen mijn moeder dat tegen me zei. En hoewel ze zei dat we er hetzelfde uitzagen, wilde ik er nog meer hetzelfde uitzien. Als haar oog omhoogkeek en verbaasd keek, wilde ik dat mijn oog hetzelfde deed. Als haar mond pruilde en verdrietig was, wilde ik me ook verdrietig voelen.

Ik leek heel erg op mijn moeder. Dat was voordat onze omstandigheden ons van elkaar scheidden: een overstroming die mijn familie dwong mij achter te laten, mijn eerste huwelijk in een familie die me niet wilde, de oorlog om ons heen en later een oceaan die me naar een nieuw land bracht. Ze heeft niet gezien hoe mijn gezicht in de loop van de jaren is veranderd. Hoe mijn mond verdrietig werd. Hoe ik zorgen kreeg maar toch mijn haar niet verloor. Hoe mijn ogen de Amerikaanse levenswijze begonnen te volgen. Ze heeft niet gezien hoe ik mijn neus brak toen ik naar voren schoot in een volle bus in San Francisco. Je vader en ik waren op weg naar de kerk om God te danken voor al onze zegeningen, maar ik moest er een paar aftrekken voor mijn neus.

Het is moeilijk je Chinese gezicht te houden in Amerika. In het begin, zelfs nog voor ik er aankwam, moest ik mijn werkelijke gezicht verbergen. Ik had een in Amerika opgegroeid, Chinees meisje in Peking betaald om me te leren hoe ik dat moest doen.

'In Amerika,' zei ze, 'kun je niet zeggen dat je daar altijd wilt blijven wonen. Als je Chinees bent, moet je zeggen dat je bewondering hebt voor hun scholen, hun denkwijzen. Je moet zeggen dat je wilt studeren en later teruggaat om de Chinezen te leren wat je hebt geleerd.'

'Wat moet ik zeggen dat ik wil leren?' vroeg ik. 'Als ze me vragen stellen, als ik geen antwoord weet...'

'Religie, je moet zeggen dat je religie wilt studeren,' zei dat slimme meisje. 'De Amerikanen hebben allemaal verschillende ideeën over religie, dus er zijn geen goede of foute antwoorden. Je moet zeggen dat je voor God gaat, dan zullen ze je respecteren.'

Voor een tweede geldbedrag gaf het meisje me een met Engelse woorden ingevuld formulier. Ik moest die woorden telkens en telkens weer overschrijven alsof het Engelse woorden uit mijn eigen hoofd waren. Achter het woord NAAM schreef ik *Lindo Sun*. Achter het woord GEBOORTEDATUM schreef ik *11 mei 1918*, wat volgens dat meisje hetzelfde was als drie maanden na het begin van het Chinese maanjaar. Achter het woord GEBOORTEPLAATS schreef ik *Taiyuan, China*. En achter het woord BEROEP schreef ik *theologiestudent*.

Ik gaf het meisje nog meer geld voor een lijst met adressen in San Francisco, van mensen met belangrijke connecties. En ten slotte gaf het meisje me gratis advies over hoe ik mijn omstandigheden kon veranderen. 'Eerst,' zei ze, 'moet je een man vinden. Een Amerikaans staatsburger is het beste.'

Ze zag mijn verbazing en voegde er snel aan toe: 'Een Chinees! Het moet natuurlijk een Chinees zijn. Staatsburger is niet hetzelfde als blanke. Maar als hij geen staatsburger is, moet je onmiddellijk nummer twee doen. Je moet een baby krijgen. Een meisje of een jongen, dat doet er niet toe in de Verenigde Staten. Ze zullen geen van beiden voor je zorgen als je oud bent, waar of niet?' En we lachten allebei.

'Maar pas op,' zei ze. 'De autoriteiten daar zullen vragen of je al kinderen hebt en of je van plan bent ze te krijgen. Dan moet je nee zeggen. Je moet met een heel eerlijk gezicht zeggen dat je niet getrouwd bent, dat je religieus bent en weet dat het verkeerd is om een baby te hebben.'

Ik moet verbaasd hebben gekeken want ze legde uit: 'Kijk, hoe kan een ongeboren baby weten wat hij moet doen? Maar als hij er eenmaal is, dan is hij een Amerikaans staatsburger en kan doen wat hij wil. Hij kan zijn moeder vragen te blijven. Is het niet zo?'

Maar dat was niet de reden waarom ik verbaasd was. Ik vroeg me af waarom ze zei dat ik een eerlijk gezicht moest hebben. Hoe kon ik een oneerlijk gezicht hebben als ik de waarheid sprak?

Kijk maar hoe eerlijk mijn gezicht er nog steeds uitziet. Waarom heb ik dat gezicht niet aan jou gegeven? Waarom zeg je altijd tegen je kennissen dat ik op een vrachtschip uit China in Amerika ben aangekomen? Dat is niet waar. Zo arm was ik niet. Ik ben met het vliegtuig gekomen. Ik had het geld bewaard dat de familie van mijn eerste man me had gegeven toen ze me wegstuurden. En ik had gespaard van mijn werk als telefoniste dat ik twaalf jaar had gedaan. Maar het is waar dat ik niet het snelste vliegtuig heb genomen. Het deed er drie weken over. Het stopte overal: Hongkong, Vietnam, de Filippijnen, Hawaii. Dus toen ik eindelijk aankwam, was mijn gezicht niet oprecht blij dat ik hier was.

Waarom zeg je altijd tegen de mensen dat ik je vader in het Cathay House heb ontmoet. Dat ik een gelukskoekje openbrak en dat er op het papiertje stond dat ik met een knappe, donkere vreemdeling zou trouwen en dat die man toen ik opkeek voor me stond, de ober, je vader. Waarom vertel je zulke grapjes? Dat is niet eerlijk. Het is niet waar. Je vader was geen ober, ik heb nooit in dat restaurant gegeten. Het Cathay House had een uithangbord waar Chinees Restaurant op stond, dus er kwamen daar alleen Amerikanen, voordat het werd gesloopt. Nu is het een MacDonald restaurant met een groot Chinees bord waar *mai dong lou*, 'graan', 'oost', 'gebouw' op staat. Allemaal onzin. Waarom voel je je alleen tot Chinese onzin aangetrokken? Je moet mijn werkelijke omstandigheden begrijpen, hoe ik hier ben aangekomen, hoe ik ben getrouwd, hoe ik mijn Chinese gezicht ben kwijtgeraakt, waarom jij bent zoals je bent.

Toen ik aankwam, stelde niemand me vragen. De autoriteiten

bekeken mijn papieren, zetten er een stempel op en lieten me door. Ik besloot eerst naar een adres in San Francisco te gaan dat het meisje in Peking me had gegeven. De bus zette me af in een brede straat met trolleybussen. Dat was California Street. Ik ben de heuvel opgelopen en daar zag ik een hoog gebouw. Dat was de oude St. Marykerk. Onder het bord met de naam van de kerk had iemand met de hand met Chinese karakters geschreven: Een Chinese ceremonie om geesten van geestelijke onrust te bevrijden: dagelijks om 7 u en 8.30 's morgens. Ik prentte die informatie in mijn hoofd voor het geval dat de autoriteiten me zouden vragen waar ik mijn godsdienst beleed. Toen zag ik nog meer informatie aan de overkant van de straat. Die stond op de buitenkant van een laag gebouw geschilderd: Spaar vandaag voor morgen: bij de Bank of America. En ik dacht: Dat is de plaats waar de Amerikanen hun godsdienst belijden. Zie je, ik was toen al niet dom. Tegenwoordig is de kerk nog net zo groot als vroeger, maar waar die lage bank stond is nu een hoog gebouw van vijftig verdiepingen, waar jij en je toekomstige man werken en op iedereen neerkijken.

Mijn dochter lachte toen ik dat zei. Haar moeder kan goed grapjes maken.

Ik liep dus verder de heuvel op. Ik zag twee pagodes, een aan elke kant van de straat, alsof ze de toegang vormden van een grote Boeddhatempel. Maar toen ik goed keek, zag ik dat de pagode in werkelijkheid alleen een bouwsel met verschillende pannendaken boven elkaar was, hij had geen muren, niets onder zijn hoofd. Ik was verbaasd dat ze zo hun best deden alles eruit te laten zien als een oude keizerlijke stad of een keizerlijk graf. Maar als je aan weerskanten opzij van die namaakpagodes keek, zag je dat de straten smal en donker en vies werden. Ik dacht bij mezelf: Waarom hebben ze alleen de slechtste dingen van de Chinezen voor de binnenkant gekozen? Waarom hebben ze geen tuinen en vijvers aangelegd? O, hier en daar leek iets een beetje op een beroemde oude grot of een Chinese opera. Maar aan de binnenkant was overal dezelfde goedkope rommel.

Dus toen ik het adres vond dat het meisje in Peking me had gegeven, wist ik dat ik niet te veel moest verwachten. Het adres was een groot, groen gebouw. Wat een lawaai: kinderen renden over de trappen en door de gangen. Op nummer 402 vond ik een oude vrouw die meteen zei dat ze de hele week had verspild met wachten op mij. Ze schreef snel een paar adressen op en gaf ze me en toen ik het papier aanpakte, hield ze haar hand op. Ik gaf haar een Amerikaanse dollar en ze keek ernaar en zei: '*Xiaojie*, juffrouw, we zijn hier in Amerika. Zelfs een bedelaar lijdt honger van die dollar.' Dus gaf ik haar nog een dollar. En ze zei: 'Denk je dat het zo makkelijk is die informatie te vinden?' Dus gaf ik haar er nog een en toen sloot ze haar hand en haar mond.

Met de adressen die de oude vrouw me had gegeven, vond ik een goedkoop appartement in Washington Street. Het was net als alle andere appartementen boven een winkeltje. En met die drie-dollarlijst vond ik een afschuwelijk baantje waar ik vijfenzeventig cent per uur verdiende. O, ik probeerde een baan als winkelmeisje te krijgen, maar daarvoor moest je Engels kennen. Ik probeerde ook een baan te krijgen als Chinese gastvrouw, maar dan moest ik met mijn handen op en neer gaan over het lichaam van buitenlandse mannen en ik wist meteen dat dit even erg was als vierde klas prostituée in China. Dus dat adres kraste ik met zwarte inkt door. En voor sommige van de andere baantjes moest je familie van iemand zijn. Het waren betrekkingen die in handen waren van families uit Kanton en Taishan en de Vier Districten, mensen uit het zuiden, die vele jaren geleden hierheen waren gekomen om hun fortuin te zoeken en die baantjes nog steeds vasthielden met de handen van hun achterkleinkinderen.

Mijn moeder had dus gelijk gehad over die moeilijkheden. Dat baantje in de koekjesfabriek was een van de ergste. Grote zwarte machines goten dag en nacht kleine pannekoekjes op bewegende, ronde bakplaten. De andere vrouwen en ik zaten op hoge krukken en als de pannekoekjes voorbijkwamen, moesten we ze van de hete bakplaat afpakken zodra ze goudgeel werden. We stopten een reepje papier in het midden, vouwden het koekje dubbel en bogen de armen naar achteren, voordat het hard werd. Als je het pannekoekje te vlug pakte, brandde je je vingers aan het hete, natte deeg. Maar als je het te laat pakte, werd het koekje hard voordat je de eerste vouw kon maken. Dan moest je die foute koekjes in een ton gooien en die telden tegen je, omdat de eigenaar ze alleen als brokken kon verkopen.

Na de eerste dag had ik tien rode, pijnlijke vingers. Dit was geen werk voor domme mensen. Je moest het snel leren of je vingers veranderden in gebraden worstjes. De volgende dag had ik brandende ogen van het onafgebroken turen naar de pannekoekjes. En de dag daarna deden mijn armen pijn omdat ik ze de hele dag gestrekt moest houden om de pannekoekjes precies op het goede ogenblik te grijpen. Maar tegen het eind van de eerste week ging het vanzelf en kon ik me genoeg ontspannen om op te merken wie er aan weerskanten naast me werkten. De ene was een oudere vrouw die nooit glimlachte en als ze boos was in het Kantonees in zichzelf praatte. Ze praatte als iemand die gek is. Aan mijn andere kant was een vrouw van mijn eigen leeftijd. Er zaten maar heel weinig vergissingen in haar ton. Maar ik vermoedde dat ze ze opat want ze was nogal dik.

'He, *xiaojie*,' riep ze over het lawaai van de machines heen. Ik was dankbaar haar stem te horen en te ontdekken dat we allebei Mandarijns spraken, hoewel haar dialect grof klonk. 'Had je ooit gedacht dat je zoveel macht zou hebben dat je het geluk van andere mensen kon bepalen?' vroeg ze.

Ik begreep niet wat ze bedoelde, dus pakte ze een van de strookjes papier en las voor wat erop stond, eerst in het Engels: 'Maak geen ruzie, hang je vuile was niet buiten. De vuile kleren gaan naar de winnaar.' Toen vertaalde ze het in het Chinees: 'Je moet niet tegelijk ruzie maken en de was doen. Als je wint, worden je kleren vuil.'

Ik begreep nog steeds niet wat ze bedoelde dus nam ze een ander strookje en las in het Engels: 'Geld is de wortel van alle kwaad. Kijk om je heen en graaf diep.' En toen in het Chinees: 'Geld is een slechte invloed. Het maakt je rusteloos en je wordt een grafrover.'

'Wat betekent die onzin?' vroeg ik en ik stopte de strookjes in mijn zak, want ik wilde die klassieke Amerikaanse spreuken op mijn gemak bestuderen.

'Het zijn voorspellingen of iemand geluk of ongeluk zal krijgen,' legde ze uit. 'Amerikanen denken dat Chinezen zulke spreuken opschrijven.'

'Maar we zeggen nooit zulke dingen,' zei ik. 'Het betekent niets. Dit zijn geen voorspellingen van geluk of ongeluk, het zijn slechte raadgevingen.'

'Nee, *xiaojie*,' zei ze lachend. 'Wij hebben het ongeluk dat wij hier deze koekjes moeten maken en iemand anders heeft het ongeluk dat hij moet betalen om ze te krijgen.'

Zo heb ik An-mei Hsu leren kennen. Ja, tante An-mei die nu zo ouderwets is. An-mei en ik lachen nog steeds over die slechte raadgevingen en over hoe die me later hebben geholpen om een man te krijgen.

'Zeg, Lindo,' zei An-mei op een dag op het werk tegen me. 'Ga zondag mee naar mijn kerk. Mijn man heeft een vriend die een goede Chinese vrouw zoekt. Hij is geen staatsburger maar hij weet vast wel hoe hij er een moet maken.' En zo hoorde ik voor het eerst van Tin Jong, je vader. Het was niet zoals mijn eerste huwelijk, toen alles lang tevoren was geregeld. Ik had een keus. Ik kon ervoor kiezen met je vader te trouwen of ik kon ervoor kiezen niet met hem te trouwen en terug te gaan naar China.

Ik wist dat er iets niet in orde was toen ik hem zag: hij was Kantonees! Hoe kon An-mei denken dat ik met zo iemand zou trouwen? Maar ze zei alleen: 'We zijn niet meer in China. Je hoeft niet met de jongen uit je dorp te trouwen. Als je hier woont, komt iedereen uit hetzelfde dorp, zelfs als we uit verschillende delen van China komen.' Zie je hoe tante An-mei veranderd is sinds die oude tijd?

We waren dus verlegen in het begin, je vader en ik. We konden geen van beiden in ons eigen dialect met elkaar praten. We gingen samen naar Engelse les en spraken tegen elkaar met die nieuwe woorden en soms namen we een blaadje papier en schreven er een Chinees karakter op om uit te leggen wat we bedoelden. Dat hadden we tenminste, een stukje papier dat ons met elkaar verbond. Maar het is moeilijk te zien of iemand aan trouwen denkt als je dingen niet hardop kunt zeggen. Al die kleine signalen, het plagen, de bazigheid, de aanmerkingen daaraan kun je merken of het iemand ernst is. Maar wij konden alleen praten met de woorden van onze Engelse leraar. Ik zie kat. Ik zie bad. Ik zie tak.

Maar ik zag gauw genoeg hoe aardig je vader me vond. Hij deed net alsof hij in een Chinees toneelstuk optrad om me te laten zien wat hij bedoelde. Hij rende heen en weer, hij sprong op en neer, kamde zijn vingers door zijn haar – *jisile!* – wat een drukke, opwindende plaats was die Pacific Telephone, de plaats waar hij werkte. Dat wist je niet van je vader, hè, dat hij zo'n goede acteur was. En dat hij zoveel haar had?

O, later ontdekte ik dat zijn baan niet was zoals hij hem had beschreven. Het was niet zo'n erg goede baan. Zelfs tegenwoordig, nu ik Kantonees met je vader kan spreken, vraag ik hem telkens waarom hij niet een betere betrekking zoekt. Maar dan doet hij alsof het nog vroeger is, toen hij geen woord van wat ik zei begreep.

Soms vraag ik me af waarom ik een huwelijk met je vader wilde vangen. Ik denk dat An-mei me op de gedachte heeft gebracht. Ze zei: 'In films geven jongens en meisjes elkaar altijd briefjes door in de klas. Zo komen ze in moeilijkheden. Jij moet moeilijkheden beginnen om die man te laten zien wat hij wil. Anders ben je een oude dame voordat hij op het idee komt.'

Die avond gingen An-mei en ik aan het werk en zochten tussen de strookjes papier van de gelukskoekjes naar de goede raadgevingen om aan je vader te geven. An-mei las ze hardop voor en legde de beste, die misschien zouden werken, opzij. 'De beste vriend van een meisje is een ring met diamanten. Wees niet tevreden met een kameraad.' 'Als je aan zulke dingen denkt is het tijd aan een huwelijk te denken.' 'Confucius zegt: "Een vrouw is duizend woorden waard. Zeg tegen je vrouw dat haar portie op is."'

We lachten om die spreuken. Maar zodra ik hem las, wist ik meteen welke de beste was: 'Een huis is geen thuis als er geen echtgenoot op je wacht.' Ik lachte niet. Ik vouwde de spreuk in een pannekoekje en boog het koekje met mijn hele hart in zijn vorm.

De volgende middag na school voelde ik met mijn hand in mijn tas en trok een gezicht alsof er een muis in mijn vinger had gebeten. 'Wat is dit?' riep ik. Toen haalde ik het koekje te voorschijn en gaf het aan je vader. 'Bah! Zoveel koekjes, ik word al ziek als ik ze zie. Neem jij het maar.' Ik wist toen al dat hij een aard had die nooit iets verspilde. Hij maakte het koekje open en beet het stuk in zijn mond. En toen las hij het papiertje.

'Wat staat erop?' vroeg ik. Ik probeerde te doen alsof het niet belangrijk was. En toen hij nog steeds niets zei, zei ik: 'Vertaal alsjeblieft.'

We liepen op Portsmouth Square en de mist kwam al aanwaaien. Ik had het erg koud in mijn dunne jas dus ik hoopte dat je vader me snel ten huwelijk zou vragen. Maar in plaats daarvan bleef zijn gezicht ernstig en hij zei: 'Ik ken het woord *echtgenoot* niet. Ik zal vanavond in mijn woordenboek kijken. Dan kan ik je morgen de betekenis zeggen.'

De volgende dag vroeg hij in het Engels: 'Lindo, wil jij met mij echtgenoten?' En ik lachte en zei dat hij het woord verkeerd gebruikte. Dus toen antwoordde hij met een Confucius-grapje en zei dat als de woorden verkeerd waren zijn bedoeling ook verkeerd moest zijn. Zo kibbelden en lachten we de hele dag en zo besloten we te trouwen.

Een maand later hadden we een ceremonie in de kerk van de Eerste Chinese Baptistengemeente waar we elkaar hadden ontmoet. En negen maanden later hadden je vader en ik ons bewijs van staatsburgerschap, een zoontje, je oudste broer Winston. Ik noemde hem Winston omdat die twee woorden een goede betekenis hadden: 'wins ton', wint een ton. Ik wilde een zoon grootbrengen die veel dingen kon winnen, eer, geld, een goed leven. In die tijd dacht ik bij mezelf: Eindelijk heb ik alles wat ik wens. Ik was zo gelukkig dat ik niet zag dat we arm waren. Ik zag alleen wat we hadden. Hoe kon ik weten dat Winston later in een auto-ongeluk zou omkomen? Zo jong. Pas zestien!

Twee jaar later, nadat Winston was geboren, kreeg ik je andere broer, Vincent. Dat klinkt als 'win een cent', de klank van geld verdienen, omdat ik begon te vinden dat we niet genoeg hadden. En toen stootte ik mijn neus in de bus. Kort daarna werd jij geboren.

Ik weet niet waardoor ik ben veranderd. Misschien was het mijn scheve neus die maakte dat ik niet meer goed kon denken. Misschien was het omdat ik jou als baby zag, hoe je op me leek, en maakte dat me ontevreden met mijn leven. Ik wilde dat alles voor jou beter zou zijn. Ik wilde dat jij de beste omstandigheden, het beste karakter zou hebben. Ik wilde dat je nergens spijt van zou hebben. En daarom noemde ik je Waverly. Het was de naam van de straat waar we woonden. En ik wilde dat je dacht: Hier hoor ik thuis. Maar ik wist ook wat er zou gebeuren als ik je naar die straat noemde: je zou gauw groot worden en weggaan en een stukje van mij meenemen.

Meneer Rory borstelt mijn haar. Alles is zacht. Alles is zwart.

'U ziet er fantastisch uit, ma,' zegt mijn dochter. 'Iedereen op de bruiloft zal denken dat u mijn zuster bent.'

Ik kijk naar mijn gezicht in de kappersspiegel. Ik zie mijn spiegelbeeld. Ik zie mijn fouten niet, maar ik weet dat ze er zijn. Ik heb mijn dochter die fouten ook gegeven. Dezelfde ogen, dezelfde wangen, dezelfde kin. Haar karakter: dat kwam door mijn omstandigheden. Ik kijk naar mijn dochter en dit is de eerste keer dat ik het zie.

'Aiya! Wat is er met je neus gebeurd?'

Ze kijkt in de spiegel. Ze ziet niets bijzonders. 'Hoezo? Er is niets mee gebeurd,' zegt ze. 'Het is dezelfde neus als altijd.'

'Maar hoe komt hij zo scheef?' vraag ik. Haar neus is aan een kant meer gebogen dan aan de andere en trekt haar wang met zich mee.

'Hoe bedoelt u?' vraagt ze. 'Het is uw neus. U hebt me deze neus gegeven.'

'Hoe kan dat? Hij hangt. Je moet hem laten corrigeren door een plastisch chirurg.'

Maar mijn dochter heeft geen oren voor mijn woorden. Ze houdt haar glimlachende gezicht naast mijn bezorgde gezicht. 'Doe niet zo mal. Onze neus is helemaal niet zo slecht,' zegt ze. 'Hij geeft ons iets sluws.' Ze kijkt alsof ze dat prettig vindt.

'Wat is dat woord *sluw*?' vraag ik.

'Het betekent dat we naar de ene kant kijken maar de andere volgen. We zijn voor de ene kant maar ook voor de andere. We menen wat we zeggen maar onze bedoelingen zijn anders.'

'Kunnen de mensen dat aan ons gezicht zien?'

Mijn dochter lacht. 'Nee, niet alles wat we denken. Ze weten alleen dat we twee gezichten hebben.'

'Is dat goed?'

'Het is goed als je krijgt wat je hebben wilt.'

Ik denk over onze twee gezichten. Ik denk over mijn bedoelingen. Welk is Amerikaans? Welk is Chinees? Welk is het beste? Als je het ene laat zien, moet je altijd het andere opofferen.

Het lijkt op wat er gebeurd is toen ik een half jaar geleden in China was, nadat ik er bijna veertig jaar niet meer was geweest. Ik had mijn dure sieraden afgedaan. Ik droeg geen felle kleuren. Ik sprak hun taal. Ik gebruikte hun plaatselijke geld. Maar toch wisten ze het. Ze wisten dat mijn gezicht niet honderd procent Chinees was. Ze lieten me toch hoge, buitenlandse prijzen betalen.

Dus nu denk ik: Wat heb ik verloren? Wat heb ik ervoor in de plaats gekregen? Ik zal mijn dochter vragen wat zij ervan denkt.

JING-MEI WOO

Twee kaartjes

Zodra onze trein de grens van Hongkong achter zich laat en bij Shenzhen China binnenrijdt, voel ik me anders. Ik voel de huid van mijn voorhoofd tintelen, mijn bloed bruist in een nieuwe baan, mijn botten voelen een oude, bekende pijn. En ik denk: Mijn moeder had gelijk. Ik word Chinees.

'Het is niet tegen te gaan,' zei mijn moeder toen ik vijftien was en met kracht had ontkend dat ik onder mijn huid ook maar iets Chinees had. Ik zat in de tweede klas van de Galileo High School in San Francisco en al mijn blanke vriendinnen waren het erover eens: ik was even weinig Chinees als zij. Maar mijn moeder had aan een beroemd opleidingsinstituut voor verpleegkundigen in Shanghai gestudeerd en zei dat ze alles van genetica wist. En of ik het er mee eens was of niet, zij was overtuigd: Als je als Chinees bent geboren, kan het niet anders of je voelt en denkt als een Chinees.

'Op een dag zul je het merken,' zei mijn moeder. 'Het zit in je bloed en het wacht tot het eruit kan komen.'

En toen ze dit zei, zag ik mezelf veranderen als een weerwolf, een muterend stukje DNA dat plotseling werkzaam werd en onstuitbaar uitgroeide tot een syndroom, een opeenstapeling van eigenaardige Chinese gedragingen, al die dingen die mijn moeder deed om me beschaamd te maken: afdingen in winkels, in het openbaar in haar mond peuteren met een tandenstoker, kleurenblind zijn voor het feit dat citroengeel en lichtroze geen goede combinatic zijn voor winterkleren.

Maar nu besef ik dat ik nooit echt heb geweten wat het betekent om Chinees te zijn. Ik ben zesendertig. Mijn moeder is dood en ik zit in de trein en draag haar droom dat ze ooit naar huis zou gaan met me mee. Ik ben op weg naar China.

We gaan eerst naar Guangzhou, mijn tweeënzeventigjarige vader, Canning Woo en ik. Daar zullen we zijn tante opzoeken, die hij niet meer heeft gezien sinds hij tien jaar oud was. En ik weet niet of het komt door het vooruitzicht dat hij zijn tante zal zien of doordat hij weer in China is, maar hij ziet eruit alsof hij een klein jongetje is, zo onschuldig en blij, dat ik de neiging voel zijn wollen vest dicht te knopen en hem een klopje op zijn hoofd te geven. We zitten tegenover elkaar, gescheiden door een tafeltje waar twee koppen koude thee op staan. Voor het eerst zolang als ik me kan herinneren zie ik tranen in mijn vaders ogen en het enige dat hij door het raampje van de trein kan zien is een in gele, bruine en groene vakken verdeeld veld, een smal kanaal langs de spoorbaan, lage heuvels en drie mensen in blauwe jakken die op deze vroege oktoberochtend op een ossewagen rijden. En ik kan het niet helpen: mijn ogen zijn ook vochtig, alsof ik dit allemaal heel, heel lang geleden heb gezien en bijna was vergeten.

In minder dan drie uur zullen we in Guangzhou zijn, wat, zoals mijn gidsje me meedeelt, tegenwoordig de juiste spelling is voor Kanton. Het schijnt dat, behalve Shanghai, alle steden waar ik van heb gehoord hun spelling hebben veranderd. Ik denk dat ze daarmee zeggen dat China ook in andere opzichten is veranderd. Chungking is nu Chongqing en Kweilin is Guilin. Ik heb die namen opgezocht, omdat we na ons bezoek aan mijn vaders tante een vliegtuig naar Shanghai zullen nemen, waar ik mijn twee halfzusters voor het eerst zal ontmoeten.

Zij zijn de baby's uit mijn moeders eerste huwelijk, de tweeling die ze gedwongen was langs de kant van een weg achter te laten toen ze in 1944 uit Kweilin naar Chungking vluchtte. Dat was het enige dat mijn moeder me over deze dochters had verteld en daarom waren ze in mijn voorstelling al die jaren baby's gebleven die op hun geduldige rode duim zuigend aan de kant van de weg zaten en de bommen hoorden fluiten.

En pas dit jaar had iemand ze gevonden en ons het heuglijke nieuws geschreven. Er was een brief uit Shanghai gekomen, geadresseerd aan mijn moeder. Toen ik hier voor het eerst van hoorde, dat ze nog leefden, stelde ik me voor dat mijn tweelingzusjes van baby's waren veranderd in kleine meisjes van zes. Ze zaten naast elkaar aan tafel en gebruikten om de beurt de vulpen. De ene schreef met een nette rij karakters: 'Liefste mama. We leven nog.' Dan duwde ze haar dunne vlechtjes naar achteren en gaf de pen aan haar zusje, dat zou schrijven: 'Kom ons alstublieft gauw halen.'

Ze konden natuurlijk niet weten dat mijn moeder drie maanden eerder plotseling was gestorven doordat er een bloedvat in haar hersenen was gesprongen. Het ene ogenblik zat ze tegen mijn vader te praten en zich te beklagen over de bovenburen, plannen te maken om ze eruit te zetten onder voorwendsel dat er familie uit China zou komen wonen. Het volgende ogenblik greep ze met dichtgeknepen ogen naar haar hoofd, tastte naar de sofa en zakte toen zachtjes, fladderend met haar handen, op de grond in elkaar.

Mijn vader was dus de eerste geweest die de brief had opengemaakt, een lange brief, zoals bleek. En ze noemden haar inderdaad mama. Ze schreven dat ze haar altijd als hun echte moeder hadden geëerd. Ze hadden een ingelijste foto van haar. Ze vertelden haar alles over hun leven, vanaf het ogenblik dat mijn moeder hen voor het laatst had gezien op de weg uit Kweilin tot de dag dat ze eindelijk waren teruggevonden.

En de brief had mijn vaders hart zo gebroken, die dochters die hun moeder riepen vanuit een ander leven waar hij niets van wist, dat hij de brief aan mijn moeders oude vriendin tante Lindo had gegeven en haar had gevraagd terug te schrijven en mijn zusters zo voorzichtig mogelijk te vertellen dat mijn moeder dood was.

In plaats daarvan had tante Lindo de brief meegenomen naar de vreugde- en gelukclub en met tante Ying en tante An-mei besproken wat ze zouden doen, want ze wisten al jaren van mijn moeders speurtocht naar haar tweelingdochters en van haar oneindige hoop. Tante Lindo en de anderen huilden om de dubbele tragedie, het verlies van mijn moeder drie maanden geleden en nu voor de tweede keer. En ze begonnen ondanks zichzelf te denken aan een soort wonder, een mogelijkheid om haar uit de doden op te wekken, zodat mijn moeder haar droom in vervulling kon zien gaan.

Daarom schreven ze de volgende brief aan mijn zusters in

Shanghai: 'Liefste dochters, ook ik ben jullie nooit vergeten in mijn herinnering en in mijn hart. Ik heb nooit de hoop opgegeven dat we elkaar in een blijde hereniging zouden terugzien. Het spijt me alleen dat het te lang heeft geduurd. Ik wil jullie alles over mijn leven sinds ik jullie voor het laatst heb gezien vertellen. Ik zal het jullie vertellen als onze familie jullie in China komt opzoeken...' Ze ondertekenden met de naam van mijn moeder.

Pas toen ze dit allemaal hadden gedaan, vertelden ze mij over mijn zusters, de brief die ze hadden ontvangen, de brief die ze hadden teruggeschreven.

'Dan denken ze dus dat ze zal komen,' zei ik. En nu stelde ik me mijn zusters voor als tien of elf. Ze stonden hand in hand met dansende vlechtjes te springen van opwinding dat hun moeder, hún moeder zou komen, terwijl mijn moeder dood was.

'Hoe kun je in een brief schrijven dat ze niet komt,' zei tante Lindo. 'Ze is hun moeder. Ze is jouw moeder. Jij moet degene zijn die het hun vertelt. Al die jaren hebben ze van haar gedroomd.' En ik vond dat ze gelijk had.

Maar toen begon ik ook te dromen. Ik droomde van mijn moeder en mijn zusters en hoe het zou zijn als ik in Shanghai aankwam. Al die jaren dat zij hadden gewacht om te worden teruggevonden, had ik met mijn moeder geleefd en toen had ik haar verloren. Ik stelde me mijn zusters voor op het vliegveld. Ze zouden op hun tenen staan en gespannen uitkijken en hun blik van het ene donkere hoofd naar het andere laten gaan als we uit het vliegtuig stapten. En ik zou hen meteen herkennen, hun gezichten met de identieke gespannen blik.

'*Jiejie. Jiejie.* Zuster. Zuster. We zijn er,' zag ik mezelf zeggen in mijn gebrekkige Chinees.

'Waar is mama?' zouden ze vragen, nog steeds rondkijkend, nog steeds glimlachend, twee opgetogen, blozende gezichten. 'Heeft ze zich verstopt?' En dat zou echt iets voor mijn moeder zijn geweest: om een beetje achter te blijven, een beetje te plagen, het geduld van de mensen een beetje aan hun hart te laten trekken. Ik zou mijn hoofd schudden en mijn zusters vertellen dat ze zich niet had verstopt.

'O, dat is mama zeker, ja?' zou een van hen fluisteren, terwijl ze naar een ander klein vrouwtje wees dat schuilging onder een toren van pakjes. En dat zou ook echt iets voor mijn moeder zijn geweest: om bergen cadeautjes, lekkers en speelgoed voor de kinderen mee te nemen, allemaal in de uitverkoop gekocht. Ze zou van geen bedankje willen weten, zeggen dat de cadeautjes niets voorstelden. Maar later zou ze de labels naar buiten draaien om mijn zusters te laten zien: 'Calvin Klein, 100% wol'.

Ik stelde me voor hoe ik zou proberen het ze te vertellen: 'Het spijt me, zusters, ik ben alleen gekomen...' en voordat ik het kon vertellen zouden ze het aan mijn gezicht zien, ze zouden huilen, aan hun haar trekken, hun gezicht zou vertrokken zijn van verdriet en ze zouden hard wegrennen. En dan zag ik mezelf weer in het vliegtuig stappen en thuiskomen.

Nadat ik vele malen van dit tafereel had gedroomd, had gezien hoe hun verdriet en ontzetting in woede veranderden smeekte ik tante Lindo nog een brief te schrijven. Eerst weigerde ze.

'Hoe kan ik zeggen dat ze dood is? Ik kan dat niet schrijven,' zei tante Lindo met een koppig gezicht.

'Maar het is wreed om ze te laten denken dat ze in het vliegtuig zal zitten,' zei ik. 'Als ze zien dat ik alleen ben, zullen ze me haten.'

'Je haten? Niet mogelijk.' Ze keek boos. 'Je bent hun eigen zuster, hun enige familie.'

'U begrijpt het niet,' protesteerde ik.

'Wat begrijp ik niet?' vroeg ze.

En ik fluisterde: 'Ze zullen denken dat het mijn schuld is dat ze is gestorven, omdat ik haar niet waardeerde.'

Tante Lindo keek tegelijk tevreden en bedroefd, alsof dit waar was en ik het eindelijk had beseft. Ze ging een uur lang zitten en toen ze opstond, gaf ze me een brief van twee kantjes. Ze had tranen in haar ogen. Ik besefte dat ze precies had gedaan wat ik vreesde. Dus zelfs als ze het nieuws in het Engels had geschreven, zou ik het niet hebben durven lezen.

'Dank u,' fluisterde ik.

Het landschap is grijs geworden, ik zie lage, betonnen gebouwen, oude fabrieken, dan rails en nog meer rails vol met treinen als de onze, die in tegengestelde richting passeren. Ik zie perrons vol mensen in saaie westerse kleren met hier en daar heldere, kleurige vlekken ertussen: kleine kinderen die geel en roze, rood en perzikkleur dragen. En er zijn soldaten in het olijfgroen met rood. En oude vrouwen in grijze jakken en broeken tot halverwege de kuit. We zijn in Guangzhou.

Nog voordat de trein stilstaat, beginnen de mensen hun bezittingen uit het bagagenet boven ons hoofd te halen. Gedurende een ogenblik ontstaat er een gevaarlijke regen van zware koffers vol cadeaus voor familie, half kapotte dozen met kilometers touw eromheen om te verhinderen dat de inhoud eruit rolt, plastic tassen vol garen en groenten en pakjes gedroogde paddestoelen en fototoestellen. Dan zitten we gevangen in een stroom dringende, duwende mensen tot we in een van de ongeveer twaalf rijen staan te wachten om langs de douane te gaan. Ik voel me net als wanneer ik in San Francisco op bus 30 naar Stockton stap. Ik ben in China, zeg ik tegen mezelf. En op de een of andere manier heb ik geen last van de drukte. Het voelt vertrouwd. Ik begin ook te duwen.

Ik haal de declaratieformulieren en mijn pas te voorschijn. 'Woo' staat er bovenaan en daaronder 'June, May', geboren in 'California, USA' in 1951. Ik vraag me af of de mensen van de douane zullen twijfelen of ik wel dezelfde persoon ben van de foto in het paspoort. Op de foto is mijn op kinlengte geknipte haar naar achteren gekamd en kunstig gekapt. Ik draag valse wimpers, oogschaduw en lippenstift. Mijn wangen zijn holler gemaakt door een bronskleurige *blusher*. Maar ik had niet op zo'n hitte gerekend in oktober en nu hangt mijn haar slap van het vocht naar beneden. Ik draag geen make-up. In Hongkong was mijn mascara gesmolten tot donkere cirkels en had de rest van mijn make-up aangevoeld als dikke lagen vet. Dus nu is mijn gezicht onopgemaakt, kaal, op een dun laagje glimmend zweet op mijn neus en voorhoofd na.

En zelfs zonder make-up zou ik nooit voor een echte Chinese kunnen doorgaan. Met mijn lengte van een meter vijfenzestig steekt mijn hoofd boven de menigte uit, zodat ik alleen op gelijke hoogte ben met andere toeristen. Mijn moeder heeft me eens verteld dat ik mijn lengte van mijn grootvader heb, die uit het noorden afkomstig was en misschien zelfs wat Mongools bloed had. 'Dat heeft je grootmoeder me eens verteld,' legde mijn moeder uit. 'Maar nu is het te laat om het haar te vragen. Ze zijn allemaal dood, de grootouders, je ooms en hun vrouwen en kinderen, allemaal omgekomen in de oorlog, toen er een bom op ons huis is gevallen. Zoveel generaties in een klap.'

Ze zei het zo nuchter dat ik dacht dat ze allang over haar verdriet heen moest zijn. En toen vroeg ik me af hoe ze wist dat ze allemaal dood waren.

'Misschien waren ze het huis uitgegaan, voordat de bom viel,' opperde ik.

'Nee,' zei mijn moeder. 'Onze hele familie is dood. Alleen jij en ik zijn over.'

'Maar hoe weet u dat? Misschien zijn er een paar ontkomen.'

'Onmogelijk,' zei mijn moeder, deze keer bijna boos. En toen werd haar frons overspoeld door een verwonderde, lege blik en ze begon te praten alsof ze probeerde zich te herinneren waar ze iets had neergelegd. 'Ik ben teruggegaan naar het huis. Ik keek telkens weer omhoog naar de plaats waar het huis was geweest. En er was geen huis, alleen maar de lucht. En beneden, onder mijn voeten, lagen vier verdiepingen verbrande bakstenen en hout, al het leven van ons huis. Opzij zag ik dingen die de tuin in waren geblazen, niets van waarde. Er was een bed waar iemand altijd in had geslapen, niet meer dan een metalen frame, dat in een van de hoeken omhoog was gebogen. En een boek. Ik weet niet wat voor boek, want alle bladzijden waren zwart geblakerd. En ik zag een theekopje dat niet gebroken was maar gevuld met as. En toen vond ik mijn pop, haar benen en handen waren gebroken en het haar verbrand... Toen ik een klein meisje was had ik gehuild om die pop, omdat zij helemaal alleen in de etalage stond, en mijn moeder had haar voor me gekocht. Het was een Amerikaanse pop met geel haar. Zij kon haar armen en benen bewegen. De ogen gingen open en dicht. En toen ik trouwde en het huis van mijn familie verliet, gaf ik de pop aan mijn jongste nichtje, omdat ze net als ik was. Ze huilde als de pop niet altijd bij haar was. Begrijp je? Als zij met die pop in het huis was, dan waren haar ouders daar ook en dan was iedereen daar om samen te wachten, want zo was mijn familie.'

De vrouw in het hokje van de douane bekijkt mijn papieren, werpt een korte blik op mij, zet met twee snelle bewegingen overal een stempel op en knikt streng dat ik door kan lopen. Even later staan mijn vader en ik in een enorme hal, gevuld met duizenden mensen en koffers. Ik voel me verloren en mijn vader kijkt hulpeloos.

'Pardon,' zeg ik tegen een man die eruitziet als een Amerikaan, 'kunt u me zeggen waar ik een taxi kan vinden?' Hij mompelt iets dat klinkt als Zweeds of Nederlands.

'Xiao yen! Xiao yen!' hoor ik een schelle stem achter me roepen. Een oude vrouw met een gele gebreide baret op houdt een roze plastic tas vol kleine pakjes omhoog. Ik neem aan dat ze ons iets wil verkopen. Maar mijn vader staart dat kleine musje van een vrouw aan, tuurt haar in haar ogen. Dan worden zijn ogen groot, zijn gezicht opent zich en hij glimlacht als een blij kind.

'*Ayi! Ayi!* Tante! Tante!' zegt hij zachtjes.

'Xiao yen!' koert mijn oudtante. Ik vind het vreemd dat ze mijn vader 'Kleine Wilde Gans' noemt. Het moet zijn babymelknaam zijn geweest, de naam die gebruikt wordt om geesten ervan te weerhouden kleine kinderen te stelen.

Ze houden elkaars handen vast, omhelzen elkaar niet, en zo blijven ze staan, terwijl ze om de beurt zeggen: 'Nee maar, wat ben je oud! Kijk toch wat oud je bent geworden!' Ze huilen allebei openlijk en lachen tegelijk. En ik bijt op mijn lip en probeer niet ook te huilen. Ik ben bang hun vreugde te voelen. Omdat ik eraan denk hoe anders onze aankomst in Shanghai morgen zal zijn, hoe onplezierig ik me zal voelen.

Nu wijst Ayi stralend naar een polaroïdfoto van mijn vader. Mijn vader was zo verstandig geweest foto's te sturen toen hij schreef dat we zouden komen. Kijk eens wat slim ze is geweest, lijkt ze te jubelen, terwijl ze de foto met mijn vader vergelijkt. Mijn vader had in zijn brief gezegd dat hij haar vanuit het hotel zou opbellen, zodra we waren aangekomen, dus is het een verrassing dat ze ons zijn komen afhalen. Ik vraag me af of mijn zusters op het vliegveld zullen zijn.

Nu pas herinner ik me mijn camera. Ik had een foto van mijn vader en zijn tante willen nemen op het ogenblik dat ze elkaar ontmoetten. Het is nog niet te laat.

'Ga eens naast elkaar staan, daar?' zeg ik de camera omhoog houdend. De camera flitst en ik geef ze het kiekje. Ayi en mijn vader staan nog dicht naast elkaar, elk houdt een hoekje van de foto vast en kijkt ernaar terwijl het beeld zichtbaar begint te worden. Ze zijn bijna eerbiedig stil. Ayi is maar vijf jaar ouder dan mijn vader, dat betekent dat ze ongeveer zevenenzeventig is. Maar ze ziet eruit of ze stokoud is, verschrompeld, een gemummificeerd lichaam. Haar dunne haar is spierwit, haar tanden zijn bruin verrot. Het verhaal dat Chinese vrouwen er eeuwig jong blijven uitzien, klopt dus niet, dacht ik.

Nu kirt Ayi tegen mij: '*Zhangda le.* Zo groot al.' Ze kijkt naar me op, naar mijn volle lengte en gluurt dan in haar plastic tas, haar geschenken voor ons, heb ik nu begrepen alsof ze zich afvraagt wat ze me zal geven, nu ik zo groot en oud ben. Dan pakt ze met een sterke greep, als van een tang, mijn elleboog vast en draait me om. Een man en een vrouw van een jaar of vijftig staan mijn vaders hand te schudden. Iedereen glimlacht en roept: 'Ah! Ah!' Het zijn Ayi's oudste zoon en zijn vrouw en naast hen staan vier andere mensen, ongeveer van mijn leeftijd, en een klein meisje van een jaar of tien. Ze worden zo snel aan me voorgesteld dat ik alleen weet dat een van hen Ayi's kleinzoon met zijn vrouw is en de andere haar kleindochter met haar man. En het kleine meisje is Lili, Ayi's achterkleindochter.

Ayi en mijn vader spreken het Mandarijnse dialect van hun jeugd maar de rest van de familie spreekt alleen het Kantonees van hun dorp. Ik versta alleen Mandarijns maar spreek het niet erg goed. Dus Ayi en mijn vader praten honderduit in het Mandarijns en wisselen nieuws uit over mensen uit hun oude dorp. Ze houden alleen nu en dan even op om iets tegen de rest van ons te zeggen, de ene keer in het Kantonees, de andere in het Engels.

'O, het is net als ik dacht,' zegt mijn vader tegen mij. 'Hij is vorige zomer gestorven.' Ik had dat al begrepen. Alleen weet ik niet wie die persoon, Li Gong, is. Ik voel me alsof ik in het gebouw van de Verenigde Naties ben en de tolken gek zijn geworden.

'Hallo,' zeg ik tegen het kleine meisje. 'Ik heet Jing-mei.'

Maar het kleine meisje wendt bedremmeld haar hoofd af en haar ouders lachen gegeneerd. Ik probeer Kantonese woorden te bedenken die ik tegen haar kan zeggen, maar het enige dat ik kan verzinnen zijn scheldwoorden, termen voor lichaamsfuncties en korte zinnetjes als 'smaakt lekker', 'smaakt als vullis' en 'wat is die vrouw lelijk'. Dan heb ik een ander idee. Ik houd de polaroïdcamera omhoog en wenk Lili met mijn vinger. Ze springt meteen naar voren, zet haar hand in haar zij als een fotomodel, steekt haar borst vooruit en glimlacht met al haar tanden. Zodra ik een foto heb genomen, blijft ze springend en giechelend naast me staan, terwijl ze zichzelf op de groenige film ziet verschijnen.

Als we taxi's aanroepen om ons naar het hotel te brengen, houdt Lili stijf mijn hand vast en trekt me mee.

In de taxi praat Ayi non-stop, zodat ik geen kans heb iets te vragen over de verschillende bezienswaardigheden die we passeren.

'Je schreef dat je maar één dag zou blijven,' zegt Ayi opgewonden tegen mijn vader. 'Eén dag! Hoe kun je je familie in één dag zien! Taishan is uren rijden van Guangzhou. En dat idee om op te bellen als je was aangekomen. Dat is onzin. We hebben geen telefoon.'

Mijn hart bonst een beetje. Ik vraag me af of tante Lindo mijn zusters heeft geschreven dat we hen vanuit het hotel in Shanghai zouden opbellen.

Ayi blijft op mijn vader mopperen: 'Ik was zo buiten mezelf. vraag maar aan mijn zoon. Ik heb hemel en aarde bijna ondersteboven gekeerd om er iets op te verzinnen. En toen hebben we besloten dat het het beste zou zijn om met de bus uit Taishan naar Guangzhou te komen zodat we je meteen als je aankwam zouden zien.'

En nu houd ik mijn adem in terwijl de chauffeur constant toeterend tussen vrachtwagens en bussen door laveert. We rijden op een snelweg, een soort lang viaduct, als een brug boven de stad. Ik zie rijen en rijen flats, op alle verdiepingen hangt wasgoed op de balkons te drogen. We passeren een bus van het openbaar vervoer die zo volgepropt is met mensen dat hun gezichten bijna tegen de raampjes worden platgedrukt. Dan zie ik het silhouet van wat de stad Guangzhou zelf moet zijn. Uit de verte ziet het eruit als een grote Amerikaanse stad. Er zijn wolkenkrabbers en overal wordt er gebouwd. Als we langzamer rijden in het drukkere deel van de stad, zie ik overal kleine winkeltjes met donkere interieurs, met toonbanken en planken tegen de wanden. Dan zie ik een gebouw waarvan de voorgevel is bedekt met steigers van bamboepalen die bij elkaar worden gehouden met repen plastic. Mannen en vrouwen staan op smalle planken de muren schoon te schrapen, ze werken zonder veiligheidsriemen of helmen. De OSHA zou zijn ogen uitkijken denk ik.

Ayi's schelle stem klinkt weer op. 'Dus het is jammer dat jullie ons dorp niet kunnen zien, ons huis. Het gaat heel goed met mijn zoons. Ze verkopen onze groenten op de vrije markt. We hebben de laatste jaren genoeg verdiend om een groot huis te kunnen bouwen, drie verdiepingen, helemaal van nieuwe bakstenen, groot genoeg voor onze hele familie en nog meer. En we krijgen het ieder jaar nog beter. Jullie Amerikanen zijn niet de enigen die rijk kunnen worden.'

De taxi stopt en ik neem aan dat we er zijn maar als ik naar buiten kijk, zie ik iets wat eruitziet als een duurdere versie van het Hyatt Regency Hotel. 'Is dit communistisch China?' vraag ik me hardop af. Dan schud ik mijn hoofd naar mijn vader. 'Dit moet het verkeerde hotel zijn.' Ik haal haastig onze routebeschrijving, kaartjes en reserveringen te voorschijn. Ik had mijn reisbureau uitdrukkelijk gevraagd een goedkoop hotel te nemen, iets in de orde van dertig tot veertig dollar. Daar ben ik zeker van. En hier staat het: Garden Hotel, Huanshi Dong Lu. Nou, ons reisbureau zal zelf voor de extra kosten moeten opdraaien, dat kan ik ze wel zeggen.

Het hotel is prachtig. Een piccolo, compleet met uniform en pet, springt naar voren en begint onze koffers naar de lobby te dragen. Binnen lijkt het hotel een paradijs van winkelgalerijen en restaurants, allemaal met wanden van graniet en glas. En in plaats van onder de indruk te zijn, maak ik me ongerust over de kosten en over de indruk die we op Ayi moeten maken dat wij rijke Amerikanen zelfs geen nacht buiten onze luxe kunnen.

Maar als ik naar de balie ga en me opmaak om over de verkeerde boeking te gaan onderhandelen, wordt alles bevestigd. Onze kamers zijn vooruit betaald, vierendertig dollar elk. Ik voel me dom en Ayi en de anderen lijken opgetogen over ons tijdelijke onderdak. Lili kijkt met grote ogen naar een arcade vol videospelletjes.

Onze hele familie propt zich bij ons in de lift en de liftbediende wuift en zegt dat hij ons op de achttiende verdieping zal opwachten. Zodra de liftdeur dichtgaat, wordt iedereen heel stil en als de deur eindelijk weer opengaat, beginnen ze meteen met opgelucht klinkende stemmen allemaal te praten. Ik heb het gevoel dat Ayi en de anderen nog nooit zo'n lange rit in een lift hebben gemaakt.

Onze kamers zijn naast elkaar en zien er precies hetzelfde uit. De vloerbedekking, gordijnen, beddespreien zijn allemaal taupekleurig. Er is een kleurentelevisie met een in het nachtkastje tussen de twee bedden ingebouwde afstandbediening. De muren en de vloer van de badkamer zijn van marmer. Ik ontdek een ingebouwde bar met een koelkastje gevuld met Heineken-bier, Coca-cola en Seven-up, miniflesjes Johnny Walker Red, Bacardi-rum en Smirnoff-wodka. Er liggen ook pakjes M&M's, geroosterde cashewnoten met honing en Cadbury-repen. En opnieuw zeg ik hardop: 'Is dit communistisch China?'

Mijn vader komt mijn kamer binnen. 'Ze hebben besloten is beter als we hier blijven,' zegt hij schouderophalend. 'Ze zeggen dat is makkelijker. Meer tijd om te praten.'

'En het eten?' vraag ik. Ik heb me al dagenlang een voorstelling gemaakt van mijn eerste echte Chinese maaltijd: een groot banket met dampende soep in een uitgeholde wintermeloen, in klei gebakken kip, Pekingeend, alles.

Mijn vader loopt naar het nachtkastje en pakt het boekje van de room service dat naast het tijdschrift *Travel & Leisure* ligt. Hij bladert het snel door en wijst naar het menu. 'Dit willen ze eten,' zegt hij.

Zo gebeurt het dus. We eten vanavond op onze kamer met onze familie, met wie we een menu zullen delen van hamburgers, patat en appelgebak.

Ayi en haar familie kijken rond in de winkels, terwijl wij ons opfrissen. Na de reis in de hete trein verlang ik naar een douche en dunnere kleren.

Het hotel heeft gezorgd voor kleine pakjes shampoo die als ik er een openmaak de consistentie en kleur blijkt te hebben van sojasaus. Dat lijkt er meer op, denk ik. Dat is China. En ik wrijf er wat van in mijn natte haar.

Terwijl ik sta te douchen, besef ik dat ik voor het eerst sinds dagen, althans zo lijkt het, alleen ben. Maar in plaats van opgelucht te zijn, voel ik me verloren. Ik denk aan wat mijn moeder over het activeren van mijn Chinese genen heeft gezegd en ik vraag me af wat ze ermee bedoelde.

Vlak na de dood van mijn moeder heb ik mezelf een heleboel vragen gesteld die niet beantwoord konden worden, om mezelf te dwingen meer verdriet te hebben. Het was alsof ik mijn verdriet in stand wilde houden om mezelf ervan te verzekeren dat ik genoeg van haar had gehouden.

Maar nu vraag ik mezelf die dingen vooral omdat ik het antwoord wil weten. Wat was dat varkensvleesgerecht dat ze soms maakte dat de substantie had van zaagsel? Hoe heetten de ooms die in Shanghai waren omgekomen? Waarvan had ze al die jaren gedroomd als ze aan haar andere dochters dacht? Had ze elke keer dat ze kwaad op me werd eigenlijk aan hen gedacht? Had ze gewild dat ik hen was? Vond ze het erg dat dat niet zo was?

Om een uur in de nacht word ik wakker doordat er iets tegen de ramen tikt. Ik moet in slaap zijn gevallen en nu voel ik hoe mijn verkrampte lichaam zich ontspant. Ik zit tegen een van de bedden geleund op de vloer. Lili ligt naast me. De anderen slapen ook, ze liggen uitgestrekt op de bedden en de vloer. Ayi zit met een heel slaperig gezicht aan een klein tafeltje. Mijn vader kijkt uit het raam en tikt met zijn vingers op het glas. De laatste keer dat ik luisterde, was mijn vader Ayi aan het vertellen over zijn leven sinds hij haar voor het laatst had gezien. Hij vertelde dat hij naar de Yenching Universiteit was gegaan, later een baan had gekregen bij een krant in Chungking, waar hij mijn moeder, een jonge weduwe, had ontmoet. Dat ze later samen naar Shanghai waren gevlucht om te proberen het huis van mijn moeders familie te vinden maar dat het er niet meer was. En dat ze ten slotte naar Kanton waren gereisd, toen naar Hongkong, daarna naar Haiphong en tenslotte naar San Francisco.

'Suyuan heeft me niet verteld dat ze al die jaren heeft geprobeerd haar dochters te vinden,' zegt hij nu rustig. 'Ik heb natuurlijk nooit met haar over haar dochters gepraat. Ik dacht dat ze zich schaamde dat ze hen had achtergelaten.'

'Waar heeft ze ze achtergelaten?' vroeg Ayi. 'Hoe zijn ze teruggevonden?'

Ik ben nu klaar wakker, hoewel ik gedeelten van het verhaal al van mijn moeders vriendinnen heb gehoord.

'Het is gebeurd toen de Japanners Kweilin bezetten,' zegt mijn vader.

'De Japanners in Kweilin?' zegt Ayi. 'Daar zijn ze nooit geweest. Dat kan niet. Kweilin is nooit door de Japanners bezet.'

'Ja, dat zeiden de kranten. Ik weet het, omdat ik toentertijd voor een nieuwsbureau werkte. De Kuomintang schreef ons vaak voor wat we wel en wat we niet mochten zeggen. Maar we wisten dat de Japanners de provincie Kuangsi waren binnengetrokken. We hadden bronnen die ons meldden dat ze de spoorlijn tussen Wuchang en Kanton in handen hadden. Dat ze over land opmarcheerden en snelle vorderingen maakten in de richting van de provinciale hoofdstad.'

Ayi kijkt verbaasd. 'Als de mensen dat niet wisten, hoe wist Suyuan dan dat de Japanners eraankwamen?'

'Een officier van de Kuomintang had haar heimelijk gewaarschuwd,' legt mijn vader uit. 'Suyuans man was ook officier en iedereen wist dat officieren en hun gezinnen de eersten waren die zouden worden gedood. Ze heeft dus wat bezittingen bij elkaar gezocht en haar twee dochtertjes opgepakt en is midden in de nacht te voet gevlucht. Het waren nog baby's. Ze waren nog geen jaar oud.'

'Hoe heeft ze haar baby's kunnen opgeven?' zucht Ayi. 'Een tweeling. Wij hebben nooit zo'n geluk in onze familie gehad.' En nu gaapt ze weer.

'Hoe heetten ze?' vraagt ze. Ik spits mijn oren. Ik was van plan geweest het vertrouwelijke 'zuster' te gebruiken om hen aan te spreken. Maar nu wil ik weten hoe hun namen worden uitgesproken.

'Ze hebben de achternaam van hun vader, Wang,' zegt mijn vader. 'En hun voornamen zijn Chunyu en Chunhua.'

'Wat betekenen die namen?' vraag ik.

'Ah.' Mijn vader tekent onzichtbare karakters op het raam. 'De ene betekent lenteregen, de andere lentebloem,' zegt hij in het Engels. 'Omdat zij geboren in de lente. En natuurlijk komt eerst regen dan bloemen. Zelfde volgorde zijn meisjes geboren. Jouw moeder soort dichteres, vind je niet?'

Ik knik. Ik zie Ayi's hoofd ook knikken, maar het rolt naar voren en blijft daar. Ze ademt diep en luid. Ze slaapt.

'En wat betekent ma's naam?' fluister ik.

'Suyuan,' zegt hij, terwijl hij opnieuw onzichtbare karakters op het raam schrijft. 'Zij schrijft het in het Chinees met betekenis "lang gekoesterde wens". Heel bijzondere naam, niet zo gewoon als bloemennaam. Kijk dit eerste karakter, dat betekent ongeveer "voor altijd nooit vergeten". Maar je kunt Suyuan ook op andere manier schrijven. Klinkt precies hetzelfde maar tegengestelde betekenis.' Zijn vinger schildert de penseelstreken van een ander karakter. 'Het eerste deel ziet hetzelfde uit: nooit vergeten. Maar laatste deel plus eerste deel geeft hele woord betekenis "lang gekoesterde wrok". Als je moeder boos op mij, ik zeg moet eigenlijk Wrok heten.'

Mijn vader kijkt me met vochtige ogen aan. 'Ik ook intelligent, hè?'

Ik knik en wens dat ik wist hoe ik hem moest troosten. 'En mijn naam?' zeg ik. 'Wat betekent Jing-mei?'

'Jouw naam is ook bijzonder,' zegt hij. Ik vraag me af of er wel een Chinese naam bestaat die niet iets bijzonders betekent. 'Jing is uitmuntend *jing*. Niet alleen maar goed, betekent zuiver, puur, beste kwaliteit. *Jing* is goede stof die overblijft als onzuiverheden zijn verwijderd, bijvoorbeeld goud of rijst of zout. Dus wat er overblijft alleen zuivere stof. En *mei* is gewoon *mei*, zoals in *meimei*, jongere zuster.'

Ik denk hierover na. Mijn moeders lang gekoesterde wens. Ik, de jongste zuster, die de essentie van de anderen moest zijn. Ik voed mezelf met het oude verdriet en vraag me af of ik geen grote teleurstelling voor mijn moeder moet zijn geweest. De kleine Ayi beweegt zich plotseling, haar hoofd rolt naar opzij en valt dan naar achteren, haar mond gaat open als om mijn vraag te beantwoorden. Ze steunt in haar slaap en nestelt haar lichaam dieper in de stoel.

'En waarom heeft ze haar baby's langs de weg achtergelaten?' vraag ik, want ik voel me nu ook in de steek gelaten.

'Lange tijd ik heb ook mezelf gevraagd,' antwoordt mijn vader. 'Maar toen ik heb gelezen die brief van haar dochters in Shanghai en ik praat met tante Lindo en de anderen. En toen wist ik. Geen blaam in wat zij heeft gedaan. Helemaal geen blaam.'

'Wat is er dan gebeurd?'

'Jouw moeder weglopen...,' begint mijn vader.

'Nee, vertelt u het me in het Chinees,' onderbreek ik hem. 'Ik versta het wel, echt.'

Nog steeds voor het raam staand en uitkijkend in de nacht, begint hij te praten.

Toen ze uit Kweilin was weggevlucht, heeft je moeder meerdere dagen gelopen. Haar plan was om een hoofdweg te vinden. Ze hoopte ritten te kunnen kopen op vrachtwagens of karren tot ze Chungking bereikte, waar haar man was gestationeerd.

Ze had geld en sieraden in de voering van haar kleren genaaid, genoeg, dacht ze, om de hele weg ritten te kunnen kopen. Als ik geluk heb, dacht ze, dan zal ik mijn zware gouden armband en mijn jaden ring niet hoeven te verhandelen. Dat waren dingen van haar moeder, jouw grootmoeder.

Maar op de derde dag had ze nog niets verhandeld. De wegen waren vol mensen, iedereen was op de vlucht en smeekte om een plaatsje op passerende vrachtwagens. De vrachtwagens reden haastig door, bang om te stoppen. Je moeder kon dus met niemand meerijden, maar ze kreeg wel dysenterie en erge buikpijn.

Haar schouders deden pijn van de twee baby's in hun van sjaals gemaakte draagdoeken. De twee leren koffers maakten blaren in haar handen. Toen gingen de blaren open en begonnen te bloeden.

Na een tijdje liet ze de koffers achter en hield alleen het eten en wat kleren bij zich. Later liet ze ook de tassen met tarwemeel en rijst vallen en zo liep ze vele kilometers door en onderweg zong ze liedjes voor haar dochtertjes tot ze ijlde van de pijn en de koorts.

Eindelijk kon ze geen stap meer doen. Ze had de kracht niet om de baby's nog verder te dragen. Ze liet zich op de grond zakken. Ze wist dat ze zou sterven aan haar ziekte of misschien van de dorst, van de honger, of dat de Japanners haar zouden doden, want ze dacht dat die vlak achter haar aan kwamen marcheren.

Ze haalde de baby's uit de draagdoeken en zette ze aan de kant van de weg. Toen ging ze naast hen liggen. 'Jullie zijn zo zoet,' zei ze tegen ze, 'zo stil.' Ze lachten naar haar en strekten hun handjes naar haar uit om weer opgetild te worden. Toen wist ze dat ze het niet zou kunnen verdragen haar baby's tegelijk met haar te zien sterven.

Ze zag een familie met drie jonge kinderen op een kar voorbij komen. 'Ik smeek u, neem mijn baby's mee!' riep ze naar hen. Maar ze keken haar met lege ogen aan en stopten niet.

Ze zag iemand anders en riep opnieuw. Deze keer draaide een man zich om en hij had zo'n verschrikkelijke uitdrukking in zijn ogen, je moeder zei dat hij eruitzag als de dood zelf, ze huiverde en wendde haar hoofd af.

Toen het stil werd op de weg scheurde ze de voering van haar jurk open en stopte de sieraden onder het hemdje van de ene baby en het geld onder dat van de andere. Ze voelde in haar zak en haalde de foto's van haar familie eruit, die van haar vader en moeder en die van haarzelf en haar man op hun huwelijksdag. En op de achterkant van elke foto schreef ze de namen van de baby's en een boodschap: Zorgt u alstublieft voor deze baby's, gebruik het geld en de sieraden die ze bij zich hebben. Als het veilig is om te gaan, brengt u ze dan naar Shanghai, 9 Weichang Lu. De familie Li zal u zeker rijkelijk belonen. Li Suyuan en Wang Fuchi.

Toen raakte ze de wangen van de baby's even aan en zei dat ze niet moesten huilen. Zij zou een eindje de weg op lopen en eten voor ze halen en dan zou ze terugkomen. En zonder om te kijken, liep ze struikelend en huilend de weg op met als enige hoop dat haar dochters gevonden zouden worden door goede mensen die goed voor ze zouden zorgen. Aan andere mogelijkheden weigerde ze te denken.

Ze herinnerde zich niet hoe ver ze had gelopen en in welke richting ze liep toen ze flauwviel of hoe ze werd gevonden. Toen ze bijkwam, lag ze achter in een hobbelende vrachtwagen met een heleboel andere zieken, die allemaal lagen te steunen. Ze begon te gillen, want ze dacht dat ze nu op weg was naar de boeddhistische hel. Maar toen boog het gezicht van een Amerikaanse zendelinge zich over haar heen, die glimlachte en kalmerende woordjes tegen haar zei in een taal die ze niet verstond. En toch begreep ze het op de een of andere manier. Ze was buiten elke verwachting om gered en het was te laat om terug te gaan en haar baby's te redden.

Toen ze in Chungking aankwam, hoorde ze dat haar man twee weken geleden was gestorven. Later vertelde ze me dat ze begon te lachen toen de officieren haar dit nieuws vertelden: haar verdriet en haar ziekte hadden haar krankzinnig gemaakt. Ze was zo ver gekomen, had zoveel verloren, om niets te vinden.

Ik leerde haar kennen in het ziekenhuis. Ze lag op een bed en was nauwelijks in staat zich te bewegen, zo mager en zwak was ze geworden van de dysenterie. Ik was naar het ziekenhuis gekomen voor mijn voet, mijn missende teen die er af was gesneden door een stuk vallend puin. Ze lag in zichzelf te praten en te mompelen.

'Kijk eens naar mijn kleren,' zei ze en ik zag dat ze een nogal ongewone jurk aan had voor oorlogstijd. Hij was van satijn, heel vuil maar er was geen twijfel mogelijk, het was een prachtige jurk.

'Kijk eens naar mijn gezicht,' zei ze. En ik zag haar stoffige gezicht en holle wangen en haar glinsterende ogen. 'Zie je mijn dwaze hoop? Ik dacht dat ik alles had verloren, behalve deze twee dingen,' mompelde ze, 'en ik vroeg me af wat ik nu zou gaan verliezen. Mijn kleren of mijn hoop? Mijn hoop of mijn kleren?

Maar kijk nu eens wat er gebeurt,'riep ze lachend, alsof al haar gebeden waren verhoord. En ze trok het haar uit haar hoofd met het gemak waarmee je nieuwe tarwe uit de vochtige grond trekt.

De baby's werden gevonden door een oude boerenvrouw. 'Hoe had ik jullie kunnen weerstaan?' zei de vrouw later, toen ze ouder waren, tegen je zusters. Ze zaten nog steeds gehoorzaam op de plaats waar je moeder hen had achtergelaten en zagen eruit als feeënkoninginnetjes die zaten te wachten op hun koets.

De vrouw, Mei Ching, en haar man, Mei Han, woonden in een grot. Er waren duizenden verborgen grotten in de buurt van Kweilin die zo geheim waren dat de mensen zich er konden verstoppen tot nadat de gevechten voorbij waren. De Meis kwamen om de paar dagen naar buiten om voedsel te zoeken tussen de voorraden die op de weg waren achtergebleven en soms vonden ze dingen die ze niet konden laten liggen. Het zou een tragedie zijn geweest ze niet mee te nemen, vonden ze allebei. Zo namen ze een keer een stel prachtige, fijn beschilderde rijstkommen mee naar hun grot en een andere keer een voetenbankje met een fluwelen kussen en twee nieuwe huwelijksdekens. En één keer waren het je zusters.

Ze waren vrome moslims die geloofden dat de twee baby's een voorteken waren van dubbel geluk. En toen ze later in de avond ontdekten hoeveel waarde de baby's hadden, wisten ze het zeker. Zij en haar man hadden nog nooit zulke ringen en armbanden gezien. Ze bewonderden de foto's en begrepen dat de baby's van goede familie waren, maar ze konden geen van beiden lezen of schrijven. Pas maanden later vond Mei Ching iemand die kon lezen wat er op de achterkant geschreven stond. Intussen was ze van de baby's gaan houden alsof ze haar eigen kinderen waren.

In 1952 stierf de man, Mei Han. De tweeling was al acht jaar oud en Mei Ching besloot dat de tijd was gekomen om de echte familie van je zusjes te gaan zoeken.

Ze liet de meisjes de foto van hun moeder zien en vertelde ze dat ze in een rijke familie waren geboren en dat ze hen zou terugbrengen naar hun echte moeder en grootouders. Mei Chang vertelde hun over de beloning maar ze zwoer dat ze die niet zou aannemen. Ze hield zoveel van de meisjes dat ze alleen maar wilde dat ze zouden krijgen waar ze recht op hadden, een beter leven, een mooi huis, een goede opvoeding. Misschien zou de familie haar willen laten blijven als hun amah. Ja, ze wist zeker dat ze dat zouden doen.

Toen ze de plaats vond, 9 Weichang Lu, in de oude Franse concessie, was alles daar natuurlijk veranderd. Er stond nu een pas gebouwde fabriek en geen van de arbeiders wist wat er van de familie was geworden wiens huis daar was afgebrand.

Mei Ching kon natuurlijk niet weten dat je moeder en ik, haar nieuwe man, in 1945 ook naar die plaats waren teruggegaan in de hoop haar familie en haar dochters daar te vinden.

Je moeder en ik zijn tot 1947 in China gebleven. We gingen naar allerlei verschillende steden terug: naar Kweilin, naar Changsa en helemaal naar het zuiden, naar Kunming. Ze keek altijd uit haar ooghoeken uit naar de tweeling, eerst naar baby's en later naar kleine meisjes. Later zijn we naar Hongkong gegaan en toen we in 1949 eindelijk naar de Verenigde Staten vertrokken, geloof ik dat ze zelfs op de boot nog naar ze uitkeek. Maar toen we in Amerika waren aangekomen, praatte ze niet meer over hen. Ik dacht: Eindelijk zijn ze in haar hart gestorven.

Toen er openlijk brieven konden worden gewisseld tussen China en de Verenigde Staten, schreef ze meteen naar oude kennissen in Shanghai en Kweilin. Ik wist niet dat ze dit had gedaan. Tante Lindo heeft het me verteld. Maar tegen die tijd waren natuurlijk alle straatnamen veranderd. Sommige mensen waren gestorven, andere waren verhuisd. Het duurde dus vele jaren eer ze een contact vond. En toen ze eindelijk het adres van een oude schoolvriendin vond en haar vroeg haar dochters te zoeken, schreef die vriendin terug dat het onmogelijk was, dat ze net zo goed kon gaan zoeken naar een naald op de bodem van de oceaan. Hoe wist ze dat haar dochters in Shanghai waren en niet ergens anders in China? De vriendin vroeg natuurlijk niet hoe ze wist of ze nog leefden.

Haar schoolvriendin ging dus niet zoeken. Kinderen te gaan zoeken die verloren waren geraakt in de oorlog was een dwaze droom en zij had daar geen tijd voor.

Maar je moeder schreef elk jaar weer naar andere mensen. En ik denk dat ze dit jaar het grote plan had opgevat om zelf naar China te gaan om ze te zoeken. Ik herinner me dat ze tegen me zei: 'Canning, we moeten gaan voor het te laat is, voordat we te oud zijn.' En ik zei tegen haar dat we nu al te oud waren, dat het al te laat was.

Ik dacht dat ze gewoon als toerist wilde gaan! Ik wist niet dat ze wilde gaan om haar dochters te zoeken. Dus toen ik zei dat het te laat was, moet dat de verschrikkelijke gedachte in haar hoofd hebben geplant dat haar dochters misschien dood waren. En ik denk dat die mogelijkheid in haar hoofd is gegroeid en gegroeid tot ze eraan is gestorven.

Misschien was het je moeders geest die haar schoolvriendin in Shanghai naar haar dochters heeft geleid. Want toen je moeder was gestorven, kwam die vriendin je zusters bij toeval tegen toen ze schoenen ging kopen in het grote warenhuis aan de Nanjing Dong. Ze zei dat het net een droom was toen ze die twee vrouwen die zo op elkaar leken samen de trap af zag komen. Iets in de uitdrukking van hun gezichten deed haar aan je moeder denken.

Ze liep vlug naar ze toe en riep hun namen, die ze natuurlijk niet meteen herkenden, omdat Mei Ching hun andere namen had gegeven. Maar je moeders vriendin was zo zeker van zichzelf dat ze aanhield. 'Zijn jullie niet Wang Chunyu en Wang Chunhua?' vroeg ze hun. En toen werden die twee vrouwen heel opgewonden, want ze herinnerden zich de namen achter op een oude foto, de foto van een jonge man en vrouw, die ze nog steeds eerden als hun geliefde eerste ouders, die waren gestorven en geesten geworden en nog steeds over de aarde zwierven om hen te zoeken.

Als we op het vliegveld aankomen, ben ik bekaf. Ik heb gisternacht niet kunnen slapen. Ayi was me om drie uur 's morgens naar mijn kamer gevolgd en meteen in slaap gevallen op een van de twee bedden, waar ze lag te snurken als een dragonder. Ik lag wakker en dacht na over het verhaal van mijn moeder. Ik besefte hoe veel er was dat ik nooit over haar had geweten en was verdrietig omdat mijn zusters en ik haar hadden verloren.

En nu we op het vliegveld afscheid hebben genomen, handen geschud en gewuifd, denk ik aan alle verschillende manieren waarop mensen op deze wereld uit elkaar gaan. Sommige mensen wuiven we opgewekt gedag op het vliegveld, in de wetenschap dat we ze nooit zullen terugzien. Anderen laten we achter aan de kant van de weg, in de hoop dat we ze wel zullen terugzien. Ik vind mijn moeder in het verhaal van mijn vader en moet afscheid van haar nemen zonder dat ik de kans krijg haar beter te leren kennen.

Ayi glimlacht naar me terwijl we staan te wachten tot ons vliegtuig wordt afgeroepen. Ze is zo oud. Ik sla mijn ene arm om haar heen en de andere om Lili. Ze zijn even groot, lijkt het. Dan is het tijd. Terwijl we nog een keer wuiven en de wachtruimte binnengaan, krijg ik een gevoel of ik van de ene begrafenis naar de andere ga. Ik houd twee kaartjes naar Shanghai in mijn hand. Over twee uur zullen we daar zijn.

Het vliegtuig vertrekt. Ik doe mijn ogen dicht. Hoe kan ik hun in mijn gebroken Chinees over het leven van mijn moeder vertellen? Waar moet ik beginnen?

'Word wakker, we zijn er,' zegt mijn vader. Ik schrik wakker en mijn hart bonst in mijn keel. Ik kijk uit het raampje: we zijn al op de landingsbaan. Buiten is het grijs.

Nu loop ik het trapje van het vliegtuig af en over het asfalt naar het gebouw toe. Wat jammer, denk ik, wat jammer dat mijn moeder niet lang genoeg heeft geleefd om degene te zijn die nu naar hen toe loopt. Ik ben zo zenuwachtig dat ik mijn voeten niet meer voel. Ik loop zonder te weten hoe.

Iemand roept: 'Ze is aangekomen!' En ik zie haar. Haar kleine gestalte. Met dezelfde uitdrukking op haar gezicht. Ze heeft de rug van haar hand hard tegen haar mond gedrukt. Ze huilt alsof ze een verschrikkelijke beproeving heeft doorgemaakt en blij is dat die nu voorbij is.

Ik weet dat het niet mijn moeder is maar toch lijkt ze precies op haar zoals ze keek toen ik vijf was en een hele middag was verdwenen, zo lang dat ze overtuigd was dat ik dood was. Toen ik als door een wonder eindelijk met slaperige ogen onder mijn bed vandaan kwam kruipen, huilde en lachte ze tegelijk en beet op de achterkant van haar hand om zich ervan te verzekeren dat het waar was.

En nu zie ik haar weer. Dubbel. Ze staan te wuiven en in een hand zie ik de foto, de polaroïd die ik ze had gestuurd. Zodra ik in de aankomsthal kom, rennen we naar elkaar toe en omhelzen elkaar alle drie tegelijk. Alle aarzelingen en verwachtingen zijn vergeten.

'Mama, mama,' mompelen we allemaal alsof ze bij ons is.

Mijn zusters bekijken me vol trots. '*Meimei zhangda le*,' zegt mijn ene zuster trots tegen de andere. 'Ons kleine zusje is groot geworden.' Ik kijk weer naar hun gezichten en zie er geen spoor van mijn moeder in. Toch zien ze er bekend uit. En nu zie ik ook welk deel van mij Chinees is. Het is zo duidelijk. Het is mijn familie. Het is in ons bloed. Na al die jaren kan het eindelijk naar buiten komen.

Mijn zusters en ik staan met onze armen om elkaar heen en vegen lachend elkaars tranen af. De polaroïdcamera flitst en mijn vader geeft me het kiekje. Mijn zusjes en ik wachten samen, verlangend om te zien wat eruitkomt.

Het grijsgroene oppervlak neemt de heldere kleuren van onze drie gestalten aan. Ze worden tegelijk duidelijker en dieper. En hoewel we niets zeggen, weet ik dat we het allemaal zien. Samen zijn we precies onze moeder. Dezelfde ogen, dezelfde mond, die zich verbaasd opent nu ze eindelijk haar lang gekoesterde wens in vervulling ziet gaan.

INHOUD

'De vrouw van de Keukengod is een triomf.'

Publishers Weekly

ƒ17,50 / 424 blz.